Spring Grass

春草 裘山山 著

成都时代出版社

目 录

1961年	春天：哭破天	……001
1968年	冬至：两块米糕	……014
1970年	初秋：心口痛	……027
1971年	冬月：九岁的呐喊	……037
1976年	仲夏：堂伯的手	……046
1982年	霜降：新鞋挤脚	……059
1984年	春分：长途车	……073
1984年	小暑：一夜落发	……084
1984年	冬季：去找何水远	……097
1985年	谷雨：一记耳光	……111
1985年	秋分：灰烬	……117
1986年	惊蛰：火车上的惊吓	……129
1986年	立夏：生意从表舅家开始	……140
1986年	大雪：白茶缸	……154
1987年	清明：小老板	……164
1988年	春节：一万八千三	……174
1990年	小寒：全家福	……191
1991年	正月：携子寻夫	……208
1991年	小满：娄大哥	……231

1991年	芒种:桂花东街	238
1991年	小暑:做成一件大事	250
1993年	春节:乡下的日子	265
1993年	夏至:一笔手术费	280
1993年	大暑:追汽车	289
1994年	仲春:阿珍干的好事	299
1994年	中秋:鼻血长流	307
1995年	端午:五个粽子	319
1995年	立秋:跳槽	334
1996年	处暑:红细胞满视野	346
1996年	白露:鼓乐震天	357
1997年	除夕:新闻人物	368
1997年	雨水:铂金项链	379
2001年	元旦:梦开始	394

1961年
春天：
哭破天

一九六一年春天,春草来到世上。本来是件稀松平常的事情,一个中国南方普通农户人家的第三个孩子。既不是长子长孙,也不是三代单传,既不是婚后长久不孕到来的意外惊喜,也不是冤家孽缘结出的苦果,普通得不想让人嚼舌了。春天里你往脚下一望,便可看见千千万万这样的草从地底下冒出来,张望这个世界,跃跃欲试的样子,春草就是那千万株中的一株。

但春草的出生却不太平常,或者说不太顺利,甚至让人有点儿心烦,有点儿懊恼。

至少在春草姆妈那里如此。

当然,那时还没有人叫她春草姆妈,都叫她春阳姆妈,春阳是她的大儿子,或者春风姆妈,春风是她的二儿子。再早,人们叫她会计屋里的,她男人是大队会计。别看春草姆妈说话的声音那么响,骂起人来所向披靡,但偶尔也会冒出些斯文的字眼儿,比如"羞耻",比如"龌龊",比如"自作自受",等等,显出她高小毕业的水平来。春草出生时她叹出一句"雪上加霜",不管是否恰当,让人一听就明白,她不欢迎这个孩子。嘴上加嘴,她喂不过来。

春草姆妈挺着大肚皮照样出去做事。她一直这个样子,做大肚婆也不在家闲待着,苦巴巴地干。她大姑子说她生就是个做生活的命。春草姆妈听了在肚皮里回她的话说:有你这个嘎会享福的大姑子,我当然是做生活的命了。早上起来她吃了一个冷红薯就打算去捞猪草,再打算把家里仅有的三分菜地平整一下,种点儿青菜。快要生了,现在种下去,月子满了也好有点青菜吃。按春草妈妈自己的推算,妊娠期还有一个来月。

男人见她去背竹篓,抬头看看天说:"说不好快要下雨了,不要出去了。"春草妈妈没好气地说:"下雨!?下雨你两个儿子就可以不喂了?你老阿姐就成仙了?猪儿躺在地上就肥了?"

春草妈妈讲话有个习惯,总是把家里所有的活物都说成是男人的,一个大姑子,两个儿子,三头猪,还有几只鸭子,比如她喜欢说"你看看你两个儿子",或者"你看看你那些鸭子""你看看你的猪",当然还有"你看看你老阿姐那张脸"。反过来呢,她把所有的家什都说成自己的,比如"不要动我的樟木箱啊",或者"我那个大木盆呢?""我的塔篮呢?"

其实所有的活物都是要靠她来喂的,光三头猪一天就要吃几十斤,更别说几口人了,他们除了吃还得穿,还得盖,还得踩烂几双鞋。他们村是个穷村,藏在一片丘陵里。四周坡坡坎坎的,没多少平地,就是有一点儿也很薄,产不了多少粮食。四周的山坡上虽然有些茶树和枣树,可那些茶树和枣树都是生产队的,没人去侍弄,只是让树不死而已,每年结下的枣仅够孩子们解解馋,生不出钱来。至于茶叶,还不够交国家呢。春草爹说是大队会计,挣的工分也只够他自己吃。所以春草家里的一切重担,都压在了春草妈妈身上,她一年到头都在做饭、喂猪、打柴、种地、缝衣服、纳鞋底,无休止地忙碌,像个陀螺似的转,转,转。

把那个和她人差不多长的竹篓甩到背上,春草妈妈就出了门,径直往村边的池塘去。因为挺着肚子,背往后倾,背上的竹篓就总打着她的小腿肚,啪嗒啪嗒的。五岁的大儿子春阳跟在后面,拖着两根长长的竹竿,还拖着嘴唇上的清鼻涕。竹竿擦在青石板路上唰唰唰的,鼻子也一会儿一吸啦,似乎都在应和母亲的声音,母子二人的动静在早春寒冷的空气里如协奏曲一般奏响了。村里人看见母子二人迎着冷风吸着清鼻涕,一前一后地走,也都习以为常,男人们往往会在心里嘀咕上一句:会计屋里个女人,真是娶得合算,顶好几个劳力呢。

春天了,水草已经茂盛起来,池塘一片浓绿,还有不怕冷的小蛤蟆跳来跳去。春草姆妈丢下竹篓,稍稍喘了口气,把两根长长的竹竿伸进水里。她筷子似的将竹竿插进那片浓绿中,夹住,然后用力一圈圈地转动,水草便大团大团地缠在了竹竿上。看差不多了,她就吸口气,用力往上拖。但毕竟有了身孕,身子累赘了,怎么拖也拖不动。春阳在一旁懂事地说:"姆妈,我下去推吧。"春草姆妈喘息着说:"不要下去,要冻出毛病的。"夏天时她曾让春阳下到池塘里帮她往上推的,现在可不行,早春三月,水还刺骨呢。春草姆妈想了想,让儿子抱住她的腰,两人一起用力向后拽。扑通一声,水草上岸了,两个人却一起摔倒在地上。

春阳咯咯地笑起来,春草姆妈听儿子那笑声,知道他没摔痛,可自己却起不来了。她深吸一口气,想用力撑起身来,突然,肚皮里一阵疼痛袭来,来得很迅速,像潜伏在那里的强盗突然冲过来。春草姆妈意识到自己是要生了。她有经验,一下急了:个小赤佬,急慌慌出来做啥啦?春草姆妈咬紧了牙,恨恨地骂着:"要死啊,提前嘎许多辰光跑出来,想饿肚子啊?"娘老子"还有那么多事体没做完,菜也没种上,小猪崽还没生,你嘎早跑出来我拿什么养你哟,哎哟哟……"

第一波次的阵痛刚过去,老天爷就跑来凑热闹了,一个雨点带着一大群雨点洒落到春草妈妈头上。噼里啪啦的,像是专程赶来配合强盗趁火打劫,要一起灭了她似的。她扬起一张湿漉漉的脸大声叫道:"阿阳,快去生产队找你爹!告诉他我马上要生小弟弟了!"春阳拔腿就跑,慌张得要命,两只小脚溅起一路泥点子。

春草妈妈吸口气,赶紧爬起来,丢下拖了一半的水草就往回走。她急急慌慌地走,又小心翼翼地走,这让她走路的样子有些怪。她边走边想,上哪儿去找钱给接生婆呢?上哪儿去找买红糖鸡蛋的钱呢?老母猪倒是很快要生了,原来的打算是卖了小猪崽坐月子的,没想到自己生在老母猪前面了。真是作孽!上次生春风已经是大姑子给的钱了,红糖也是大姑子买的,喔哟嗬,就像把她杀了一样,难听话一直听到今朝。这回是随便哪样也不能要她的臭钱了。

回到自家院子,春草妈妈一眼看见了房后那窝楠竹,七八根围在一起,被雨洗得发亮。她拿起斧子,选了一根最粗的开始砍。雨还在下,虽然不是哗哗作响那种,却很细很密,浸透力很强,马上渗透了她的衣服。春草妈妈顺手捡起一块院子里盖柴火的油布,围在隆起的肚皮上。实在是没时间躲雨了,她估计自己最多还有半个时辰就会生的,等她那个慢性子男人回来就什么都晚了。

但砍了没几下,阵痛又发作了,这次来得更凶猛,她丢下斧头跑到屋檐下,蜷缩起身子顺着墙根就蹲了下去。身子湿乎乎的,她舍不得进屋倒床上。儿子春风趴到她身上,"姆妈姆妈"地叫,引来了大姑子。大姑子一见她那个样子就明白了,扯着嗓子叫道:"哎哟哟,嘎快又要生啦?这下又要累死我了:生嘛来得个会生,养嘛没本事养,真是作孽哦!我这点钱不够你们糟蹋哦!"

一边嚷嚷着,一边还是去厨房烧水了。

春草姆妈忍着痛回嘴道:"不要你个臭钱!你放心好啦!哎哟哟!我自家会想办法的!"

厨房里又扔出一句话来:"哪有你这样鬼哭狼嚎的?!又不是生头一个?叫!叫!叫给谁听啊!"

春草姆妈挣扎着,还想去院子里砍竹子。那几棵竹子是可以卖些钱的。但实在是来不及了,她感觉下身一热,羊水流了出来。只好回到屋里倒在床上。

春阳终于带着他爹回来了,老的小的都气喘吁吁,还带进一屋子湿淋淋的雨水。春草爹一见老婆已经倒床上,问:"不是说还有一个月吗?怎么提前嘎多辰光?"春草姆妈说:"哪个晓得你个小赤佬会性急?"春草爹只好默认是自己的小赤佬性急,说:"我这就去叫潘阿婆来?"春草姆妈挥手道:"不要叫她,我自己能行。省省钱吧。哎哟哟!"她骂道:"我真是倒了八辈子霉了,嫁到这里来受罪!受不完的罪!"

春草爹任她骂,他知道她是靠骂在止痛,上次也是这样。但老阿姐不干了,又在院子里接上了火:"我才是瞎了眼,把你个雌老虎弄回屋里厢来!"

春草姆妈回嘴说:"你才是……老虎。哎哟,好像出来了!"春草爹一望,可不是,黑乎乎的一个小脑袋。他连忙上前托住小脑袋说:"真当是个急性子伢儿。快,再用点力!生得快伢儿聪明!"

春草姆妈骂道:"催个屁!"

一边说却一边哧溜一声,将伢儿生出来了。

小小的伢儿像只老鼠那么瘦弱,一点声音也没有,春草爹把伢儿捧在手里不知所措,春草姆妈喘出一口气说:"打呀,打后背!"春草爹就轻轻拍了拍伢儿的后背,春草姆妈说:"用力!"春草爹就用了些力。春草姆妈说:"你没吃早饭啊!"春草爹使劲儿一拍,伢儿终于哇的一声哭了出来。春草姆妈松口气喊:"剪刀!剪刀呢?"春草爹慌里慌张地学嘴:"剪刀?剪刀呢?"

春草姆妈正要张口骂,大姑子端着一盆热气腾腾的水进来了,里面有把煮过的剪刀。大姑子把脸盆狠狠往地下一放,水花和骂声都溅了出来:"你个没良心的,用了我的钱还说是臭钱!有本事你不用啊?"春草姆妈说:"你才是个没良心的!一年到头白吃白喝还嫌这嫌那!"

春草姆妈一边骂,一边接过剪刀剪断脐带,然后学着接生婆的做法,把下身处理干净。

大姑子冲到春草爹面前说:"你听见没有?你听见没有?她骂我白吃白喝!你个当阿弟的不管管?造反了!"

春草爹捧着孩子不响,对这个一辈子没出嫁的老阿姐,他除了忍受没有别的办法。

大姑子挽起袖子给春草姆妈擦洗,一边擦一边骂,春草姆妈终于没有力气还嘴了,雨水和汗水湿透了她的头发和衣服,她靠在床上,感到耗尽了力气。她急需换掉湿衣服,只好任大姑子重手重脚地侍弄她。大姑子给她换掉湿衣服,穿上干净的,然后摔了门出去,在院子里继续开骂。

春草爹看清楚了这个性急的崽子,有些欢喜地跟春草姆妈说:"是个女伢儿嘞。"春草姆妈皱了皱眉头:"怎么是女伢儿?"她瞥了一眼,小脸通红,模样和前两个儿子没什么区别,一点儿不漂亮。春草爹说:"女伢儿好啊,我们已经有两个儿子了。"春草姆妈说:"好什么好?都是替人家养的。"春草爹讨好地说:"可以给你当帮手。"春草姆妈说:"帮手?不要累死我就好了!"

春草爹仍喜滋滋的。尽管家里又多了张吃饭的嘴,可他就想要个女儿。两儿一女,这多惬意。以后不要再生了。他心里盘算着给女儿取个好听点儿的名字。春月?春水还是春娟?不料每说一个都遭到春草姆妈的反对:"取那么娇嫩的名字做啥啦?不好养,就叫竹子好了。"春草爹不赞同:"竹子硬邦邦的,不好听。"最后他妥协说:"要说好养不如草,就叫春草吧。"

有了春阳春风自然会有春草,顺理成章的事。春草姆妈也觉得不错。"就这么叫吧。"她挥挥手,有气无力地对男人说:"去,把院子里那两根竹子卖了,不要再用她的钱了,省得她肉痛死了!"

这个"她"当然指的是大姑子。

春草爹说:"你不要跟她计较嘛,说就让她说两句。一家人。"春草姆妈说："你不去我去。"挣扎着要起来。春草爹连忙说："好好，我去。"春草姆妈还不解气，说："谁跟她是一家人？她是我的阎王爷，她是来收我命的！"

大姑子仍叉着腰站在院子里骂，骂人对她来说是家常便饭，或者说是她的消遣娱乐，每天总得有那么几次才过得。雨下得越发大了，哗啦哗啦地，打在天井的水池里、门上、瓦上、台阶上、柴草上、树上、猪圈上，像在给大姑子的骂声伴奏。春草姆妈简直不明白，春天怎么会下那么大的雨？难不成这小赤佬的出生还惊动老天爷了？

不过所有的声音加起来——雨声和大姑子的骂声，也不及春草一个人的哭声大。春草好像感觉到了委屈，感觉到了自己不受欢迎，便扯起嗓子大哭起来。谁也想不出那么瘦弱的一个婴儿会发出那么大的哭声，尖利的声音像剑一样穿透雨幕，一家伙刺到天边的乌云里去了，挑开了云层，哭破了天。等春草爹从镇上卖了竹子回来时，裂开的天边太阳钻了出来，给乌云镶了一圈金边儿。春草还是不领情，继续哇哇哭着。她就这样大哭着，来到这世上。

春草爹掂在手里就知道，这个伢比前面两个轻多了，"小猫嘎大一点，哭起来倒是蛮吓人的，天都给她哭破掉。"这是他后来常说的话。

也难怪春草那么哭，在土地爷看来，这株小草冒出来得的确不是时候。那是三年困难时期的最后一年，大家的日子都很不好过，春草家也不例外，紧巴巴的。多一张吃饭的嘴可不是加一双筷子那么简单的事情，这让春草姆妈觉得心烦。如果老天爷没记错的话，春草出生后春草姆妈只露出过一次笑容,那就是三天后她走出门,一眼看见在她砍掉竹子的地方,已经冒出两根新笋,笋头上顶着一撮新鲜的泥土,她难得地笑了一下:"这小赤佬,像是竹子脱胎的。"

她刚笑了一下,就听见圈里的猪饿得嗷嗷叫,两个儿子哼哼唧唧地要吃,大姑子又开始了尖酸刻薄的骂——她因为做了两天的饭,已经忍耐到了极点。春草姆妈只好爬起来,开始劳作。她是这个家里最没资格躺下的。好在身子骨还算结实,经得起她无休止的劳碌。

她的眉头又拧作一团了。

可以说自打结婚后,她就没有松开过那团眉头,那一团里藏了多少苦多少烦多少悲伤,只有她自己知道。她原本是个能干泼辣的女人,也曾青春洋溢活力四射,也曾喜欢哈哈大笑。想当初在娘家时她还当过妇女队队长呢,不但领着妇女们干活,还给妇女们撑腰,那时她才十九岁。哪家媳妇受了气去找她,她都能打上门去替她们出口气。她才懒得给你讲什么大道理呢,她上去就掐,掐得男人吱哇乱叫。男人们和自己媳妇本来也不是什么不可调和的深仇大恨,让她掐两下就算认错了。反正等她走了,媳妇们总要在男人们被她掐青捏紫的地方抚慰良久的。

因为她太泼辣了,村里竟没有男人敢娶她,她就嫁到了春草爹的村里。春草爹,还有大姑子,恰是看上了她的能干,觉得他们孟家需要一个能干的女人。而她答应嫁过来,是听媒人说孟家没有老人,谁都知道有婆婆的日子是很难过的。但她没料到他家没婆婆却有个没出嫁的老姐姐,性格怪异,脾气暴躁,比婆婆还难处。按当地的习惯,不出嫁的姑子是要跟大兄弟一起过的,而且还享受和婆婆一样的待遇。所谓婆婆的待遇,就是什么事都不做,只管横挑鼻子竖挑眼。等春草妈妈发觉上当时已经晚了。她只好忍受。当初她可以替别的受气妇女做主,如今却没人替她做主了。

好在春草爹是个性情温和的男人,人们很少听见他高声说话,而且他也没有村里其他男人的恶习,比如调戏女人,比如赌博,比如酗酒。高小毕业的他和他们还是不大一样的,没事的时候春草爹总喜欢找点儿有字的东西看看。实在没看的就看账本。但春草妈妈对他还是很不满意,觉得他太软了,"窝囊废",她常这么数落他,面对他阿姐的蛮横不讲理他从不反抗。阿姐吃住和他们在一起,从不交一分钱。偶尔从她那里拿点钱她就骂个不停。春草妈妈不敢和她公开干,只好骂自己的男人。其实她没想过,像她这样性格刚硬的女人,恰好就需要丈夫这样"软性"的男人。两个刚硬的人到一个屋檐下过还不得折断一个?

不过这回因为春草的出生,两个女人的矛盾激化了,或者说升级了。两个人大干一场,指天骂地,捶胸顿足,两败俱伤。

本来大姑子骂归骂,还是打算出钱的。大姑子有钱,大姑子的钱让春草妈妈生气:她一天到晚闲着,口袋里却总是有钞票,而且这钞票让她腰杆死硬舌头如刀。以前家里有需要时,大姑子也会拿出一点来的。没想到这回春草妈妈不但公然顶撞了她,还说拒绝要她的钱。这让她的一肚子火没法烧起来,像湿柴火冒浓烟熏得她难受。于是她把仇恨转嫁到了春草身上,这个刚刚落地的孩子成了她的攻击对象,她每天只要一见到春草就会说:"从没见过嘎丑个女伢儿。麻头鬼仔!"她吧嗒吧嗒地抽烟,看着春草姆妈背着春草忙里忙外,吐出一口烟说:"活该!生个贱女子,赔钱的货!"

春草姆妈不知是因为淋了雨还是因为营养不良,也许是因为提前一个月生产,总之产后没有奶水,身子很虚弱,只能给春草熬米糊糊吃,米糊糊不顶饿,春草总是哇哇大哭,加上大姑子的詈骂,更让春草姆妈觉得个伢儿的到来让人心烦,雪上加霜。

"寻死口啊你这个哭法?想收我的命啊?饿死鬼投胎的精怪!"

春草就是这么在骂声中来到这个世界并小心地成长的。懂事后的春草并没觉得委屈。她以为所有的孩子都是这样长大的。尤其她还从骂声里得知,姆妈生她后落下个毛病,一到阴雨天就腰酸背痛,而他们家乡的雨水又来得个多,春草挨骂的时候也就来得个多。她觉得她该挨骂。姆妈说:"都是因为生你啊,我遭这么大个罪!"这是最斯文的骂法,是有外人来才使用的,一般情况下姆妈是骂:"你个死精怪,你要克死我啊!我哪辈子欠了你的啊?作死啊你!"

于是春草从睁开眼的那天起就开始察言观色了,她小心翼翼,看姆妈的脸,看大姑妈的脸,看老天爷的脸——碰上阴天她得格外小心。唯有父亲的脸是她可以放松面对的。

其实春草姆妈总骂这个女儿,却是最需要这个女儿的。尤其是后来,她又生了个小儿子,这种需要就明显地显现出来了,她嘴上不说,心里还是庆幸自己有个女儿。女儿替她承担了一半的劳作。春草的童年是这样度过的：三岁帮姆妈烧火；四岁抱弟弟，给大姑妈捶背；五岁给大姑妈打洗脚水，洗碗刷锅；六岁捞猪草，赶鸭子，上山捡柴；七岁以后，她就成了她姆妈全方位的得力助手。春草姆妈认为，不，是村里所有的姆妈都认为，女伢儿是替别人养的，在交给别人之前应该把她用够，否则吃亏死嘞。

长到七八岁的春草依然矮小瘦弱，但一双眼睛却是无比明亮，偶尔朝人看时，那光亮总会把被看的人吓一激灵。她姆妈发现了这一点，训斥道："你那样用力瞪眼做啥啦？还怕别人把你当瞎子不成？"

春草就埋下脸去。

有人说"抬脸的女人低头的汉"，这两种都是厉害角色。春草却是个"低脸"的女人。所以没人在意她。连她自己也没在意自己。

真和他们家房后那窝竹子一样，那么薄的地，那么一点雨水，就唰唰地长起来。母亲对她的不待见——说虐待似乎重了些——让她心生一个强烈的愿望：一定要做个有本事的人，长大了离开母亲。

1968 年
冬至：
两块米糕

七岁那年，大姑妈死了。

这让春草很不习惯，春草从三岁起就和她一起睡了，虽然大姑妈从来没给过她好脸色，虽然睡觉之前她得给大姑妈捶背、打洗脚水，听她唠叨，虽然大姑妈困觉时打呼噜，常常把她从睡梦中惊醒，但毕竟大姑妈是和她最亲近的人。有时大姑妈会和她讲很多话，讲从前我是怎样怎样的，还讲以后你要怎样怎样。尽管她听不明白，但她感觉大姑妈是信任她的，那些话大姑妈是不会对她姆妈和爹爹说的。

当然她也挨过大姑妈的揍。有一回她刚进屋，大姑妈一把揪住她的耳朵说："你把我的玉簪子偷哪儿去了？你个贼女子！"

春草拼命摇头。大姑妈说："是不是你姆妈叫你干的？我早知道她眼热我的东西。告诉我，我去找那个雌老虎算账！"春草还是拼命摇头，眼泪都被她揪出来了。她哪里敢动大姑妈的东西啊！她一边摇头，一边透过泪花看到柜子和墙的缝隙里，有一点光亮，她像抓到一根救命稻草一样朝那里指。大姑妈转过头去，果然在柜子后面找到了玉簪。她把玉簪捡起来，在衣襟上擦了擦，插到脑后的发髻上，哼一声说："我谅你也不敢！"

大姑妈转身要出门，忽听春草在背后大声喊道："我不是贼！"

那声音惊人的刺耳。

大姑妈吓了一跳，回过头看着春草，春草仰着头，咬着嘴唇，眼睛死死盯着她。眼里有泪光，还有仇恨。大姑妈笑了一下，又回转身一把揪住春草，凑近她的头发闻了闻说："我说怎么那么臭，你有多长时间没洗头了?猪猡一样。"

说罢她把春草拽到院子里,打来一木盆水,把春草的头按进盆里使劲儿地洗,还不够,又拿来搓衣板把头按在上面用力地搓,疼得春草龇牙咧嘴。可她挣脱不掉。大姑妈一边洗一边在她头发里扒拉,不满地说:"一个小囡,怎么长出两个旋儿来?犟驴一头,以后够你姆妈受的。"春草不明白大姑妈指的什么,她也没心思问,她只巴望赶快洗完,脱离大姑妈的魔爪。洗完之后大姑妈看看春草,竟然笑了一下,说:"小赤佬还是蛮清秀的。"

打那以后隔三岔五的,春草就要上一回搓衣板,被大姑妈洗掉很多头发。对此春草又怕又有些喜欢,她喜欢的是洗完头后,大姑妈总会朝她笑笑。而且再碰上姆妈打她的时候,大姑妈就会站出来阻拦:"你拿我小囡出什么气?"

那口气好像洗了几次头就把春草洗成她的了。然后一把拉过春草:"过来帮我捶背!"

春草姆妈说:"你个小囡?你一毛不拔还想白捡个囡?"

大姑子说:"你以为这几个伢儿是你的?都是我们孟家的!不是我们孟家娶了你你会有囡?"

春草姆妈说:"我累死累活地给你们孟家生伢儿养伢儿,你还说这种没心没肺的话?嘎昧良心会挨雷劈的!"

大姑子觉得有些理屈,狡辩说:"昧良心?我这个人从来不昧良心,我连个昧字都不会写。小囡你说是不是?"

没想到大姑妈突然死了。死在不冷不热的十月，阳光明媚的秋天。她可真会选日子呢。死之前春草一点儿也不知道，大姑妈没和她打招呼，甚至没像以往那样跟春草说，她难过，她不想活了，早死早享福，等等。以往她常这么说。但死之前的那个晚上她却什么也没说，倒头就睡了。第二天早上春草天不亮起来烧火做饭，她还在睡。等做好饭去叫她叫不动，才知道她死了。

父亲默默地流泪，母亲却依然高声大嗓地骂。春草从母亲的骂声里听明白了一件让她万分吃惊的事：大姑妈留下了遗嘱，如果她死了，就把她剩余的积蓄和私人物品都留给春草。

姆妈骂的就是这个。她怎么能把钱留给春草呢？若只是铜火熜玉簪子也就算了。是自己一直在伺候她，给她吃供她穿，她却把钱留给了那个女伢儿。哪怕她留给她阿弟，或者留给她三个侄儿也好啊，却偏偏留给那个迟早会进别人家的女伢儿！这说明那个老女人到死都不原谅她，都对她不满，都跟她作对。难道她把自己选进他们孟家的门，就是为了折磨自己吗？

春草爹小声劝阻说："人都死了，不要再骂她了。"

春草姆妈将那根玉簪子斜插在自己的后脑上，叉腰道："我也不想骂啊，但是不骂不来事的！树怕剥皮人怕伤心，我被她伤透心了！我不骂她我会死掉的！我死掉了哪个来养你的猪你的鸭你的四个伢？"

春草听明白后，才知道自己在大姑妈那里是很重要的，也才发现大姑妈在自己这里也是很重要的。晚上睡在没有大姑妈鼾声的床上，没有大姑妈烟味儿的屋子里,她竟然睡不着了。她想起大姑妈叫她的声音:小囡——声音拖得长长的,很有些派头。这个家里只有大姑妈叫她小囡。还有大姑妈对她说的那些话,那些她以前听不懂的话,在那个晚上她突然都懂了。大姑妈说她从前也是很好的一个女人,父亲母亲去世很早,是她把几个弟弟带大的。村里人见她又能干又贤惠,模样也好看,都争着给她做媒。她挑三拣四,选了个家境好又读过书的男人,她哪里知道那个男人是有肺痨病的。她和他订了婚,还没正式办呢,他就死了。按当地风俗,她已经是那家的媳妇了,要再嫁的话需得婆家的同意。婆家一直不发话。而她为了养活弟弟,也舍不得退回嫁妆。后来弟弟们一个个都娶了媳妇,公公婆婆也先后去世,她成了一个三十多岁的"老寡妇",再来介绍的,都是些歪瓜裂枣了。她哪里肯受那个委屈?于是拿定主意不再嫁了。她还说她这样的女人放在过去是要立碑的,他们村西头上那个高高的牌坊,就是为一个女人立的,那女人是嫁过去"冲喜"的,男人连看都没看她一眼就死了,于是她留在婆家侍候了一辈子公婆。不过大姑妈又说还是不立碑的好。立碑的女人命太苦,死了还用石头压着,下辈子也难翻身。说来这个弟媳妇也是她自己选中的,可一进门,她是怎么看怎么不顺眼。尤其听见她用那么响的喉咙和她弟弟说话,她就鬼火冒。哪有女人家这样和自己男人讲话的?她当时只想找个能干的身体好的,没考虑脾气问题。所以每每和弟媳妇发生冲突,她都会骂自己瞎了眼。

大姑妈还让春草明白了一件事,就是女人一定要自己有钱。大姑妈反复说，她若不是身上有点儿钱，早给她姆妈当下酒菜吃掉了。春草虽然不相信自己姆妈会吃掉大姑妈，但她还是相信大姑妈之所以神气活现，是因为她有钱。她手头那些钱，是她婆家在公公去世后分给她的，算是对她一直未嫁的补偿。到底有多少，春草一直不清楚，因为她没有享用过。春草姆妈哪里肯执行大姑子的遗嘱？她除了把大姑妈那个冬天从不离手的铜火熜给了春草，钱是一分没让她见着。

春草心里有气。她从母亲的骂声里已经听明白，大姑妈给她留了钱的。虽然她不清楚钱到底可以做些什么，但是有钱就不会被姆妈打骂，这是肯定的。钱是护身符。

可她不敢说，也不敢问。那只会找骂。好些日子她一看见姆妈就盯着她看，可姆妈没工夫看她。洗衣烧饭喂猪喂鸡砍柴担粪腌咸菜晒红枣纳鞋底补衣服，忙得连撒尿的工夫都没有，春草经常看见她在炉台边上跳舞一样，手在灶台上忙，脚在灶台下来回倒腾，尿憋的。

春草也忙啊，姆妈像个大陀螺，她就像个小陀螺。姆妈的指令总是一个接一个地下达："阿草，碗盏洗洗掉！""阿草，把那盆冬菜晒出来！""阿草，把柴火搬到灶房去！""阿草，给我搓根线！""阿草，火去烧烧旺！""阿草，把你个阿弟寻回来！"

即使如此母亲对她仍没一句好话。夜里困觉，春草刚把大姑妈的铜火熜烧热放进自己的被子里，母亲就进来了，下达指令说："去，把那个铜火熜给你阿弟用！"这个指令春草不肯执行，铜火熜是大姑妈留给她的唯一的东西，天嘎冷，她的一双手每天都僵得不能弯曲，上床后若没有铜火熜，到天亮都冰冰凉。母亲瞪她，她用身子挡住，母亲上来一把推开她，抢走了铜火熜。

春草躺在床上又气又冷，用嘴哈着一双僵冷的手，可嘴里能哈出多少热气呀？她睡不着，只好爬起来，用家里那个竹篾包着泥巴做的土火熜取暖。没想到土火熜刚拿上床就打翻了，一小堆炭火刚好倒在她的胳膊上，当即刺啦一声，烫出一股青烟来。春草痛得钻心，想，我到底是不是姆妈生的呀？怕不是捡来的吧？可为什么姆妈老说，都是因为生你个要命鬼，我落下个腰痛的毛病。那么，姆妈是因为生了她生毛病了，就恨她了？春草这么想着，心疼，心痛，气恼，悲伤，一夜没睡着。

第二天母亲知道了，一边骂，一边弄了点菜油给她涂涂了事，照样给她下达这样那样的指令。胳膊上的疼痛让春草做起事来气不顺，端咸菜盆时一家伙把盆子打翻了，拿柴火烧火却拿进堂屋去了，母亲自然是骂不绝口，声浪滔滔。春草心里便有些恨恨的。

烧火时，春草看着锅台上热腾腾的蒸汽发呆，在那热腾腾的雾气里她看见了大姑妈，大姑妈竟是笑吟吟的，嘴里好像还在念叨什么，一旋儿犟，二旋儿拧，三旋儿打架不要命。你个小囡长那么大两个旋儿，以后够你姆妈受的。春草忍不住埋怨说，大姑妈你为什么不把钱悄悄给我啊？拿给姆妈我就再也拿不到了，她还会打我的。大姑妈说，小囡，自己去挣钱吧，长大了做个有本事的人……自己怎么挣啊……春草往炉灶里添了一把柴，又添了一把柴，红红的火光映着她的脸，还有她满腹的心事……

忽然，一根柴棒飞过来，惊飞了她的胡思乱想，春草下意识地偏了一下头，还是没能躲开，飞来的柴棒打中了额头，一阵刺痛。她捂住额头，抬眼看见姆妈正指着她大骂：

"你作死啊？你个呆头鹅！嘎大的火你烧猪头啊？"

春草这才闻到焦煳气。热腾腾的白色蒸汽已经变成一股黑烟了。原来她把火烧得太大，一锅红薯全焦了。今天这是怎么啦，什么事情都出错。春草吓得要命，真是闯祸了。她深知这锅红薯的重要，那是姆妈准备用来做红薯干的，干重活时当干粮的。

姆妈打了一柴棒还不解气，想冲过来再打，春草跳起来朝后退，被柴火绊倒，一屁股坐在地上，无路可逃了。冲过来的姆妈看见了她额头上的血，这才停下来，扔掉手上的柴棒说："这么焦煳的东西你让我怎么办？猪都不吃！你真是气死我啦！你个麻头鬼仔！"

春草坐在地下不动，她感觉到血液正从额头爬下来。痛倒是不大痛，没有烧伤的地方痛，可是流血了啊！以前她也被姆妈打过，但还没流过血。在春草看来流血是件大事。她想，我流血了，流血要死的。这太好了。大姑妈说死了就享福了，什么都不用做，也听不见骂。春草怀着一丝快感等着那血淌下来，她希望淌得越多越好，她感觉不到痛。

一会儿，姆妈拿了块毛巾过来，要给她擦，她用两只手挡着坚决不让。气得姆妈把毛巾往肩膀上一搭，说："好，你去死吧，死了我省心！你个犟头犟脑的死女子，黄檀树根养媳妇精，三天不打就成精！"

"黄檀树根养媳妇精"基本上成了春草的名字，母亲不厌其烦地这么骂她,一个字也不省。那春草就要做个黄檀树根给她看看,她坚定地凝住神,让那股细细的血流蚯蚓一样爬过脸颊,过了一会儿,又有一条蚯蚓兄弟似的跟着爬下来了,它们爬过眼角时,把春草的眼角给粘牢了,让春草的世界小了一半。两条"红蚯蚓"最后凝结在脸上不动了。春草以为它们会一直流下去,流满整张脸,好让事态扩大,让全村人都知道。没想到它们流了这么一会儿就算了,春草有些遗憾。

父亲回来了,看到春草脸上的两条"红蚯蚓"还是吓了一跳,他马上就明白是怎么回事了,但也只是叹口气,他不是这个家的法官,连个妇女主任也顶不上。春草尽管明白,但还是很失望。父亲一声不响地替春草擦脸,春草没有推开父亲的手。父亲从来不骂她。但她僵硬着。血迹已经干硬了,很不好擦,父亲沾了许多水才把它们擦掉。

黑暗中春草瞪着一双眼躺在床上。她想,也许今天夜里她会死掉的。她被烫伤,又被打伤,流了血,难道还不死吗?但她不能白白死了,要让大家都知道她多么委屈。可怎么才能不白死呢?她总不能躺到村头上去,天太冷了。她想不好,糊里糊涂不知什么时候就睡着了,一觉醒来天都亮了。

春草吓得一个激灵坐了起来,母亲竟没来叫她起床。破天荒的。而且那个铜火熜竟然在她的被窝里捂着,还是热的。往常这时候她早就在灶房里忙碌半天了,就是没醒也会被姆妈揪起来的。额头上隐隐的痛让她想起了昨天的事:她被烫伤了,然后把红薯烧焦了,母亲打了她,她流了血。她没想到流血也不会死,人的命嘎硬。除了脑袋有点疼,胳膊有点儿疼，别的地方和原来没什么两样。春草有些沮丧。

春草爬起来，把那面破了一只角的镜子拿到院子里，对着亮处梳了梳头发，然后饭也没吃就出门了。

夜里下了雨，到早上四处都还是湿答答的。他们这一带雨水很多，春雨接梅雨，梅雨接秋霖，就是冬天也总是阴雨绵绵，地上烂烂湿，空气中有股泥土的腥味儿。春草从小就熟悉这味道了。其实她不喜欢下雨，下雨姆妈的腰会痛，脾气会更躁，她的事情也会更多。可喜不喜欢都由不得她，不要说老天爷的事，这世上哪件事是春草说了算的啊？但今天春草想自己做一回主了。她走在路上，低着头，不看前面，只看自己的两只脚。两只脚上的鞋都烂得不能再烂了，前面露着洞，大脚趾探出头来，后面露着脚跟，脚跟已冻得红肿发亮。但装在破鞋子里面的两只脚却是很坚定很有主意的样子，飞快地朝前翻动。村里人见了说："个女伢儿，越来越像她姆妈了，走路风一样快。"

春草讨厌别人说她像姆妈，她怎么能像她姆妈呢？雌老虎一个。大姑妈讲的。春草不是雌老虎，春草属牛，一头辛苦的牛。她有意放慢了脚步，想像爹一样稳稳地走。脚下的青石板路光光亮亮的，被经年的雨水洗得如玉一般滑润，一些碧绿的小草从石缝里冒出来，很鲜活很天真的样子。都冬至了，小草还不躲进地下去暖和，钻出头来贪玩儿。春草小心地不去踩到它们。她也是棵草啊。积雨在松动的石板下咕叽咕叽地响，很快就弄湿了她的鞋，两个大脚趾冰冰凉。

走到村西那个贞节牌坊下，春草站住了，牌坊立在那里显得那么孤单冷清,让春草想起了大姑妈的话:不要做牌坊下的女人,太苦了,苦得要用石头来压。还是活着个辰光享福好。春草继续往前走,速度又快起来。她实在是慢不下来。一双露着指头的脚板飞快地翻到了镇上的废品收购站。春草在门边站住,定定神,走了进去。十几分钟后,她顶着乱得像鸡窝一样的头发走出来了。她把头发卖了。

"我有钱了。"

春草的手紧紧攥成一团,手心里是两张毛票和三枚硬币,还有一些汗。那个女人递给她时她没敢看,一把就攥住了。到底是多少,她也不清楚。现在她的腰杆也像大姑妈一样挺得死硬死硬的,我也有钱了,有了钱姆妈就不敢打我了。以前姆妈每天骂大姑妈,可从来没动手打过她,那就是因为大姑妈有钱。春草这么想。

可春草攥着钱怎么心慌呢?头也发晕。她想起自己没吃早饭,而且她还流了血。大姑妈说人流出绿豆大一点血,就要吃一个鸡蛋才能补上。她流的血可是有一把绿豆那么多,那不得吃上一篮子鸡蛋才行?

春草沿着一路的摊贩走过,卖甘蔗的,卖荸荠的,卖橘子的,还有姜渍糖、豆酥糖、麻酥糖,她嫌它们不饱肚,油条芝麻饼云吞肉馒头,她又嫌它们贵。最后她在卖米糕的铺子站了下来,踮起脚,指指米糕。

老板说:"你要买吗?"

春草点点头。

老板说:"要几个?"春草比了两个手指头。老板说:"你个小囡,是哑巴子啊?"春草也不吭声。老板把两个米糕包好,递给她,春草把攥着的手心摊开,钱露了出来。老板拨拉了一下,拣了一个五分的硬币,说:"够了。其他的钱拿好,丢了姆妈要骂的。"

春草冷不丁地说:"是我的钱。"老板说:"原来你会讲话。"

春草重新攥紧了拳头,然后开始吃米糕。两个米糕也只有两口好吃,还没走出镇子就不见了。春草感觉肚子还是空的,头还是晕的。但她没有再倒回去买。日子还长呢。她要赶紧回家,太阳已经老高了。

一进院门就听见姆妈的喉咙炸开来:"一大早你死到哪里去了?"

春草不响,噔噔噔地走到母亲跟前,把手摊开。母亲没顾上看她的手,而是瞪大了眼睛盯着她的脑袋:"要死了,你的头发怎么回事?"她用手在春草的脑袋上薅了两把,又薅了两把,把春草的头都薅晕了。春草把脑袋从她手上挣开,再次亮出自己的手心,这回姆妈看见了:"哪儿来的钱?"春草指指自己的脑袋,说:"我自己的。"

母亲回过头大声地冲着春草爹喊道:"哎,你快来看看你个小赤佬,能干得不得了啊,把我的头发都卖掉了,下回还不知道她要卖什么呢!个麻头鬼,真是三天不打就成精!"

春草不明白明明是她的头发,姆妈为什么说是她的呢?还有,为什么姆妈看见她有钱了,没有对她客气一点?还没容她回过神来呢,姆妈就一把抢走了她手里的钱,然后转身到厨房拿出个鸡蛋,塞进她手里,鸡蛋热乎乎的。

"吃掉!"

一直到很多年后母亲还会和别人说这事:我们家那个死囡,人小鬼大,还没有扫把高就知道挣钞票了,我都还不知道头发好卖钱,她就把我的头发拿去卖掉了。卖了三角三分,两斤盐都不够买。

这就是春草此生挣得的第一笔钱:三角八分。其中有五分买了两块米糕。母亲一直不知道。

1970年初秋：
心口痛

春草知道自己对母亲的笑充满了讨好的意味。母亲是亲生母亲，这个她已经认定了。对亲生母亲原本不用这样讨好，但很困难。从这个夏天开始，甚至从今年过了春节开始，她只要一面对母亲，就忍不住那样笑，她控制不住地想讨好母亲，想改变母亲对她的态度。可是母亲像没感觉似的，对她的讨好笑容没有一点回应，偶尔有的话，就是蹙蹙眉头。春草很怕母亲蹙眉头。但她想好了，在母亲没有明确发话之前，她要勇敢地迎着母亲的蹙眉傻笑。另一间屋子里，弟弟和两个哥哥都睡得很香。春草不嫉妒他们。哪有月亮嫉妒太阳的。

可是眼看九月就要到了，开学的日子就要到了，母亲还是不发话，还是对她的笑容熟视无睹。春草心里有些急了。急到八月的最后一天，春草终于忍不住了。早上她把所有的事情做好之后，就开口问母亲："姆妈，我上学的事……"

母亲好像忘了这事似的，长长地"噢"了一声，然后放下手上正在剥的玉米，走过来拍拍春草的脸颊，并叫了一声"乖囡"。春草的心立即一沉，春草拼命托住它不让它沉下去，镇静地望着母亲。母亲从来没有叫过她"乖囡"，母亲总是叫她最难听的那些字眼儿，什么"麻头鬼"，什么"犟驴"，什么"死精怪"，还有那个"黄檀树根养媳妇精"。母亲并不看她，说："姆妈知道你最懂事了，不像你弟弟，也帮不了我还净让我操心。这个家还真少不了你呢，姆妈真舍不得让你离开半步……"

母亲的话还没说完，春草就一屁股坐在了竹椅上，是那颗下沉的心把她给坠下去的。母亲继续说："老实讲，你一个女伢儿，上学也用处不大,你看姆妈,读了个高小,有啥用场?还不是一天到晚做生活?你以后嫁个好人家比什么都强。不要像姆妈这样跟着你爸爸受穷。"

春草继续下沉着,沉得连头也支不住了。她把竹椅一转,面对墙壁,一头顶住了墙。她在心里大声喊,不!我不!

母亲跟过来,蹲在她身边,继续轻言细语地说:"姆妈也想过了,我们春草嘎懂事,从现在开始,上山打柴这种粗活就不要你做了,你在家里学绣花,好不好?挣的钱姆妈给你存起来以后做嫁妆。你不要眼热梅子,梅子在家里面一点用场也没有,不读书做啥啦?"

母亲从来没有这样和春草说过话,声音温柔得像秋天里的细雨。母亲的声音从来都是在春草的耳边炸响的,春雷一般。但春草不但不感动,反倒越发地委屈了。

母亲又一次骗了她!总是这样拿好话哄她,而不满足她的真实愿望!

春草的心烧起来了,火苗呼呼的。母亲见她一声不响,有些蹙眉头了,提高了一些声音说:"咦,我讲话你听见没有?"春草还是不说话,也不动。她在强忍着不让火苗烧到外面来。母亲生气了,扯着喉咙说:"你不要不知道好歹!"停了停又说:"反正你高兴不高兴都是这样了!想读书?我哪里供得起四个伢儿读书!你两个阿哥都要上中学了,你阿弟也该读书了,我哪里负担得起?"

母亲终于讲出了实话,是吼出了实话。

父亲听见了,从院子里走进来。春草听见父亲的脚步声,心里更加委屈伤心了。父亲肯定早就知道了母亲的决定,也不吭声。他们都骗她,一起骗她。没有人真正想着她。父亲走到她身边,一句话还没说呢,母亲就叫道:"让她去,别管她!真是竹子脱胎的,杠头杠脑!黄檀树根养媳妇精!我前世欠了她?嘎会作孽!"

父亲叹口气,用手摸摸她的头,出门了。这个家一直是母亲说了算。母亲是家里的皇帝。也不对,皇帝是不干活的,母亲总是做死个做。那母亲是家里的什么呢?

春草想不出来,继续用头顶着墙,她不知道自己要干什么,她只是不想面对母亲,不想面对这个让她失望至极的世界。墙壁一点儿也不平整,头顶在上面,白灰和土渣子不时地掉落,细细的。过了一会儿,她听见母亲也出门去了,大概是带弟弟报名去了。看来母亲已经铁了心不管她。她觉得一口气冲上来噎在了嗓子里,她想哭,但没有眼泪。她只是更加用力地顶墙,好像那面墙是母亲。为什么?为什么?就因为我是女伢儿吗?

母亲怎么能这个样子说话不算话呢?一个大人怎么能说话不为话做主呢?

前年春草就该上学了,当时母亲说家里实在是离不开她,叫她等一年。她等了一年。去年母亲又叫她再等一年,她不愿意等了,比她还小一岁的梅子都上学了。母亲就哄她,说她是个能干的孩子,比个大人还顶用,比两个阿哥都顶用。那梅子能做啥事体?不去读书在家也是闲着。春草被母亲说动了。母亲的嘴是村里出了名的会说,还没出嫁的时候就在娘家当过妇女队队长。春草就认认真真地又帮了母亲一年,像个小陀螺似的又在母亲身边转了一年。

　　家里的事情也实在是多,除了农活之外,光是做饭母亲一个人就忙不过来。六个人的饭呢,一做就是一大锅,单是每天烧的柴就是个大问题。还有那些鞋,春草想起来就心烦,总是一双还没做好,下一双又破了,母亲的手永远也赶不上家里那四个男人的脚。母亲要坐下来纳鞋底,她就得去做其他的粗活,比如切猪草,比如喂鸭子。母亲实在是舍不得放走她这个好帮手。

　　偶尔得空,春草就趴在教室门口看梅子读书。梅子上课总是搞小动作,根本不好好听老师讲。春草看着着急,真想进去把梅子换下来。有一回梅子被抽起来回答问题,答不出,很简单的问题啊,老师问她家里有八只鸭,七只鸡,它们每天都各生一个蛋,一天一共生多少蛋?她在外面忍不住替梅子回答说,十五个。老师很吃惊,走出来问她为什么不上学。她害臊地低头不说话。本来她很想告诉老师,那些鸡鸭不可能每天都生蛋的,它们没那么听话。但她不好意思说。她那么大个姑娘了,竟然还没读书,丢人。她跑开了,从此不再去学校。她想等母亲给她报了名,堂堂正正地坐在教室里。

　　没想到好不容易熬到今年,母亲又变卦了,又不让她去了,让阿弟去。阿弟比她小三岁啊!春草已经九岁半了,梅子都上二年级了。春草气呀。想想快开学的这些日子,她一直提心吊胆地过,母亲叫她做什么她都跑得飞快,母亲怎么训斥她她都不生气,脸上总是挂着笑容,都笑累了,可母亲还是不让她去。什么弟弟不能干活,根本就是母亲不让他干,母亲把弟弟宠得像地主家的少爷。其实弟弟的个子都比她高了。春草发誓这回决不上母亲的当了，任母亲怎么说好听话她也不干了。她要读书，她要和梅子一样背着书包去学校。

不让她读书她就去死！家里需要帮手？为什么只让她当帮手？为什么两个阿哥就可以不管呢？为什么他们上了小学还要上初中，她却连个小学都读不成呢？不让我上学又何必把我生出来？

春草顶着墙在心里和母亲吵架，她觉得一股气在她的体内冲来撞去，整个人都要被冲进墙里去了。她想好了，如果母亲不答应，她就一直这样坐着，不干活也不吃饭。她要抗议，她一定要抗议。黄檀树根养媳妇精，要硬就硬到底了！春草从小没顶过母亲的嘴，就像父亲从没顶过母亲的嘴一样，她不会撒娇，她连哭闹都不会。所以除了跟自己过不去，她不知道她还能怎么样。

黑黑的地面上，有大大小小的坑，有一个大大长长的坑，像母亲的眼睛。母亲是好看的，春草不像母亲，像父亲。村里的潘家阿婆不是说女伢儿像爸爸有福吗？为什么自己没福？为什么自己要生在一个姆妈只喜欢男伢儿的家里？春草知道，家里并没有困难到交不起她的学费。父亲是生产队的会计，母亲出了名的能干，他们家无论是茶园还是菜园，都是村子里管理得最好的，他们每年养的鸭子也能挣不少钱。他们也没有老人需要赡养，唯一一个"闲人"大姑妈也去世了。这些春草都明白。母亲之所以这么节省，是为了盖房子，因为她经常把这话挂在嘴上。她心情好的时候就会说，我看我们还可以盖更大一些。心情不好的时候就说，你们就一辈子住这个烂房子吧！春草想不通，他们家已经有房子了，虽然不算村里最大的，也够住了。为什么还要盖房子呢？就因为盖房子，母亲把钱抠了又抠，恨不能把春草也卖了换钱。

不知过了多久，门吱呀一声响，有一个人影挡住了光亮。是父亲，只有父亲会这样默不作声地站着。春草从太阳光照进来的角度判断出，已经是正午了。春草还是用头顶着墙。父亲说："阿草，吃饭去吧。"春草不动。父亲叹口气走了。父亲只知道叹气。我要是做父亲，谁不让我的孩子读书我就揍谁！这么一想，春草吓了一跳。父亲揍母亲吗？那是万万不可能的。

过了一会儿弟弟又来了，说："阿姐，去吃饭吧。"春草还是不动。弟弟就说："你要去读书你去读好了，我还不想读呢。我跟你换好了。"春草仍是不动，她知道弟弟说了不算。这时她听见母亲在堂屋大声喊："都不要理她，看她犟到啥个辰光！个黄檀树根养媳妇精，三天不打就成精！"

门关上了。春草觉得脑袋顶得有点儿痛了，她稍稍松了一下头，脖子是僵硬的。但没感觉到饿。一定是气在肚子里装满了。姆妈也一定气死了，一直骂她。骂就骂，春草想，不让我读书我就饿死。我饿死了，看你们怎么办，看你骂谁去。

春草开始想她饿死以后的情形。

父亲肯定会哭的，父亲心疼她。弟弟也会哭的，弟弟从小跟在她屁股后面。两个阿哥呢？他们从镇上回来一看，阿妹死了，还不吓得惊叫唤？他们肯定会说是母亲不对，母亲不该不让她读书。母亲会哭吗？春草没把握，她从没见母亲哭过。有一次闹猪瘟，他们家的猪一下子死了三头，父亲都掉泪了，母亲却整整骂了三天，见锅骂锅，见扫把骂扫把，就是没有哭。母亲虽然长得好看，性格却像男人。父亲反倒有些像女人。春草不明白既然父亲那么怕母亲，为什么要娶她？为什么不娶一个像梅子姆妈那样说话细声细气的女人？

有一段时间，春草感到自己似乎睡着了。再醒来时，屋子里黑了，地面上的坑坑洼洼都看不见了，姆妈的"眼睛"也没了。家里怎么没动静了呢？正想着，春草忽然听见有人吼起来："你到底要怎么样啊？！你真要让伢儿饿死啊？"

天哪，是父亲的声音！她从来没听见父亲这样说过话。父亲竟然有那么大的嗓门！母亲大概也和春草一样吓了一跳，半天没有回应。后来总算回了一句："我没钱，四个小赤佬都要读书，我上哪儿去找那么多钱交学费？"

钱！又是钱！我长大了一定要挣钱！春草咬着嘴唇，在心里发誓。

父亲说："阿姐不是给她留了钱吗？"

母亲的喉咙又响了："啊，嘎许多年了你还惦记着那点钱？难道我还能把它吃了？还不早被你们这几张嘴吃了喝了！"父亲说："那就不能想想办法？你自己也是读过高小的，怎么就狠心让她当文盲？"

母亲的喉咙更响了："我高小读了又怎么样？还不是做牛做马地做？！我享过一天的福吗？认那几个字有屁用！是能当吃还是能当穿？

就因为我自己这个样子,我才不想让她读了!"

父亲说:"你是后娘啊?你看看她那个样子就不心疼?!我也不吃了,要饿死大家都一起饿死好了!"

母亲不再响了。过了一会儿,弟弟跑过来说:"阿姐,姆妈让你上学了,快去吃饭吧。"

春草听到这个消息,想站起来竟站不起来了,她的身体僵住了。弟弟以为她没听见,又冲着她的耳边大声说:"姆妈让你读书了!"她还是动不了。弟弟就伸手拉去她。

春草被弟弟拉起来后,有些站不稳,很快她就感觉到心口痛得厉害。她想,这是气的。过去她常听母亲说,你真是气死我了,气得我心口痛。看来自己也被气得心口痛了。春草感到欣慰,看来她是真的生气了,不是装给母亲看的。要不怎么会心口痛呢?她才十岁呢,就生了大人的毛病,这多少让她有一些自豪。

春草被弟弟牵着手走到堂屋,这也是从来没有过的事,从来是她牵弟弟的手。母亲坐在屋里,阴沉着脸不看她。一看母亲的脸色,春草就知道母亲真的同意她上学了。父亲盛了碗饭递给她,又给她掸了掸头发上的白灰,那是墙上蹭的。春草端上碗,见母亲面前的饭一口没动,心里有些歉意,但她顾不上那么多了,她饿极了,端起碗狼吞虎咽地吃起来。

不想一碗饭下肚后,春草的心口痛得更厉害了——春草不知道那是胃痛,也不知道她从此落下了胃病——她趴在桌子上,脸色发白,额头上冒出一层冷汗。父亲察觉了,赶紧把她扶到床上,熬了红糖水让她喝。

春草还是痛得厉害,在床上缩成一团,这时候她才知道,心口痛一点儿也不好玩。母亲走进来,一言不发地从柜子里翻出止痛片,扔到春草面前。春草吃了药,还没等胃痛完全过去,就昏昏沉沉地睡着了。

看来生气也是个累人的事。春草觉得一点力气也没有了。

蒙蒙眬眬中,她感觉到有人在身边说话。

"倔女子,你这个倔女子,嘎样倔头倔脑的以后有得苦头吃!真是黄檀树根养媳妇精!"春草听出是母亲的声音,母亲在跟谁说话?语气和以前不大一样的。"生闷气?哪有这样生闷气的?那闷气都能生啊?那还不像刀一样戳死你!"还是母亲的声音。春草想不通,看不见的东西还能伤身子?但她听出来了,母亲是在和她说话。母亲一边说,一边用毛巾在她的头发上使劲儿地擦,擦什么呢?一定是墙上的白灰。母亲用力地擦,也用力地说:"你没看见有人哭瞎了眼?有人急白了头发?有人伤心吐血?那都是一股气憋的。不能那么憋气,那气就跟刀子一样剜你的肉。实在气不过了你就喊嘛,喊出来不就没事了?你个小赤佬,我怎么生了你这么个倔头倔脑的小赤佬?"

春草想,难怪那次闹猪瘟,母亲骂了三天。春草又想,我不会再生气了,只要能上学,还有什么事情可生气呢?

春草沉沉地睡着了。

1971年
冬月：
九岁的呐喊

春草终于上学了。绝食达到了目的。尽管她从此落下了胃痛的毛病，但春草觉得很值。再说她从不把自己的身体当回事。

春草是班上最大的孩子，虚岁十岁半了。她被安排坐在了教室最后一排，弟弟在第一排。其实她个子还没有弟弟高呢。她也没有书包，发下来的书本只能用一块头巾包着。不过她没觉得这有什么不对，她绝食的时候没想过书包的问题。好在她有根头巾，她宁可自己的头发被秋风吹得像茅草一样，也要把书本包好。她太爱那些书本了，她总是把它们弄得平平展展的，像新的一样。不像弟弟的书本，全像从盐菜缸里捞出来的。春草每天都要枕着这些书本睡觉，不然就睡不踏实。

春草每天早上天不亮就起床，挑水烧火喂猪，把该做的事全都做了才跑去上学。放了学她还得跑回家，赶紧帮母亲烧火，宰猪草，做晚饭。晚上弟弟写作业时，她还要帮母亲做针线，弟弟睡了她才能写作业。而且春草不能上体育课。在他们村小，体育课就是玩儿的课。别人上体育课时春草就去学校后面的山坡上割草，好放学了带回去。可所有这些都不会影响春草快乐的心情。她快乐得走路都不是一步一步地走，而是跳跃着前进。

当然，春草不一步步地走不仅仅是因为快乐，也是为了节省时间。她有太多的事情要做。所以无论是上学还是放学，春草都在路上飞奔，成了村里的一景。村里人看见了都说，春草这个女伢儿，上了学怎么反倒疯癫癫的？

毕竟家里少了春草这个帮手。春草看出父亲和母亲都明显憔悴了。

尤其是父亲，父亲承担了她原来负责做的事，天不亮就上山打柴。还有一个最大的变化，就是家里不再吃荤菜，每天都是青菜萝卜。弟弟看见菜就闹，母亲总是没好气地说："四个人读书，有饭吃就不错了！你以为我是财神爷，我会变钱啊？"

弟弟就不高兴地白春草一眼，好像是她把家里的肉拿去换了学费。春草不生弟弟的气，她也不生母亲的气。虽然她知道母亲是故意的，故意让全家人都感受到她上学带来的后果。但她还是假装没看见，假装没听见。反正只要能读书就行。那个时期，是春草此生最快乐的时期。因为春草终于和村里的孩子一样享受到同样的阳光了，再也不用趴在窗户上听老师讲课了。

春草很会读书，这一点连她自己也没想到。老师在课堂上表扬了她很多回，还把她的本子拿给全班同学观摩，因为她的本子上全是红勾勾，而且干干净净的。她唯一的问题就是不敢举手发言，她一站起来就脸通红，一句话也讲不出来，而且想撒尿。

半期测验的时候，春草竟然考了个全班第一，双百！算术和语文都是一百分！老师在课堂上宣布后，春草高兴得难以置信，脸涨得通红。下了课又跑到老师办公室去证实。班主任李老师明确无误地对她说："没错，你是第一名。两个一百分还不当第一？"春草激动地站在那儿半天说不出话。李老师说："继续努力，春草，等期末考试再得第一名，我就给你发一张奖状。"春草吭哧了半天，终于说："李老师，你能不能上我家去，把这事告诉我姆妈？我怕她不相信。"李老师笑了，说："我的事情很多。这样吧,我现在就给你发一张奖状。"

李老师打开抽屉,拿出一卷红纸,裁下一块儿,在上面画了个框,然后用毛笔写上"孟春草同学在半期考试中取得了全班第一名的好成绩,特发此证以示鼓励",然后落上了李老师自己的名字。

春草拿着李老师手写的奖状,不再如往日那样飞跑回家了,而是慢慢地走,并且把往日的行走路线改成了一条蛇行曲线,在村中绕行。他们村坡坡坎坎很多,不成形,瘦长瘦长的像块红薯。学校在红薯尖上。春草就先从靠北的那条小路进村,走到一半横穿到南面,再顺着南边河沟往家走。十一月的天已经很冷了,入冬的风把春草的两个脸颊吹得又红又糙,也像个红薯一样。春草身上就一件夹衣,黑不溜秋的,还是大姑妈的旧衣服改的,她打小就没穿过件囫囵的衣服。但她没觉得冷。她几乎是有意在磨蹭。她磨蹭不是为了逃避做事,而是为了尽可能地多碰到人。她相信就算母亲知道了她在外面磨蹭的原因也不会生气的。自己为她拿了脸呀,为她争了光呀。她的两个阿哥从来没得过第一名,阿弟就更不要说了。

她要让全村人都知道她春草才是母亲的好孩子,才是最会读书的孩子,最该读书的孩子。春草相信母亲一看到这张奖状,脸上会笑开花的。春草很少看到母亲的笑容,她不知道母亲脸上笑开花是什么样子,她只能想象。但这样的想象让她很快乐,她一个劲儿地发散着这样的想象。

春草不仅走着蛇行曲线,把回家的路尽可能地延长,而且她还有个与往日的不同之处,那就是嘴甜。春草从小到大都不是个嘴甜的孩子,她不爱喊人，话也少。但那天，春草几乎把村里人喊了个遍。"王阿婆，你看我的奖状，我考试得了第一名呢。""阿明姆妈，我考试得了第一名，这是李老师奖给我的。""梅子阿爸，李老师说如果我下次还考第一名的话，她就到城里给我买一个真正的奖状来。"

春草就这样一路做着宣传，一路分享着她的快乐。到了傍晚，差不多全村人都知道了她的快乐，她才回到家。

一进门，母亲劈头就是一句训斥："嘎长时间你疯到哪儿去了？"

春草不计较母亲这样说话，母亲不了解情况呀。她一句也不辩解，只是走上前，把奖状双手递给母亲。母亲看了一眼，真的只有一眼（在春草的想象里，母亲会把手擦得干干净净，拿起奖状仔仔细细地看个不停），依然一点笑容也没有。不要说笑开花，就连个花骨朵儿都没出现。母亲仍旧紧蹙着眉头，唯一有变化的是声音小了些。

母亲说："考第一名就能当饭吃啦？"

春草很吃惊。春草的吃惊来自母亲的话和她的想象之间的巨大差距。春草转念一想，母亲不高兴是不是因为阿弟考得不好啊？阿弟是倒数第一。春草就跟母亲说："姆妈，以后我会帮助阿弟的，我一定好好带阿弟做功课。"

母亲还是蹙着眉头，说："快去切猪草吧，猪叫得厉害。我忙得一泡尿憋到现在，你们倒好，一个个都不回来帮我做。养你们有什么用？！我一天忙到晚，累死累活的，还不是为了你们！你们这些没心没肺的，一点儿也不体谅我……"

母亲又开始了她的长篇唠叨。春草放下她的第一名，去厨房切猪草。不过她一点儿也不生气，即使母亲脸上没有笑开花，即使母亲一句好话也没说，也不能影响她快乐的心情。她还没告诉父亲呢，父亲百分之百会高兴的，他会教训阿弟说，你看看你阿姐，考得多少好啊！她还没告诉两个阿哥呢，他们肯定会表现出一副不相信的样子。这件事春草怎么想都是快乐的。

天色在母亲的唠叨中黑了下来，家人都回来了。

父亲悄无声息地走进厨房来。父亲一定是从村里人口中知道了春草考第一名的事，他从怀里拿出一个咸菜酥饼递给她，小声说："快吃了吧。"春草忙在身上擦擦手，接过酥饼吃。这样的酥饼她只在过年时吃到过。她知道这是父亲对她的奖励。

父亲疼爱地看着她说："乖囡，我就知道你会读书。好好读。"

春草三口两口就吃掉了咸酥饼，又用舌头舔掉手心上的渣子，用力地朝父亲点点头。

那时候春草想，读完了小学我也要像阿哥那样到镇上去读中学，然后我就回到村小做个老师。像李老师那样，每天夹着书本在村子里走，头发梳得整整齐齐，身上干干净净的，讲话细声细气的，而且总是挂着笑容。孩子们成天像蜜蜂一样围着她转。春草相信自己一定会成为一个和和气气的笑眯眯的老师。那是春草所知道的人生最高境界。而且春草还知道，做老师是有工资的，那时候母亲就不敢随便骂她了。

春草把她的第一名奖状用稀饭粘在自己的床头上，继续做着读书当老师的梦。梦里的日子很快，转眼就是冬月了。

这天春草放学回来，觉得有些不对劲儿。父亲蹲在院子里修粪桶，看见她一点笑容也没有。他和母亲生气了吗？可院子里静悄悄的，母亲是不可能静悄悄地生气的。母亲生气骂人时，她走到梅子家就能听见。

春草忐忑不安地走进屋里，吃惊地发现母亲竟躺在床上！春草从来没见过母亲躺在床上的样子。每天她起来的时候母亲已经起来了，她睡的时候母亲还没有睡。在春草眼里，母亲总是站着的，就像他们家那头牛。春草从来没想过母亲也会躺下来。现在母亲竟直直地躺在床上，而且悄无声息，她一下感到十分惊恐。

春草叫了一声"姆妈"，随即就看见了母亲脸上的伤，还有被单上的血迹。"姆妈你怎么了？姆妈你做什么了？"春草冲到母亲床前，喊声里带了哭腔，只有这个时候春草才知道，她还是在乎母亲的。

母亲别过脸去，不说话。父亲在她身后说："你姆妈摔伤了，她上山去给茶树施肥，一脚踏滑了，滚到坡底下，腿摔断了，还有胳膊……"

怎么会这样？怎么会这样？！那片茶园不高啊，那个坡也不陡啊！春草在心里喊，我也上去过，怎么就把姆妈的腿摔断了呢？姆妈怎么就会踩滑呢？春草死死看着母亲，想看出个究竟。母亲还是别过脸不看她。

父亲好像知道她心思似的，解释说："昨天下了雨，地滑，你姆妈也是太累了，脚杆发软……咳！"

春草问："阿明他阿爸来看过没有？阿明的阿爸是他们大队的赤脚医生。"母亲还是不说话，不理春草，好像是春草让她摔了似的。父亲在身后说:"来看过了。阿草,你姆妈……"

春草回头看父亲,她真希望父亲说,你姆妈她问题不大。但父亲愁眉紧锁。春草忽地站起来,紧张地看着父亲。父亲自顾自地说:"你姆妈她这次摔得很重,刚才阿明爸爸说,你姆妈必须卧床休息一个月,不然就会残废掉。现在家里面嘎多事情,恐怕你……"

春草没等父亲把话说完,就站了起来,嘴里喃喃地说:"不,不,还有半个月就要期末考试了,阿爸,我会考第一的,我真当会考第一的!李老师说我考了第一,要奖励我一张真正的大奖状,还有红花,李老师还说……"

父亲说:"我知道的。可是,你看你姆妈……"

春草一下满脸恐惧,一步步地朝后退着。父亲惊愕地说:"春草你怎么了?"春草还是一步步地朝后退,天气十分寒冷,春草的心一瞬间变得比天气还要冷。她退到门边时,突然一转身,撒腿就跑。

父亲在身后叫:"春草你上哪里去?"

春草不理父亲,只是以最快的速度跑,好像只要跑快些,就能跑出这场突如其来的变故,跑出让她害怕的现实。她跑出院子,跑出村子,跑过池塘,跑过牌坊,直接跑到学校后面的山坡上。她跑得比平日里上学放学还要快,比风还要快,她能听见风在她耳边气喘吁吁地说,别跑了,我都跑不动了。春草还在跑,她感觉不到累,她差不多是在飞。好像这样飞,就能飞出噩运似的。她一直"飞"到山顶,在那个打柴时她常常歇息的山顶,她猛地停下来。

春草在山顶停了片刻，呼哧呼哧地喘气，然后用尽全身力气对着山下的村庄喊起来："不——！不——！我不——！我要上学！我要上学！我要上学呀！不——！不——！我不！为什么？为什么呀？！我想读书！你们听见没有？我想读书呀！我——要——上——学——！"

回应春草的，只有她满脸的泪水。

已经是黄昏了，村子里炊烟四起，像一层薄薄的流动的纱罩在村庄上空。薄雾裹着淡淡的炊烟，那是春草十分熟悉的气息。这个时候的村子像一条在大海里飘浮的船，高高的牌坊就像船帆。它要往哪里航行？肯定不是春草想要去的方向。船上没有人听见春草的喊叫，也没有人看见春草脸上的泪。只有林子里的鸟儿知道。尽管它们都认识春草，还是被春草的喊叫吓坏了，它们不知道发生了什么事，它们觉得还是让春草一个人待在这里比较好，于是就扑哧扑哧飞走了。

春草不知道自己喊了多久，喊到后来她发现自己满脸都是泪水。泪水滑出眼眶后变得冰凉冰凉。她不知道这算不算哭？

春草擦干眼泪就回家了。

春草的读书生涯从此结束。一共是一百零六天。春草记得很清楚，也就是说，三个半月。她把她的第一名奖状小心翼翼地从墙上取下来，和她那些书本一起收好，藏在一个只有她自己知道的地方，以纪念她短暂的读书生涯。

这段日子虽短，却在春草的一生中占有十分重要的位置。

1976 年
仲夏:
堂伯的手

春草退学的同时，也就从那个当老师的梦里退了出来。她知道她这一退学，这辈子也不会踏进学校的门了，当然也就不可能做老师了。

没有了梦，春草看母亲的目光就有些仇恨。

当然，她自己并不觉得，是父亲告诉她的。有一天父亲把她拉到门外，那时母亲的伤腿还没有好利落，父亲说："阿草，你不能那样对你姆妈。"春草说："我哪样了？"父亲说："你总是恨着你姆妈。"春草："我没有恨她。"父亲说："你恨了，我能看出来。"春草心里一惊，她想，自己的眼睛这么没用场吗，连心底最深处的秘密也守不住？父亲说："其实你不能读书了，姆妈也很难过。"春草说："她才不难过呢！她巴不得我读不成书。"当然，这话春草没说出声，是在心里说的。她很明白，不管父亲怎么怕母亲，他们都是一伙的。在她和母亲之间，父亲永远都会站在母亲那一边，特别是母亲摔伤以后，父亲更是对母亲百依百顺。正午的阳光白花花地照在院子里，刺得春草睁不开眼。她低着头，不看父亲。但父亲还是明白了春草心里的意思，他说你是不是觉得姆妈是故意摔伤的，好不让你上学？春草心里说，太对了，她就是故意的。父亲像是春草肚里的蛔虫，说："她怎么会那样呢？骨折很痛的呢。再说你也是她生的呀，不到万不得已她哪会让你吃亏呢？"春草说："可我是女伢儿，她不愿意我比她的儿子好。"春草说了这话后觉得不太站得住脚，又说："要不我就是抱养的，不是你们亲生的。"当然，这些话，春草全都只说给了自己听。

父亲见她一言不发，就重复说："你也是她的伢儿嘛，不要那样想。"

春草把头抬起来,眯缝着眼盯着什么也看不见的天空,以示她的不认可。父亲叹口气说:"你是咱们家里面唯一的女伢儿,要多体谅你姆妈才对。人家都说女伢儿是姆妈的贴心棉袄。"

不,我就不!春草在心里喊,她对我不好!我不和她贴心!

但不管怎么说,从父亲和她谈过这次话后,春草就比较注意这事了。父亲的话她还是要听的。不过春草注意这事的方式,就是尽可能地少去看母亲——要她笑着对母亲说话是不大可能的,假笑她也不会。她和母亲说话时,眼睛就看着别处,比如地面、窗户,或者桌子。如果是在院子里,她就去看高挂在树杈上的晒红枣晾茶叶的竹匾,好像时刻担心它会掉下来,看墙上晒着的谷草,好像等着烧火用。总之她的目光决不和母亲的对上,以免再流露出什么来。

母亲对她这样的态度当然还是不满。但母亲决不会和她谈话,母亲的表达方式就是更多地找碴子骂她。尽管母亲的一条腿有些瘸了,但骂人的喉咙依然很响。

母亲骂道:"你一天到晚丧个脸给谁看?养了你这么多年就没见你有个笑脸,还不如养条狗呢!养条狗还会朝我摇摇尾巴!"

有时父亲听不下去了,劝两句,母亲就连父亲一起骂,好像春草是父亲生出来的,和她无关。每每这个时候,春草就会飞快地跑出门去,跑得脸通红,到村头的杂货铺给父亲买一包烟,当着母亲的面,很张扬地递给父亲。

那个时候春草觉得钱真是个好东西,可以帮她出气。她常常想起大姑妈的话，大姑妈说得太对了：女人自己有了钱，才能不受气。

春草身上有钱，是她自己挣的。

春草退学时，母亲为了安抚她，就许愿说，凡是她挣的钱，卖菱角挣的，卖南枣挣的，卖蘑菇挣的，零头都可以留下。所谓零头，那是要到分才算的。比如一元五角六分，那么她可以留下六分。但就这样，一年下来，春草也攒下一些钱了。母亲也不清楚春草到底攒了多少。有几次家里有急用，母亲动员春草借给她，说等家里有了就还她。春草坚决不肯，哪怕父亲一起说好话也不肯。但平日里只要逢上母亲骂她，特别是逢上母亲连父亲也一块儿骂的时候，春草就会毫不犹豫地拿出钱来，给父亲买烟，或者给弟弟买零嘴，让母亲气上加气。春草觉得这是钱最好的用途了。

父亲觉得自己有责任化解母女俩的矛盾。但他除了分别找她们和稀泥外，想不出别的办法。他知道春草的症结在于读书，可是随着春草年龄的增长，解决这个问题越来越不现实了。春草转眼已经十五岁了，虚岁十六了，村里像她那么大的女孩子哪还有读书的？但春草的症结解不开，她对母亲的态度就不会改变，她不改变，母亲的骂声就不会消失。环环相扣。

春草爹简直不知如何是好。

恰在此时，他堂兄突如其来地增添了两个孙子，堂兄的儿媳妇一下生了双胞胎，一家人手忙脚乱的，就想请个人去帮忙带伢儿。堂兄知道他侄女春草很能干，春草的能干不仅在本村享有很高的知名度，就是在外地亲戚家里也是有口皆碑的。堂兄来问春草的父亲行不行，春草父亲一口就答应了。他想,正好,免得她们母女天天碰面闹矛盾。春草的母亲听说堂兄一个月给十五元,也一口答应了。

这样,春草就进驻了堂伯家,开始了她此生的第一次打工生涯。春草好像有带孩子天赋似的,十五岁的年纪,竟然干得有条有理。也不奇怪,她从四岁起就开始帮母亲带弟弟了。在堂伯家经常可以听见有人在大声地请示:"春草,稀饭是不是太稠了?""春草,盖一床被子够不够?""春草,孩子拉的粑粑有点稀,要不要紧?""春草,现在可不可以抱到外面去晒晒太阳?"请示她的人有堂伯的儿媳妇,即双胞胎的母亲;有堂婶,即双胞胎的奶奶;当然还有堂伯本人。春草总是沉着地回答他们,行或是不行,竟然也都没出差错。一家人对她都赞不绝口。好听话每天都灌满了春草的耳朵,这让春草越发地自信了,走路都是挺胸抬头的。她在自己家里何时受过这样的夸奖?母亲不骂就已经是好日子了。

春草真想一直在堂伯家干下去。

可没想到才干到第二个月,就出差错了。错不是出在春草身上,责任却是要春草承担的。

那天堂伯的儿子和儿媳妇抱着孩子走亲戚去了,春草在院子里洗尿布晒尿布。两个孩子的尿布有整整一大木盆呢,要两根绳子才能晒完。夏天白花花的太阳晒在院子里,一点阴凉也没有,春草只穿一件衣服,还是汗流浃背的。这时堂伯走过来了,帮她晒。春草诚惶诚恐地说:"我自己来好了,这里太热了。"堂伯和蔼地说:"你一天忙到晚,太吃力了,我帮帮你。"春草觉得很温暖,堂伯这么关心她。堂伯拿起一片尿布往绳子上一搭，转身就把手放到了她身上。当然，他用的只是手指头，他拨拉着春草的胸脯说："看看，扣子都开了。"春草低头，这才发现衬衣的第二颗扣子不知何时绷开了，它常常绷开，衣服太小身体却长得飞快。堂伯用责备的口气说："你看你，哪里像是十五岁的女伢儿，嘎丰满，衣裳都绷破了。"堂伯一边责备，一边就去帮她系扣子，一双大手整个儿地捂住了她的胸脯。春草紧张得不敢动，她已经闻到堂伯嘴里的老酒味儿了。正在这时，堂婶从地里摘了菜回来，春草吓得满脸通红，蹲下身子在木盆里乱翻，堂伯也跟着蹲下去。堂婶感觉出不对劲儿，走了过来，堂伯连忙拿起一片尿布举到堂婶面前说："喏，我叫她洗清爽些。"但那个心虚劲儿，已经从语气里彻底泄漏出来。堂婶哼了一声，没有说话。

晚上，春草就听见他们房间里传来吵架的声音。堂婶说："你都是做爷爷的人了，好省省了。"堂伯说："我又没做什么。你闹什么闹？"堂婶："你以为我看不出来？你每次吃饭都给她夹肉，你跟她说话也不一样。哼，我是不想拆穿你。"堂伯发火了，说："你再胡乱讲讲看！"接着，就听见了堂婶嘤嘤的哭声。春草预感到自己待不久了。晚上躺在床上，她悄悄地抚摸着自己的胸脯。的确，它们鼓鼓囊囊地挺着，连春草自己也不知道它们是什么时候鼓成那样的，好几件衣服都小了，扣子绷开是常事。她回想起堂伯那双大手，还有他的眼睛，总是眯缝着，却从缝里透出很亮很亮的光来。奇怪的是，她并不恨他，她只是有些害怕。堂婶说得没错，堂伯的确对她很好，超过了对儿子媳妇的好。以后怎么办？以后堂伯如果再靠近她怎么办？春草迷迷糊糊地想着，但还没想好就睡着了。她太累了,而且她也不觉得这是什么大不了的事。

以后的日子,春草一看见堂伯就莫名其妙地脸红,跟他说话时眼睛也不敢看他。她走路不再挺胸抬头,她把她那不像十五岁女伢儿的胸脯尽量含着。堂伯也就安静了几天。但有一天晚上,堂伯又靠近了她。这回堂伯直接进了她的屋子。夏天屋里小虫很多,在暗淡的灯光下乱撞。春草正用扇子赶着小虫,哄两个奶伢儿睡觉呢,堂伯"吱呀"一声就推门进来了。一看脸孔就知道他喝了老酒,血红血红的。堂伯上来就靠近她,嘴里不断地说:"你不要怕,我不会欺负你的,我就是爱一爱你。"堂伯一边说一边又把大手捂在了春草的胸脯上,并且动起来。"你哪像是十五岁的女伢儿。"堂伯又说这话了。

春草这回真是吓坏了,这比不得在院子里,在阳光下,堂伯真要做什么没人看得见的。她把头努力歪向一边,躲开那张热乎乎臭烘烘的嘴,声音颤抖地叫了声:"堂伯,我怕。"

堂伯嘟嘟囔囔地说:"不怕,不怕,堂伯不会欺负你的,堂伯喜欢你,爱一爱你。"堂伯终于将春草按倒在了床上,自己随之压了上去。春草大气不敢出,脸涨得通红。恰在这时,睡在床上的一对宝贝被惊动了,哇的一声哭了起来,一个先哭,带动了另一个,哇哇哇地那么一闹,惊醒了堂伯,他突然怔住了,春草趁机将他推开。

堂伯站那儿傻了一会儿,仿佛醒过来了。他看看两个奶伢儿,之后,摇摇晃晃地走了出去。

春草仍躺倒在床上,心咚咚咚地跳,却没有哭,连哭的意思也没有。

她只是吓着了,有些委屈,又有些莫名的兴奋。她很想问问谁,出了这样的事是她不对还是堂伯不对?是不是十五岁的女伢儿不该长这样的胸脯?是不是被堂伯这样摸过就不是姑娘了?她该怎么办?要是大姑妈还在就好了,她一定会告诉她的。

不过有一点她明白,她不能再在这个家里待下去了。

春草想了一晚上——她没再像第一次那样不了了之了——最终得出了结论:是堂伯不对,堂伯想占她的便宜。她不能让他占便宜。母亲不是经常把别人家男人的手一把打掉吗?她还是个姑娘家,更不能让他占这个便宜。可堂伯为什么会这样呢?他不是有堂婶吗?他连儿媳妇都有了,他比自己的爸爸都要老,他都做爷爷了!春草想不明白,实在是想不明白。

她只是想,我要离开这里,我要回家去。

第二天早上,春草找到堂婶,说:"堂婶,我想回家了,我不想做了。"堂婶看看她,叹口气说:"你是个聪明姑娘。好吧,你回家去吧。"堂婶给了她二十五元,说还不到两个月,只能给那么多。堂婶并没有因为她的离去而感激她。

春草没话说,接过钱就走了。但走出院子,发现堂伯等在院门外呢。堂伯又塞给她五元,低声说:"不要跟你姆妈讲。"

不要讲什么呢?春草不太明白。不要讲他进到她屋里厢的事?还是不要讲堂婶少给五元的事?春草拿着三十元钱回家去了。春草想,如果姆妈问她为什么提前回来,她就说天气太热了,她不想做了。

春草回到家后,母亲根本没问她在堂伯家里的情况,也不问她为什么没到两个月就回来了,她只关心她拿到钱没有。春草很生气。她被堂伯欺负了,姆妈竟然毫无察觉,只知道找她要钱。难道她不是她女儿,只是个干活儿的小工?春草因为生气拒绝说话,也拒绝交出工钱。这下好,暂停了两个月的争吵又重新开始了。

母亲要春草把工钱交给她,春草坚决不肯交。

母亲认为春草是他们派到堂伯家去挣钱的,哪有挣了钱不交的道理?春草连人都是她的,何况春草身上的钱?

春草觉得自己这钱挣来得不容易,里面不止有她的汗水,还有她的委屈。最关键的是,如果她回来后母亲关心地问上两句,她很可能会主动交出,全交也不是没有可能。但母亲丝毫不关心她在别人家的好坏,丝毫不在意她的心情,她明明是提前了五天回来的,母亲却一点儿感觉也没有。她就知道钱,她把自己当成了一个挣钱的工具。

一场恶战开始了,持续了整整一天,母亲摔了好几样东西,尽管是些摔不烂的扫帚疙瘩,或者宰猪草的刀,但那声音听起来实在惊心动魄。而春草已经跑出去给父亲买了一包烟,给弟弟买了一个咸酥饼了。当她第三次要跑出去给自己买块姜渍糖时,父亲回来了。父亲一把拉住了她。

父亲把她拉进了屋子。父亲说:"你先告诉我,怎么提前回来了?没出什么事吧?他们对你不满意?"春草的眼睛红了,但她别过脸去,没让眼泪流下来,她绝对不会告诉父亲什么的。她没法开这个口。

春草昂起头说:"啥事体也没有,天太热,我不想做了。"

父亲松口气,说:"如果是这样,你不好不把钞票交给姆妈的。你想想看,姆妈一直把你养大,你吃住都在家里。"春草说:"这两个月我一口都没吃家里的,总归会省下一些钱的吧?"父亲很吃惊,没想到春草还算着这个账。

晚上在饭桌上,父亲提出了调解方案。父亲的调解方案是这样的:春草上缴给母亲二十元,自己留十元。

父亲的方案执行后双方都不满。春草拿出来是恨恨的,母亲接过去也是恨恨的。

母亲恨恨地说:"我拿这个钱来难道是为自己吗?我啥个辰光自己用过钱?我还不是为了这个家?这个家吃喝拉撒哪一点不要钱?"

春草恨恨地想,就算你不是为自己,也和我没关系,你都是为了你那三个宝贝儿子。可他们为什么不自己挣?为什么要用我的钱?你不管我的死活,却要用我的钱。我不愿意!就是不愿意!

很长一段时间里,春草都对此表现出不满。春草的不满表现出来的样子就是不说话,也不看母亲,进进出出目中无人,这让母亲的喉咙更响了。每一天家里都春雷滚滚,男人们只好当成与己无关地听着。

这样过了几个月,忽然发生了一件事,让春草和母亲的关系有了微妙的变化。

那天母亲去镇上,晚上吃饭时主动跟春草说:"镇上的百货公司新进了几种花布,真是好看。"她已经算过了,只要五块钱就可以给春草做一件新衣服了。可惜钱不够,买了油和盐,只剩两块钱了,不然她一定给春草做一件。

母亲的话,从内容到语气都让春草感到陌生和意外,她一时做不出反应。

母亲还很诚恳地说:"你身上的衣服实在太旧了。村里有人议论呢,说一个大姑娘家,衣服都穿不囫囵。我心里也不好过。"

的确。比起村里的其他女孩子,春草身上的衣服已经旧得不能再旧了,大多是用母亲的旧衣服改的,还有些是捡两个哥哥的。没一件是为她量身定做的。春草也听见过村里人的议论,她不在乎,她甚至还暗暗高兴。这样村里人都知道是母亲对她不好而不是她对母亲不好了。

但没想到母亲会主动提出给她做新衣服。春草有些动心了。尽管她没看母亲的脸,但她听出母亲的声音是真挚的。母亲几乎没有那么和蔼地跟她说过话,她一定是有些后悔了。或者母亲也发现自己那些衣服的扣子都扣不上了。她都十六岁了。

春草就说:"我有钱,我自己买好了。"

母亲仿佛就在等着春草的这句话似的,迫不及待地说:"好的呀,我带你去吧,说不定过些天就没有了呢。"一听母亲这么赞同,春草又有些后悔。但已经不好改口了。她的确想要一件新衣服。如果她有合身的衣服,不把扣子绷开,也许堂伯就不会走过来帮她晒尿布了。

母亲将头发拢拢整齐,提上攒下的几个鸡蛋站在院门口等春草。春草不那么情愿地跟了过去,她抬起头,发现在湿润的晨雾里,母亲的面容变得柔和起来,这让她不习惯。

春草和母亲一起到了镇上。这是她们母女头一回一起去镇上。春草很不自在,把母亲远远甩在后面,噔噔噔地在前面走。到了镇上那家小百货公司后,春草看见果然如母亲所说,货架上的新布好看极了。那些图案各式各样的,有的像豆芽菜一样鲜嫩弯曲,有的像茶树一样整齐排列,有的鲜艳无比,有的简单素净。她站在那儿看得发呆。

母亲从后面赶来,在她身边说:"我觉得那个红方格子的最好看了。"

春草说:"我喜欢那块蓝底小白花的。"

母亲说:"你这个年龄我看还是穿红的好看。"

春草说:"不,我不喜欢红的。"母亲马上妥协说:"蓝底小白花也蛮清爽。做衣服剩下的还可以做块头巾。"

春草忽然意识到,她竟和母亲在心平气和地交流,这简直是从未有过的事。这一发现让春草浑身不得劲儿,她有些生自己的气。她还不想原谅母亲。她决定反悔。所以当售货员把布量好裁好时,春草忽然说:"我不做新衣服了。"说罢转身就出了门。

母亲简直来不及反应,脸上笑也不是气也不是,表情归不了位,眼见着春草已一脚踏出了商店门。她不明白春草怎么能够面对这么多漂亮的花布不动心,连她自己都忍不住想做一件呢。售货员并不明白她们母女之间发生了什么,只是催着她付钱。母亲看看那段已经裁下来的花布,只好拿出钱来。她毕竟拉不下那个脸。

春草没想到母亲会付钱,把新布给买回来,而且回来后也没有滚春雷,而是找人裁了样子,用两个晚上的时间给她缝好了。起初春草觉得有些不安,后来想想,自己不是给过她二十元钱吗?也就心安理得了。

这样,那件有着蓝底小白花的新衣服,那件由母亲付钱买的新衣服,最终穿在了春草身上。那是春草从小到大的第一件新衣服。母亲一句抱怨话也没说,她只是在村子里反复宣传了好些日子,全村的人都知道春草添了一件新衣服,还是她姆妈亲手缝的。

母亲把新衣服丢给她时,以新衣服主人的身份训斥说,平时不要穿,到镇上送蘑菇时再穿。春草偏不听。那时春草的父亲搞了一个蘑菇房,春草每天早上天不亮就要起床,把刚刚冒出来的蘑菇采下来送到镇上的罐头厂去,一个月下来能挣不少钱。春草去送蘑菇的时候,还是穿的旧衣服,反而是在村里干活时才把新衣服穿上。

母亲对父亲说:"我算是看明白了,你这个囡反正就是要跟我作对。"

1982年
霜降：
新鞋挤脚

转眼春草就长成个二十岁的大姑娘了。没有梦的日子也照样飞快地溜走，犟头犟脑的姑娘也一样有动人的青春。二十出头的春草有几样事情是在村里出名的。第一是能干，绣花也好，采茶也好，粗活也好，细活也好，村里没人能比过她。村里的婆婆妈妈们最爱对自己女儿或者儿媳妇说的一句话就是，你看看人家春草。

不过每每这个时候，姑娘儿媳妇们总会不以为然地说，她一个文盲，能好到哪里去？这也就是春草的第二个特点了：没文化。在她们那一批女孩子里，像春草这种情况的有五六个，可另外几个早早就说了婆家，嫁到别处去了。春草却不，非要留在村里做一个有争议的人物，这便是春草的第三个特点：不肯出嫁。

春草的两个哥哥春阳和春风，都很快娶了媳妇。他们读完初中就回家了，没考上高中，也没考上技校中专什么的。春草很生气，她更生气的是母亲竟然不骂他们，不骂这两个笨儿子。白白花了家里那么多钱，还耽误了她的学业。母亲只是说，不读也好的，回来帮我做生活。春草气得飞快地跑走，又到村头的小杂货铺里给父亲买了一包烟，当着母亲和哥哥的面塞给父亲，还大声说："爸，你抽，这是最好的牌子，你抽。"父亲接过来，惶惶地看看春草姆妈。春草姆妈不明白这女子又是为了哪样，只好一扭头走进里屋去。

春阳和春风娶了媳妇后，就住进了母亲为他们盖的新房子里。母亲终于在他们结婚之前，把她计划已久的三间大瓦房盖好了，就坐落在他们院子南面。有了气派的大瓦房，哥哥们娶媳妇的底气很足，找的都是家庭条件比较好的姑娘，大媳妇是邻村村长的女儿，二媳妇是本村裁缝的女儿。这让母亲觉得脸上很有光彩，开心了许多日子。

三间大瓦房中，还有一间是留给小弟春雨的。其实那大瓦房的建成，有春草很大的功劳，但没有春草的一点儿份。春雨此时已上高中了，是他们村里少有的高中生，住在县城的学校里。所以房间空着，虚位以待。春草对此很想得通，他们是男伢儿嘛。她不会为这样的事和母亲生气的。如果连这样的事也要生气，那春草早就把心口都痛掉了。一般情况下春草是不会生气的，她怕心口痛，那滋味儿太难受了。她学会了忍。实在不能忍了，还可以喊。

但春雨并不在乎那间大瓦房。春雨私下里跟春草说："我是要上大学的，到大城市去上，我才不回来住家里的大瓦房呢。"春雨还慷慨地跟春草说："我那间给你住好了。"春草笑说："那怎么可能呢？姆妈就是拿来堆柴草也不会给我住的。"春雨说："为什么？"春草说："我是女伢儿啊。"春雨说："女伢儿怎么啦？"春草想了想："女伢儿就等于是别人家的人。"春雨明白了，怪不得姆妈不让她读书，怪不得姆妈总是让她做事，好像要在她出嫁之前把她用够本儿一样。春雨很同情姐姐，姐姐从小就对他好。他大人气地拍拍姐姐的肩膀说："等我以后出去上大学了，就把你接去。"

春草吃惊地望着弟弟，她从没听过这样对她好的话，她赶紧低下头，从怀里那个包了好几层的手帕里，拿出五元钱给了弟弟，说你读书用得着的。

两个哥哥成家后并没有分家,继续在母亲家吃,也是春草为他们烧饭。春草从做五个人的饭变成了做七个人的饭,当然很不满,做饭时就常常摔锅打碗的。母亲听见了就骂,说:"你要是不乐意,就嫁出去好了,又没人拦你。"春草把锅铲往炉灶上一扔,心想,我就不走!我又没白吃你的!

其实从春草十七八岁起,就有人上门给她说婆家了。但他们统统被春草拒绝,不由分说地拒绝。无论父母和媒人怎么说,春草就是一句话:"我不想嫁人。"有一回介绍的那一户人家,很富裕,小伙子还会木工活,会做那种很漂亮的雕花木床。一张床要雕上三个月,但做好了可以卖大价钱,吃穿不愁。他下有弟妹上有老人,就看上了春草的能干。母亲满意得要命,把鸡蛋都拿出来招待媒人了。可是到了见人那天,春草不知躲到哪儿去了,把母亲给气得,连骂了三天。母亲说:"你以为你生得好看吗?就你这副样子也要挑挑拣拣,那别人家里的姑娘都要嫁给皇帝了!"

春草一声不响。这种时候她不会去给父亲买烟的,因为她不生气。她早拿定主意了。

春草拿定的主意不是不嫁人,而是要嫁到远远的地方去,起码嫁到一百里以外的地方去,离她的村子她的娘家远远的,离母亲的骂声远远的,离三间大瓦房远远的。至于人,春草也想过,最好是个老师,读过很多很多书的人,把她没读过的书全读了。

这样的主意在春草的母亲看来,简直是痴心妄想。所以春草决不会把这个主意告诉母亲的，她只是断然拒绝那些不符合她主意的人。

不仅如此，春草还有一个原则，坚决不和本村的男人调情。本来村子里的青年男女互相调情是极为普通的，就像吃饭睡觉一样，每每大家聚在一起，无论是开会还是做生活，男的女的大的小的，没一个安分，你掐我一把，我摸你一下，嘻哈大笑，热闹得不行，闹得再厉害也没人恼。这种时候春草总是躲在一边，不和他们打堆。有时候会有男人口水滴答地盯着她的胸脯看，春草就目光直直地迎上去，两把菜刀一样切过去。男人也只好讪讪一笑，不去惹她了。

这应该算是春草的第四个特点了：不懂风情。村里人这么说的。当然更有甚者，说她是个"石女"。春草不懂"石女"是什么意思，听了当没听。但春草的母亲很生气，她怎么会生一个"石女"呢。你们看看我春草的身段，胸脯那么高，屁股那么翘，绝对是个很会生养的女人嘛。她这么跟村里人说。自然，这也是她急于要把春草嫁出去的原因之一。

但春草我行我素，不为左右。

这样的情形一直持续到她的好友梅子出嫁那一年。

也就是一九八二年秋天。春草二十一岁，梅子二十岁。梅子初中毕业就回了家，没能考上高中。按她家的条件，和她在家里的地位（独生女），她是可以一直读下去的。但考不上就没办法了，梅子是属于聪明相貌笨肚肠的女孩子，考不上高中大家都觉得很正常，何况他们村里多数人都考不上高中的。只有春草觉得可惜，觉得她太笨了。当然，在春草眼里，笨的人很多，包括她的哥哥们。

梅子考不上高中，就回家织被面。两年前村里承包了土地以后，村民们的脑筋又活络起来，各种小农经济像雨后春笋一样叭叭叭地抽出来，养鸡养鸭养蚕养鱼种茶种蘑菇，加上绣花编织之类。在春草他们孟村，则兴起了自织丝绸被面的经济活动。一些有条件的人家，从城里的丝绸厂买一台淘汰下来的机器，再买些原料，就开起了家庭作坊。手工绣花反倒不大时兴了。春草他们村的大部分妇女都干这个。但春草家没有，春草姆妈不相信那能挣钱，她觉得还不如经营蘑菇房来得稳妥。

初中毕业的梅子找的对象，是镇上一个高中毕业的小伙子。村里的人都说这两人真是般配。小伙子白白净净，毕业后在镇政府做文秘。见到人总是笑眯眯的。梅子征求春草意见时，春草答非所问地说："他为什么不当老师？"梅子说："老师挣的钱还不如他们多呢。"春草说："要是我，我就找个老师。"梅子在心里想，那你们就不般配了。但梅子没有说出来，她不会笑话春草的，这也是春草愿意把心里话告诉梅子的原因。她们是最要好的朋友。梅子知道，春草不是不会读书，是没机会读书。

梅子出嫁的时候，要春草做伴娘。春草起先不肯，说我一个文盲，不让你的新郎官笑话？梅子有些激动地说："哪个笑话我就告诉她，春草要是有机会读书，我们村里谁也读不过她的，她会一直读成一个大学生的。"梅子这话打动了春草，春草就答应了。

春草想，她一定要打扮得漂漂亮亮的，给梅子长脸。她下了很大的决心，为自己做了一件新衣服，月白色的"的确良"，另外还买了一双黑色扣袢布鞋，白白的一圈塑料边儿围着黑黑的鞋面，非常好看。春草把这两样东西都藏了起来，只等着梅子结婚的日子到来。

到了婚礼那天，她起得很早，除了兴奋之外，还有一个重要的原因，她得先帮母亲把蘑菇采下来。母亲也早早起来了，因为春草不去送蘑菇她就得去送，蘑菇可不会停一天不长。不要说一天，哪怕晚送一个小时都不行，蘑菇身价都会大跌——罐头厂收购处的机器上有许多小圆孔，收购时须把采好的蘑菇倒进去，凡是偏大的漏不下去的一律不要。那蘑菇一个小时前和一个小时后是大不一样的，开起花来快得很。花开大了的蘑菇就只好自己吃了。有时候春草稍微晚了些，淘汰下来的蘑菇多了，母亲在饭桌上见到，就会唠叨上一个时辰。所以每天早上春草总是五点钟就起床，五点半就往镇上赶。

春草采完蘑菇，赶紧梳洗打扮，用水把头发梳梳光亮，别上一根大姑妈留给她的银色发夹，再穿上新衣服新鞋。走出来撞上母亲，母亲瞥了一眼，鼻孔里意义不明地哼了一声。春草当没听见，只要她不明骂就随她哼去。她无非是想说，人家梅子比你还小呢，都嫁了。

春草带上准备好的礼物就出了门，匆匆赶往梅子家。她的任务是陪梅子坐上新郎开来的拖拉机，一起突突突地坐到镇上去，陪梅子参加完结婚的全过程。婚礼在男方家里举行。

一走出门春草就发现新鞋不合脚，她的脚太宽，那鞋却窄窄的，把她小脚趾挤得有些痛。她忍着没回家换，怕碰上母亲。她想也许穿穿会松的。春草思忖着，见了梅子一定要说一些得体的话，让村里人对她刮目相看。因为在村里人眼里，她是个不会说话的姑娘，是个闷葫芦。

其实春草的话很多,这个只有她自己知道。她常常一说就是半天,她对很多事都要发表自己的看法,只不过她总是不出声地说,在心里说。当然有时候也出声,那多半是在山上。为了梅子的事,春草也跑到山上去过。她站在那里,对着几棵早认识她的马尾松说:"梅子,你让我来给你做伴娘我特别高兴。我们是从小一起长大的好朋友,可你一直比我幸福,你读过书,读了九年,我只读了三个月。光是这一点你就比我幸福好多。但我还是要衷心祝愿你结婚后更加幸福,过上好日子。"春草把这些话又在心里说了一遍,就到了梅子家。

梅子看见她很意外,说:"你怎么嘎早就来了?"刚一说完,梅子就像受了什么惊吓似的,一手捂住嘴说:"糟了糟了。"然后慌慌张张地把春草拉到了门外。

原来梅子的那个住在镇上的婆家,不同意春草做伴娘。他们倒不是嫌春草没文化,而是听人说春草的脾气有点儿怪,倔头倔脑的,二十一岁了还不嫁人。他们还听说春草有可能是"石女",觉得让她做伴娘不吉利,就改了主意。梅子忙得晕头转向,忘了把这个变化告知春草。

站在那个刚见点儿亮的清晨里,梅子抱歉地对春草说:"真对不起,春草,他们要让阿明的妹妹做我的伴娘。"梅子当然没敢说真实的原因,她只说了结果:"我说不过他们,是在他们家举行婚礼。"

春草愣在那儿。她完全没有思想准备,但她潜意识里有些明白是为什么。梅子说:"春草你生气了?都怪我,该早点儿告诉你。"春草摇摇头。她准备好的那些话全用不上了,一时不知该说什么。梅子紧张地说:"你不会生我的气吧,你还是要参加我婚礼的吧?"春草点点头。梅子松了口气说:"春草,你这衣服真好看,是新的吧?"春草说:"你的衣服才好看呢,嘎鲜亮。"梅子看看自己,说:"累死人了。我都不想结婚了。"春草说:"瞎讲,你找的这份人家多好,你要高高兴兴的。"

这时屋里传来梅子母亲的喊声。梅子答应一声"来了",又问春草:"你真当没生气吧?"春草点点头。梅子就跑回屋去了。很多事情等着她呢。

梅子跑开了,春草才发现自己忘了把礼物给她。她跟进院子,刚好听见梅子姆妈问:"你跟谁说话呢?"梅子说:"是春草。我觉得有点对不起她。"梅子姆妈说:"有什么对不起的?个女伢儿怪怪的,见了人木头一样,不讨人喜欢。"梅子说:"她很聪明的,她心里很有主张嘞。"梅子姆妈说:"聪明有什么用,嫁不出去还是嫁不出去。"春草愣了一下,转身离开。

原来自己在别人的眼里像个怪物,不讨人喜欢,而且还嫁不出去。是自己不爱说话造成的吗?是自己长得难看吗?春草想不明白,没人告诉她。她低着头走,走得很慢,不知该上哪儿去。她不想回家。她怕撞上母亲。母亲如果知道了这事,肯定又有难听话了。天大亮了,春草就在他们家院子后面的菜地里转,有人过时,她就蹲下来假装拔青菜。他们吃菜都是现到地里来拔的,所以没人觉得奇怪。春草真希望今天来地里拔菜的是父亲,而不是母亲。

父亲果然来了。那一刻春草觉得自己还不算是最倒霉的。父亲见到春草非常意外,说:"你还不去梅子家,在这儿做啥?"春草一句解释的话也没有，只说自己有事，不去梅子家了，要父亲将她的礼物带给梅子，说完就走了。父亲在后面喊了一句："你上哪里去？啥个辰光回来？"春草没有回答，她自己也不知道。她连上哪里去都不知道，更不知道回来的事了。春草的父亲回到家，跟春草母亲说："阿草这伢儿不知怎么回事情？刚刚说不参加梅子的婚礼了。"母亲果然如春草想的那样说："还能怎么回事情？肯定是懊恼嘛，人家梅子比她还小都嫁掉了。看她这个老姑娘要做到几时？个养媳妇精，我都不想说她，说了有什么用？还辛苦我的嘴！"

好在春草没听见。母亲说这些话时，春草已经爬到学校后面的山坡上去了，就是她常去的那个山坡。她一个人站在那儿，望着山下的稻田，望着依山傍田的村庄。晚稻快要收了，太阳一晒都有香味儿了，一片一片地黄起来。只是这黄显得有些脆弱，因为紧随而来的便是枯萎，是冷清。村庄像船一样漂在晨雾里。梅子曾笑说，她要赶快嫁出去，好逃掉这个累死人的时节。春草是逃不掉的，她也不想逃。她还没找到能让她安身立命的岛屿，她不会随便从这条船上逃走的。但她知道她迟早是要离开这条船的。

春草一直待到太阳完全照到坡顶为止。至于她在那儿做了些什么，只有树知道。这就是春草的又一怪，只是大家摸不实在，暂且没有安到她的头上。那就是春草有时会一个人跑到村头的山坡上，就是枣树林后面的山坡上，一阵乱喊乱叫。有人还说亲眼看见了，有人又说那声音不像春草。有好事者直接去问春草的，春草说，你在讲啥西啊，我不明白。

总之在大家心目中，春草这个姑娘是有点不同寻常的，直截了当地说，是古怪的。

梅子在婚礼上一直惦记着春草，不停地朝大门外张望，也没望见春草的影子。后来春草的父亲来了，替春草捎来了送给梅子的礼物，那是她亲手绣的一对枕头，图案是梅花。梅子知道春草真的不会来了。她很不好受，但实在是分身乏术，只好藏着焦急继续应酬。

春草在山坡上待了些时候，估计村里的人都去参加婚礼了，就下了山。她没有丝毫目的，只是觉得自己心里堵得慌，必须走到远一些的地方去透透气。

走到村口，春草遇见了阿明。她想假装没看见，但阿明却走过来主动和她说话："春草，你怎么还不去梅子家？你不是她的伴娘吗？"

春草一句话也讲不出，只觉得鼻子发酸。她忍着。

阿明关切地说："怎么啦？你姆妈又骂你了？"村里人都知道她母亲脾气暴躁。春草摇摇头，但她还是很感谢阿明和她搭话。她想起有一回她打猪草时，碰到阿明和一群放暑假的孩子在山坡上采桑葚，阿明在树上采，那帮孩子在树下接。欢呼雀跃，很开心。她从旁边过，没指望有人理她，她自觉和他们是不一样的。没想到阿明叫住了她，并且迅速滑下树来，塞给她一把桑葚。这事让她在心里温暖了很久。那年她十一岁。

春草忽然说："阿明，我是不是长得很难看？"

阿明莫名其妙，说："谁说你难看？你好看的，笑起来特别好看。"

春草说："真当的？"一边说一边笑了起来。

阿明也就由衷地说:"真当的。"

春草很想问,那为什么没人喜欢我?但没说出口,阿明从来都对她好的。春草就踮起脚来,做了她生平从未做过的事——在阿明的脸上亲了一下,然后撒腿就跑。

阿明呆在那里。这个举动要是放在村里别的女伢儿身上,阿明都觉得很普通,但春草这么做,就是奇迹了。阿明吃惊得忘了激动。

春草一边跑一边想,这个我也会。和男孩子搞笑我也会。如果我碰见一个我喜欢的男人叫我做什么我都会做的。但是我现在不愿意。这里的男人都讨厌,我要嫁得远远的。

梅子不愿让春草当伴娘的事在村里传开后,大家看春草的目光更有意味了。但奇怪的是春草却没有像人们想的那样生气别扭,反而比过去爱笑了。看见村里人打闹,她也会哈哈大笑,甚至开口说上两句笑话。她一笑,大家觉得春草也是蛮可爱的女伢儿,于是又有些人开始提亲了。

这其中最让春草动心的是阿明的提亲。

以前给春草提亲的都是外村人,本村人一直觉得春草脾气有些倔,有些古怪,作为一个女孩子这不是优点。没想到阿明,那个有些油嘴滑舌的小伙子,却不在乎,他想娶她为妻。他跟媒人(其实也就是他大姨)说,他看中了春草的能干,看中了春草的吃苦耐劳。他将来是要有大发展的,特别需要一个能干的帮手,而不是花架子。

春草的母亲听了他大姨的话,激动得脸都红了,就像人家是来给她提亲一样。因为她知道阿明的家底很殷实,没有什么拖累,又在本村住。

嫁过去也看得见,有个事情喊起来也方便。而且阿明那个小伙子从小就聪明,在春草母亲看来,只有聪明人才那么能说会道。阿明上中学的时候,还为学校设计过一个闹铃,上下课时间一到就自动打铃。可惜他太偏科了,没考上高中。但在村里人眼里,阿明仍是个少有的聪明人。

春草母亲对他大姨说:"这个阿明也是,那么熟悉,还要你来跑一趟,他是我从小看着长大的,我还能信不过他吗?他做我女婿,我是梦里都会笑醒的。"

还是春草的父亲冷静一些,他打断春草母亲的表态说:"我看你还是先问问阿草吧,这个女伢儿的心思你不一定能弄明白。"春草母亲说:"她要是不愿意,只能说明她傻,她没这个福气。我才不管呢。"

春草果然"没这个福气",她不同意,而且态度非常坚定。尽管阿明的提亲让春草感到由衷的高兴,她并不像父母那样感到意外,她心里多少有些明白。她甚至被阿明提亲的理由打动了,她觉得阿明是一个真正明白她的人,她为此对他心怀感激。但现在,她面对阿明的提亲,还是毫不犹豫地说了一个字:不。

不是阿明不好,而是阿明不合她的主意。她甚至想,阿明如果不是他们村的,住在很远的地方就好了,那她就嫁给他。她的理想是嫁到远方,邻村都不行,何况本村。

阿明还有一条不中春草的意,就是他太爱和村里的女人打闹了,油腔滑调不说,还喜欢动手动脚。春草好几次看见他在那些喂奶的媳妇身上摸一把。春草不要这样的男人。她的理想是嫁给一个像爹那样识字、不骂人，但是又会挣钱养家的男人。

春草的母亲没能做到不管。她先是好言好语地劝说，拿出她当妇女队队长时的看家本领，一五一十，说得春草父亲都动了心，来帮着她一起劝说春草。但春草就是不改口。春草母亲终于按捺不住了，开始恶声恶气地大骂。任母亲怎么过分，春草都一声不响。她头上那两个旋儿不是白长的，母亲拧不过她。她心里早拿定了主意，从小拿定的。

这样持续了半个月，春草的母亲终于放弃了努力。

她气咻咻地对自己男人说："你看着吧，你个女伢儿，早晚跟你阿姐一样变成个老精怪姑娘。你就养着她吧，养到死也不会开出朵花来。"

春草爹也是无奈。

1984 年
春分：
长途车

真正的大事情发生了。

发生之前一点征兆都没有。

那年春草二十三周岁，虚岁二十四了，真成老姑娘了。她在她的原则下继续生活着。尽管她仍是村里最能干的女孩子，但由于她的古怪，已经没人来提亲了。春草似乎不着急，一心一意地经营她的蘑菇房，每天她卖出去的蘑菇是村里最多的也是最好的。根据她和母亲的约定，卖蘑菇的钱三七开，这样她也攒下两百块钱了。她想好了，如果到二十五岁她还遇不到中意的人，她就带着钱远走他乡。离开家，离开母亲的谩骂和唠叨。

发生重大转折那天是个普通的日子。如果有什么可说的，那是个春天，一个让年轻女孩子有些神情恍惚的春天。春草卖掉蘑菇后，忽然不想回家，冥冥之中好像谁在等她似的，她就提着空篮子在镇上漫无目的地走。忽然看见一辆去县城的长途车停在那儿，她想，不如到县城去看看弟弟。弟弟今年要考大学了。她就踏上了车，车门在身后嘭一声关上时，她心里咯噔了一下。她不知道她这一去，命运就从此改变了。

一切都是从长途车开始的。

也许不是，也许是从遇见阿明开始的，也许还要往前，从梅子不要她做伴娘开始的，再往前，从她去堂伯家带孩子开始的，还可以再往前，从她绝食要读书开始的。一个人的命运不是环环相扣的吗？

上车后春草发现，车上很挤，所有的座位都坐着人，人身上还堆叠着包袱、提篮或奶伢儿。她犹豫着想下车，已经很困难了。这时旁边有人碰碰她,说:"来,你坐我这儿吧。"春草回头,见是个瘦瘦的男青年。春草摇摇头,怎么能坐人家的位置呢?男青年站起来,把身边的一个水桶底朝天一放,说:"我坐这儿好了。"他一屁股坐在了水桶上,空出了那个位置。

春草很感激,就坐在了他的座位上。座位温热温热的,显然那男青年上车时间不短了。车开了,春草想对人家说声谢谢,却说不出口。她还没有和村子以外的人说过话。她只是朝他笑笑。男青年很有礼貌地对她说:"你好。"听到这声"你好",春草立刻像做错了事一样涨红了脸。她想,自己坐了人家的座位,结果反倒让人家说我好了,真是丢人。于是春草下了很大的决心开口说:"你才好!"

男青年一听就忍不住笑了起来,笑得春草不知所措。看得出他极力想忍却忍不住。春草终于被他笑恼了,说:"有啥西好笑的啦?"男青年止住了笑说:"对不起,我不是笑话你,我是觉得你很有意思,稚气未脱。"

春草不明白"很有意思"是不是好意思,后面那四个字更像外国话一样让她听不明白,很陌生。所以她仍旧板着脸。男青年又说:"我猜你是第一次坐长途汽车,也是第一次到县城去。"春草惊讶无比,他是怎么知道的?春草忍不住把惊讶写在了脸上。男青年得意地说:"我会看相。"他要春草把手伸给他,春草不肯。男青年说:"那我也能从你脸上看出来,让我想想……你今天不想回家,是和家里生气了吧,不想听姆妈唠叨?"

这可让春草佩服得五体投地了,有一瞬间她吃惊得张开了嘴。但她还是本能地否认说:"不,你乱讲,我是去县城看我弟弟。"

男青年说:"你当真很有意思。请问尊姓大名?"

春草不响,以沉默来掩饰自己的吃惊、不快和对那种文绉绉讲话方式的抵抗。她觉得这个男青年有点儿像他们村里的阿明,话多。他们才认识两分钟,他就敢这样和她说话,敢问她的名字,还要她把手伸给他。只不过,他讲话的味道和阿明大不一样。他总是说一些她很陌生的话。

男青年并不介意春草没有伸出来的手,主动和她聊起天来。他说他家在县城,他姑妈家在崇义镇。他去年高考落榜,差六分上分数线。他父亲非要他再考一次,所以他就躲到镇上姑妈家来复习了。他还说他并不想考大学,读那么多书有什么用场?还不如做生意,他们村里有一个跑出去做生意的,年纪轻轻的就盖了一个两层楼的房子。但他拧不过父亲。

在他自说自话的讲述中,有一句话忽然击中了春草,春草的头一下抬了起来——男青年说:"我爸是个老师,他要我也做老师。"

春草的心忽地热了,眼里流露出羡慕和敬意,好像男青年已经是个老师了。她开始有了说话的情绪。她说:"那你怎么不让你爸给你复习?"男青年犹豫了一下,说:"我爸光顾工作,顾不上我。再说我也烦他唠叨。"春草马上想到了母亲,她理解了,说:"所以你就跑到这么远的地方来,想让他够不着你?"男青年说:"这算什么,我将来还要走到更远更远的地方去呢。"这话让春草的心里再次一热。她想,他怎么和自己想的一样呢?她也是要到很远的地方去啊。很远的地方才有她的梦想。

这两次心热,让春草解除了对男青年的戒备,她说:"我吃饭筷子拿得很高，我姆妈就会敲着我的手背说，'筷子拿那么高，你要跑到什么地方去啊？'"男青年说："我也是啊，筷子拿得很高呢，我姆妈也这样说我呢。"

两人一起笑起来。

男青年很能说，也很风趣，春草慢慢觉得他和村里的阿明是不一样的，阿明油嘴滑舌，讲话没个准头，而且总带着脏话。他不一样，他说起他小时候那些调皮捣蛋的事来，很好玩儿，却斯斯文文，总是四个字儿四个字儿地往外蹦。春草不大能听懂每个字儿的意思，但她爱听他说话。她想，读过书就是不一样。有时她被他逗得大笑起来，不由地怔了一下，我怎么还会这样大笑？

春草没跟他说自己的事，她只是反复劝他还是应该考大学，她说她最崇拜有文化的人了。做生意有什么好？男青年说："那我今年就再考一次，背水一战，考上我就书山有路勤为径，学海无涯苦作舟；考不上我就鸣金收兵金盆洗手。因为我不能总让父亲养活，我得自立。"春草不断地点头。她觉得他很懂事，至少比她两个哥哥懂事。

就这样，两个多小时的长途车，让春草和那个男青年成了朋友。她已经把自己的名字告诉了他，当然，是他先说的。他说他叫何水远，他爸取的，说河水流得越远越好。春草再次想，有文化的人就是不一样。不过何水远也说她的名字好听，还给她念了四句诗：离离原上草，一岁一枯荣。野火烧不尽，春风吹又生。这让春草得到了极大的满足，头一回高兴地想到母亲，名字是母亲取的。

后来何水远好像说累了，不再说话，接下来竟睡着了，头一下靠在了春草的身上。春草起初很不自在，想把他的头拨拉下去。后来觉得不忍心，人家把座位让给了你，自己坐在水桶上，你还不能让人家靠一下？她就尽量不动，让何水远睡。何水远睡得很香，长途车摇来晃去，他居然没醒。春草想，一定是昨晚上复习功课太累了。春草心里有一种非常温馨的母爱般的感觉。

后来，汽车终于驶进车站，并停了下来。春草那会儿竟有一种遗憾，太快了。何水远是春天里出现的。春草从此喜欢上了春天。春天里万物复苏的景象让人心动，让人充满希望。一眼看去，什么都是绿的，茶山，麦地，野草，菜园子，树。透过树丫看上去，天空也是绿茵茵的。春草一下觉得自己很幸运，自己就生在春天，生在三月里呢。不是人人都能生在三月里的哟！

到了县城，春草两眼一抹黑，两只脚不知该往哪儿迈。何水远就做了她的向导。何水远精神十足，好像车上那一小觉，给他补充了足够的力气。他把她带到了县城最繁华的一条街上。何水远说那儿卖的全是时髦衣服，县城里的女人都上那儿买衣服。春草一挤进去就有些头晕了，怎么那么多人哟。

街两边是一个挨一个的摊位，摊位中间的路窄得不能再窄了。人多得好像往缸里腌咸菜。春草紧紧跟在何水远身后，生怕找不见了。何水远回头朝春草笑笑，说："真是比肩接踵、水泄不通啊！"何水远一边蹦着四个字儿，一边就拉住了春草的手。何水远倒是拉得很自然，春草却遭遇地震一般，所有的嘈杂都在那一刻退远了，整个世界就剩下两只拉在一起的手。春草的心咚咚咚地跳，气紧得厉害。她像个木头人一样，听凭何水远牵着。不知怎么，她在那一刻突然想到了堂伯的大手。她为此恼恨自己：你怎么能在这个时候想他呢？他不是喜欢你，他是要占你便宜呢。为了把堂伯的大手从脑海里赶出去，春草就用力地去握何水远的手，这令何水远更加兴奋了。

后来他们走到一个卖布的摊位，各式各样的花布像花圃里的花一样鲜艳。春草的眼睛落在花布上就移不开了。摊主招呼说："买一块吧，多好看的布呀。"春草抚摩着那些花布，忽然说："今天也许是我的生日呢。"何水远说："为什么说是也许？难道你还记不清自己的生日？"春草说："不是我记不清，是我姆妈没记清。"

何水远还是感到不解，春草却不再解释了，自顾自地说："我太喜欢花布了，我经常梦见这些花布。"何水远说："你怎么会梦见花布呢？花布又不是白马王子。"春草就讲起了自己和母亲一起看花布的事，讲起了十五岁的她梦想一件新衣服的事。她笑说："姆妈说那天是我的生日。其实她是随便说说的，就是想让我把钱拿出来，给自己买件衣服。"何水远说："那你买了吗？"春草摇摇头说："反正我也不过生日，穿不穿新衣服无所谓。主要是我看姆妈那个样子，比我还想买，买一件到时候谁穿呀？后来趁那个售货员把布剪下来个辰光，我就突然跑了。我姆妈只好付钱。其实我不是故意的，我就是舍不得钱。但是姆妈跟我父亲说，'你那个女伢儿狡猾得很，故意跑的。'我姆妈总往坏里想我。"

春草讲着讲着兴奋起来，话匣子打开了。也许何水远的目光是钥匙？

春草讲完花布又讲母亲骂她时她去给父亲买烟的事，又讲她为什么只读了三个半月书的事，又讲她弟弟说要把大瓦房让给她的事，又讲梅子结婚她为什么没参加的事，又讲村里人如何议论她的事，讲啊讲啊，差不多凡是她能想起来的事，全都讲了，滔滔不绝，止也止不住。好像她生下来经历这一切事情，就是为了今天讲给何水远听。只要何水远爱听，她真愿意再经历多一些的事情。

但她始终没讲堂伯的事，也没讲她常常一个人跑到山坡上去喊叫的事。那些事被她埋在了心里最深的地方，挖出来是要痛的。

何水远认真地听着。他发现她讲的全是不愉快的事，但始终在笑。当然，他是一个好听众，不但认真听，而且带着欣赏。他的欣赏让春草觉得自己的经历是很有价值的，很值得一说的。他唯一的一次插话，就是说了句："你不像是没读过书的人。"

他们就这样痴迷地听，痴迷地讲，在县城的大街小巷里走。走到电影院，何水远说要请她看电影。读书人就是不一样，阿明会请她看电影吗？春草以前只在邻村的晒坝上看过电影，所以一进到黑黑的大房子里有些紧张，不由自主握住了何水远的手。何水远立即紧紧攥住，像拉着孩子一样拉着她，让她心里有了安全感。

电影的名字叫《庐山恋》，讲的就是搞对象的事，春草有些不明白，这两个人为什么跑到山里面去谈恋爱？不在城里的大街上逛？城里多好啊，多热闹啊。后来那对男女青年相爱了，让春草看着有些不好意思。

何水远倒是很投入，用力握住春草的手，附在她耳边小声问："你喜欢吗？"春草说："喜欢。你呢？"何水远说："我当然喜欢，很喜欢很喜欢。"

何水远问的是电影，春草回答的是人。春草的心思完全不在电影上，她一心想着电影赶快完，她真想问问他，他们这样也算是搞对象吗？他会娶她吗？但春草听何水远说了句"很喜欢很喜欢"，就激动得不行，心怦怦跳着，一狠心就说："我愿意跟你过。"何水远吃惊地转过头来，黑暗中他看到一双无比明亮的眼睛。这时后面有人嘘了一声。何水远没有说话，他只是把春草的手拿起来，抚摩着，然后放在自己的腿上，用力按着。春草能感觉出他很激动，她想他一定是表示他也愿意跟她过。春草就甜甜蜜蜜地坐在那儿，脑子里一片空白。她不再着急地盼电影结束了，她希望就这么一直看下去。

电影结束后，何水远仍没有直接回答她那个问题：他是否愿意和她一起过。春草也不好意思再问了。那么明晃晃的太阳底下，怎么好意思问那样的话呢？她都不知道自己刚才为什么胆子会那么大，也许是电影的缘故，也许是光线的缘故。何水远肯定听清楚了，不然他不会那么激动地握自己的手，他那样握手，大概算是回答了，读书人不喜欢直截了当。

在一家米粉店吃米粉时春草问何水远："我们啥个辰光再见面？"何水远没有回答，春草又问了一遍，何水远说："我想我们暂时不要见面了。"春草吃了一惊："为什么？"何水远说："我要专心复习考试，等高考完了我再去找你。"

何水远这话一说出来，现实又摆在了春草的面前。他是个高中生，还可能是大学生，而她是个不识字的女人，她和他差距太大了。"那你要是考上大学了呢？"春草问。何水远说："考不上的。"春草说："我说万一考上了呢？还会来找我吗？"何水远想了想说："那我也会来找你的。"

春草的情绪忽地低落了。她想，他根本没有娶她的意思，等他考上大学，哪里还会来找她？他会找电影里那样的女孩子。她闷闷不乐地低着头一根根地挑着米粉，挑一根放下，又挑一根，好像在数数。何水远说："怎么啦，生气啦？"春草心想，我有什么权利生气呢？人家又没答应过我什么。但春草心里的确是生气了，她想，不见就不见，好比今天是场梦。她的大半碗米粉都剩下了，何水远倒是不嫌弃，搛到自己碗里吃了个精光。分手时，春草感到心里很难过很难过，是那种从没有体会过的难过，跟母亲不让她读书、梅子不让她做伴娘是大不一样的。特别是一想到他们可能再也见不着了，心里像被掏空了一样难过。跟何水远在一起，她觉得满心都是欢喜和希望，还有快乐和幸福。这样的快乐和幸福，从小到大只有何水远给过她。此刻她对何水远的亲近和信任，已胜过了世上任何人。她自己都奇怪，这才大半天啊。

可是一想到何水远叫她暂时不要见面了，她心里又生气。他怎么能这样呢，刚给她希望，又把它拿走。她还没把它揣热乎呢。何水远见她情绪不高，把她的手拿起来看，没话找话地说："我看看你手指上有几个涡，一涡穷，二涡富，三涡四涡开当铺。哈！你有三个呢。"春草勉强笑笑，说："我才不开当铺呢。"何水远说："哎，你这个指头上怎么会有那么长个疤？"春草说："镜子打烂了伤的。"春草不好意思说她没镜子，是人家大衣柜的镜子打碎了，她捡回来一块当镜子，结果不小心把自己的手给划了。

没想到何水远跑去买车票时，给她买了一面镜子，圆圆的，很亮，粉红色的塑料壳，背面还有图片，是样板戏里的铁梅，铁梅的大辫子又粗又亮。何水远说："送给你。算是我给你的生日礼物吧。你每天照镜子的时候就会想起我。"春草心里的气又被柔情所取代，她很想说，你这个人才是我的生日礼物。但没说出口。拿着镜子，春草的难过里就含了希望，还有几丝甜蜜。她想，以后我就把今天这个日子当成我的生日。我不生他的气，不管以后怎么样我也不生他的气。所以当何水远问她要她家地址时，她马上就告诉了他，说得非常详细，几近啰唆。何水远说："有什么情况，我会写信告诉你的。"春草点点头，她忘了她不认字这件事了。

长途汽车开了。春草转过头去望着窗外，一眼就看见了满树新绿的叶子。她想，我以前怎么没发现呢，春天的树真是好看。

车开之后春草忽然想，自己竟忘了去看弟弟！弟弟就在县城上高中，她原打算去看看他的。弟弟是这个家里最理解她的人。她为此有些愧疚不安。不过她想，如果她真和何水远成了朋友，以后就会经常到县城来的，何水远说他家就在县城。那看弟弟的机会多着呢。天，春草兴奋地想，自己竟然在汽车上认识了一个男人，还和他拉了手，逛了街，母亲知道了还不得惊得扑通一声朝后倒地，再一个鲤鱼打挺站起来大骂一通？！

让她去骂吧，反正自己要嫁得远远的，听不见了。春草在长途车上把脸羞得通红，独自对着窗外的景色微笑起来。这是她生平头一次独自微笑。

1984 年
小暑：
一夜落发

春草踏踏实实回家了。她回家后的那副神情，就像是什么也没发生过一样。她自己都没料到自己会那么沉着，那么能藏住心事。这在以前是完全不可能的。尽管一进门，母亲的骂声就兜头浇了上来："你个死人，一整天跑哪里去了？什么事都不做，你倒是会享福啊！"

春草也不生气，也不回答，进了自己的小屋。父亲小心地跟上来问："你上哪里去了？"春草笑笑说："我去县城走走。"父亲迷惑不解，说："去县城？那你去看阿弟了？"春草说："本来想去的，没来得及。"父亲更加迷惑不解了，想说什么，终于没说出来，走了出去。

春草一头躺倒在床上，望着屋顶，又独自微笑起来。

但她突然想到了一个问题，何水远说要给她写信，她不识字啊。这让她又一次燃起了对母亲的愤怒。如果母亲那时候让她读书，哪怕读上一两年，她都不会那么难过。这愤怒和难过令她再次确定，何水远就是她要嫁的人。她一定要让母亲看看，她绝不是母亲想的那么没用，可以任其安排。她一定要过自己想过的日子，好日子。

春草又有了梦。她终于找到一个她梦里中意的人了。县城虽然离他们这儿没有百里，可毕竟是县城呀。村里人知道了一定都会吃惊地张大了嘴：这个倔女子，还真有本事，找了个县城里的，还是读书人。

春草想想都开心，恨不能马上出去向父亲母亲宣布这件事。

春草继续着以前的生活，但在心里，一切都和过去不一样了。每到一个地方，春草都有一种依依不舍的心情，好像自己真的要走了一样。她常常下意识地跟菜地说话，跟池塘说话，跟枣树说话，甚至跟猪说话。

喂猪时她小声对其中一头她最喜欢的黑猪说:"你知不知道,我胆子好大呢,我自己在外面找了婆家呢。戏文上把这叫作私定终身。"

春草开始掐着指头算日子了,日子过得实在是很慢很慢。她跑那个杂货铺的次数明显增多,村里的信都是送到那儿的。她的名字她是认得的,她已经想好了。如果何水远给她写来了信,她就把那些不认识的字一个一个描到纸上,让父亲教她。

但一个星期过去了,何水远没有任何音信。一个月过去了,还是没有音信。一横一竖都没有,一点一滴都没有,总之没有来自何水远的任何消息。

春草焦急万分,她每天期待着去杂货铺,又怕去杂货铺。有时候还没走到杂货铺呢,杂货铺的王阿婆就对她说:"没有你的信。"弄得春草很不好意思,只好掩饰说:"我不是来看信的,我来买盐。"或者"我来买瓶酱油。"为此她竟主动帮母亲买了好几样东西,这让母亲也觉得奇怪。

两个星期过去了,春草脸上那团从县城带回来的红晕渐渐退去,兴奋被焦虑不安取代了。是生病了,还是在全力以赴地复习,顾不上给她写信?

一个月过去了。焦虑不安又变成了自卑。春草想,何水远一定是和她开玩笑的。他并不喜欢自己,更没有打算把她当对象。他是一个大学生,早晚得是,他说话都是四个字四个字地说,而自己只是个没文化的农村姑娘,他怎么能看上她呢?

春草有些恼恨自己了,自己怎么就能当真呢?

恼恨中春草给自己下了命令,不许想他!不许盼他!就当没发生过这件事好了,就当那天是一场梦好了。

但是不行,春草发现在这件事情上,她无法给自己下命令,她像失控了一样朝那个失望的、难过的、伤心的深渊滑下去,没人能拦住她。

连母亲都看出来了,母亲说:"倔女子,你丢魂了吗?"

晚上睡不着的时候,春草就攥着小圆镜,细细回想那天和何水远在一起时,他说的每一句话和每一个细节。她有些迷惑。应该没有错啊,他看她的目光,他对她说的话,他拉她的手,他主动要了她的地址,还有最最重要的是,他送给她一面镜子。就算别的是她感觉失误,镜子总是明白无误地捏在她手里啊。镜子是他们相识的物证。她每次照镜子,镜子里都会出现何水远的影子。何水远还说过,照镜子的时候就会想起他。春草不照镜子的时候也一样想起他啊,随时随地,每时每刻。

就在春草失魂落魄的时候,何水远的信终于到了。

当春草在杂货铺王阿婆那儿拿到信时,她比见到何水远本人还高兴。她在杂货铺停留了好一会儿,破天荒地跟王阿婆聊了聊家常。王阿婆受宠若惊,很认真地陪她聊,因为春草的寡言已在村里出了名。王阿婆发现,其实这个女子蛮会说话的。春草先说:"今年的秧子不错,天气暖和,雨水也好。"然后又说:"种地当然没有阿婆的杂货铺来得稳当。"最后才说:"你看看这信,也不知道在哪里耽搁了,现在才送到。"王阿婆很理解地说:"可不是,这样耽搁,急死人的。"

说完了最想说的话，春草才把信像宝贝一样捏在手上，离开了杂货铺。

春草一个人躲进自己的小屋，把信封小心翼翼地撕开。里面有一张薄薄的信纸。她拿出来打开，发现上面有"春草"二字，肯定是写给她的。下面有短短的一句话。可就是这一句话，春草也读不明白。有些字她好像见过，好像认识，但现在它们像故意气她一样，把自己的真相都藏起来了。春草反复看，终于认出了两个字，一个"我"字，一个"你"字，当初在学校时李老师在讲到"你""我""他"时还讲了一个故事——从前有个学生去上学，老师教他认"你""我""他"，举例说："你，你是我的学生，我，我是你的老师。"又指了一个女生说："她，她是你的同学。"这个学生回家后父亲问他："今天学了什么？"学生说"我今天学了'你''我''他'。"父亲说："讲给我听听。"学生指着父亲说："你，你是我的学生，我，我是你的老师。"又指着母亲说："她，她是你的同学。"父亲气坏了，训斥道："你完全搞错了！应该是这样：你，你是我的儿子，我，我是你的父亲。"又指着母亲说："她，她是你的母亲。"第二天学生又去上课，老师说："昨天讲的忘了没有？"学生说："没忘，你，你是我的儿子，我，我是你的父亲。"又指着一个女同学说："她，她是你的母亲。"这个笑话让全班同学都笑得东倒西歪，春草更是笑疼了肚子，所以"你""我""他"三个字她是牢牢记住了的，尽管那个"我"字很难写，但她知道它的长相，圆圆的。但信上除了"你""我"还有一个阿拉伯数字"7"，其余的她就一概不认识了。春草心里一面恨着母亲，一面埋怨着何水远：你明知我不认字，还写字来，真是作孽。

春草猜想着，他写的是我什么呢？我非常想念你？不对，第一个字不是我，而且也不只是六个字，是十二个字。春草反反复复琢磨了半天，也没想出个眉目，只好放弃猜想。她去敲弟弟的门，要纸和笔。弟弟放农忙假回家来了，正在做功课，听说姐姐要纸和笔，很奇怪，但还是递给她了。

夜里，全家人都睡了，春草悄悄拿出信，用了差不多两个小时的时间，将何水远那封信上她不认识的字一个一个地画在纸上。每张纸上画了两个字。画完字，春草一点睡意也没有了，开始盼着天亮。第二天一早父亲刚打开门春草就叫住了他。春草把父亲叫到自己屋里，拿出一张纸小声问："这两个字念什么？"父亲看到纸上写着"月考"二字，就说，这念"月考"。春草说："是什么意思？"父亲说："我也奇怪，你从哪里抄来的。"春草含糊地说："没有，我随便问问。"

春草想，"月考"是什么？她忽然想到了前面那个"7"，是7月！到了中午吃饭的时候，春草又问了父亲两个字："完试"。父亲说了后，春草迅速在心里把前面几个字连在一起："我7月考完试"。春草高兴极了。父亲心里嘀咕：莫非有人给她写信了？

吃过晚饭后，父亲主动来到春草房间，说："阿草，还要问什么字吗？"春草就拿出第三张纸，上面写着："再来"。父亲给她讲了之后问："还有吗？"春草说："没有了。"父亲迷惑不解地走了出去。

春草多了一个小小的心眼。她怕父亲把这些字连起来，看出她的秘密。

所以她把第一个字留给了弟弟。那是个"等"字。

到了晚上夜深人静时,春草把父亲和弟弟教她的字,一个个地还原到何水远那封信上,她终于读明白了,何水远在信上说的是:等我7月考完试了再来找你。

这么简单的一句话,却让春草备受折磨。但现在,春草的心总算落了地。这些日子她的心一直在往无底洞里掉,没完没了地掉,现在终于咚的一声掉到底了。她早听弟弟说过,七月里考大学。因为弟弟也是今年七月高考。看来何水远是真的要考大学了。尽管春草觉得满心自豪,她在父母面前还是把何水远的事瞒得死死的,因为何水远还有两个月就要高考了,弟弟也还有两个月就要高考了。两家都需要平静。

不管怎么样,春草整个人都放松下来了,那就等吧。她把信放到她的百宝箱里。

春草的柜子里有一个纸箱,里面装着她最宝贵的东西,有那张上学时李老师手写的第一名的奖状;有她第一次卖了蘑菇后给自己买的一张手绢——当时她就在心里想好了,将来要靠自己挣很多的钱,离开家;还有她为了做伴娘买的那双挤脚的鞋;现在又有了何水远送她的镜子和这封信。

春草踏实地睡了。她梦见了何水远。梦里的她竟十分清醒,还对何水远说,我有个想法,如果你今年考上了,你就一个人去读书,别来找我了;如果没考上,你再来找我,我等着你。何水远说,为什么?这样对你不公平啊。春草说,我不管公平不公平,这样我心里才踏实。何水远想想说，好吧，就听你的。

春草真是这样想的，如果何水远能考上大学，那他就不是乡下人的命，就该去过他的好日子，自己没必要坠着他，拖累他。春草虽然没文化，但陈世美那样的故事还是听说过的，她不想让自己成为一个弃妇。

但如果何水远没考上，那他就是她的了。在春草心里。后一种的可能性显然要大得多。为此她开始为他织毛衣，以便再见到的时候，可以送给他。当然她是悄悄的，每天夜里想他想得睡不着的时候，织毛衣就成了最好的安慰。她选了一种枣红色的毛线，想象着何水远穿上一定很精神，很好看。她还给他选了一种方块花，又好看，又大方。她要让他知道她是多么能干，村里人夸她能干那都不是虚名。

七月终于来到了。

七月几乎是在春草的祷告中来到的。春草是这样祷告的，早上出门干活的时候，她总是对着那个充满了希望的太阳想：何水远一定能考上大学！他生来就是上大学的命！他一定会成功的！晚上她一个人躺在床上，或者在灯下织毛衣的时候，她又默默地祈求：老天爷，你可千万别让他去上什么大学，千万别让他离开我。他要是走了我怎么办？

春草就这么出尔反尔地祷告着。但有一点可以肯定，就是她希望这一天快快地到来。因为不管何水远能否考上，她都只能等他参加完高考以后才可以见他。从他们分开到考试，隔着三个月零十天，也就是一百天。春草每过一天，就在墙上画一道。

终于画到了第一百道——何水远开始考试了！

又画到了第一百零二道——何水远该考最后一天了!

春草已经等不及何水远来找她了,她要去找他,给他一个惊喜。

晚上吃饭的时候春草对父亲说:"明天我想到县城去,看看阿弟考得怎么样了。"父亲很爽快地说:"好啊,你去看看吧。"母亲却有些狐疑地望着她。春草不去看母亲的眼睛,这回不是怕自己流露出不满,而是怕自己流露出胆怯。

春草赶到县城学校的时候,日头已经老高了。

学校门口的人多得超出春草的想象。但那两扇斑驳的大木门却关得死死的。春草好不容易挤过去,隔着门缝往里看,什么也看不见,操场上没人。她拍拍门,旁边立即有人指责说:"你拍什么?不要影响孩子考试。"春草说:"我找人,找学校的老师。"人家说:"现在哪还能找到老师?都在监考呢。"春草就在门口等。她想不出何水远见到她是什么表情。他们三个多月没见了,一百多天没见了。她有很多话要跟他说。但她最先要跟他说的是昨天夜里那个梦。昨天夜里她居然梦见了他,梦见他又领着她逛街呢,他给她买了一件新的花布衣服,但是买小了,扣不上扣子……最不好意思的是,她还梦见了他们俩的孩子,是个丫头,他们一人牵着孩子的一只手……真有点儿不好意思。

春草想着,就忍不住笑起来,旁边一个人皱着眉头看了她一眼,她赶紧装作挡太阳的样子用手挡住了脸。当然,那个人皱眉不是因为看不顺眼春草,是被太阳晒的。太阳大着呢,春草也被晒得头发晕,嘴巴发苦了。大门外唯一一棵树的树荫下,已经被早来的家长挤满了。春草踮起脚来往学校里看,真希望何水远第一个走出来,看见她,把她带回家。但一个人影儿也没有。

一直等到中午。大门呼啦一下就开了,里面的学生往外涌,外面的家长往里迎,校门口顿时像稀饭开了锅一样。春草被沸腾的人群推来搡去的,几次差点儿站不稳。她瞪大了眼睛,一一筛着从眼前流出去的男生,始终没看见何水远的影子,却一眼看见了弟弟春雨。

春草连忙迎上去叫春雨。春雨看见姐姐很意外,说:"阿姐你怎么来了?"春草说:"我来看看你。怎么样,考得好吗?"春雨自信地说:"没问题。"春草说:"题很难吗?"春雨说:"当然很难,不过难不住我。"春草说话的时候,眼睛一直看着春雨的身后。春雨奇怪地说:"阿姐你找谁呢?"春草支吾着说:"我不找谁,我来看看你。"弟弟为难地说:"我的同学在等我。"春草连忙说:"你去吧去吧,不用管我。"弟弟狐疑地看她一眼,跟同学们走了。春草继续在校门口徘徊,她想,难道他不在这里?不对,他指给她看过的,就是这个学校。她着急了,往里走,她想他也许在里面和谁说话。走到楼前她碰见一个戴眼镜的男人,显然是个老师。眼镜儿老师叫住她问:"你找谁?"

春草大方地说:"我找一个姓何的同学。"眼镜儿老师说:"姓何的学生多了。他是哪个班上的?"春草想想说:"就是复习高考那个班上的。"眼镜儿老师问:"叫何什么?"春草说:"何水远。"眼镜儿老师拿出个本子正准备翻,一听这个名字就说:"他老早不在这里了。"春草说:"不会的吧,你是不是弄错了?"眼镜儿老师说:"我怎么会弄错,这里的所有学生我都认识。这学期开学他就没来,听说上外面跑小买卖去了。"

春草惊愕地张大了嘴巴,似乎太阳猛一下砸到了头上:何水远,这个何水远,难道他骗了她?他为什么要骗她?难道他觉得她没文化,好耍弄吗?她竟然那么相信他,在家里傻傻地盼着等着,没想到等来的却是这样一个结果!

她忽然又想起一件事,追上那个眼镜儿问:"老师,那何水远他爸是不是在这个学校里当老师?"眼镜儿老师笑了,是有一点儿嘲讽的笑,他偏着头说:"是他这么跟你说的吗?这个伢儿怎么撒谎啊。"

然后就撇下春草走了。

春草脑子里一片空白,恍恍惚惚地离开了学校。

从县城回来的当天晚上,下起了大雨。是暑天闷了许久才落下来的滂沱大雨,雨水伴随着阵阵雷声,不顾一切地稀里哗啦从天而降,仿佛就是冲着春草来的。

谎话,全是谎话!他说的全是谎话……她那么喜欢他,相信他,盼他,等他,他却把她当傻子了……有一刻春草觉得自己过不去了,要死在这雨里。这是她第二次想到死。小时候母亲把她打出血的时候她曾想过死,那时候她想死给母亲看。现在她却不知道自己死给谁看,伤她心的人连影子也没了。

春草哭不出来,也不想在家里哭。她冒着大雨跑出家门。老天爷像是明白她心事似的,猛在那儿替她发泄。山路被雨水冲刷得满是泥浆,春草一次一次地滑倒,又一次一次地爬起来。她急于跑上去,急于把自己心里憋着的话喊出来。其实那不是什么话,那就是一个字:不。

"不"什么?不要这样?不该这样?不是这样?为什么生活总是和她想的不一样?为什么总是和她过不去?

但她不甘心,还是不甘心!

春草拼命地喊着:"不——!不——!"

雨水顺着张开的嘴流进去,她咽下一口,再喊,好像在和雷雨比赛看谁的声音更大。最后,雷雨终于败下阵来,停了。雨停后太阳出来了,水淋淋的,红通通的,像春草的眼睛。第二天春草开口说话时,家里人都吓了一跳,那声音嘶哑得像个沧桑老人。

而且她的面容,像家里陈年的墙一样,白里泛黄。

父亲心里明白,春草一定是遇到了非同一般的事情。母亲一半难过一半幸灾乐祸地说:"那么大个女伢儿不嫁人,总有人说风凉话的,自作自受!"父亲说:"我看不像,她哪里在乎人家说什么。"母亲说:"个女子小心眼儿呢,我不让她读书,她到现在都记恨我。"父亲依然摇头,说:"我看恐怕是别的什么大事情。"

后来还是春雨提供了一点线索。他说那天他考完最后一门时,阿姐曾到学校去过,好像找什么人。这么一说父亲想起来了,是春草主动要求去学校的。难道她在外面认识什么人了?可这种事情做父亲的不好问,她个娘又没这份耐心。晚上父亲端了碗姜汤小心翼翼地进了春草的房间。父亲说:"你姆妈给你烧的姜汤,她说你伤风了。"春草接过来,其实春草知道姜汤是父亲烧的。父亲总是这样，为了缓和她们母女的关系，把自己为春草做的一切都说成是春草姆妈做的。见春草还是发呆，父亲说："阿草，有什么事不能跟爸爸说吗？"春草摇摇头。父亲叹气说："再难过的事，说出来也会好一些的，别闷在心里。"春草还是摇头。父亲试探着说："你是不是在外面，认识什么人了？我是说，找了对象？"

春草的身子一个激灵，但她还是沉默着。春草怎么说呢？春草从哪里说起呢？春草的日子出现了日全食，黑得连她自己都看不见自己了。与日全食不同的是，春草的"黑日子"持续的时间很长，差不多有一个星期吧。当然，春草并不是躺在床上闹情绪。相反，她每天都早早地起床，一起来就手脚不停地做事，一样接一样地做事。田里的，山上的，家里的，反正不让自己有一点歇息的空闲。就是天黑了，她都还要在院子里劈上一阵柴火。直到她的两条腿沉得抬不动了，两个眼皮都张不开了，她才回房间。

还有一件家里人不知道的事，那就是春草一夜之间头发脱落了一大片。是她早上起来在枕头上发现的。她对着镜子，很快就找到了头发掉落的位置，是额头左上方那一撮。亮出了鸡蛋那么大一块白头皮。春草用剪子剪了些刘海盖在露出头皮的地方，然后把那撮头发仔细地包好，放进了纸箱中。关于这段日子里的春草，她父亲是这样形容的：像是新发芽的茶叶遭遇了倒春寒。母亲形容得比较简单：丢了魂。弟弟说："阿姐不是原来那个阿姐了。"

即使如此，家里人也不敢问是为什么。就是问，也问不出来。

1984年冬季：去找何水远

秋季来临时，春草家出了件大喜事：弟弟考上了大学，还是重点大学，北方工业大学，在北京，听说是学很尖端的东西，造飞机。对村里人来说，连坐飞机都不敢想，更不要说造飞机了。于是春雨成了大家崇拜的对象，村里人都轮番前来祝贺，这不光是他们家的喜事，也是全村人的喜事。春雨是他们村第一个考到北京去的大学生。

春草爹妈都高兴得合不拢嘴，他们的耳朵天天都在过年。春草却不得不每天跑到外面去躲人，因为每个来祝贺的人都不可避免地谈到她的婚事，还有些热心人要给她介绍。介绍时会说，她就是那个考到北京上大学的大学生的姐姐。她也沾上春雨的光了。但春草不想沾这个光。如果说以前她挑三拣四还有些道理，如今可是别人来挑她了。一个二十四岁的大姑娘，"身价"已经跌了不少，加上失恋后面容憔悴，谁见了会动心呢？她只能躲，躲到什么时候算什么时候。

弟弟走后，春草更是成为姆妈的话题了。姆妈有时候假装是在和父亲说，其实是说给她听的，喉咙响得院子外面的人都能听见，春草想装聋都难。

"我看你个女儿啊，是越来越像你那个死阿姐了，老不嫁，老成一个精怪！你说你们孟家怎么总出这种人，啊？我算是倒了八辈子霉了，养这么个精怪，杠头杠脑的，比黄檀树根还要死硬！我就是养条狗，嘎许多年也会朝我摇尾巴了，她倒好，啊，一天到晚连个笑容都没有，哭丧一张脸，你说我欠她什么了？啊？真是作孽！我早晚得被她气死！"

春草实在受不了了。受不了的春草有点儿破罐破摔的意思：随便找个人嫁了得了。于是某一天家里有人来说媒时，她破天荒地答应见面了。

这让姆妈的嘴停骂了一天,还主动替她做了不少活路,让她收拾收拾自己。春草才懒得为他们收拾呢,他们爱干不干。

第一次见的是个死了媳妇的男人,上来就说,我现在已经有一个儿子一个女儿了,你过来好好带我的孩子,就不要再生了。我还有个老娘,原先那个和她处不好,你要好好待老人,不要和她顶嘴。

春草想,我这不是抓虱子往自己身上爬吗?

第二次见的倒是个单身,快三十了,看上去挺老实,家境也不错,有一门祖传的刷漆手艺,所以不缺钱。春草心里嘀咕,那么好的条件怎么还整成王老五了呢?进门时他坐在那儿,春草觉得还行,走的时候他站起来送客,哇,吓了春草一跳,好像他脚下的地忽地陷下去了,原来他那么矮呀,至少比她矮半个头。

春草很难过,心里像长了草。原来在别人眼里,自己只能找这样的男人了。

一种不甘心又生了出来。她做出一个重要决定:去找何水远,就算他骗了她,她也要让他当着她的面说个清楚。她不能就这么算了。把何水远了了之后,春草再来决定自己的今后,嫁鸡嫁狗都行。

其实春草心里面还是对何水远存了一线希望的。她想,如果他真要骗她,何必给她写信呢?他可以一走了之啊。再说,从一开始就是他主动的。也许他是有什么原因,有什么苦衷。她不能这么稀里糊涂放弃了。对春草来说,放弃何水远就等于放弃她的努力方向,放弃她向往的道路,放弃她今后有可能过上的幸福生活。

可怎么找呢？春草根本不知道何水远家在哪儿。毕竟他们在一起就一天时间，她当时光顾着陶醉，也没问他家的地址。他给她写信的信封地址上，就是一个"内详"。

不过春草用心听了他说的每句话，很快就分析出两点线索。一是他有个住在崇义镇的姑妈，他说姑妈在镇邮电局工作；二是他说过他父亲是老师。如果不是中学的，也可能是小学的。春草相信有这么两条重要线索，总是可以找到他的。

连着拒绝了五个提亲的男人，姆妈又骂开了："你挑个鬼啊，你自己都什么模样了还挑人家？你也不照照镜子，精怪一样，嘎个条件还又要山好又要水好？做梦啊你！"

春草不理姆妈。她就是要做梦！春草把那件早已织好的枣红色毛衣和那面粉红色的小圆镜装进怀里，出发了。说真的，倘若没有那面镜子，也许她早就怀疑那天与何水远的相遇是一场梦了。

她决定先找近的：镇邮电局。

镇邮电局很好找。绿色的门窗在小街那一排青瓦白墙里十分醒目。可是当春草走进去之后才想到一个问题：她不知道谁是他的姑妈。当然，她知道她应该姓何，她可以问，哪位是何师傅？

春草走到柜台前，假装买邮票的样子，拿了一毛钱。她看到柜台里有三个女人，她张了张嘴什么也没说出来。其中一个女人看她手上拿着一毛钱，主动接过去说："买邮票吗？"春草点点头，紧张得手心出汗。她还是问不出声音来，就捏着那张小邮票和找回的两分钱转身走了。

春草在门口定了定心,她想,应该看看谁长得像。她就又拿了一毛钱走过去。还是刚才那个女人,她有些不解地说:"还要买一张吗?"春草一边点头一边看过去,怎么三个女人都像姑妈?春草在接过邮票的时候终于鼓足了勇气问:

"请问你们这儿哪一位师傅姓何?"那个女人很干脆地说:"我们这儿没有姓何的。"

春草一时愣住了,她实在是对这一回答毫无思想准备。她预想的回答可能有三种。第一,我就是;第二,她就是;第三,她没来。如果是这三种中的前两种,她都可以说:您是何水远的姑妈吧?我是何水远的同学,找他有点事。如果是第三种,她也可以问她家住在哪里。

可偏偏是第四种。她的大脑在那一刻出现了空白。等空白消失乱麻重现后,她转身离开了,留给那女人一个不大不小的疑问。

春草走出邮局后心里已不是失望,而是生气,是愤恨了。他当真在骗她!每件事都是假的!他为什么这样做?是不是觉得她很好骗,很好欺负?他欺负她没读过书?不行,他这样对她,就更得找到他了。她要他当着她的面说个明白,到底是怎么回事。她必须把气愤表达出来,她要狠狠骂他一顿,让他知道她不是傻瓜。

春草满怀愤恨,上了去县城的长途车。

坐在长途车上,春草又回想起何水远对她的种种好处。想想看,是他主动把自己叫到他身边的,是他把座位让给她的,是他讲笑话逗她开心的,是他请她看电影的。她又不漂亮,又没钱,他骗她做啥啦?再说,他也没占她什么便宜，他不过就是拉了拉她的手嘛！他并没说要娶自己，甚至没说要和自己搞对象，他什么也没答应她，怎么能算骗呢？春草不断地对自己说，不要生气，不要生气，不然你会心口痛的，痛起来可是没人管你。

到城关小学后春草又一次失望了。城关小学倒是有个何老师，但是个女的。看来不光姑妈是假的，爹也是假的。春草已顾不上生气了，又回到县中学，找到了那个告诉她何水远去跑小买卖的眼镜儿老师，说自己是何水远家的亲戚，有重要事情找他，问他的家住在哪里。眼镜儿老师说这个他也不清楚，要问问。春草就等，等到下课，眼镜儿老师叫住一个女学生说："你知道何水远的家吗？"女生说："知道。"眼镜儿说："你带她去找一下吧。"女学生好奇地看着春草，目光里满是疑惑。春草笑笑，没再解释。她想，只要见到何水远，其他事情再说。女学生就拍拍自行车后座，说："坐上来吧，我驮你去。"春草就坐了上去。

原来何水远家根本不在县城。女学生的自行车载着春草走过了很长很长的小路，才来到县城边上的何家坞。一路上女学生拐弯抹角地问这问那，春草都咬定说自己是何水远家的亲戚，是他崇义镇姑妈的女儿，找他父亲。女学生相信了，说："不知为什么，何水远这学期没来。"春草想，看来他还有一点真话，至少是上过高中的。到了何家，女学生朝着屋里叫了一声："阿远爸爸，有人找你。"

幸好女学生转身就走了，没有进院子，不然春草可就尴尬了。因为何水远的父亲走出来见到春草时表情很诧异，完全不认识的样子。春草说:"你是何水远的阿爸?"老人点点头。春草急切地说:"太好了阿伯,我有事找他。"老头上下打量她,眼里满是怀疑:"你是哪一个?"春草鼓起勇气说:"我是他的女朋友。"老头很惊诧:"我怎么不知道他有女朋友?"春草想,看来他没和家里说。春草说:"我真当是他的女朋友,我们在处对象。"说罢她把手上的镜子朝老头亮了一下:"你看,他给我买的。我们都认识好几个月了。"

春草没想到自己居然有这么大的勇气。她想,管他呢,豁出去了。

老头很惊讶,好一会儿才说:"这个伢儿,嘎大个事都不响。进来吧。他现在不在,他外出了。"春草正犹豫着要不要进去,突然一回头,那个日思夜盼的人猛地出现在了她的视线里——何水远!

春草失声一叫,何水远就在十米远的地方站住了。他像是刚从哪里回来,灰头土脸的,背着一个行囊,傻子一样呆呆地看着春草。

春草的突然出现简直让何水远又惊又喜又愧又羞。而春草面对何水远破烂贫寒的家,简直有些发蒙。破烂的院子,躺在病床上的母亲,两个尚未成年的妹妹。这一切,都和她想象中的何水远的家差距太大了。

春草立刻明白何水远为什么一走了之了,那一刻,她甚至有些后悔自己主动找来。这些日子何水远真的到外面跑生意去了,只是啥也没赚着,还赔了本钱。

何水远有些紧张地把春草带到自己的小屋,关上了门。这个时候春草才感觉好一些。她看见了桌上的书,看见了墙上的地图,至少她能确定,自己要找的这个男人的确是个读过书的人。春草坐在屋里唯一一条木凳上,发呆。一路上想好的话,一句都找不到了。她只好低着头,用脚尖在地上画圈,一圈又一圈。

半响,何水远说:"春草,你怎么会到这里来?你怎么那么瘦啊?你生病了吗?"

春草的气又来了,她说"你还好意思问我,你当时是怎么说的?你信上是怎么说的?你为什么骗我?你知道我这几个月是怎么过的吗?我都要死掉了!"

春草把头发一掀,露出了那块光光的头皮。

何水远心里一惊,低下头去,说:"对不起,春草,你听我解释一下好吧?"

春草就让他解释。尽管她不太明白解释是什么意思,反正她知道他肯定应该说点儿什么,关于他俩的事,关于那个快乐到后来却成了悬念的邂逅。何水远就开始说,声音很小,很低。没有了笑声,也没有了四个字四个字的斯文。春草慢慢听明白了,他上次告诉她的那些事中,有部分是真的,有部分是假的,还有部分是没说的。

真的部分:名字;高考落榜后父亲让他再考;父亲是老师;姑妈在崇义镇。假的部分:父亲不是县中学的老师,而是他们村小的老师;姑妈不在邮电局工作(没有工作);高考落榜已经两次了,并且差的不是六分,一次是二十六分,一次是三十七分(越差越多);还有,家不在县城,在农村。没说的部分:年龄(二十一岁,比春草小三岁);母亲在家,且有严重的风湿病;家里还有两个妹妹,生活非常贫困。因为他连续两年复读,家里已欠了不少债。遇到春草那天是父亲让他去姑妈家借学费。

春草听完了何水远的解释后,很长时间没有说话。原来是这样,原来自己一门心思找的人是这样的惨境。原来并没有什么好日子在等自己。

何水远说:"请你原谅,我没说实话。"春草不吭声。何水远说:"你能原谅我吗?"春草还是不说话。何水远焦急地说:"你说话呀,你倒是说呀,哪怕你骂我也行,别这么沉默。"

春草站起来说:"我要回家。"

何水远无奈地叹口气,说:"好吧,我送你。"

何水远推出他那辆满身是锈的自行车。他母亲听到动静,病恹恹地爬起来走到门边,一脸讨好的笑容,说:"怎么要走啊?吃了饭再走吧,我还有块咸肉呢,一歇儿烧咸炖鲜给你吃。"那满脸的皱纹,那有些巴结的语气,让春草心酸。春草努力朝她笑笑,说:"不了,我要回去了。"老母亲失望地耷拉下两只手,还有一双眼皮。

春草有些不忍心。她自己姆妈从来没这样和她说过话,朝老母亲笑笑,又加了句:"我以后再来看你。"说完春草想,我还会再来吗?

老母亲连连说:"一定要再来啊。我们阿远人很好的。"何水远低头出门。

破旧不堪的自行车搭着两个心事重重的人在土路上扭来扭去。春草坐在自行车后座上,看着路两边的树,还有树后的田野。

入冬的大地看上去一片凋敝,山坡上的茶树虽然还绿着,却十分黯淡凝重。但春草知道，地底下并不寂寞冷清，种子们正攒着劲儿要冒出头来呢。要不了一个月，大地又会绿起来，生机勃勃起来。

春草心里发堵，满心都是委屈。春草的委屈不在于何水远那个贫穷的家，也不在于他那病恹恹的母亲和年幼的妹妹，而在于她已经把自己所有的希望和梦想都交给了何水远，她是那么信任他，看重他，可他竟把她当成了傻姑娘，随便蒙骗她。

何水远沉重地蹬着车，像个生性木讷的车夫，第一次相遇时那股子机灵劲儿已不知跑哪儿去了。这个样子让春草觉得有些可怜。但春草想，我不能原谅他，现在他就骗我，将来还得了？我不能原谅一个说谎话的人。

可是到了县城的长途车站，闻到那股熟悉的甚至是亲切的汽油味儿，春草的心一下就软了。好像这车站有什么爱情磁场，春草不由自主地又被何水远吸引了。上一次的情形又出现在眼前：何水远从车窗把小镜子递给她，问她要她家的地址，还深情地跟她说再见。那时春草觉得满心都是欢喜和希望。

春草不能想象还会有谁能让她那么快乐了。

春草多希望何水远此时能再一次拉住她的手啊，那样的话，她会原谅他的。

可是何水远已不知所措了。他张张嘴想说什么，春草满怀希望，结果他说出来的却是"我去给你买票吧。"春草很失望。她想，这个何水远怎么啦，傻啦？为什么不挽留她？看着何水远的背影，春草内心有两个小人激烈地争吵起来：

一个说，别走，千万别走，走了你就永远失去他了，再也找不到那么好的人了；一个说，走吧，他不可靠的，还有，他家那么穷，够你受的。你会比你姆妈还要苦。

一个说，可是他们家里人都对你很好，不会骂你；一个说，他比你小三岁，以后难保不变心。

一个说，可是他有文化，他会教你认字，他懂道理，不会乱来；一个说，就算是这样，谁知道他愿不愿意呢？

何水远拿着票走过来了，走近，春草忽然说："我想再问你最后一句话，你到底想不想和我好？"何水远一时没反应过来，呆着。春草转身就往车上走，何水远一把拉住了她的胳膊，说："当然。"春草说："当然什么？"

车上的司机大声喊起来："嗨，你们到底上不上车？"何水远说："你下来我就告诉你。"春草说："你先告诉我。"何水远小声说："我当然想和你好，我喜欢你。"春草说："又骗人。"何水远说："如果我再骗你我就遭雷打，我就不得好死。"

春草赶紧跳下去捂他的嘴。司机终于不耐烦地发动了车，车门在她身后咣地关上了。希望的种子却在两个人的心里萌芽。

何水远拿开春草的手说："当真的，我从第一次看见你就喜欢你了。这回我说的绝对是真话。你说你这半年不好过，我也不好过的，我很想你。"春草动心了，还是不抬眼。何水远又说："我也不知道怎么搞的，看见你就想和你在一起，想和你说话，好像我们前世有缘似的。"春草小声说:"我不信。"何水远说:"是当真的。当时我说'你好',你说'你才好',我虽然笑你,可心里却觉得你特别单纯可爱,和我们班上那些女生都不一样。特别是后来,你给我讲了那么多你的经历,你吃的那些苦头,我觉得你太不容易了,应该有人对你好一些。"

这最后一句话,将春草深深打动了,也让春草深深相信了何水远。她忍不住说:"我也是。一看见你,就觉得……你好。"何水远说:"这就叫一见钟情。"春草说:"一见钟情是什么意思?"何水远说:"就是第一眼看见互相就很喜欢很中意。"春草说:"你中意我什么呢?我又不好看。"何水远说:"谁说你不好看?你都不知道你有多好看。你没照镜子吗?"春草别过脸去忍住笑,说:"那你为什么要骗我七月考完了再来找我?"何水远说:"本来我父亲是要我再考一次的,可是我看到家里太困难了,不想再考了。我们村里有个人考上北航,很有名的大学,全家人供了他四年,欠了很多债,好不容易等他大学毕业了,却被分到一个山沟研究所,一个月才一百多块钱,自己都不够用,别说还债了。所以我想还不如早点出去挣钱呢。上大学不是我的命。"

春草心疼地想,他也不容易。

何水远说:"特别是那天遇到你,我就更想挣钱了。有钱才能娶你啊。我就用从姑妈那里借来的学费去进了一点儿货,谁知道上当了,一点儿钱都没挣到。我爸爸因为这个特别生气,已经好长时间不和我说话了。他就希望我上大学。"

春草再次想,他也不容易。但她还是严肃地提出了另一个问题:"我比你大三岁,你知道吗?"何水远说:"知道。不过你看上去就像我妹妹一样。再说女大三还抱金砖呢。"春草憋着笑说:"还有,我没读过书,是个文盲,你是个高中生。"何水远说:"我可以教你认字。那些读过书的也不一定有你聪明呢。"春草的笑意像三月里的花骨朵儿,说开就开了。

何水远趁机说:"你还没告诉我你喜不喜欢我呢。"春草点点头。何水远说:"你喜欢我什么?"春草不好意思地把脸别到一边,说:"我说了你不许笑。"何水远说:"好,我不笑。"春草小声说:"我喜欢你四个字四个字地说话。"何水远还是笑了,一把抓住春草的手,握住。这一握,让春草又找到了当初那种感觉,那种感觉可以让她不顾一切。她说:"你娶我吧。"

何水远愣了。春草眼睛一瞪,何水远说:"我是愿意的。可我怕拖累你,我们家真当很穷,为了给我姆妈看病还拉了债。我还有两个妹妹要养。我爸爸很快要退休了。希望你深思熟虑。"春草说:"什么生的熟的,这么多日子过去,就是生的也想熟了。"

春草当然是深思熟虑的,尽管她不懂这个词。她想了三点,第一,何水远的确是有文化的人,他上了五年高中。第二,他家虽然穷,却让春草感觉到一种轻松,他姆妈的脸总是像煮红薯一样又甜又软;父亲更不用说了,做了一辈子老师,肯定是讲道理的人。这些对她来说太重要了。她不能在离开凶神般的母亲之后,再找一个恶煞般的婆婆。而且她是长嫂,还可以当家。第三,她终于可以离娘家远远的了,再也不用听母亲在耳边吼叫了，再也不用看村里人奇怪的眼神了。这些不都是她梦想的吗？至于穷，那是可以改变的，谁都知道她有多么能干。所以她又对何水远补充说："欠债不怕，我和你一起还。我们那里的人都说我能干，还说我命里带财。"

何水远笑了，说："你信这些？"

春草从包里拿出她织的枣红色毛衣和那面小圆镜，说："我给你织了件毛衣，也不知你想不想要。这样，如果你愿意娶我。就把毛衣拿走，如果不愿意，就把镜子拿走。我也不怪你，从此我们一刀两断。"

何水远拿过毛衣，毛衣那么好看，那么簇新，在秋天的阳光下红得耀眼，像他们家刚刚晒制好的南枣。可以说从小到大，他没穿过这样好的毛衣。他抚摩良久，眼圈红了。他说："春草，你对我真好。我以后一定好好待你。"春草说："别说这些了。你上我家提亲去吧，我真希望早些离开我家，和你在一起。"

春草心里的风帆已经被何水远扬起来了，她要起航了。不管前面有没有暗礁，不管那条河有没有航标灯，她都要起航了。她的马力很足，一旦发动起来，肯定会往前蹿的，她甚至想好了要怎么做。她要把她所有的能干都用在建设他们的新家上。

1985 年
谷雨：
一记耳光

何水远来到春草家。

何水远的到来,让春草家发生了"大地震"。反应最为强烈的是母亲。

母亲被震得在院子里乱转,她几乎是喊着跟何水远说话的。她说:"你是谁?你是怎么认识我们家阿草的?你是从哪里跑出来的?你想做啥?你有钱做聘礼吗?"

因为在母亲眼里,何水远就是一个陌生人。而且他那么嫩的面相,给人很靠不住的感觉。何水远说:"我叫何水远,何家坞人,我和春草在长途车上认识的。我喜欢她,她也喜欢我。我们家不富裕,穷,我现在也还没有工作。但是我有信心,同时我也有一个很好的发展计划,我相信我和春草在一起一定会让她过上好日子的。我想和春草结婚。"

何水远紧张地却是有条有理地回答着他未来丈母娘的问话。尽管一头的汗,也没忘了时不时地蹦些四个字儿的出来,比如"情投意合""同甘共苦""生死与共"等等。春草的父亲听着听着,脸上有了笑意。他明白了女儿这些日子以来的反常,明白了她让他教的那些字的真正意义,也明白了她为什么拒绝所有的媒人。这个女儿,心里有主意呢。有主意就好。

但春草的母亲依然气急败坏(事后何水远就用这四个字形容了他的丈母娘)。她不能容忍这么大的事,春草竟然完全不跟她商量。就好像她辛辛苦苦种了一年的稻子,有人却招呼都不打一个,就从地里全部收走了。她继续刁难何水远,用一些尖刻的话讽刺他,并且打击他。

何水远有些招架不住了,就他对春草的有限了解中,并不包含对她母亲脾气的了解。他只好眼巴巴地看着春草。

起初春草一直没有说话，她怀着一种期待，想看看母亲大吃一惊的表情，她要让母亲看看，她自己是可以找到中意的人的，不用那些媒婆给她介绍些歪瓜裂枣。她找的是高中生，而且眉清目秀，像模像样。看母亲气得差不多了，春草准备发言了。当母亲又一次气急败坏地对何水远说"我不会把女儿嫁给你的"时，春草站到何水远的身边对母亲说："我愿意把自己嫁给他。"

母亲看了她好一会儿，转身离开了。

村里人得知春草自己找了婆家并且要出嫁的消息，反倒不像春草母亲那么意外和激动，大家觉得这才是春草干的事，用阿明的话说，"这才是春草的风格。"甚至还有人表示佩服，说春草这么个连小学都没读过的女伢儿，居然找了个高中生（有人马上补充，差一点就上大学了呢），真有本事。也有人刻薄地说，男方家里穷得很呢，不然人家会要她？

春草不管人家说什么，跟听家常话一样，她从小到大听闲话听多了。自从何水远来她家提亲后，或者说，自从他们确定了婚期后，她的脸庞就一天天地亮了起来，红润了起来。好像心底施了足够的肥，把一张脸催成了红苹果，前一阵子的憔悴无影无踪了。村里人吃惊地发现，春草其实是蛮漂亮的。春草拿出何水远送她的粉红色塑料镜子偷偷地照，发现自己真的漂亮起来了。

三月里，漂亮的春草就出嫁了。日子是春草自己定的，三月十六日。她跟外人说这是她的生日，但只有她和何水远知道那是什么日子。那是他们相遇的日子。

头一天,春草把所有的事情都做完,一个人上山去了。

山还是那座山,丘还是那道丘,人已不是那个人了。春草站在枣树林后面的山坡上,呆呆的,整个人像失去了知觉一般。其实她是把自己的魂儿放出去了,放到风中飘荡去了。枣树林蒙着一片淡绿色,那是刚刚发出来的新叶染成的,安宁得如同春草的心情。春草已经好长时间没上这儿来了,上次来时下着大雨,春草的舌尖上至今还留着雨水的味道,苦涩、酸楚、冰凉,还有些辣。那次她可是生生地把自己的嗓子给喊哑了。也许真的是她那不要命的叫喊救了她?老天又把何水远给了她。今天不能这么疯喊了,明天就要出嫁了,新嫁娘怎么能嘶哑个嗓子呢?可心里在翻腾着什么?暴雨?潮水?狂风?她没法儿这么静静地站在这儿,她没法保持沉默,没法安静,心里的风暴潮水把她推来搡去的,她的心开始狂跳。

春草终于张开喉咙喊了起来:"啊——啊——!"

"我要走了——!"

"我走了——!"

暴雨和潮水终于化作眼泪,冲出心房,哗哗地从眼里淌了出来,一滴滴都是滚烫滚烫的,被心烧开了。不过一离开心,它们瞬间又冷下来了。

春草喊够了,下山,告别了她灰色的少女时代。

出嫁那天,大家发现春草的嫁妆还是很丰厚的,别的姑娘有的春草都有,被里被面床单枕套木桶木盆樟木箱,别的姑娘没有的春草也有,比如缝纫机大衣柜,那衣柜里还塞满了东西。大家想,春草的姆妈尽管对这门婚事不满意,却没有克扣春草任何东西。到底还是亲姆妈,到底还是自己的亲女儿。

但和其他姆妈不同的是,春草姆妈没有哭。梅子出嫁那天,梅子姆妈可是把嗓子都哭哑了。按当地的说法,哭嫁女儿才能过上好日子啊,才能不被退回来啊。嫁出去的女儿如果以后又回到娘家(不是走娘家)是不吉利的。大家就觉得春草姆妈还是不对劲儿,她怎么能不哭呢?难道她还希望女儿再回来不成?

春草姆妈不管别人是什么目光,就是沉着脸不说话。倒是春草的父亲,看着春草走出屋子时把脸转开去,抹了把眼泪。其实春草明白母亲的心情,她知道她母亲比别人的母亲更怕她回来,更希望她过上好日子。不是为春草,是为她自己。她丢不起这个人。

何水远开来接新娘的拖拉机到了,春草的大哥也穿着新衣服走出来,按习惯,他要一直把春草送到何家坞去。春草一一和家人告别,她给父亲母亲深深地鞠了一躬。

抬起头时,看到母亲朝她点头,示意她靠近一些,她就顺从地走到母亲跟前。她听见了母亲给她的临别赠言。母亲说:"如果有一天你跟他过不下去了,你可以回来找我,我会让你进门的。"

春草直觉姆妈不会跟她说出什么好话来,就说:"我不会跟他过不下去的,我会过得很好的,不会回来找你的。"

母亲说:"你不要嘴硬!你会有求我个辰光的!不过你记好了,那时候我会先扇你一记耳光再讲。"

这才像她姆妈说的话。春草踏实了,深深看了母亲一眼,转身跟着大哥上了拖拉机。

拖拉机突突突往前开时,春草吐出一口气来。她甚至没再回头。

拖拉机从牌坊下开过,开出了孟家村。春草在心里对大姑妈说:我一定会过上好日子的,我发誓。

1985年
秋分:
灰烬

春草在何家坞开始了她的新生活。

其实春草与何水远结婚,最难过的不是春草姆妈,而是何水远的父亲何老师。村里人无论老少一律叫他何老师。这个教了一辈子书的老人,面对这一婚姻的现实,不得不放弃他此生最大的理想——让儿子上大学,之后成为一名教师。为此他有些生春草的气,若不是她,何水远不会那么决绝地放弃高考。尽管何水远连续两年的复读已经让这个家一贫如洗了。但儿子与春草结婚给这个家带来的巨大变化,又让何老师无法表达他的气愤:从来没整洁过的家整洁了,从来没像样过的饭桌像样了,从来没笑过的老伴也舒展开了眉头。这让他暗自叹息,认命吧。也许他命中不该有上大学的儿子。

何老师认命的方式,就是把家里仅有的三间房中的最好的一间,给了春草他们做新房,还用仅有的积蓄,请人给他们打了一套家具。然后他郑重交代:"我对你们没别的要求,就是把小妹水亮供上大学,我们家无论如何要出一个大学生。"何水远和春草都认真地点头答应了。

水亮很聪明,成绩比她哥哥还好。至于大妹水清,也许是母亲一直身体不好,她要承担太多家务的缘故,读完小学就没再读了,在春草进门之前,她已然是家里的主妇了。

春草是憋着一股劲儿开始新生活的,她要让她母亲看看她自己寻的婆家没错,她也要让公公最终承认他们家这个媳妇娶对了。女大三,抱金砖,她不能白比何水远大了三岁。就是不抱金砖,也得淘上点儿金沙。

春天的春草应该是茂盛的。

不过春草的新生活的表现形式和原来差不多，依然是辛苦的、劳作的、贫困的。做了主妇的她，终于知道了母亲的不易。他们家倘若没有母亲一年到头的苦做，恐怕也会像何家一样穷的。何水远的母亲脾气极好，但什么也不能做，好像她活在世上就是为了生病。咳嗽好了胃疼，胃疼好了关节疼。这让春草明白一个道理，人不能两全。用姆妈的话说，"甘蔗没有两头甜。"

春草跟何水远两人齐心协力地发家致富，先是养了一茬蚕宝宝。可他们这一带桑树不多，加上何家的房子也小，只能少量地养一点。正是春天，春蚕从芝麻大的黑籽里爬出来，经过一眠二眠三眠大眠，就长到筷子那么粗了，之后就只拉不吃，变得白白胖胖的，肚皮发亮，然后就上山，开始吐丝。

养蚕的空隙，他们建了个蘑菇房，春草在家里跟着父亲干了几年，感觉卖蘑菇的效益不错，种植上也有些经验了。就起早贪黑地侍弄，不出一个月，还真种出了白白圆圆的小蘑菇。春草每天凌晨五点就爬起来了，小心地将蘑菇采下，然后喊醒水清，让她骑上自行车送到县城罐头厂去，一次能卖个三五元。那些性子急路上就开了花的蘑菇，水清就把它们提回来，春草用蒜那么一炒，就成了家里饭桌上的一道佳肴。何水远觉得比肉还好吃。

春蚕吐丝做茧后，也只卖了十来块钱。家里没条件，养得太少了。夏蚕和秋蚕太难侍弄，春草不敢再养了。可只靠着蘑菇房一样，春草觉得收入太少。后来婆婆提议，编竹器卖。婆婆做其他事不行，编竹器倒是一把好手，竹篮、竹筐、竹椅，样样都会。她娘家安吉就是个竹乡，以盛产竹器闻名的。春草脑子灵手巧，很快就上路了，出活儿的速度竟然超过了婆婆。可毕竟是手工活儿，她、水清和婆婆三人，一天到晚不歇气地编，连公公都被动员起来帮着划竹篾片了，也出不了多少活儿。

一家人在那儿忙，何水远却总是不落屋，一天到晚往外面跑，好像门外有绳子牵着他。问他，他总说他想办法去了，了解情况去了，谈点儿事情去了。春草说："家里本来就少劳力，你还总闲逛。"何水远说："闲逛？我哪有心思闲逛啊？"那感觉他才是全家最操心最累的。春草知道他其实是闲聊去了，有时还打牌。但她一抱怨婆婆就会说："让他去吧，他在家也做不了什么。"妹妹也会说："他从小就不做事情的，习惯了。"春草一看这情形，也就不再说什么了。想想他到底读了那么多书，哪里肯挣这样的辛苦钱？

一个竹篮卖三毛钱，一个竹筐也才五毛。春草脑子里每天都在算加法，三毛加三毛，五毛加三毛……加来加去也难拼出一张"大团结"，更不要说发财了。

春草拼了命地做，每天都做到深夜。有时候全家人都睡了，连何水远都睡了，她一个人还在编竹篮。昏暗的灯光下。她的两只手被竹条划出一道道血痕，十个指头没一个是好的，粗糙得完全不像个二十多岁女人的手。好多次血迹都染到了竹篮上，一点一点的红。

何水远看着有些心疼，说"我看我们这样干不来事，你就是每天不睡，也挣不了多少钱的。"春草说："总比不做强，再说我们不做这些还能做什么呢?"何水远说:"我听人家说,进城打工运气好的话,一个月就可以挣到我们这里做一年的钞票。要么我们也进城打工去吧。"春草说:"进城打工?我大字不识几个,进到城里就是个废人了。"何水远说:"有我呢。再说现在进城去的有几个读过书的,人家能行我们为什么不能行?"老实说,何水远也不知道外面是什么样,反正他看见从外面回来的人都挣到钱了(其实是没挣到的不愿回来),心里总痒痒,总向往。他才不愿意这样一分分地挣一毛毛地攒呢。

春草也觉得在乡下挣钱太难。但真的要离开家乡到外面去,她还是不敢想,总觉得在家里踏实些,挣一毛是一毛。这样坚持了几个月,家里还是有了些起色,至少小妹的学费能按时交,婆婆的药能按时抓,他们的饭桌上也能隔三岔五地见到肉。春草虽然不满足,也没敢往别处想。更何况她发现自己怀上孩子了,就更不敢想外出的事了。

如果春草能预见到后来的事,也许她就听何水远的话,进城去了。可那样的事情只能是毫无准备地撞上,而不可能事先想到。不要说小小的春草,就是大山大河也无法预见。

夜晚,春草独自一人坐在院子里编竹篮。

大概快到中秋了,月亮很好,又大又亮,周边一点儿云都没有,月光把院子的地照得发白,春草一盏灯没点,手上的活儿也看得清清楚楚。点了灯不但费油,还会招来成群的小虫子。柔韧的竹篾条在她手上轻快地舞蹈着,然后顺从地一点点地被织进竹篮里。房前房后蛙鸣声一片,起起落落的,似乎在轮番陪着春草忙碌。

编完最后一个竹篮已经很晚了,家里一点声音也没有。何水远早就睡了,明天要进城去送货。春草拿着篮子来到堆放成品的灶房,把他们这半个月做好的成品又点了一遍,算了一次,的确是比上个月多做了二十个。可多二十个也多不了多少钱。

春草发愁,不想困觉,就拿起纳了一半的鞋底,点上油灯纳起来。也许太累了,手有些抖,一不小心食指被扎了一下,一滴鲜红的血从指头上渗了出来,在烛光映照下像一粒红宝石。她放进嘴里轻轻吮了一下。

春草借着油灯看着自己一双伤痕累累的手,忍不住一声叹息:"瞧瞧这双手,什么生活不能做啊?砍柴打猪草烧火做饭纳鞋底,采茶种蘑菇编竹篮,粗活细活样样都行,而且一年到头也不歇着,怎么就挣不来钱呢?"

春草真有些困惑,一困惑就疲倦,睡着了。

火是怎么着起来的,春草一点儿也不知道,大概是她的头碰倒了油灯,油灯点着了柴草。反正她是被灼热烤醒的,睁眼一看,面前红成了一片。柴草间被大火照得通亮。她吓呆了,猛一下跌进了惊恐的泥潭。好在瞬间她又清醒过来,挣扎着跑到房间门口用力拍门,大叫着:"阿远!阿远!火!火啊!"

何水远很快就冲出门来,跟着是公公和大妹,再跟着是婆婆和小妹,每个人都条件反射般地去拿水桶或者木盆。没人发令,也没人指挥,一致地冲向水缸,再一致地开始传接水桶,将一桶桶水奋力地泼向灶房的大火。春草忙不迭的时候,却见何水远又返回屋里去了,很快拿了床被单出来在水里浸湿，顶在自己身上，这才去提水扑火。

春草也顾不上气他，只觉得双腿发软，人像在梦里一般。她的梦着火了，火把她渴望实现的一切都给烧着了。春草第一次知道了火的厉害，它那么炽热，那么滚烫，噼啪作响，张牙舞爪，如猛兽一般，要吞灭她的血汗。她脑子里反复跳着两个字：完了，完了，完了，完了……不光是他们编的竹器完了，蔓延下去，很有可能连整个家都烧掉。她怎么会那么倒霉？她的新生活，她的梦想，她的不服气，她想证明的一切……全都要化为乌有了。

她忽然想到灶台上还烤着几双她刚纳好的鞋底，还有一大张鞋壳，那可是一家人冬天要穿的啊。她急了，迅速解下围裙在水里浸湿了盖在头上往里冲。

何水远在身后喊："你做啥啦？不要命了？"

春草不理他，冲进灶房。眼前什么也看不见，她完全是凭直觉摸到了放鞋底的地方，端起大竹匾就往外跑，跑到门口被烟呛昏了，踉跄了一下，幸好遇到进来帮她的何水远，扶住了她，冲出门时，门框突然倒了，砸在两个人身上，春草狠狠地摔倒在地，手中竹匾一下被抛得老远，满地都是鞋底。

何水远赶紧去扶她，她急得大喊："别管我啊，快去灭火啊！"那样子完全像个女英雄。

后来邻居们赶来了，七手八脚帮着一起灭火，总算把火扑灭了。万幸大火还没有蔓延到他们的住房。但他们辛苦一个月编下的竹篮竹筐竹椅,一个也不剩了,全部化作了黑色的灰烬。包括那些还没来得及加工的原材料,都烧得光光的。灶房也被烧掉了,赫然裸露着像个黑色的大伤疤。院子里弥漫着呛人的烟雾。

春草一屁股坐在了地上,坐在地上时她感觉自己的下身湿乎乎的。她没有心思管,她已经耗尽了力气。手上燎起的水泡火辣辣的痛,比手更痛的是她的心。

公公擦着脸上的烟灰生气地说:"怎么回事?怎么着火了?你们是怎么搞的?"

何水远花着一张脸站在那儿发呆,身上披着的被单已被火燎得稀烂。两个妹妹木头桩子一样杵在院子中间,头发都被火燎焦了,衣衫褴褛。婆婆一边抹着眼泪,一边感谢着前来帮助灭火的邻居。刚才火还没灭时她就哭起来了,这会儿倒是哭得差不多了,她默默收拾着水桶脸盆什么的。这点比姆妈好,春草想,若是自己姆妈,此刻已经骂声震天,声嘶力竭了。

没人回应公公的话。院子里仍弥漫着烟火的味道和伤心的气息。好一会儿,春草从地下爬起来,说:"烧都烧了,找到原因也没用。看来老天爷是逼着我们出去做了。"

刚说完,她晃了两晃,倒在地下。

春草流产了,怀到四个多月的伢儿落脱了。

原以为第二年春节就能生的,一下没了。春草心里面难过得要命,她已经做好了当姆妈的思想准备,已经给孩子缝了小被子和小衣服。更主要的是,她以为长在她身上的东西是不会丢的,怎么说脱掉就脱掉了?

若不是何水远发现了地上的血,当即把她送到医院去,她恐怕连命都要脱掉。医生说这样意外流产是很危险的。

春草流了不少血,一张脸惨白,何水远看着她,想着尚未谋面就夭折的孩子,更心悸那场大火,坐在那里眼泪唰地流出来了。春草毫无思想准备,她还是第一次看见丈夫流泪。本来她是想扑进何水远怀里大哭一场的,现在反倒没条件了。她不能扑进眼泪里啊。

春草只好反过来安慰何水远,她努力笑着说:"没事的,反正我们现在这样也养不好孩子,等以后有了钱我们再安安生生地养。"何水远不管不顾地抹着眼泪,抹够了就发呆,就叹息。春草说:"你不要这样不经事,男人家,筋骨硬一点才是。"那根掉下来的木梁把何水远的背和春草的肩各烫掉一块皮。春草说:"这下好了,想不做夫妻都难,有印记了。"何水远说:"你还有心思笑。"春草说:"哭有啥个用场?"

幸好和婆家人在一起。公公虽然一言不发,也还是给她宰了只鸡炖上,大妹则替她洗洗弄弄。婆婆坐在一边安慰说:"勿碍事,你还年轻,机会有的是。"婆婆还说:"一定是这个胎儿太弱了,才会这么一跌就脱掉了。等以后再好好养个健康结实的。"春草一想也是,母亲生自己的时候那么折腾都没事儿,临到生了还去捞猪草做生活,生下自己不一样好好的吗?能在这种时候安慰她照顾她,让春草对婆婆和婆家人心存感激。若是自己姆妈,还不劈头盖脸把她给臭骂一顿?她心里暗自思忖,等将来发了财,一定要对公公婆婆好些。

该死的大火不光烧掉了他们的竹器,他们的收入,他们的孩子,还烧出不少流言蜚语。就像秤砣砸进铁锅里一样,水溅光了,锅底漏了,火也熄了,一连串的倒霉事情接踵而至。春草隐约听见大妹跟婆婆说:"村子里人认为春草一副苦命相,所以嫁过来不但没让何家兴旺,反倒又是火灾又是流产。"婆婆嘴上说,别听他们胡讲,但还是忍不住叹了口气,再看到春草时,眼神里就多了一丝怨艾。

春草心里那个气啊,比遭了火灾掉了孩子还气。可她能说什么?她只能打落牙齿往肚里咽。什么也不能说啊。在娘家时就有一些烂嘴巴说她生不了孩子,这事要是传回娘家她就更倒霉了。怎么才能证明别人说的都是臭狗屎,自己不是个灾星呢?先不说养孩子,怎么也得让家里富裕起来,得把大火造成的损失捞回来。

春草思来想去,只能外出打工了。但何水远像是被霜打了的麦苗,说什么都提不起劲儿来。正在这时,村里有几个年轻人要去海州城找活干。春草跟哄孩子似的,让他先跟着去看看。

何水远就跟着那几个人去海州了。

哪知何水远一到海州车站,就跟村里几个人走散了。他虽说是个高中生,毕竟没见过什么世面,也没见过那么多的人和车。不要说做生意,连话都不敢讲。他一时有些慌了神。眼看天黑了下来,何水远又饿又慌,越慌越饿,只好先在车站附近找个小饭店,想吃碗阳春面身上有了力气再说。

吃面的时候,何水远注意到旁边桌子有个男人在喝闷酒,两个炒菜两瓶白酒,独斟独饮,也不知遇到了什么烦心事。何水远吃完面准备走时,发现男人已经喝倒了，猪肝一样的脸吧唧一下搁在桌子上，不动了。

饭店老板走过来推他，说你好回去了，他一动不动，呼呼地打鼾。老板就让伙计把他拖到门外扔在墙脚不管了。何水远站那儿想了一下，有些不忍心，毕竟是十一月的天气，这样待一夜会冻出毛病的。他就把他扶起来，弄到一家小旅店住下。

第二天早上男人醒来了，得知头晚的情况，很感谢何水远。他自我介绍说从东北来，是一家贸易公司的经理，此次来海州收一笔人参买卖的款，钱没收到，人影都没找到，上当了，所以心情很不好。何水远听他讲了经过，有些心凉，显然城里比他想得要复杂得多。这时那个经理问何水远来这里做什么，何水远就把自己的遭遇也告诉了他。经理听后想了想，说："我给你出个点子吧，你们浙江不是出丝绸吗？我们那儿最缺这东西了，我每次来都有人让我捎丝绸被面丝绸面料啥的，我建议你就从这里收购一些丝绸被面，拿到我们那边去卖，肯定能赚钱。"

到北方卖丝绸？何水远听着稀奇。

那人说："那不是咋的，我们北方没有桑麻，丝绸肯定是稀缺的。有稀缺就有市场嘛！"

一句话如醍醐灌顶，点醒了何水远。有需要就有市场。这话以前他也听人说过。家乡丝绸被面要多少有多少，许多人家都是自己纺织，又好又便宜。如果把家乡的丝绸被面收购起来拿到北方去卖，一定能赚钱的。这的确是个好点子。可是他连自己的家乡都没离开过，去北方？能行吗？人生地不熟的，他会不会也像这个东北经理一样被骗啊？经理鼓动他说：

"想赚钱就得敢于冒险。"何水远心里顿时痒痒的。何水远也不去找村里人了,直接返回家中。到家就把这事跟春草说了,春草对这样的事毫无见解,她的眼界只限于娘家和婆家。何水远就去和父亲谈。父亲毕竟是有些文化的人,比较开明,觉得这未尝不是条路子,值得一试。何水远就问他家族中有没有人在北方工作?初次出门,若有个人照应比较好。父亲想了半天也没想出一个。倒是母亲,记起她有个表弟,大学毕业后在陕西一个小城里工作。

春草得知何水远要跑那么远的地方去做生意,心一下悬了起来。说担心都不够,是揪心。但何水远这回拿定了主意,坚决要去。何水远说我们不能守株待兔,我们要拿起猎枪上山去。春草说,那我就和你一起去,遇见老虎两个人总比一个人强。

家人东挪西凑筹了一笔钱,四乡八邻地收购了一批丝绸被面,经过一番准备后,小两口终于外出打工去了。

或者说,外出去做小买卖了。

1986 年
惊蛰:
火车上的惊吓

春草几乎是紧贴着何水远的后背上的火车,汗水顺着她的脸颊往下淌,还洇湿了她两个胳肢窝。谁知她哪来那么些汗水,比在家干重活还流得多。这才三月初啊。当然她知道那不是热的,是吓的,慌的,急的。

毕竟是此生第一次出远门,第一次坐火车啊。

出门的日子是何水远定的,他说:"这个节气万物复苏,惊蛰就是虫子抬头的意思。"春草说:"那也是我春草要冒出来的意思。"何水远说:"对对,一年之计在于春嘛。"

可以说这两年春草一直都是在忐忑不安中度过的,因为这两年她遇见的全是人生中的大事,密集程度超过了前二十五年的总和。你看,遇见爱情,结婚,然后是火灾,流产,现在又坐火车出远门,哪一件不是大得让她心慌心跳?从小到大,春草去过的最大的地方就是县城,去过的最远的地方就是何水远的家。至于交通工具,她只坐过自行车、汽车和乌篷船。所以坐火车出远门对春草来说,绝对是个重大事件。

这趟火车是过路车,因此他们没买到座位票。等他们背着大包小包挤上车时,车厢里早没位子了。他们傻站在那儿,有些不知所措,只是紧紧地拽住自己的大包小包。那些大包小包里除了收购的被面外,还有他们的铺盖卷和换洗衣服。何水远叫春草看住东西,自己挤进车厢去找座位。等他满头大汗却一无所获地从车厢挤出来时,见春草已经在两节车厢的连接处安顿好了,大包小包被她整齐地摆放在角落里。地面还铺好了塑料布。春草招呼他说:"别找座位了,就坐这儿吧。"

何水远松了口气,说:"没想到你嘎能干。"春草满足而又得意地笑笑。

但火车一开,轰隆隆的声音一响起来,春草的笑容迅速不见了,好像被火车抛在了站台上。很快何水远就发现,春草的鼻子上细细密密地冒出了一层汗水。开始何水远以为是太热的缘故,可一握她的手,冰凉。何水远就知道她是太紧张了。其实他也紧张,他也是第一次坐火车。但这个时候,他不能不像个男子汉那样,给春草以安抚。

何水远安抚春草的最好方式,就是给她描绘他们的美好未来。他坐在地上,握着春草的手小声说:"我们把第一批的一百床被面卖掉后,就可以买两百床被面去卖了;然后是三百床,然后是一千床,然后是……反正我们的钱就会像滚雪球一样越来越多,打开市场后,我们就可以开个丝绸店了。"

春草在何水远的描绘中,涌了更多的汗水出来,而且面部表情越来越痛苦。何水远问她怎么了,她小声说:"尿急死了。"何水远说:"那快去厕所吧。"春草说:"哪里有女茅房?"她看见他们旁边那个厕所,进去的都是男人。何水远说:"火车上的厕所不分男女的。"春草惊诧不已:"火车上的厕所也和屋里厢一样不分男女?"何水远说:"你进去把门锁上就行了。"

春草战战兢兢地走了进去,却不会锁门。她只好一手顶着门,一手去解裤带。好不容易站上去,忽然看见了那个通向铁轨的洞,洞下枕木石子飞速后退,像激流一样要把她卷走。她顿时吓得腿脚发软,提着裤子从里面逃了出来。何水远焦急地说:"你这样不行的,时间还长呢。"春草说:"我再忍忍吧。"何水远说:"那样会憋出毛病来的。"春草可怜地说:"那怎么办呢?"

幸好这时到了一个小站。

何水远说:"你快下车去上厕所,动作要快。听见铃声就赶紧上来。"春草不顾一切跑了下去。何水远心里不踏实,伸长了脖子往站台上看。很快就打铃了,春草还没从厕所出来,何水远急得在车厢门口大喊:"春草!春草!"

春草总算从厕所里跑出来,火车已缓缓启动,何水远站在门边,一把把她拉上来。春草脸都吓白了。何水远埋怨说:"你不是小便吗,怎么那么长时间?"春草气喘吁吁地说:"我也不知道,半天尿不出来。"何水远明白是憋得太久了,没再说她。等春草情绪稳定下来,何水远说:"你看住东西,我去个厕所。"春草点点头。

何水远刚走进厕所,火车就进了隧道,里面一下黑了。他立即听见外面传来一声惊天动地的叫喊:"啊——!"

是春草!他赶紧退出来,只见春草蒙着脸扑在行李上,一些旅客在探头看她,还有人笑起来。何水远连忙蹲下去安慰她:"没事的没事的,马上就好。"过了好一会儿,春草才敢抬起头来,脸色依然煞白。何水远检讨自己没事先告诉春草,火车是要穿越隧道的。他给春草简单地讲了这个道理。不但要穿洞,还要过大桥。

春草明白是明白了,但还是无法放松。魂灵已经吓脱。每当火车一声长鸣,扎进那个漆黑的洞里时,她都要紧紧地捏住何水远的手,捏得何水远生痛。不过在其他时候,她已经能够说话了。

夜幕降临，车厢里的人都进入了梦乡，何水远也趴在行李上睡着了，他这一天已被春草折腾得疲倦不堪。春草仍睁大了眼睛望着漆黑的窗外，仿佛想从漆黑中看到些什么。因为夜晚的来临，穿越隧道反而没那么可怕了。春草安静下来，脑子也就松弛下来，可以想事情了。

黑夜让她看到了她的过去。而她的过去，尤其是过去那些不愉快，都是与母亲联系在一起的。也就是说，春草望着漆黑的窗外，想到了母亲。她不知道母亲在她走后怎么样了。有一点可以肯定，那就是寂寞多了。因为一年里一下有两个孩子离开了她。尤其是春草的离开，那么突然，那么不合她的意。她连骂人都少了个理由，没么痛快了。

春草此时想起母亲，心情很复杂，谈不上思念，也谈不上怨恨。她看看身边的丈夫，这个在长途汽车上认识的人，终于成了她的丈夫。这是她这辈子第一次按自己的意愿做成的事。她感到满足。以后的日子她也要按自己的意愿去做，做自己。

天快亮了。本来说好他们轮流照看行李的，但春草看何水远像个孩子一样熟睡着，不忍心叫他，又坚持了一会儿，后来不知什么时候，她也睡着了。

春草是被一阵吵闹声惊醒的。睁开眼一看，已是早上了。列车员把他们叫醒，说列车长马上要带人来车厢检查卫生了，他们两人在过道上待着不雅观，得到车厢里面去。此时的车厢里已能找到一两个位子了，但那些大包小包却没地方放。他们可不能离开这些包。何水远就跟那个列车员说好话，他说："我们坐地上，省了座位别人好坐呀。"列车员说：

"不用你们省座位。你们坐这儿我不好搞清洁的。而且你们那么多东西,应该补一张票。"

何水远一听急了,他说:"你看看这车上谁没有大包小包?我们连个座位都没占,你还要我们补票?你讲不讲理?"列车员一听何水远说她不讲理,眼睛一鼓就要和他吵。

春草连忙拉住列车员说:"大姐,你别生气,我来帮你搞清洁。你看你也是怪累的,反正我坐着也没什么事。我来扫地,你去歇歇。"

春草一边说一边接过列车员手上的扫把簸箕:"去吧,大姐,你去歇一会儿。"

列车员有些动心了,含含糊糊地表示了认可。

春草就开始帮列车员扫地拖地,还给大家倒水,忙得一头是汗,就好像她是列车员。其实乘客们一看就发现她和列车员有很大的不同,那就是她始终笑眯眯的。何水远看着心疼,要她歇会儿。春草小声说:"实话讲,我觉得这样心里面还踏实些,时间也过得快。"何水远笑道:"你可真是个劳碌命。"

火车到站时,那个列车员非但没要他们补票,还帮他们把大包小包搬到了站台上。春草与她热情告别,就好像她们是老熟人似的。

何水远说:"我还没发现你有这本事。"

春草说:"这也算本事吗?"

何水远说:"当然。做生意,这个本事很重要的。和气生财。"

何水远一下火车,先买了张当地地图,显出作为一个高中生的智慧。

然后他们就按母亲提供的线索,去找那个远房表舅。

何水远对陕西的了解,仅限于地理课本,他知道这里部分地区属于黄土高原,有秦岭,有秦腔,当地人喜欢吃面,其他一点儿感性的东西也不知道,现在踏上它的土地才知道,原来它和自己的故乡有那么大的不同。人长得不一样,说话不一样,连空气中的气味儿都不一样。

春草扛着大包小包跟在何水远的大包小包后面,又兴奋又紧张。他们那仿佛逃难的模样,引得不少人侧目而视。他们哪还管得了别人的目光?太阳很耀眼,风却依然是冷的,吹在脸颊上有一点冰。路两边的树还是支棱着光秃秃的枝丫,不像他们家乡,这个辰光绿色已经成片成片地染开了,春姑娘有模有样了。

一路走何水远一路安慰春草,说他们只要找到表舅就好办了。表舅和他母亲是同一个爷爷,算近亲,是他母亲家第一个考上大学在外面工作的人,据说是个工程师呢。

傍晚时分,他们终于在一个纺织厂的宿舍楼里找到了表舅。

表舅一脸愕然。他毫无思想准备,根本没想到会有那么两个来自老家的外甥和外甥媳妇找到他,以至于好半天才把头点下来,说:"我就是,进屋来吧。"

而春草在听了一整天的陕西话之后突然听见了浓重的乡音,激动得马上就喊了一声:"娘舅,我们总算寻到你了!"

那语气,就好像眼前这人是从小看着她长大的亲舅舅。

表舅高兴也高兴,却显得很不放松,笑容里夹着些许不安。这时表舅妈走了过来，一开口，就把春草又撂回到街上去了："哟，这晚的天，还来客啦？"一听就是当地人。

表舅连忙介绍说："这是你们表舅妈。"又对表舅妈说："这是我大表姐家的孩子。"表舅妈上下打量了他们一番说："没听你说起过啊。"表舅说："嗨，亲戚多，说不过来。"春草马上搁下身上的包，拿出事先准备好的一包南枣和一袋茶叶递给表舅妈说："表舅妈，也没带什么，这是家乡特产。"表舅妈总算有了些笑容，说："哎呀，来就来吧，还带什么东西啊。你们坐，我去给你们倒茶。"

这时一直发呆的何水远开口说："表舅,冒昧打扰,不好意思。"表舅说："你就别说客气话了，打搅倒没什么，只是有点儿突然。你们胆子也真够大的，就这么跑来了。你们打算住哪里啊？"

原先何水远一直以为他们可以住表舅家。他想象中的工程师该有个洋楼，就像电影里那样，可刚才进门后他一看，大失所望，表舅家比他们家拥挤多了，看样子无法容纳他们。他嗫嚅地问："你们只有这两间屋子？"

表舅点点头，说："总共两间屋子，加上这个小客厅。城里可比不得老家，这两间我也是去年才分上的。"何水远很吃惊，说："那你们原先怎么住？"表舅说："原先就一间，中间拉个布帘，我和你表舅妈睡里面，你表妹住外面。"

表舅妈烧了开水提进来倒茶，也问："你们打算住哪里啊？"

何水远连忙说："我们马上就去找旅店。"

表舅说:"这都天黑了,上哪儿去找?你们提着那么多东西,也不方便,这样吧,今天晚上先在客厅打个地铺凑合住一晚上,明天再去找吧。"表舅妈瞪着眼睛说:"睡客厅?他们两个又不是孩子,不方便吧?"春草一迭声地说:"勿碍事的,勿碍事的。"表舅妈说:"一会儿小晶还要回来。"表舅说:"将就一晚上吧。"

表舅妈的脸明显拉长了,但没再说什么。

这时一个女孩子推门而入,一看就知道是那个小晶,何水远的表妹。小晶和同学看电影刚回来。表妹见到他们两个,几乎没什么笑容,勉强喊了声表哥表嫂,就进了自己房门,再也没出来。从表妹的表情看,何水远觉得他们来得的确有些突兀。他再次跟春草说:"要不,咱们还是出去找地方?"春草小声说:"舅妈已经在准备了,你不要说了。"

表舅妈铺好了地铺,让何水远睡,春草呢,则被优待睡在沙发上。表舅妈说:"沙发睡着可不太舒服啊。"春草又一迭声地说:"勿碍事的,勿碍事的。"

安顿好了,表舅就问何水远来干什么。何水远说了自己的打算,卖自产的丝绸被面。表舅问联系好买主没有?何水远说没有,只是听人说北方好卖,就来了。表舅很吃惊,说:"你们一点儿眉目都没有,就敢跑来?"春草:"我们明天到大街上去卖卖看。"表舅说:"你们啊,真是啊,你们以为想卖什么就能卖吗?卖什么都要有营业执照。"春草说:"什么是营业执照啊?"何水远说:"我们又不开商店,为什么要营业执照?"表舅说:"我一时半会儿给你们讲不清楚,总之不像你们想的那样,随便在街上卖东西是要被没收的,还要罚款。"

何水远傻了,说:"那怎么办?我们总不能再把被面背回去?"表舅也很犯难,说:"明天再说吧。"春草赶紧接话说:"麻烦你了娘舅,真是给你添麻烦了娘舅。"

表舅一走,何水远就说:"春草,你嘴巴很甜嘛。"春草说:"嘴巴甜又不花钱的。"

大概实在太疲劳了,春草倒头就睡,很快她就进入了梦乡……

可怎么她刚躺下姆妈就叫她起来了呢?说家里没柴烧了,说猪没喂,说弟弟一会儿就回来,该做饭了。春草不想动,太累了。姆妈就生气,骂她懒。她只好起来,她跟姆妈说,我闭着眼烧火可不可以?姆妈说你又不是瞎子,做啥要闭着眼烧火?春草突然发火,把一根柴火丢得老远……

轰的一声,怎么会有那么响的声音呢?砸着什么啦?春草腾地一下坐了起来,醒了,才意识到自己刚才是在做梦,姆妈不在跟前,她顿时觉得一身轻松,明白眼下她在遥远的北方,在陌生的表舅家的沙发上。的确有什么响声,她仔细听,轰轰隆隆的,挺吓人。她伸手去拍睡在地下的何水远:"喂喂,阿远,快醒醒!"

何水远梦呓般地说:"你怎么啦?快睡吧。"翻了个身,又酣睡过去。

沙发的确很不舒服,朝里斜,而且背上还能感觉到一条条弹簧的凸起。春草只能面向外面,让后背靠着沙发,躺了不一会儿,就累了。真不如家里铺着谷草的硬板床好。轰轰隆隆的声音持续响着,春草爬起来,站到窗前。这么一站她吃惊地发现,这里的夜晚是亮的,好多地方都有灯。那些人不困觉吗?他们夜里点着灯在做啥?要是在老家,夜里除了青蛙叫,什么声音都没有,除了月亮,什么光亮都没有。

早春的冷风从窗口嗖嗖地吹进来。春草一时间真不知道自己是在梦里还是在现实中。退回去一年,她无论如何也不会想到自己会跑到离姆妈这么远的地方来啊。站累了,春草又回到沙发上,这回觉得沙发舒服些了,她躺下去,盼着天快些亮。

春草被何水远叫醒的时候,不知自己何时睡着的。她很高兴,自己竟睡了两觉。

1986 年
立夏:
生意从表舅家开始

表舅专门请了假，去帮他们找住处。可找来找去，最便宜的旅店也得一天五元，表舅听说他们身上只有二百元钱，直摇头，最后说："要不你们还是在家里凑合两天吧，我估计你们也做不成这买卖的，花那冤枉钱干吗。"何水远一想到表舅妈的表情，心里发怵，看看春草，春草说："好的好的，我们就先在表舅家住两天，给你们添麻烦了。"

表舅去上班了。何水远不解地问春草："你怎么还愿意住表舅家？不怕表舅妈脸色难看啊？"春草笑说："我就是看脸色长大的。表舅妈脸色再难看能有我姆妈难看吗？"停了一下又说："看看脸色能省钱还是合算的。"

何水远想，当务之急，是赶紧卖掉他们的东西。他拿出地图，想看看先从哪里开始他们的买卖。他觉得应该到繁华一些的地方去，他在地图上找到了市中心。春草的想法很简单，就从离他们住处最近的地方开始好了。因为随便哪个地方，她相信只要他们一拿出东西来，就会有人要的。但何水远认为表舅说了，没有营业执照不能随便卖东西，那他们只有把货拿到商场去销售。他们谁也说服不了谁，春草表现出了她原来藏匿着的固执。最后他们决定，兵分两路，分头摸一下情况。

到了中午两人一碰头，何水远十分沮丧，他一点进展也没有。他说每当他走进一家商店，好不容易张开嘴，满脸通红地说明来意时，人家总是不等他的话落音，就毫无商量余地地说，他们有固定的进货渠道，不接他的货。

"他们连我拿的是什么都不看，更不要说谈价钱了。"何水远愤愤地说。

　　春草却笑盈盈地说:"我已经找到卖东西的地方了,还差点儿卖出去一床。"何水远吃惊地问她在哪里?春草说:"喏,就在我们找过的这家旅店左面的一条小街上,那儿有好多人在卖东西。就蹲在地下摆摊,我把被面摆在地下,就有人来看。要命的是他们听不懂我的话,你在就好了。"

　　下午春草就带何水远来到那条小街,何水远一看,街沿上果然有许多小商贩。何水远凭直觉没那么好的事,就问旁边的人:"这里摆摊没人管吗?"那人白他一眼没有回答。春草说:"管他那么多呢,别人不怕我们也不怕,上午我在这儿摆了半天都没事。"

　　两个人就小心翼翼地把东西摆出来,铺在地上。不一会儿,还真有不少人来问。遗憾的是他们讲的话当地人不懂,当地人讲话他们也听着费劲儿。即使是何水远的"普通话",也得费力地一字一顿地解释。春草就跟何水远说:"不如你回去写个牌子,什么被面什么价格,人家一看就知道了。"何水远一想是个好主意,赶紧去。

　　何水远刚走,春草就听见街上传来吵吵闹闹的声音,她不明白怎么了。只见旁边的人都开始收拾东西。她想,难道要下雨了吗?看看天,又不像。等她明白过来时,几个戴大盖帽的人已经站在她面前了。那几个人冲着她大声地说着什么,春草听不懂,但她明白不是好事,她想起表舅说的要没收东西,就一把搂起被面抱在怀里。对方果然来抢她怀里的东西,她死死抱着不松手。对方火了,要把她人一起带走。春草想,走就走,反正我是要和我的东西在一起的。

这时何水远赶来了，连忙叫她松手，又跟人家赔笑脸说好话，人家这才放了春草。但被面还是没收了，所幸只有几床。

回表舅家的路上春草一直不说话，生气。何水远也拿不出话来安慰她了，他自己也很沮丧，觉得第一天东西就被没收了，有些打不起精神来。他叹息说："出师不利。"要是以往，春草准会问，这四个字是什么意思啊？现在她连口都懒得张了。但让何水远吃惊的是，一回到表舅家，春草的笑容就浮上了脸庞，她一口气也没歇，就扎进厨房去了，帮表舅妈淘米洗菜，还跟表舅妈说说笑笑的。吃晚饭的时候，表舅妈的脸色已经好多了。吃过饭春草又抢着去洗碗，何水远心情也缓和了，跟表舅说了他们今天的遭遇。

表舅说："我早说了，你们这样不行的。"表舅妈问："你们带了多少被面啊？"何水远刚要说一百床，春草连忙从厨房探出头来抢着说："不多的，也就是几十床。"表舅妈说："要不我在我们车间里帮你们问问，看有没有人要？"表舅妈就在纺织厂里上班。

春草听见表舅妈的话，张着两只湿淋淋的手就从厨房跑出来了，说："阿远，快把被面拿出来让表舅妈看看。"表舅妈一看那些被面，两眼放光，连说漂亮。春草又说："表舅妈你先选一床吧，我们送你。"表舅妈左看这个也好，右看那个也好，爱不释手。何水远见此情景说："表舅妈你拿两床吧。"表舅妈眉开眼笑地说："那我就不客气了。"春草在一旁心里发紧，还是努力笑着说："对对，我们应该送表舅妈两床的。"

表舅妈也没白拿，第二天中午就带回四五个纺织厂的女工来。那些北方女人看见那么鲜艳光滑的丝绸被面，马上就动心了，这个要一床那个要两床的，一下销出去五床。但碍于表舅妈的面子，何水远不好意思把价卖高了。等客人走了一算账，只赚了很少的钱。

春草不干了，春草说："阿远，这样不来事啊，这样全部卖掉也挣不了多少钱啊。"何水远说："你就好比我们付了住宿费吧。"春草说："住宿费我们不是付过了吗？白送她两床被面呢。"何水远说："那不能这样算的。"春草嘟囔说："那怎么算？我还做了那么多家务，我还看了她脸色。难不成都白干了白看了啊？"何水远说："刚开始嘛，先打基础。"春草说："不行的，我们借了人家的钱，我们还花了路费，不赶紧把钱挣回来我困不好觉。"何水远说："你啊，就晓得钱钱钱。"

春草说："有什么办法？我一个字不认识，只认识钱嘛。"

何水远还在他的瞌睡里迷糊，春草从外面回来了。

春草叫醒他，说："我租到柜台了，就在隔壁那家红光商场。"何水远一下子清醒过来，吃惊得合不拢嘴："租柜台？他们怎么肯租给你的？"春草笑笑说："本来我是想把被面交给商场，请他们代我们卖。他们有那个执照嘛。我就在那个商店里转，假装买东西。结果我发现那些售货员很懒惰呢，站在那里讲闲话，看见我进去也不和我招呼，还不如我们村的王阿婆呢。我叫她们拿东西，她们也爱理不理的，我就想，不能把东西交给她们，她们不会好好卖的，还是我自己租个柜台来卖比较好。我就找那个经理谈。"

何水远说:"经理是个男人家吧?"

春草听出了他的意思,轻描淡写地说:"是个男人家。开始他也不愿意,说什么没有空位子。其实他的货根本没摆满,我早就看好了。我就往他口袋里塞了五十块钱。我说,你就把最角落那个柜台租给我好了,我不会影响你的生意的。他就同意了。"

何水远说:"租金多少?"春草说:"一个月一百块。"何水远说:"一个月一百块?太贵了吧?"

春草说:"你看你,只要好卖了,卖完我们再去进货嘛,说不定一个月可以卖好几百块呢。只要有地方卖怕什么?"她又小声说:"总比让表舅妈便宜卖了好。"

何水远直愣愣地看着春草,他不明白她是从哪里学来的这些,她怎么知道要给人家经理塞钱?她怎么知道要租个柜台自己卖?她怎么知道卖完了再去进货?何水远高兴地说:"我发现你在做生意这方面有天赋,简直是无师自通呢。"

春草说:"'无师自通'是什么意思?"

何水远说:"无师自通嘛,就是从来没人教过你该怎么做,你就知道该怎么做。就像我们两个做夫妻……"何水远说着,就上前拥住了春草。春草推开他说:"一会儿你那个表妹就回来了,不好的。"何水远扫兴地说:"我看我们还是上外面租房子吧,我都好多天没挨到你了。"春草说:"再忍忍。送了两床被面呢,好几十块钞票呢,才住两晚上啊?"

第二天早上天不亮,春草就要起来,叫何水远一起到红光商场去。

何水远迷迷糊糊的，说："这还不到七点呢，商店九点才开门。"春草说："等开门再去，我们就耽误了。我们的柜台还没打扫出来呢，东西还没摆上呢。我这心急的，根本睡不着。"何水远只好爬起来，跟她一起去。

到了商场一敲门，守夜的职工好一顿抱怨。春草忙不迭地赔笑脸，说好话。何水远小声跟她说："你的普通话很好听。"春草没心情跟他开玩笑，急急忙忙地开始打扫，然后将他们的被面一一摆好。摆好之后，她看来看去不满意，又在柜台上面牵了根绳子，挑了三床最鲜艳的被面挂了上去。

收拾停当，春草就满怀激动地期待着开门了。

开门的时间比规定的晚了十来分钟，春草焦急得不行。但看看大家和经理，都很平静，没有人感到不安。春草也只好不吭声了。

不管怎么说，门总算开了。春草无比激动地盯着大门，看到开门后走进来的第一个顾客，她连忙主动迎上去，笑容满面地说："你来了？要买点什么呀？"

那位顾客一愣，把手中的酱油瓶举了举，却半天说不出话来。不知是对春草的口音感到陌生，还是因为从没遭遇过如此礼节，不习惯。这一来惹得其他售货员在一旁窃笑。春草不在乎，第二个顾客进来时，她又笑容满面地迎了上去："你来了，买点儿什么？"

等到第三位顾客上门时，春草的生意就开张了。那是个五十多岁的大妈，她一看见那些被面几乎是扑过来的。她说："哎呀，我女儿马上要结婚了，非要到上海去买被面。那么老远的，我正发愁呢，这儿不是有吗?"

春草开心地说:"对呀,我们这不是专门给你送来了吗?阿远,赶紧给大妈介绍一下吧。"

何水远忙说:"好的好的。"他先拿出一床推荐说:"这种是最好的富锦,百分之百的真丝,它采用的工艺比较复杂,价格也贵一点,但物有所值;这一种叫交织绸,顾名思义,它含有人造丝,是真丝和人造丝交织在一起织的,但它非常结实,而且便宜,物美价廉。"

何水远充分体现出一个高中生的水平,但春草在一旁听着着急,她连忙接过话头说:"大妈,我看你还是选富锦好,你看看多漂亮啊,很结实嘞,用好几十年呢,最适合办嫁妆了。我姆妈结婚个辰光用的一床,到现在都没坏。这种事嘛,一辈子就一次,越结实越好,你说是不是啦?"

大妈说:"好是好,就是太贵了。"

春草说:"三十还贵呀,你要到上海买,肯定要四十多,我一点儿都不骗你。我们因为是自己家里面织的,所以便宜。你听我讲话就知道我们不是这里人,对不对?我们从很远的地方来,路费都花了不老少。要不这样,我再给你少一块?"

大妈还是不舍得。

春草又拿起另外一床说:"要么你买这个交织绸好了,价格便宜一半,实惠。你可以多买两床,换着用新鲜。还有更便宜的,这个线绨,只要十元一床。但我要老老实实告诉你,这里面的真丝就很少了,多数是人造丝和棉线,但结实是来得个结实,也好看,不懂的人也看不出的。"

春草说了好半天，那位大妈看了这床又看那床，就是没掏出钱来。最后说，她要回去和女儿商量一下。

大妈走后旁边一个营业员说："卖一样东西你就说那么多话，累不累？"

春草说："有啥个关系啦？那话不说，留着也没用场。"另一个营业员说："你态度再好，她不买还是不买。"春草笑笑说："她肯定要来的，我跟你打赌好了。"何水远也有些不相信地问："你怎么知道？"春草说："她肯定是没带那么多钱。"何水远小声说："哎，你这张嘴巴，什么时候变得嘎会讲了？"春草也小声说："我一听见你说四个字就着急，我怕大妈听不懂。"夫妻俩就一起笑了起来。

果不出春草所料，大妈下午就来了，而且还是带着女儿一起来的。她们买了一床富锦，还买了一床交织绸，可是把春草高兴坏了。大妈临走时还夸春草"这妮子心疼人嘞"。春草不解其意，心想我不过是卖了我的东西，没有心疼她啊。后来才知道，"心疼人"就是可爱的意思，当地话。

春草信心大增，在姆妈那里她被说成"养媳妇精"，在这里她却被说成"心疼人"，这北方算是来对了。

生意从此开了张。

表舅妈家是不能再住了。

表舅妈又带人回来买便宜被面，春草舍不得，推说没有了，都拿到红光商场去了。表舅妈的熟人就到红光商场去买，一下贵了好几块。表舅妈不高兴了,讲了些不好听的话。春草想,我已经给你占去不少便宜了,你也不能没完没了啊。我们挣点钱也不容易。她就催何水远出去找住处。何水远人生地不熟,上哪儿去找啊?最后还是红光商场的孙经理帮忙,找到一个单位的小招待所,那个招待所其实就是借围墙的一面搭起来的简易棚子,上面是油毛毡,墙壁是裸露的砖头。几乎和乡下的茅屋没什么区别。倒是便宜,一天才三元钱。

春草当天就搬离了表舅家。走的时候表舅妈拉下脸说:"真是翅膀长硬了,你们最好一帆风顺发大财,不要再来找我们,那我是最高兴的。"春草假装没听见,收拾了东西就走。原来她还想,走的时候再送一床被面给表舅妈的,但因为表舅妈的风凉话,春草临时取消了送礼计划。

站在四面透风的屋子中间,奇怪得很,春草一点儿也不难过,反而很激动。她想,他们终于要开始打拼天下了,完全靠自己了。

红光商场是一家国营的百货公司,真正称得上是百货公司,里面差不多什么商品都有,从油盐酱醋到背心短裤,从针头线脑到自行车煤球炉,一应俱全。但由于商品摆放毫无美感,看上去显得杂乱,一点儿也不丰富。更差劲的是售货员,成天拉着脸,对你去买她的商品十二万分的不痛快,所以春草和春草柜台的出现,简直像是奇迹,顾客们发现商场里出现了从未有过的新气象。尽管春草那个柜台是在角落里,但顾客一进门仍能感觉到那个角落的鲜亮,春草不但把她那些美丽的被面展示了出来,同时还展示出她的热情和笑容,展示出她的"心疼人"的魅力。

春草总是满面笑容,大声地和每一个踏进商店的人打招呼,她用她那好听的南方话说："你过来了，要买点儿什么？"不管是买她被面的，还是买其他商品的，她一律这样打招呼，一律亲切地微笑。用何水远的话说，"一视同仁"。

顾客们起先受宠若惊，后来就喜欢上了这个满面笑容的南方女人。他们喜欢她的笑脸，也喜欢听她说话，更喜欢她带来的漂亮而又便宜的丝绸被面。他们都说，红光商店来了个女子，可心疼人呢。有时候即使不买东西，一些顾客也爱在她的柜台前站一会儿，和她说说话，问这问那的。春草一边卖被面，一边和他们聊天，常常连上厕所的时间都没有。春草就想起了母亲。母亲在家时最常说的一句话就是："我是忙得嘞，连茅房都没工夫去！"

春草忍不住笑起来。何水远问她笑什么。春草说："我想起我姆妈了。"何水远很奇怪，说："你不是恨她的吗？"春草说："好像没那么恨了。"

何水远基本上成了春草的助手，收钱找钱，包包被面。当然，他很乐意做这样的助手。他看着春草笑容满面地和每一位顾客说话，一床床地把被面卖出去，心里就乐滋滋地想，自己的运气真不错呢，遇上这么个能干的老婆。当然他也在注意观察，最好卖的是线绨，到底便宜，适合大众需求。他得考虑下次进货了。

一天天的，他们的被面渐渐打出了影响，销售量见长。差不多每天都有人光顾，连商场里的营业员也有不少来买的。春草很会做人，卖给商场里的员工时一律打九折，虽然只便宜了一两块钱，让大家也落了个心理满足。

何水远一看销路打开了，赶紧汇钱回家，叫父亲和妹妹再给他收购一批被面，以线绨为主。父亲很快帮他们发来了货，只是比他自己收购的要贵一些，这没办法，老人心软。春草一看进价贵了，就想把卖价提起来，何水远不让提，说现在对他们来说是声誉要紧，只要卖得多就行。薄利多销，一样赚钱。

在大政方针上春草很听何水远的。只不过逢上顾客跟她讨价还价时，她就会说："你真不知道嘞，我们家乡的被面也涨价了，现在我们卖一床就只有一点点利润了。"

每天晚上回到招待所，春草都觉得累得不行。

她不光站了一天，还说了一天的话呢。说话也是件很耗力气的事情。但只要一数钱，她的疲劳就全消除了。何水远看着春草盘坐在床上一块一块地数钱，一脸的专注，很可爱，就上前扑住她说："别数了，最多两千块，我估计得出来。"

春草说："可是我怎么数了半天还不到两千呢？"

这时何水远已经来了情绪，不管不顾地压到了春草身上，褪掉了她的衣服。春草只好依着他，但手里仍紧紧地拽着那叠钱不松手，继续咕哝说："我记得有两千了啊，怎么回事？"何水远一边长驱直入一边说："阿草你放心好了，我们一定能赚好多好多的钱，两千算什么，我们要做万元户的，我们还要盖楼房，买电视机……"何水远把话说得极有节奏感，配合着他的动作，床被他摇得吱嘎作响，汗水滴答滴答地落在春草的脸上。正似神似仙的时候，忽听春草在身下叫起来："噢，我想起来了，我想起来了,我还有点钱放在另一个地方了。"她一边说一边要翻身起来,何水远哪里肯放开她,继续用力,继续摇动。春草焦急地推他,说:"你怎么还没好啊?嘎长个辰光了?"这下何水远泄气了,软下来,倒在一边。春草却不管不顾地爬起来,提上裤子直奔他们做饭的那个角落,打开米缸,手伸进去摸索了半天,摸出一只塑料袋,然后又跑回床上来。打开塑料袋,再打开里面的报纸,果然是一叠钱。一数,两百元。

春草兴奋地说:"你看,我说嘛,这一叠是新票子,我就单独放在一边了。阿远,我们有两千了哎!有两千一呢!"

何水远却拉长个脸,躺在那儿不动,春草趴到他身上,在他耳边说:"喂,你听见没有,我们再过一年,就能做万元户了!"何水远还是不响。春草神往着说:"等明年春节回去,盖房子肯定没问题了。"何水远把头扭到一边。

春草明白是怎么回事了,爬到他身上嬉笑说:"何万元,做了有钱人,气量要大点哟。"

这下把何水远逗笑了。

春草说:"哎,你说我们啥个辰光回去盖房子啊?"

何水远说:"现在就盖。"他一个翻身,又跃到了春草身上。春草这回不再分心了,努力迎合着丈夫,激得何水远比头一次还要来劲儿,以至于大汗淋漓。春草说:"说不定今天晚上就会有上伢儿呢。"何水远说:"那才好。"春草说:"如果是个男伢儿,我们就叫他何万元。"何水远连连说:"俗不可耐,俗不可耐。"春草问:"'俗不可耐'是什么意思？"何水远想了想，觉得不好解释，就说："反正不好。我不能让我的孩子叫这样的名字。"春草说："我觉得好，讨个吉利嘛。"何水远妥协说："生了再说吧，还不知是男是女呢。"春草向往地说："如果是男伢儿就叫何万元，如果是女伢儿嘛……那就叫何千金，你说好不好？"

何水远大叫："好！好！"终于下了战场。

下了战场的何水远很快就响起了呼噜声，心满意足一身汗臭地进入了梦乡。春草笑着捅了他一指头，抱着她的钱盒子关了灯。

1986 年
大雪：
白茶缸

有了两千元钱，何水远很有成就感。那时的两千元已经可以买一台黑白电视机和一台冰箱了。这两样东西都是何水远所向往的，尤其是电视机，自从他在同学家里见过后就一直惦记着，他觉得能在家里看电影看人唱歌跳舞，是世界上最幸福的事了。

但春草坚定地说："现在还不是花钱的时候，等挣得多多的再说，那时候想买什么都可以，也踏实。"何水远当然明白这个道理了，可他还是忍不住想实现一个理想，犒劳一下自己，不然没干劲儿。他动员春草说："要不我们先买辆自行车吧，那花不了多少钱的。"春草还是犹豫。何水远说服道："挣钱就是为了更好的生活啊，现在好好生活和将来好好生活是一样的。有了自行车我们上哪儿去就不用挤公共汽车了！以后有了伢儿还可以驮伢儿去上学，还可以送货。"

春草被他说动心了，尤其是说到孩子，她看见城里人都弄个小凳子在自行车后面让孩子坐，坐在自行车后面的孩子显得十分幸福。于是她同意先买一辆自行车。

自行车买回来那天，何水远脸孔红红的，像吃了老酒一样。那是一辆二十六寸的飞鸽牌，为的是两个人都能骑。何水远说，他们家里那辆，是父亲学校里一个调走的老师留给父亲的，从拿回来那天起就吱嘎作响，他还以为自行车都是那么难骑的。结果有一天他骑了同学的一辆新车，才知道好自行车骑起来可以像飞一样，他就一直渴望"飞"起来。何水远马上带着春草去飞了，他们疯一样地在公路上飞驰。

春草坐在后面又紧张又开心，大声地说："阿远，你还记得我头一回上你家,你骑车送我去车站吗?"何水远说:"记得。那时候我难过死了。"春草说:"那个辰光你像个拉不动车的老牛一样。"何水远说:"现在我要飞给你看。"

何水远用力蹬,用力蹬,两个轮子像要离地似的。春草快活地大声说:"我要把这辆车带回老家去!我要骑回去给我姆妈看看!"何水远也大声说:"自行车算什么?将来我们还要买汽车呢!买一辆大卡车送货!"春草说:"那伢儿呢?"何水远说:"伢儿坐在驾驶楼里啊!"春草说:"你说我们现在算不算过上好日子了阿远?"何水远说:"还差得远呢!"

春草觉得,不管现在算不算好日子,她都很开心,因为她已经望见通向好日子的那条路了。她只要噔噔噔地往前快走几步,就行了。

有件事春草跟何水远有分歧。何水远说他们应该买些东西去表舅家看看,春草嘴上说好啊好啊,但一到要去的时候她总说有事。何水远知道她是不愿意。她对表舅没什么,她不喜欢表舅妈。加上走的时候表舅妈说了些难听话,让春草觉得自己在她家里白干了。何水远也就没勉强她,自己买了些水果去看表舅,他推说春草要看铺子,出不来。表舅表舅妈都是明白人,嘴上不说,表情还是不大高兴的。

春草不管那么多,她想,只要他们钱多多的,管他什么表舅不表舅的。

对于春草的工作干劲儿,最高兴的当属红光商场的孙经理了。他觉得自己简直是白捡了一个劳动模范。当初春草要来租柜台时,他并没有想到这些,他还嫌麻烦呢。后来经不住春草的央求,最主要的是,春草竟然那么大方地给了他五十元钱,他也就同意了。没想到春草不但没给他添任何麻烦，还给他起了那么好一个作用。过去他天天跟营业员讲，你们要端正服务态度，要热情，要主动，等等，都丝毫不起作用。搞什么比学赶帮，搞什么红旗评比，都只能管用一阵。可春草一来，不用任何教育，不用任何奖励，就有了一流的服务态度。

商场开会时，孙经理感慨万千地说："同志们啊，你们看看人家孟春草同志，那种服务态度，真值得我们学习呀。你们要是有她一半热情，我就满意了。"

见到春草，商场里的人就半是玩笑半是嫉妒地说："小孟同志，给我们分享一下经验吧。"

春草对这个叫法感到很新鲜，小孟。尤其是用当地话讲出来，春草觉得不像是在叫自己，好像在叫另外一个人。春草也不明白孙经理为什么老说她好，她觉得自己完全是在为自己做事嘛，所做的一切都是为了自己挣钱嘛，有什么好表扬的？何水远也疑心说："孙经理会不会是看上你了啊？"春草说："瞎讲，他也娶了，我也嫁了，看上做什么用？"何水远说："你比她们都好看啊。"何水远说的"她们"是商场里那些女职工。他曾说她们蜡黄蜡黄个脸，没点笑容，木头人一样。春草说："人家还不是觉得自己的老婆好看。"何水远说："那可不一定，我听见城里的男人说，伢儿是自己的好，老婆是别人的好。他们都喜欢别人的老婆。"春草说："不要乱讲了，我一个土里土气的乡下女人，谁会看上啊？我自己都没看上我自己。"

不过春草心里还是有了一点戒备。

年底时，何水远跟春草商量，回老家去一趟。他说父亲进的货不如原来好了，他想亲自回去看看，了解一下情况。春草说："那你去吧。我在这里守着好了。"何水远说："你一个人在这儿没事吧？"春草说："能有什么事啊，没事的，我那么个大活人。"

何水远一走，春草就像个战士似的抖擞起精神来。她首先退了旅店的房间，开始替店里的售货员们值夜班。这是她早就想过的，因为商店守夜这个问题一直困扰着大家，店里大多是女职工，她们和她们的家庭都很不愿意她们在外面过夜，一个月轮上两次也总是抱怨不休。春草一提出来，那些女职工们巴不得。她们以为春草是为了讨好她们。不排除这种想法，但最主要的一点她们不会知道，她是为了节省住店的钱。尽管那个小店一天才三块钱，那也是钱呀。

春草做的第二件事情，就是找了个机会，给孙经理的老婆送了一床富锦被面。孙经理的老婆也在商场工作，在比较轻松的文具柜台卖文具。春草有时和她打招呼，她爱搭不理的。春草从商场职工的嘴里得知，孙经理最怕老婆。春草就觉得和他老婆搞好关系很重要，她找了个借口，说那床被面花色素了些，不好卖，所以送给他们。春草还开玩笑说："反正你们已经是老夫老妻了，不用那么喜庆。"

孙经理的老婆果然欣然接受，还热情地要拉春草去她家吃饭。春草说："等我们家阿远回来再说吧。我们早想去看看你们呢。"

何水远走后不久，剩下的被面就卖完了。但春草一天也没歇息。她开始帮商店里卖别的东西。一会儿到副食柜台帮着打酱油，一会儿到文具柜台帮着卖铅笔本子,一会儿帮着商店卸货,忙得不亦乐乎。她这么做,一分钱报酬也不要,真让那些坐着就不想站起来的售货员们感到不解。

她们问她:"你图个啥呢?"

春草老老实实地说:"不图啥,我就是喜欢收钱的那种感觉。"

她们就在背地里笑她,"农村人"。

他们不知道作为农村人的春草,从小的理想就是能拥有一个像王阿婆那样的杂货店,每天把东西卖给别人,把钱收进来,那是一种多么好的感觉。为了这样的感觉,她愿意每天住在店里,每天天不亮就起床——等商店开门时,她已将里面打扫得干干净净了,她仍是对每一位顾客都很热情,好像来的全是她的熟人和朋友,或者卖出东西的钱全归她个人似的。在她的影响下,整个红光商场的声誉都好起来了。

这天下大雪。雪从头天夜里下起,到第二天中午也没停,路已经很难走了,街上行人稀少,车也开得小心翼翼。商场里几乎没有顾客。孙经理说:"咱们干脆关了门开会吧,搞年终总结。"春草想离开,孙经理叫住她说:"眼下你也算是店里一员了,一起参加会吧。"春草就找了个角落坐下。

春草坐下来,看大家都在那儿说话,开玩笑,还有的在织毛衣,和她们村里开会差不多。孙经理坐在桌边一个劲儿地喝水,让春草搞不清楚开会是做啥东西的。她只是想,一天不开门,要少赚多少钱呀。

屋子里暖气开得很足,玻璃窗上全蒙着小雾。春草已经体会到北方的冬天虽然冷,却比南方好过。不管外面多冷,家里总是暖暖和和的,让人恋家。怪不得北方人出门打工的少呢。春草坐在暖暖的屋子里忍不住想打瞌睡，每天都起那么早，夜里值夜也睡不踏实。她就靠着墙闭上了眼。

春草正迷迷糊糊的，忽听有个男职工说："大家都不说，我就来提一个吧，我提孟春草。"

春草听见说到她的名字，莫名其妙，还没搞清是怎么回事呢，就听见大家哄的一声笑起来。那个男职工说："笑什么？咱们不是评先进工作者吗？我看孟春草的工作比咱们谁都要先进。"

有个女职工说："你什么意思呀？自己单位的人不提，提个外人，你不是看上人家了吧？"

大家又是哄地大笑。那个男职工面红耳赤地说："你们不要无聊。她为你们值夜班的时候你们怎么没说她不是本单位的人啊？"

女职工说："哟哟，真帮忙哎。"

这时经理老婆说："我看没什么不可以，小孟的确是个劳动模范。我就没见过她这么爱劳动的。"还有个女职工也说："可不是，除了她不是咱们单位的，其他都没说的。"

大家吵闹得不可开交，春草还是莫名其妙。这时孙经理发话了。孙经理咳咳嗓子说："我看让孟春草同志当先进工作者没什么不可以的。第一，她在我们店里也干了好几个月了，她住在店里，以店为家；第二，她的工作态度的确是我们店里最好的，没人可比的，看看群众来信就知道了。她可以算我们的临时工。上级也没说只能评正式工。所以我建议把她作为候选人，大家举手表决吧。"

这么一说，经理老婆首先举了手，经理也举了手，接着哗啦啦的，大家都举了手，有情愿的，有不情愿的。

接下来孙经理让春草给全体职工介绍经验。

春草想了半天说："我没什么经验啊，我就是想着赶快把货卖出去，好再进货，再卖，多挣钱，以后回家盖房子，再以后开一个自己的店。"

大家一起笑起来。

春草说的是大实话，这就是她的动力。

春草真的当了劳模。不但有一张奖状，还有物质奖励：一条毛巾，一个大白茶缸。大白茶缸上面印着几个鲜红的大字：先进工作者。

这真让春草喜出望外。她简直不知该怎么表达她的欢喜。何水远不在，表舅那里她不好意思去，没人可说啊！但不表达一下真是熬不牢的。她想起大姑妈给她讲的皇帝长了猪耳朵的故事，那个知道皇帝长了猪耳朵的剃头匠，不是也熬不牢，挖了个洞朝地洞里喊叫的吗？

晚上商店打烊后，春草就一个人裹上棉袄出门了。来这个城市这么久了，她还没有真正看过这个城市呢。除了他们那个区域，其他地方她都没去过。连所谓的市中心在哪里她都不知道。春草就沿着大路一直朝前走，她打定主意，一直不拐弯儿，这样就不会走迷路了。

下过雪的城市摆出一副好脾气的样子，车慢慢地开，人慢慢地走，热闹嘈杂噪声都消退了，静静的。春草能听见从自己脚底传来的嘎吱嘎吱的响声，那是鞋和雪相遇的声音。雪也为她高兴呢。

路面白生生的，有些花眼。有一年她老家也下雪了，但落到地下一歇儿辰光就化了，到处都烂烂湿，地下非但没白，反而更黑了，泥浆都翻了起来。实际上他们那里很少下雪的，下的都是雨雪，雨夹雪，那样的天气很冷很冷。春草的手在那样的天气里总是生冻疮生得像胡萝卜一样，根根红肿透亮，一家人就是靠这十根"胡萝卜"吃饭穿衣的。到了这里冻疮倒是不生了，但是干燥裂口，手背上一道一道的血口，长长短短的也是生痛。有时不小心丝线嵌进去了，一扯，血就渗出来。整个手背粗得像张砂纸。春草这双手啊。

春草就这么笔直地走，走在白白的路上，白白的世界上。忽然，她发现前面没有白色。白世界到了这里倏忽消失了。怎么回事？她再往前行，原来是到了河边！河水不知是被冻住了还是困觉了，一点声音没有，只有个河的模样呈现在春草面前。

春草在河堤上停住，独自站在朗朗的夜空下。在这个时刻她清晰地感觉到了自己，好像自己就是这个世界的主人，是此刻故事的主角。平日里她总是被淹没着，被周围的人，被汽车和嘈杂，被大楼商场，被何水远，被丝绸被面，被钱，甚至被她自己的种种念头，现在这一切都消失了，她直接站在了天地之间。

春草站了好一会儿，小声说："我当了先进呢！你晓得吧？是城里人选的！我跑到嘎远个地方来做生意，做成了，赚钱了，还当先进，连他们城里人都服气我呢！"

春草说完自顾乐了。她这么小的声音，算是说给谁听呢？人家剃头匠还知道大声地喊给土地爷听呢。

她也想放开喉咙喊，喊给河水听，全当河水是何水远，是母亲，是公公婆婆，是村里人，是梅子，是阿明，是表舅和表舅妈……可试了几次，也喊不出声来。算了，她放弃了，反正走了那么久的路，也算庆祝过了。

春草心满意足地返回。

1987 年
清明：
小老板

何水远回来了。因为对市场更了解了,他进的货不仅量大,品种多,还比原来更便宜。他把他们前些日子攒下的钱都投进去了,一副要大干一场的样子。

春草一边帮着搬货一边喜滋滋地跟何水远说:"我有个好消息要告诉你。"何水远说:"什么好消息?"春草说:"我当先进了。"何水远很吃惊,停下来问:"什么先进?"春草说:"红光商场的先进工作者。"何水远很奇怪:"他们为什么要选你?你又不是他们单位的。"春草说:"是孙经理讲的,我来他们这儿几个月了,一直以店为家,店里因为我收到了好多表扬信,我给店里争了脸面。"

春草就把那毛巾和茶缸拿给何水远看。

何水远看了一眼茶缸上的字,相信了,但并没有显得很高兴,他脸上似笑非笑,说:"哟,你跌一跤捡个大元宝嘛。"

春草依然很兴奋,说:"他们说没见过我这么爱劳动的,说我是天生的劳动模范。真是会讲笑话,谁不想懒啊,我也想天天睡在床上呢。可要有那个命才行啊。我的命就是苦巴巴地做。苦巴巴地做了能挣钱我就满意了。"

何水远哼了一声,说:"天下没有免费的午餐,你看着吧,他让你当先进,接下来就会给你提要求的。"

春草说:"我什么时候吃过免费午餐啊?他能给我提什么要求啊?"

何水远说:"跟你说不灵清。先算账吧。"

春草就开始掰着指头,给何水远报这段时间的买卖情况,她把卖出的被面一床一床地说给何水远听。春草的记忆力惊人,虽然她不会记账,但每一床是怎么卖的,多少钱,甚至卖给了一个什么样的人,都在她脑子里清清楚楚地搁着。不过到最后,账却怎么也合不拢,差钱,差一床富锦被面的钱。春草复述了一遍,何水远又算了一遍,还是不对。

春草忽然一拍腿,笑道:"我忘了,我送了孙经理老婆一床富锦。"何水远不快地说:"干吗送给孙经理?"春草说:"我送的是他老婆,不是他。"何水远说:"那还不是一回事。"春草说:"你这个木头,怎么是一回事呢?孙经理怕他老婆的。我和他老婆做了朋友,他就不会对我怎么样了嘛。"何水远说:"怪不得他要让你当先进,他是回报你呢。"春草不高兴了,说:"你怎么嘎小个心眼?我还不是为了你。孙经理老婆说请我去他们家吃饭,我都说等你回来再去。"

何水远不说话了,算盘珠子拨来拨去的。

春草岔开话说:"哎,我听人讲,现在有一种计算器,不用动脑子,算得很快很准。"

何水远不接她的话,过了一会儿忽然说:"要不我们回老家去吧。等把这批被面卖完,我们就回到我们镇上开个小店。以后有了孩子,老在外面跑来跑去也不是个事儿。"

春草不明白他脑子里转的什么,说:"回老家?不是你说的北方才需要南方的东西吗?回老家我们的生意哪里会有这里好?"

她想他一定忘了自己当初来这里的原因了。

何水远说:"你的理想不是像王阿婆那样在村子里开一个自己的铺

子吗？"春草说："那不是现在啊。现在我们才有多少钱？"何水远说："那就等卖完这批货再说吧。"

夫妻俩都不再提这事。

春草仍然每天勤勤恳恳地当她的售货员，早出晚归，手不停嘴不停，在柜台前一站就是十多个小时。何水远呢，常常在中午和晚饭后，一个人骑车跑出去。春草也不知道他干什么去了。她想只要他不提回去的事，就随他去了。男人是敞养的动物，在屋里待不住的。

还真让何水远说着了，过了没几日，孙经理跟春草说，因为他们的丝绸被面生意好，有些职工的亲戚也想来租柜台做买卖。可是要都按春草他们交付的租金，商场就亏了。

春草心里咯噔一下，说："哎哟孙经理，我们是小本生意哎，好能好到哪儿去啊？往返进货都是我们自己出路费出运费，花销很大的，还要租房子。实在是剩不下什么钱的。"

孙经理说："这也不是我的意思，是职工们的意思。你这里太低我别处不好拒绝啊。"

春草一看，躲不过了，就说："你看要我们加多少啊？"孙经理说："整数吧，这样好堵别人的嘴。"春草说："你说两百啊？"孙经理点点头。春草心想，你也真够狠的，那毛巾茶缸才值多少钱啊，你就让我一下增加一百元的租金。她仍笑眯眯地说"孙经理，是不是太多了？就加五十吧。我不是还帮商场做了很多事吗？"

春草和孙经理讨价还价半天，最后说定每月增加八十元。何水远知道后,一副"三年早知道"的表情,说:"怎么样怎么样?让我说着了吧?他哪会有这种好心,白让你当先进?"春草说:"问题不大,一个月两百我们也是付得出的。"何水远说:"问题是他以后还会提要求的,看我们生意好了眼红。总之待在这里不是长久之计。"

春草说:"那你说怎么办?"

何水远思忖了一下,说:"我们到底有多少钱了?算算账看。"

春草就抱出了她的宝贝盒子。那是她在商场里捡来的装糖果的盒子,铁的。她把它随身携带着,白天和她在一起在铺面上,晚上就放在她枕边。何水远几次提出把钱存进银行,她说什么也不肯,不放心。何水远就告诉她,存进银行比放在身边还保险,一来别人偷不去,二来有利息。一万元存到明年就变成一万一了。这下春草听进去了。春草说等咱们有了一万就去存。

夫妻俩闷声不响地一起点钞票,很快点好了,刚好有五千。

何水远把钱拿过来握在手上,说:"阿草,我有个想法。"

春草说:"什么想法?"

何水远说:"上次我说回老家去开店,你不同意。我想你说得对,回我们南方做丝绸生意肯定不如这里好,我看,我们就在这里开个店吧。"

春草吃了一惊:"在这儿?我们哪有房子啊?"

何水远说:"租啊!你想现在我们的销售量越来越大了,自己开个店可以经营得更好些。也免得老和商场里的人打交道,交了租金还要赔笑脸,你还帮他们做那么多事,好像你真的是他们的临时工似的。"

春草担忧道:"自己租房子?那得要很多钱吧?"

何水远说:"具体我也不知道。这几天我在外面跑,了解了一下情况,现在自己开小店的人挺多的,我们前面那条街上的小铺子,原来都是住家,现在也租出来开铺子了。我想我们也可以去租一个啊,专门经营丝绸,我还没看到有卖丝绸的。"春草有些兴奋了,说:"那我们明天就去找找房子看。"

何水远说:"明天你还是先在商场守着摊子,别吭声,我去了解一下情况再说。"春草说:"如果房子大,我们前面开店,后面住人,能省下旅店的钱,也好。"

何水远见春草同意了,高兴地说:"阿草我发现你还真是个做生意的料呢,是吗?"春草把钱装进铁盒里,盖好,说:"为什么这么讲?"何水远说:"你知道降低成本啊。"

关灯后,何水远倒是很快睡着了,春草却睡不着。

何水远说的事,让她渐渐兴奋起来。自己开店?这可真是她连做梦都不敢想的事情。还是男人有魄力。如果他们有了自己的店,那她不就是老板娘了?以后他们就可以越做越大了?她兴奋地想啊想啊,一直想到他们已经发展成一个像红光商场那么大的店。

天快亮时春草迷迷糊糊地听见何水远爬起来了,知道他是要出门去找铺面了。春草突然之间又有些胆怯了,她叫住何水远说:"阿远,要不,我们再想想?现在我们的收入虽然不是很多,却是稳稳的,自己干就难说了,毕竟我们是外乡人啊。太冒险了。"

何水远神情坚定地说:"不冒风险怎么能做大事？"春草看拦不住他，只好由他去了。

何水远骑着自行车大街小巷地转，到处打听，询问，还真让他给找到一家。虽然只有十个平方米，街面也不像红光商场那里那么宽，是条小街，但街面挺热闹，旁边也都是铺面，很有商业氛围。房东是两个老人，孩子都出去工作了，他们就想把当街的屋子租出去换点钱用。果然如春草预计的那样，他们开价是一个月三百元。何水远经过一番讨价还价，并答应一次就付清半年的，老人遂答应每月两百元，何水远高兴得当即就给了他们一千两百元的租金。老人也很高兴。

于是，春草依依不舍地离开了她待了大半年的红光商场。孙经理没想到他们因为增加租金而离开商场，似乎有些后悔。走的那天他来送他们，说了许多感谢话，还送了一个电子计算器作为礼物。

看着孙经理那诚恳的样子，春草觉得有些过意不去。她想，但愿他不知道他们背后是怎么议论他的。孙经理其实还算是个好人，若不是碰到他，他们还不一定能在这个城市站住脚呢。

铺面经过简单装修之后，春节一过就开张了。

他们把房子前后隔开，前面开店，后面住人，当然，后面住人的地方是窄得不能再窄了，仅仅可以放下一张床。但仍让春草有了一种家的感觉。春草主动送给两位老人一床线绨被面。两位老人很高兴，尤其是大妈，主动提出让他们共用家里的小厨房。

春草拉着大妈的手亲热地说:"大妈，以后你有什么力气活儿，就叫我们家阿远做好了,有什么针线活儿就叫我做好了,我们年轻,跑跑腿勿碍事,我们还有自行车呢,不用客气的,既然住在一起就像一家人一样啰。"

大妈开心地笑着,连连说好。

春草心里暗暗有些吃惊,怎么自己跟大妈说这种亲热话说得毫不费力,比和自己母亲说要容易多了?而且当她挽着大妈的手时,真的有一种亲切感,大妈就像个干净软和的枕头,随便她贴近亲昵。她和母亲却无法如此,母亲就像个刺猬,靠近了就得挨刺。当然,她自己也像个刺猬,两个刺猬是没法拥抱的。可是,春草忽然想,那刺猬姆妈是怎么带大她这个小刺猬的呢?

春草想着好笑,不再想下去。不管怎么说,他们在城里有了落脚之地,这是她出来之前无论如何没想到的。

放了两挂鞭炮,算是讨个吉利,就打开了门。何水远亲手写了个招牌挂在门上:杭州丝绸。招牌还挺唬人的。

毕竟是个新地方,一切都要从零开始。春草一想到已经交出去的一千两百元租金,心里就坠上了一块石头,恨不能三下两下就把它赚回来。她每天天麻麻亮就起床,到漆漆黑才关门。照说北方人都睡得早,晚上已经没什么顾客了。但春草发现还是有人晚上出来买东西的,比如香烟火柴,比如酱油醋,比如蜡烛,等等,她受了启发,索性代理了这些小商品。何水远说做这些利润太低,又麻烦。春草说:"赚多少是次要的,主要是让人觉得方便,人家就会喜欢你。拢一点人气嘛。"

果然，一两个月下来，春草就以她特有的笑容和热情，以她南方韵味的普通话，让小店有了一些名声，被面销路不错，每个月刨去房租水电吃喝拉撒，还有不少赢利。春草心里那块石头才搁下，对离开红光商场不再后悔。最重要的是，很快就有人来联系批发了。春草不明白批发是什么意思，没答应。事后她问何水远，何水远说："批发就是我们当大老板，他当小老板，我们一次卖出去一百件，他一次卖出去一件。"春草笑说："你做梦啊，我们连小老板都不是，就做大老板？"何水远说："干吗不能做梦？人人都有做梦的权利。苏联宇航员加加林有句名言：梦想吧，朋友！"

春草只是望着何水远笑，笑里满是爱。每当何水远在她面前卖弄学问侃侃而谈时，她就对他充满了崇拜。

何水远给春草解释了什么叫批发之后，自己的脑子也转了起来，忽然想，这还真是条路子呢，批发肯定比自己一床一床卖要来得快，来得爽。春草说："反正我是喜欢守在这里一样一样卖的，心里踏实高兴。"何水远说："只要一做起来你就知道批发的好处了，你就不乐意一样一样地卖了，真的。不过要搞批发的话，靠我爹他们在家收购被面不来事，靠我一个人这么来回跑也不来事，得雇人。"

春草看着何水远，何水远的目光里闪烁着一种她不熟悉的光亮。她知道何水远不会满足于在这里开小店的，她早感觉到了他的野心，但她没想到他来得那么快。一步没踏稳就想踏第二步。管他呢，他也是为了他们这个家早些过上好日子。再说，她的内心深处何尝不野呢？

于是春草顺从道:"好啊。那就按你说的,找个帮手吧。我看还是叫自己家里的人比较好。"何水远说:"那就叫你阿哥出来。"春草说:"我看还不如找你堂弟阿根,他人小,听话些。"何水远说:"好,这次回去我就带带他,让他跟我做。"

何水远豪情满怀地说:"看来我真要大干一场了!"春草望着他,也好像望到了美好未来似的。

许多年后春草回想起来,仍感叹那段日子是他们最红火的日子。他们进钱的速度都让她感到了害怕,从开店到第二年春节回家,近一年时间就挣了一万多。他们也成了自己梦寐以求的万元户。春草经常觉得心慌,她只好更大声地笑,更甜地说话,更快地走路,以平衡自己拥有的财富。

日子一时间过得风车斗转。

1988年
春节:
一万八千三

又一个春节来临。

这是春草离开老家后的第二个春节了。

第一个春节因为生意忙，也因为舍不得路费，两口子没有回家，只是写了封信，寄了三百元钱，算是给老人拜年，也算是弥补他们这一年不在家的歉意。当然是何家的老人。

这个春节春草肯定是要回家了。不仅要回何水远的家，还要回春草自己的娘家。除了有些想父亲外，重要的是春草觉得自己可以回去了。他们已经是万元户了！准确地说，他们有一万八千元存款，那可不是小数字啊，她敢肯定他们村里还没有谁是万元户呢。

想到这一点春草做梦都在笑。这回她可以昂着头回娘家了，看看母亲还有什么话说。当初她走的时候，是想永远也不回去了的，她嫁给何水远不就是为了远走他乡吗？真的离家后她才知道做不到。她想，原来人在一起住久了，就是天天吵架也会有感情的。不要说爹娘，就是家里的灶台水桶米缸，也让春草惦记。还有那片枣树林，它们不会忘了她吧？春草不止是想回家，更是渴望回家了。

回家前的那些日子，春草走路都觉得轻飘飘的，有些踏不稳。临回家的那天晚上，春草做了个梦，梦见她回到家里，告诉母亲他们已经做了万元户，母亲不信，她就把存折拿出来给母亲看，母亲说，那是钱吗，那不过是张纸头子。你能拿你的纸头子上王阿婆的杂货铺去买东西吗？春草一着急，就醒了。一醒来她就问何水远："我们真有那么多钱了？有没有搞错？"

何水远笑笑说:"一两万不算什么,这才是开始。"何水远觉得这和他心里的目标差距还大呢。至于他的目标是什么,他自己也说不清。

过了一会儿春草又说:"你说银行会不会把我们的钱拿去花了?"

何水远说:"你瞎想什么呢?那是国家银行。"春草说:"那他们会不会不还给我们了?"

何水远说:"不会的,我们有存折啊。"

春草依然不踏实,她说:"我们给他们那么多钱,他们才给我们这么一张纸头子。"

何水远说:"你呀,还说我是木头,你才是木头。杞人忧天。""杞人忧天是什么意思?"春草又问上了。何水远有时候都不敢随便讲四个字了,那意味着他要多上一堂课。他还是把"杞人忧天"的故事给春草讲了一遍。听完了春草还是不放心,那老远以前的事,怎么能解她的近忧?她央求何水远说:"要不,你把钱全部取回来让我看看。我亲眼看到那个纸头子能把钱取回来,我就踏实了。不然我心慌得很,睡不着。"

何水远犟不过她,只好去银行把全部的钱取回来,摆在春草面前。春草把门插好,把窗帘拉好,然后把钱摊在床上,弄了块湿抹布沾手,一张一张地数了一遍,又数了一遍,的确是一万八千元。加上身上的零钱,是一万八千三!

她舒了口气,踏实了。看着床上那一摞摞的钱,春草心里有说不出的幸福,她把钱铺在枕头下睡了一夜,第二天才让何水远存回银行去。

何水远说:"我看也别存了,全部带回家,过年、盖新房、生伢儿!"

何水远说这话时口气里充满自豪，像个皇帝。春草当然同意，挣钱是做啥的？就是盖房子的，养伢儿的。不然怎么证明他们是挣到钱了的？他们总不能让所有人都来看着他们数钱吧。她早想过了，他们一定要盖一个比母亲家还好的大瓦房，让母亲好好看看。她能想象出母亲撇嘴的样子。

何水远对春草说："这回可是衣锦还乡啊。"

一不留神又说四个字了，何水远自己也觉得好笑。春草说："这个词嘛，你不讲我也猜得到是什么意思，就是穿上新衣服高高兴兴地回家，对不对？"何水远哈哈大笑，说："对对，差不多是那个意思。"

春草自负地说："我可不光是衣锦还乡啊，我还有这个呢。"她拍拍自己隆起的肚子："有钱真是好哎，有了钱好事情就像苍蝇粘在糖上面一样，跑都跑不掉哎。"何水远笑说："你也是，好比不比去比个苍蝇，应该说我们现在的日子是，锦！上！添！花！"

春草的第二次身孕已经有六七个月了，也不知是何万元还是何千金，正在她肚子里茁壮成长呢，她的身子已经挺得像个袋鼠了。预计春节一过就会生，也将和春草一样生在阳光明媚的三月。老实说如果没有身孕，这个春节春草还不一定想回去呢。上次流产后她一直怀不上，嘴上不说心里可是急着呢。她急，何水远更急，急得每天逼她喝一碗蜂蜜水。直到去年六月她总算有了。从医院回来那天，何水远破天荒地请她在小饭馆吃了一顿有炒菜的饭，两个人都幸福得脸上放光。要是挣了钱不能养伢儿，那算什么幸福啊。不是有乌鸦嘴说她不能生孩子吗？她到底能不能生，必须用事实说话。现在她只要挺着肚子在村里走上那么一遭,就一切明了了。房东大妈说:"一看她那肚子尖尖的往前翘,肯定是生儿子。"春草哈哈笑,说:"儿子女儿都好的,我都喜欢的。"房东大妈说:"你讲假话吧,就算你不在乎,你婆家恐怕也想要个儿子呢。"春草当然知道了,在他们那儿,一个媳妇在婆家的地位主要取决于她有没有生出儿子。但她自己已受过太深的歧视,不想让自己伢儿尚未出世就遭她那个罪。她笑着跟房东大妈说:"最好是生一儿一女双胞胎。"房东大妈说:"哎哟哟,你好大的心啊。"春草乐不可支,她喜欢和大妈聊这样的话题。她忘不了出嫁时母亲说的话,"如果有一天你过不下去了可以回来找我,我会扇你一耳光。"但母亲没说,如果有一天她过好了回去她会怎么样。是母亲忘了说,还是母亲根本没指望她过好?春草很想看看母亲知道后的表情。

听说弟弟春雨也要回去过年。春草有三年没见弟弟了。这个家除了父亲,春雨是她最亲近的人。春雨马上要大学毕业了,毕业后就会成为他们家第一个城里人。春草想着就高兴。她打算回去后多给弟弟一些买书的钱,现在她拿得出来了。

踏上火车的那一刻,春草感慨万千。两年前初次坐火车的情形又浮上眼前。何水远说:"今非昔比啊。"春草沉浸在自己的万千感慨里没有听见。为了肚里的孩子,何水远给她买了张卧铺。夜里她睡,白天何水远睡。还好一人睡了一觉,就到站了。

走下火车,故乡的阳光就亲切地铺在了春草的眼前。那是有着香味儿的冬日阳光。

到达何水远家已是晚上，春草有些累。毕竟有孕在身。何水远的老父老母见到儿子媳妇回来了，不仅挣了钱，媳妇还挺着肚子，满脸的皱纹都舒展开了。恐怕一辈子都没那么高兴过。第二天早上春草他们还没起床，老父亲已经买回了肘子，炖得一院子弥漫着幸福的香气。大妹也忙前忙后，对嫂子十分亲热。这一切让春草觉得开心，满足。

春草起床后，跟着何水远满村去走，走亲戚，送年货。春草穿了件自己做的红缎子棉袄，一脸的喜气，肚子很夸张地挺着。何家坞的人像看什么稀奇似的在她身后指指点点。春草回来之前，特意在银行换了一百张两元的新钞票，见到亲戚的孩子就给一张，换来了不少笑声和恭维话，让春草心满意足。春草觉得，这才是她想要过的日子，吃饱穿暖，还在人前有面子。

到了初三，两口子就一起回春草的娘家了。

春草给娘家准备的礼物是这样的：富锦被面一床，冰糖酥饼两盒，金丝猴香烟两条，另外母亲毛衣一件，父亲鞋一双。拿出来摆满了堂屋的桌子。至于哥哥，春草给了她两个侄子一人二十元压岁钱，就算是很大方的表示了。弟弟春雨终没回来，说是想利用假期复习功课，考研究生。

这样，全家人都因为春草的回来而喜气洋洋。父亲一边试着自己的新鞋，一边叫母亲试毛衣。母亲还是那样，皱着眉头说："真是个守不住财的贱货，刚有嘎一点钱就痒痒难熬了。买这些东西做啥？"

春草当然知道母亲并不是真的责备她，就是真责备她也不会生气，有了钱，好像气量也大了。她笑眯眯地假装没听见母亲的话，转而告诉父亲，他们要盖新房子了，打算初八动工，到时候请父亲给写个门联。

春阳问："盖新房谁住啊？难道你们不再出去做了？"

春草说："当然要出去做的。等钱赚得差不多了，我们再回来。我们总要回来的，城里又没有我们的家。"

春风又问："城里的生意真那么好做吗？"

何水远老到地说："讲好做也好做，讲难也难。我们现在才算是摸索到一点点门路。我想以后发展大了，两个哥哥愿意的话，也可以和我们一起出去做。"春风一听连连点头，兴奋地说："好呀好呀。"春阳没吭声。

春草虽然没有思想准备，但听到何水远已经把话说出来了，也就索性做出知道的样子，接过话说："是啊，阿远的弟弟阿根已经帮我们一年了，我们现在还需要增加帮手。"春草特别强调了那个"帮"字。"我们想嘛，找外人不如找自家人。"

母亲不满地说："都跑出去做啥啦？家里的活路谁做？我看还不如就在阿明那里做。家里也能照顾到。"

春草忙问："阿明在做什么？"

父亲说："阿明办了个厂，专门收购村子里的绣品去加工，再拿到城里去卖。什么桌布啊，窗帘啊，好像效益还不错。"母亲说："人家的媳妇也讨得好，天天见了人都是笑眯眯的，弥勒佛一样，让人看了喜欢。不像有人总拉着脸。"

春草忽然有些沮丧。她想，无论自己怎么有钱，在母亲面前，依然是没面的。还是父亲打了圆场。父亲说:"他们想去就让他们去吧。帮自己家人总比在别人那里打工好。"何水远说:"对对,我们肯定比阿明那里给的钱多。"

说罢他就和春阳春风走到一边说话去了。

春草忽然独自面对自己的父母,竟有些不自在。父亲给她倒了杯红糖开水,要她喝,说她脸色不好。母亲说:"哪有挺着个大肚子到处跑的?"春草本想说,你怀我的时候不是还照样做生活的吗?但想想母亲是为她好,遂忍下了,说:"过年嘛,我总要来看看你们的。"母亲说:"你两年不回来看我们,我们就不过了?你不要我操心我就烧高香了。"

春草不知说什么好了。

父亲说:"你姆妈的意思,是要你注意身体,少走走。"

春草点头,她想,母亲要是知道她的第一个孩子已经脱落了,还不知会说什么难听话呢。

父亲又说,梅子的孩子四岁了,是个男伢儿。你抽空去看看吧。母亲说:"去看她做啥啦?有什么了不起的?让她神气她的好了。"春草不明白母亲的话,看父亲,父亲说:"梅子的老公现在当科长了。"

原来是这样,原来那个像棉花糖一样的男人做了官。春草心里还是为梅子感到高兴,对梅子来说,这是最好的事情了。但她没说。她怕她一讲出来母亲又刺她。她劝慰自己说,犯不着和母亲计较,反正我现在过得蛮好,我有钱,有老公,有孩子,我想要的都有了。我就是要高高兴兴的。

于是春草开始跟父亲说起自己在外面的那些趣事来,说自己头一回坐火车是如何胆战心惊不敢上厕所,"我魂灵都吓脱掉!"说她摆摊如何被工商局没收罚款,说他们如何在表舅家卖出了第一床被面,也说自己意外地当了一回先进,好像所有的事情在那一刻都成了令她开心的事,她说得非常开心,甚至过分开心,兴奋得脸都红了。

春草的父亲默默地听着,他觉得女儿此次回来变化很大,连说话的口音也有些变了,夹杂着许多北方话,每句话后面都爱带个"呀"字,比如"可高兴呀""这孩子可胖呀",还有,炒菜总是说"把菜一炒",洗碗总是说"把碗一洗",倒着来;叫小孩儿也不再叫小伢儿了,而是简单的一个字:娃。这些都让他感到陌生,而且以前一天也难开一次口的她,现在变得喜欢说话了。但这种陌生令他喜欢,这说明春草不再是过去那个受气包了,而是个自信的见过世面的女人了。

母亲也没再抢白她,但也没做热心听众,坐了一会儿就自顾自烧饭去了。

母亲一走,春草的谈兴大减,她站起来,走出门去,一眼看见了院子里那窝南竹,依然健在。母亲多次说过,生她个辰光是用两根竹子换的红糖鸡蛋,从那以后她对竹子有了特殊的感情。竹子经历了一个冬天,还没脱胎成绿色,但春草能看出它们的心已经绿了,和她一样。她觉得竹子真是种可爱的植物,不用上肥灭虫,也不用剪枝,它就成材了。

母亲从厨房里探出头来,大声问:"你有没有到医院去看过你肚皮里的情况?"春草回头应道:"没有。"母亲说:"还算是在城里住了两年呢,这种事都不知道上医院去看看。"春草还是远远地站着回答:"我好好的,上医院做啥啦?"母亲说:"什么叫'好好的'?你看看哪有你那么大肚皮的?还有一个多月才生呢,肚皮都要顶到院门口了。"

春草真有些不快了,想你怎么对我什么都不满?连个大肚皮都不满,就不说话了。

母亲突然出语惊人地说:"我看你是怀了两个伢儿。"

春草吓了一跳,条件反射般地叫道:"阿远!阿远!"

母亲不满地说:"这种事叫老公做啥啦?"

何水远闻声从房间里跑出来。春草盯着母亲,希望母亲再说一遍。母亲却不说了,春草只好自己对何水远说:"姆妈说我怀了两个娃。"

何水远听了也有些吃惊,盯着春草的肚皮看了好一会儿,说:"好像是蛮大的,要不要到县里的医院去看看?"

春草想想说:"反正一个是生,两个也是生,管它呢。大过年的,去医院做啥啦。"

她想,也许母亲是吓唬她的。她还想,生两个更好。反正他们有能力养活。而且她十五岁时就在堂伯家带过双双,没问题的。但她忽然觉得身体真的重起来,腰酸得不行,赶紧回房间睡下了。

在娘家的最后一天,春草打算去梅子家。本来想约何水远一起去,可他和兄弟几个玩儿牌玩到天快亮才睡,她只好自己去了。

一路上春草有些夸张地挺着肚子,不时地和人热情地打着招呼。不管生一个还是两个,反正她是要生了。这就足够她骄傲了。让那些乌鸦嘴自己抽自己一嘴巴吧。

路过王阿婆的杂货铺，春草停下来给梅子买了几包点心，过年嘛。王阿婆说："春草你是越来越漂亮了。"春草喜滋滋地说："哪里会呀，已经胖得来不像个样子了。"王阿婆说："老话讲，女人生孩子也是生自己，月子里要养得好，就会像重新来过一次那么年轻。"春草说："是吗？"王阿婆马上热心地给她讲了一番如何调养的经验。春草认真地听着，一一记在心里。

离开王阿婆的杂货铺，转身没几步就遇到了阿明。春草头天还想，去不去阿明家看看？现在不期然遇上了，那是最好的。春草显得很高兴，热情洋溢地和阿明打招呼。阿明也很高兴，马上邀请春草去他家坐坐，春草答应了。

阿明结婚后从父母家里搬出来，在村子东头离学校很近的地方，新盖了两层高的瓦房。走近，见门上贴着的喜字还没掉呢，对联也依稀能见，春草断断续续念出几个字"新春好"，阿明高兴地说："春草你能认字了？"春草不好意思地笑笑，说："认了不到一箩筐。"

春草穿过喜字走进门，在院子里见到了一个抱着婴儿的女人。她断定这是阿明的媳妇，马上主动叫了一声："是嫂子吧？我来看看你。"顺手还递上了自己买给梅子的点心。

阿明媳妇神情有些诧异，阿明马上介绍说："这就是春草，我跟你讲过的。"

春草心里想，他跟她讲过的，讲过什么呢？不会是讲她坏话吧？

阿明媳妇笑眯眯地说:"噢,原来是春草啊,你看看你,来就来吧,还买什么点心啊。"

阿明媳妇把孩子递给阿明,张罗着给春草倒水:"我们阿明常说起你,说你能干着呢。你们在城里挣了不少钱吧?"

春草谦虚地说:"马马虎虎吧。"

阿明媳妇说:"我们不行的,只敢在乡下做事情。"春草说:"哪里,我听我姆妈说你们干得很好的。"

阿明插话说:"我们是小做做,不能和你们比。不过呢,我打算等伢儿大一点,让我姆妈照看,把加工厂交给你嫂子,我去承包山上的枣树,现在那些树没人管,可惜掉了。"

阿明媳妇说:"是啊,我现在脱不开身,再等半年吧。"

春草接过阿明媳妇递过来的水,发现阿明媳妇不怎么漂亮,也不丰满,但阿明似乎很在意她,眼睛总是笑眯眯地看着她,很黏糊的样子。春草心里掠过一丝羡慕,但她马上想,我也有阿远啊,我们也很好啊。

她喝了口水,努力让自己的情绪热情起来,说:"那我的麻烦才开头呢,还有一个月才生。"

阿明媳妇以过来人的眼光看看春草,说:"你和我的大肚皮不大一样,好像是个女伢儿。你喜欢吃什么口味啊?"春草说:"吃甜。醪糟汤圆一碗能吃十五个呢。"阿明媳妇说:"你看看,我说嘛,你肯定生女伢儿。我那个辰光就喜欢吃酸的。"春草不服气地说:"不是说酸儿辣女吗?我又不吃辣。甜是什么?不会又是男又是女吧?"阿明媳妇说:"那样不是坏事情了？"

阿明打断自己媳妇的话说："那都是没准的，你一个高中生还信这些？"

春草一听，阿明媳妇竟然是高中生，忽然就泄了气，人家虽然不漂亮，可人家比自己多读那么多书。难怪阿明那么黏她。自己才认几个字啊。但转而又想，她再是高中生，当初阿明是先看上自己的，是自己不肯才让她捡了去的。这么一想春草又高兴起来。

阿明说："春草你变了很多哎。"春草说："老了呀。"

阿明说："不是的，你比原来开朗了，爱笑了。"

春草说："真当的？可能是那边的人都开朗。那边的人说话都大声武气的，喉咙很响。"

春草忍不住讲起了陕西。毕竟这村子里属她跑得远了，属她开了眼界。但她刚刚说了个开头，阿明媳妇就插进来说："阿明啊，你恐怕要去买点老酒呢，下午我姆妈他们要来吃夜饭的。春草姐，你在我们这里一起吃吧？"

春草连连说不用了，坐了一小会儿就告辞了。

从阿明家出来，春草直接去了那个山坡。虽然有七个月身孕了，虽然母亲说她肚皮大得不像话，她还是很顺利地上到了坡顶，并不觉得有多累。她上那个坡顶时有一种亲切感，好像是真正走在回家的路上。她在坡顶站着，发现那里没有太大变化。树还是那些树，沟坎还是那些沟坎。她站在那儿，有些气喘，也有些心跳，还有惆怅和伤感。

早春的阳光静静地照耀在山坡上，散发出暖暖的香气。枣树林还在发乌，要过了春节才会绿起来。阿明是要承包这片枣树林吗？要是自己当年嫁给阿明，就会和他一起到这面坡来做生活了，那样也蛮好吧？春草心里乱乱的，好像有很多事情撞来撞去，理不清楚。她站那儿发了一会儿呆。空气里有一种她熟悉的气息，是泥土的气息？青草的气息？还是阳光的气息？她分辨不清，反正是久违了的，十分想念的。她依着一棵树，望着坡下的村庄。

村庄依然像条船，只是比过去拥挤了，船上有不少新冒出来的房子，整个船看上去沉沉的。牌坊依然像船帆，只是没那么挺拔了。仅仅是三年前，她还对自己的前途感到无望，还在这里伤心欲绝地喊叫。那时她怎么也没想到会有今天。那个漫长的灰色的少女时代终于过去了。现在她总算有了自己想要的生活。

春草真想再大喊一次，告诉这个世界她现在好了，现在终于开心了。但很长时间过去了，她一个音节也没发出来。就像上次在河边的雪地里一样，只是木头人一样发呆。她对自己笑了笑。看来快乐不需要喊叫出来，可以在心底安静地待着。那就安静地待着吧，愿待多久待多久。

早春的风到底有些冷。春草不敢久留，下山了。

一切都按春草预想的那样进行着。

春节后他们的新房就从何家坞的地皮上冒出来了，一天天地加高。自打去过阿明家后，春草就要求阿远把他们的楼修成三层高，还加个顶，总之要超过阿明家。何水远不明白是为什么，但把房子修大他肯定是愿意的。钱嘛，用了还可以再挣。

与此同时，春草的肚皮也一天天地长大，她能吃能睡，身体很好。

唯一让春草有些担心的是，何水远的牌瘾似乎比原来大，他经常通宵地玩儿，还赌钱。比之过去，何水远的变化比春草还大，他喜欢上了喝酒，而且爱摆阔。有时村里人夸他身上的某样东西，他会马上取下来送人家。他在家待的时间也越来越少，总喜欢上别人家打牌。

春草倒不是反对他打牌。在春草看来，男人在外打打牌赌钱都是正常的。他们村里好些男人都这样。男人嘛，在春草看来是有这种特权的。春草和何水远尽管是自由恋爱，但她还是和村里别的女人一样宽容甚至是纵容着自己的男人。可春草怕他误了正事。何水远本来说初八就走的，一待待到了元宵节。元宵节那天他竟玩儿了个通宵，早上回来倒头就睡。春草也没说什么，等下午何水远起来时，她就开始收东西。

何水远说："你要干吗？"春草说："如果你还不想走，我就先走。"何水远拉住她说："你急什么啊，不差这两天嘛。不是说好了，陪你生了孩子再走嘛。"春草说："你这个样子我哪里能安心在家养孩子？人家阿明的加工厂春节只休息了两天。"何水远有些不快地说："你干吗老拿他和我比？"春草说："谁好我就和谁比。"

何水远没说话。

春草怕他吃醋，又说："我是想，我们在城里做的总不能赶不上他在乡下做的吧。"何水远说："怎么可能？我们肯定会超过他们的。"春草说："空话讲讲谁都会。"何水远不高兴了，说："你就是相信别的男人不相信我。"春草也不痛快了,说:"你这个样子让我怎么相信嘛。"

夫妻两个一时闹得有些僵。

过了一会儿还是何水远先开口了,他拍拍春草说:"好了,肚皮里有伢儿,不好怄气的。我明天就走,行了吧?"

春草也软了语气说:"我也不是不想让你在家,我是不放心我们的铺面。那房子不做生意房租也是要付的,想想都心疼。"何水远说:"好好,我马上就回去做。你放心好了,我会好好干的,而且还要大干。"春草说:"怎么大干啊?"何水远说:"到时候再告诉你。反正我已经有想法了,胸有成竹了。"春草说:"我们现在不是已经做大了吗?我们都搞批发了。"何水远说:"那不算大。"

春草不说话,眼里满是不信任和担忧。

何水远就岔开话题说:"你懂不懂什么叫'胸有成竹'啊?说的是古时候有个人为了画好竹子,就每天去看竹子,看啊看啊,一直看到闭上眼竹子都能浮现在心里,他才开始画。现在呢,就用来比喻心里面已经把一件事情考虑得非常成熟周到了。"

春草拍拍自己的肚皮说:"我这才是胸有成竹呢。"何水远见她总算露出了笑容,松了口气。

何水远被春草催得待不住了,两天后就带着春草的二哥春风和自己的妹妹水清,像个小包工头似的离开了家乡。何水远走后不久,春草顺利地生下了她的"成竹"——果然如母亲所预测的那样,是一对双儿,而且是龙凤胎,一儿一女,成为当地一大新闻。这也让春草自己大吃一惊。

生之前说的那些玩笑话竟然应验了。她自做主张,分别给他们取名为何万万和何元元。随后不久,新房也顺利落成,高大漂亮,成为当地一个景观。春草带着两个孩子,跟公公婆婆妹妹们一起搬进了新居。

一对儿女和一座新楼,让春草活在了人们羡慕的眼光里。就连来看她的母亲,也露出了难得的笑脸。

但母亲笑过后马上说:"不要以为掉进钱罐子里了,以后还是要省省过。"

后来的日子平静如水,何水远时不时地寄钱回来,两百三百的。他告诉春草,他把大部分的钱都投到生意里去了,所以不能给家里寄太多。春草很理解,也满足了。为了将来,他们现在还不能太享受。日常生活开支用不着他的钱,她把那些寄回来的钱都存到了银行。每存到一千,就把它们转成定期,以作为两个孩子今后的学费。

这样的好日子是过得很快的,打了油一样,一下子溜走一年。

1990年
小寒:
全家福

一晃又到了冬天。

那年冬天留在春草记忆里最深的，就是寒冷。

那年冬天来得很早，十一月里竟然飘起了小雪。这在浙东还是很少见的，春草家的院子里都结了冰，一家老小都有些鼻涕稀啦的。虽然是新楼，冷是照样冷的。尤其是两个小的，一个感冒了另一个也就跟着感冒了，齐整整地流鼻涕咳嗽。春草按婆婆说的老办法，熬了姜糖水给他们喝，又用勺子蘸着菜油刮了背，儿子万万倒是好多了，女儿元元还是不见好，有些发热。她只得到镇医院去拿药。

那些日子，春草又要照顾他们，又要顾及家里的农活，忙里忙外的，心里很急，嘴角一串火疮生出来。

但比寒冷更让春草操心的还是何水远，她已经有好些日子没他的消息了。他妹妹也好长时间没给爹妈捎信了。她想，难道他在城里出了什么事，比如被汽车撞了？在她想来，城里最不安全的就是汽车。只要不被汽车撞，她想不出还有其他什么险。前天她去镇上买药时回了一趟娘家，想从父母那儿打听一下二哥春风的情况，他们不是在一起吗。不料母亲一见她就没好气地说，因为兄弟之间不和，他们早已分开了。春风在西安火车站给人扛了一段时间包，后来太冷，就回来了，现在在阿明的厂里做。

春草一听更急了，到底出了什么事？去问二哥，二哥只是说："你家阿远心思野得很，我们这种人跟不上，只好算了。"春草说："他到底怎么啦？"二哥说："他不相信我们，倒相信那个玩牌认识的'老陕'，'老陕'说什么他听什么。"春草说："那他现在在哪儿？"二哥说："这我也不清楚,我回来都快一个月了,好像那个老陕要跟他合伙做煤炭生意。"

春草听了心里隐约有一种不安,怎么不卖丝绸做起煤炭来了?这就是他胸有成竹的大动作?但她也只能是干着急。从来都是何水远联系她的,她不知道上哪儿去找他。她也不敢跟公公婆婆说,怕他们担心。她只能等待。现在比不得从前了,从前等不住了还可以出门去找,现在她上有老下有小,被拴得死死的,只能在家等了。

她安慰自己,再怎么的,春节他总要回来的。

这天晚上,春草把两个孩子弄睡下后,自己也早早钻进被窝里,天冷得让人在地上待不住。她坐在厚厚的被窝里做针线活儿,脑子里想着何水远,乱七八糟的。忽然,楼下传来急促的敲门声。她吓了一跳,是谁会在这么寒冷的夜晚上门?恐怕不是好事。她听见何水远的父亲已经开了门。她急急地披上衣服赶到楼下客厅,吃惊地见到何水远的妹妹何水清。水清一见她就说:"嫂子,我哥出事了!"

春草一惊,说:"他怎么啦?被汽车撞了?"

水清说:"不,他被骗了,钱全部没有了,还欠了债。"

春草听她这么一说反倒松了口气,说:"人没事就好。怎么被骗了?"

水清喝了口水说:"我也讲不灵清,反正现在那个债主天天追着他要他还钱,他就躲起来了,债主找不到他就追到这来了。"

春草不解地说:"他被骗了,怎么人家还找他要钱?"

水清说:"好像是他和一个'老陕'合伙,想倒运一批煤到我们这边来卖,他自己的本金不够,就找人借了四万多,还是高利。一共投进去七八万。当时说好可以赚个三五万的,可是煤发过来以后这边的买主就找不见了,煤也找不见了,'老陕'也找不见了。所以阿哥自己的三万和借来的四万多全部打了水漂,他肯定是遇到大骗子了。"

春草蒙了,说:"天哪,七万!要我的命了!那丝绸店呢?"水清生气地说:"你还不知道啊?他早把丝绸店当掉了,要不哪儿来那么多钱?嫂子你赶快带孩子走吧,那两个讨债的今天晚上就到镇上了,可能明天就要过来。他们找不到阿哥恼怒得很,还不知来这里会做什么呢。所以我连夜赶回来通知你们。"

春草说:"你阿哥人呢?"

水清说:"躲起来了。他说他无脸回来见你。"

春草呆住了。她原以为大不了就是阿远没钱了,他可以回来过原来的日子,欠的钱以后慢慢还。没想到连安稳日子都不能过了。跑?往哪儿跑啊?老的老,小的小,又是大冬天的!跑出去不是找死?

春草看看何水远的爹娘,两个老人完全被这突如其来的事情弄傻了,她只能在心里告诫自己,沉住气,一家人都靠你了。

春草尽可能平静地对两个老人说:"你们先去睡吧,没事的,勿碍事的,我和水清商量一下。"

公公婆婆心神不宁地上楼了。春草觉得自己从心里面打战。天冷得厉害,两个人钻进被窝头挨头躺着。半晌,春草说:"水清,你阿哥还说什么了?"水清说:"阿哥讲,实在不行,你先把家里存的钱给他们,应付一下。"

春草说：“我哪里存得下钱？水亮在县城住校学费那么高，姆妈吃药看病每个月都少不了，还有两个小伢儿要养。”

春草说的都是实话，只是没有说透。她还悄悄给了自己娘家一笔钱。春雨上大学后爹娘负担很重，借了信用社一笔钱，原指望春雨毕业工作后可以帮着还，没想到他毕业后被分到一家山沟里的军工厂，每月工资就一百来块，自己成家都不够，更不要说帮父母还钱了。春草当时想着自己条件好，就把攒下的五千元拿回去帮父母还了欠款。现在她身上只有两千元存款了。就是拿出来，也解决不了问题啊。

水清说：“要不，你先带孩子回娘家去住两天？我把他们应付走了再说？”春草说：“你一个女伢儿怎么应付？”

春草就躺在那里发呆，水清疲倦至极，睡着了。春草只有自己想办法了。有一点是明确的，她不能跑。两个孩子这样小，天这样冷，往哪里跑啊？她还知道娘家是不能回的。即使母亲不说什么，她也不能给他们带去麻烦。

她突然想起了阿明。阿明办厂，应该能借出点钱给她，只要先拿两三万出来给债主，抵挡一下，剩下的事情就好办了，她一定会还他的。春草当然知道两三万不是小数目，但她感觉阿明会借给她的，因为……毕竟……他曾那样看着她说，他喜欢她……

春草穿上衣服裹上围巾，骑上何水远那辆吱嘎作响的破自行车，连夜往娘家赶。没有月亮，冰冷的风直接渗进骨头里。道路崎岖不平，她几次从车上颠下来，又跨上去用力蹬。一边蹬一边想，阿明会帮我的，等把这个难关过了,我就报答他。

春草清楚地记得伢儿"百日"那天发生的事。

那天家里来了不少亲戚邻里,都说何家坞多少年没出过这样喜庆的事了,来讨个吉利。春草的公公婆婆蒸了一大箩红枣馒头,让大家都高兴高兴。到黄昏时分,来讨红枣馒头的人已经走得差不多了,春草就坐到院门口奶孩子。

春草喜欢坐在院门口奶孩子。身边放个小竹床,抱起一个喂了,再抱起另一个喂。她的奶水很充足,喂两个孩子也没有不够的时候。有人路过时,她会大声地抱怨说,两个伢儿就是麻烦哩,喂奶都要好多辰光嘞。

她的那份自豪实在是需要分享给大家。

已经是六月了,天很热。她撩开薄薄的衬衣,把奶头塞进孩子嘴里。一般来说她先喂元元,因为元元容易吃饱,万万则要贪吃得多。果然一会儿工夫,元元就把嘴松开了,奶水竟然喷到了她红红胖胖的小脸上。她连忙放下元元抱起万万,让小子接着姐姐吃。看着孩子那贪婪的模样,春草心里的那份儿幸福,真是无法形容。

正陶醉着呢,一个熟悉的声音忽然在耳边响起:"嗨,阿草!"春草一抬头,原来是阿明!她很有几分意外,连忙站起来说:"哎呀阿明,你怎么来了?"

阿明说:"我来看看你啊,我听你爸爸说今天孩子做百日。"阿明说着,就将手中的一个红纸包递给春草。春草两手抱着孩子,腾不出手来,阿明就往春草怀里塞,这一塞就触到了春草鼓鼓的乳房。他的手就在那儿多停了一会儿。

阿明说:"阿草你看你现在这个样子,像头母牛一样。"春草笑说:"要死了你,快进屋坐吧。"

春草继续奶着万万,让阿明把元元抱着,两人一起进了屋。阿明四下看看,说:"怎么,你一个人?"春草说:"他爷爷出去了,奶奶在厨房里烧夜饭。"

阿明放下元元,凑到春草身边说:"让我看看伢儿。好乖的伢儿啊,真是白白嫩嫩的,像他姆妈一样。"他摸了一下孩子的脸蛋,手就迅速移到春草的乳房上去了。

春草小声说:"你要死了!"阿明说:"我好想你!"春草说:"我不信。"阿明说:"当真的。"他的手开始往里深入。春草的心咚咚咚地跳起来,身子却不敢动,既担心婆婆突然走进来,又担心阿明的手停下。阿明说:"晚上我来找你好不好?今天我不回去了。"春草说:"不可以的。"阿明说:"我真当想你!骗你是这个。"他比了个乌龟王八的手势。春草笑笑。阿明又说:"哎,你那个辰光为什么不肯嫁给我啊?"春草还是不言语,心里却洋溢着快乐,看来阿明是真的喜欢她,求婚的时候喜欢,现在依然喜欢,这让春草得到一种和阿远那里不一样的满足。

要不是万万突然哭起来,春草还不知道这事会怎样收场。大概美妙的晚餐被打搅了,怀里的万万哭起来,小脸恼红了。春草连忙打掉阿明的手,哄孩子,婆婆也恰好进门了,春草连忙给婆婆介绍说:"这是我娘家个表哥。"婆婆一听,又赶紧颠颠儿地上厨房拿红枣馒头去了。

阿明拿了馒头，佯装热情地说了些道喜的话，就走了。

走的时候他用力看了春草一眼，说："有空回家去看看你姆妈他们啊，都很想你的。"

春草说："我会的。"

春草并没去找阿明。尽管阿明当时那个样子让她兴奋，让她开心，但事后想想却也荒唐。毕竟自己已经是两个孩子的妈了，何水远对她也不错。不过在内心深处春草还是承认，阿明在那个黄昏带给她的快乐，是何水远没有给过她的。

想到这一点，春草脚下有了力气，车蹬得飞快。她想阿明一听说她遇到那么大的难处，肯定会替她着急的。天快亮时她终于赶到了娘家。她也顾不了那么多了，直接把车骑到了阿明家门口。

敲门时她心里祈求着，最好是阿明来开门，千万别是他那个媳妇。

门一打开，果然是阿明。春草心里一下燃起了希望。阿明见是她，大吃一惊，说："你嘎早来做啥？"

春草说："我遇到麻烦了，想求你帮忙。"阿明说："什么事，进来慢慢说。"

听到阿明这样温和的语气，春草简直要掉眼泪了。她走进屋顾不得坐下，就把事情说了个大概，最后说："阿明你帮帮我，先借我两万，让我先把债抵掉一点，我缓过来以后再还你。你看我现在一家老的老小的小，天又嘎冷，哪有地方可去啊？"可是阿明并没有说出春草期待的话，他只是呆呆地坐在那儿，好像没听明白似的。然后站起来在堂屋里走动。

春草说："阿明,你在听我说吗?"阿明说:"我在听。"

此时阿明的脸上,完全没有了那天黄昏的神情,他摸出根纸烟点上,眼皮垂着不看她。他的这副样子,让春草感到极大的失望。但她顾不上计较了。她想了想又说:"我是实在没有办法了才来找你的。等把这一关过了,我挣的第一笔钱就还你,利息照算好了。阿明你要相信我。"

阿明总算抬起眼皮来,说:"我当然相信你阿草,我只是不明白何水远,他怎么能这样呢?怎么能让你来承担这种事呢?"春草说:"我想他也是没办法了……我知道这事让你为难,我给你写个条子,按个手印。以后我会报答你的。"阿明说:"这倒没什么,我们之间还说什么报答。关键是我现在也拿不出那么多钱啊。我的钱都投到厂里去了,买原料了。现在的生意越做越大,哪里会有闲钱放在屋里厢?"

这下轮到春草发呆了,她喃喃道:"怎么办?这可怎么办?"这时阿明媳妇走出来了,一见是春草,毫不掩饰她的不快,说:"哟,春草姐,那么早就来找我们家阿明了?"

春草强作笑颜说:"我是来找阿明商量事情的。"她看着阿明,阿明转身对媳妇说:"你赶快去烧早饭,今天不是要去进货吗?"

春草终于明白阿明的态度了,她站起来转身往外走。阿明追上来小声说:"阿草,我身上有两百元,你先拿去用。"

春草没有接,也没有回头。她跨上她的破自行车,又骑上她来时的路。她死命地蹬着脚下的车蹬,以此来排遣内心的失望和伤心。车子沉重得如同磨盘。想当初何水远买了新自行车时,曾飞一样地在马路上狂驰,那景象恍如昨日。

阿明，阿明怎么会这个样子？难道就因为那个时候她没有答应他，他就不再喜欢她了吗？她遇到那么大的困难他都不肯帮帮她？男人都是这样的吗？喜欢和不喜欢一眨眼儿工夫会掉个个儿？早知如此就答应他了，让他去了……不不，春草想，他这个样子对我，我永远也不会再让他碰我了。我一定会渡过这个难关的，我要做给他看。我就是为了争口气，也要挺过这个关口。

春草吞咽了一下，嘴里咸咸的，是眼泪流进去了。寂静的夜晚只有她在路上走，在梦里走。她一边蹬，一边有节奏地念叨着："会过去的，会过去的。我不怕，我不怕。"

等回到家时，春草已拿定了主意。她把水清叫到一边说："阿清，我看这样，你先和爸爸姆妈带着伢儿回老房子去避避。我在这里等讨债的来，我想把事情问问清楚。再说了，几万块钱还能要人命吗？真要逼不得已，就把房子抵给他们。"水清很吃惊："房子？我们个新房子吗？这可是我们一家人的立足之地呀？"春草说："你当我不肉痛？这是我血汗钱造起来的。我比你还舍不得。不到万不得已，我不会这样说。"

水清也没有更好的主意了，只得同意嫂子的安排。她迅速收拾东西，带着四个老小回老房子去了。他们走后春草的心定了下来，想了想，先上楼，打开五斗橱，在最下面那个抽屉的最下面的一件衬衣口袋里，找出那个水泥包装纸折的钱包，里面装着她那张两千元的存单。那是她仅有的积蓄了。她把它装进贴身的衣服里。然后把家收拾得干干净净，还烧了两瓶鲜开水,好像要待客一样。

所有的工作做好以后,春草就坐在门边做针线活儿。一时间心里竟微微有些兴奋,也许她将面临的是一场她从未经历过的战斗。

快挨边儿中午时,两个讨债的果然来了,一个二十来岁,一个四十来岁。两个人都黑着脸。春草心里有些发慌,但还是挤出一丝笑容来。

年长的说:"这里就是何水远的家?"春草说:"是啊。"

年轻的说:"欠债不还,还住嘎好的房子?"

春草听出他们的口音,是当地人,心里顿时踏实不少,她还以为追来的是外地人呢。她满脸笑容地把他们迎进屋说:"我人在呢,有话好好商量。我不会跑的。"又说:"听口音,你们都是当地人嘛。"

年长的说:"是啊,我们是德清镇的,上次你老公到我们那里进货,就认识了。"

春草说:"这鬼天气太冷了,我给你们冲两碗酒酿荷包蛋吃吃?"

两个讨债的互相看看,没反对。

吃了酒酿荷包蛋,讨债的语气就缓和了一些。年长的说:"嫂子,我们也是没办法,我们交给他的那四万块钱是从亲戚那里凑的,现在亲戚们都追着我们要钱。"

年轻的马上拿出一张纸给春草看:"你看,你家老公当初写得明明白白,到了期限每千元有一百元的利息,这样算下来他该还我们四万四千。就是生意赔了至少也该先把本钱还我们。他倒好,一分不还就躲起来了。"

春草拿过那张纸。的确是何水远写的,她看见了何水远的签字。那个签字她不会弄错,何水远喜欢把他那个"远"的"辶"拉得很长很长,像弯弯流水似的。

春草赔着笑脸说:"他也是被骗了,他个傻瓜,一分没挣到,还把老本全赔进去了。他拿什么还你们呢?他要是有,肯定不会躲的。我知道的。"

年轻的说:"那我们不管,他被骗是他自己的责任,他当时说肯定能赚,要不我们费那么大劲儿去给他凑钱做啥啦?"春草继续赔笑说:"他实在是没钱还你们。你们宽限他些日子吧,让他想想办法。"

年长的说:"让我们宽限到啥个辰光?"春草想想说:"半年吧。"

年轻的说:"不行,最多三个月,三个月内如果他不还,我们就报公安局,告他诈骗罪,那他就得坐牢。"

春草一听心里慌了,她没想到这种事也会坐牢。情急之中她只好说出了最后的想法:"你们看这样行不行。我拿这房子给你们做抵押,如果半年内我们还没还,房子就归你们?"年长的抬头看看,说:"这房子能值多少钱啊,而且还是旧的。"

春草说:"这房子才盖了一年多呢,蛮新的,里面还有不少家什,三张大木床,两个五斗橱,还有个电视机、缝纫机,还有不少值钱的东西呢。不是万不得已,我哪里舍得啊。"

年轻的那一个噔噔噔地上楼去了,过了一会儿下来,说:"没有什么值钱的东西啊,还都是你们用过的。怎么算也不值我们那些钱。再说我们拿你这些旧东西也还不了债的。"

春草忍着内心的焦虑愤怒和疼痛，继续赔笑脸说："人都有触霉头的时候，你们就发发善心吧，我但凡有点儿钱，哪舍得把房子给你们啊。我上有老，下有小，还不知道往哪儿去呢。"

两个要债的还是不说话。春草实在无奈，脱下自己手上的戒指，那是他们生意最好的时候何水远给她买的，大概值两千块钱。她把戒指好好抚摩了一番，递到年长的那人手里，说："两位大哥行行好吧，先给我一个活路。"

年长的拿过戒指，把年轻的叫到一边，两个人小声嘀咕了好一会儿，最后终于表示同意了。年轻的还加了一句："说清楚了，整个房子包括里面的东西都抵押了，你不许再往外拿东西了。"春草点点头，说，"不拿不拿，都归你们。"

本来春草一直眼巴巴地盼着他们看上这房子，好让何水远脱离危险，可一旦他们真看上了，她心里还是一阵阵的绞痛。这是他们的新房啊。这是他们幸福的窝啊。但她忍着，她也只能忍着，在村里找了两个证明人，写了协议签了字，然后把整个房子封了。

临了春草对两个讨债的说："这房子是我们一家老小的安身之地，我把它给了你们，只求你们别告我老公，别让他坐牢，也别打他。谁都有触霉头的时候，你们多多包涵。"

年纪大一点的那个说："谁想打官司啊。能拿到钱我们也不想惹麻烦。他碰上你这样的老婆，算他运气。你放心，我们不会去告他的，只要他把钱还我们,我们就退房子。"年轻的说:"我们今朝相信了你,你可不能昧良心啊。"春草说:"啊哟,我这个人从来说话算话,昧良心个昧字我都不会写!"年轻的说:"你倒是会讲话,反正到了期限还没还钱,我们就把房子卖了。"春草点点头,看着他们走掉,一下子坐在了门槛上。她都不知道自己是靠什么撑到现在的。

当天晚上,春草只身回到了何家原先那个破旧的房子里。房子因长久不住,已经有些破败了,但尚可避身。婆婆听说春草把房子抵押了出去,有些受不了,一下病倒了。公公也唉声叹气的。春草觉得压力很大。

长长的夜里,春草和两个孩子及水清一起,挤在潮湿发霉的床上。她翻来覆去睡不着。脑子里就一个念头,不能这样在家里死等,不能倒回去过苦日子。夜半时分,她悄悄爬了起来,一个人回到他们原来的家,那个曾让多少人羡慕她,也曾带给她许多满足的小楼。

春草在贴了封条的楼前呆呆地站着,恍如梦中。怎么会在突然之间,她就失去了一切?天气很冷很冷,冻得她打哆嗦,脚板心发痛。她忽然想,还必须再拿些冬衣才行。今天太匆忙,她自己的毛衣和棉衣都没拿,被子也还差一床。

房后有一扇窗的插销是坏的,春草知道。她绕到后面,从扫把上折了一根竹条,踩在木桶上捅了几捅,窗户果然被捅开了。她翻进屋子,熟稔地从厨房里摸到一根蜡烛,点上,轻轻地上了楼。房间被蜡烛照亮后,显出一种深深的忧伤,好像在为春草的"抛弃"而难过。

春草的眼泪涌了出来。她迅速擦掉,打开衣柜,把自己的毛衣毛裤和孩子的棉衣棉裤全拿出来，用一张大床单包好，扛到楼下，从窗户扔出去；接着捆了两床棉被。再四下看看，又摘下墙上那张全家福，全家福上，全家都笑眯眯的，谁都没有想到会有今天，当时春草还没生，腆着肚子站何水远旁边，再旁边是两个妹妹，公公婆婆坐在前面。背后是他们的新楼。春草擦擦干净，抱进自己怀里。

吹熄蜡烛前，春草最后看了一眼自己的家。她想，我一定要回来，这是我的家。

一夜未眠。第二天一早春草红着双眼对水清说："我得去找他，我不能这样在家里死等。半年过了，房子就会被卖掉，那样我们就永远失去房子了。"

水清说："好的你去，我替你照看两个伢儿。"

春草说："不行，你要照顾两个老的。我想好了，送一个伢儿到我姆妈那里，请他们帮忙照看一段时间。我自己带走一个。"

春草背着万万出门。她想好了，带走女儿，留下儿子。她知道母亲永远都喜欢儿子。路过自家的楼房时，见村里人围在那里指指点点的，毕竟这是他们村里从未发生过的事，好像看戏一样让大家感到新鲜。有人看见了她，故意说："听说是欠了一大笔钱，不赔就要坐牢呢。"有人啧啧说："我看还是像我们这样过过穷日子安耽。"

春草除了快步走过，什么也不想。一直走出村口她才有了心思。她想，我一定要把这个楼赎回来！不赎回来我绝不再回家！

尽管春草有充分的思想准备，可进门见到母亲那张脸时，她又有些发怵了,她甚至想打退堂鼓了。但母亲已经看见她了。

母亲说:"你回来做啥?你们不是发财发得连自己阿哥都不管了吗?"春草呆在那里不知进退,父亲出来了,父亲连忙接过万万把她招呼进了屋子。春草只得硬着头皮,把发生的事情说了一遍。最后她说:"我要去找阿远,我不能这样死等。只有半年时间,半年过了我们就再也没有房子了,我不能让他们把房子卖掉。"母亲生气地说:"我还以为他有多大的本事呢,弄了半天欠一屁股债!还跑了不管,真是有出息啊。"父亲说:"你上哪儿去找啊?"春草说:"我上陕西去找,我会找到他的。那里我熟悉。我还会把钱赚回来的。我来是想请你们帮我带个伢儿。天气太冷了,万万一直在生毛病,把他放你们这儿,等我找到他爸爸了,就来接他。"

母亲厉声道:"我不管!我不留欠债的!人家找到我这里怎么办?你们造下的孽,还要让爹妈吃苦头啊?自己想办法去!"

春草咬咬牙说:"不会拖累你们的。我就是劳烦你们帮我带带伢儿。最多半年就好了。"母亲说:"他们何家的人呢?"春草说:"他爷爷奶奶都病了。"父亲接过话说:"伢儿我们可以帮你带的,问题是你一个女人家能有什么办法啊?我看你还是别去找了,你回来住,欠的债让阿远自己想办法去。"春草说:"不行的。我得去找他。不还债他们会告他诈骗罪,那是要坐牢的。我不能让他坐牢。姆妈我求你了,万万一直咳嗽,我怕带出去严重起来,害他一辈子。"

母亲翻了她一眼,说:"你求我?你不是说永远都不求我了吗?你忘了你出嫁个辰光自己说的话了吗?"

春草把怀里的万万放到床上，站到母亲面前，说："姆妈，只要你肯留下伢儿，怎么做都可以的。"

春草心里明白，不管母亲现在怎么说难听话，怎么黑着脸，一旦伢儿真留下来，她肯定会好好待他的，肯定会尽心尽力喂养他的。这点春草有把握。

母亲看着她，说："那我就说话算话。"她忽然扬起手，一个巴掌打在春草的脸上。

"你你你！"春草捂着脸。

万万似乎意识到自己被母亲扔下了，扔在一个不欢迎他的家里了，往死里喊，那哭声大得仿佛他要挣脱襁褓似的。春草一瞬间被万万喊得心痛起来，痛得热泪汹涌。但她顿了一下，还是往前走了。热泪淌在刚才挨的那一巴掌上，滚烫。她听见屋里传来父亲打雷似的吼声："哪有你这样的娘！黑心辣肠的！"

春草知道父亲骂的是母亲，但也骂在她心里了。儿子才一岁多啊，她真是个黑心的娘啊！

父亲骂完母亲又追了出来。父亲宽慰她说："阿草，别跟你姆妈计较，她骂归骂，会好好带伢儿的。"春草点点头说："我晓得的，我不会计较的。"她想想，从怀里拿出那张存单递给父亲，说："这是我自己攒下的，给两个伢儿做学费用的。我发过誓，无论什么情况都不动它。你帮我藏藏好。等过几年伢儿该上学了我再来找你拿。别让我姆妈知道。"

父亲接过存单，小心地折好揣进怀里，说："你放心吧。"

1991年
正月：
携子寻夫

春草第二次离开了家乡。这次,她带着不到两岁的女儿元元。

这一次和上一次已大不相同了。且不说心情,光是火车站的景象就让春草吃惊,竟有那么多的人出门赶火车,比上次何水远带她出门时不知多了多少倍。放眼望去,多是她这样从乡下跑出来的面孔,她有几分害怕,有几分慌张,还有几分兴奋。

她买了张站票,在月台上站了半天,路过的两辆火车她都没能挤上去。寒冷的天气她也急出了一头的汗。她听见旁边有人说,就剩晚上这一趟了,如果再上不去要在车站过夜了。春草一想,那还不把伢儿冻死?就下决心一定挤上最后那趟。车来了,旅客潮水般涌进来,春草往前冲了两步,又怕挤着背上背的元元,一犹豫,就被"潮水"冲撞得东倒西歪,每一个车厢的门都被人堵得死死的,肉墙垛一样,她根本无法靠近。她几次试图挤进去又几次被挤出来,元元吓得哇哇大哭。眼看车就要开了,春草不顾一切地再次往里冲,却再次被挤出来。一个铁路工人看不过去了,走过来拉住她说:"来,我帮你。"

他把她带到一个车厢下面,叫里面的旅客打开窗户,然后对春草说,把伢儿给我。春草迟疑着,他一把抢过说:"没时间了,快一些。"他把元元像举行李一样举上去,命令里面的人接住,然后又把两只手叠起来,让春草踩上去,用力一抬,将她送进了窗口,最后把行李递了进去。春草刚在车厢里落下脚,还来不及说声谢谢,火车就徐徐启动了。

车厢里满满的,不要说座位,站都困难。春草抱着孩子靠在座位边上,两只脚紧紧地夹着地上的旅行包。车开出半小时后,车厢里渐渐松动些了,好像装在瓶子里的茶叶，晃了几晃又空出些地方。她旁边那位旅客见她一直站着，还背着孩子，动了恻隐之心，从座位底下拖出只箱子让她坐，她千恩万谢的，总算坐下来把元元放在腿上了，这一放才发现自己两个胳膊已经麻掉。春草想起了何水远，那次在长途车上，何水远自己坐木桶，把座位让给了她。她的心抽了一下地疼，连忙甩甩头，不让自己想下去。因为怕丢钱，春草不敢拿钱出来买东西吃，全靠出来时带的几个馒头和咸菜填肚子。

在箱子上坐了一天一夜，走下火车时，春草腿一软，差点儿跪在地上。她只好在月台上坐了一会儿，揉揉腿，才把元元背在背上提着行李出站。天气真冷啊，冻得地都发白。北方就是北方，天寒地冻得让人心惊胆战。春草舍不得住旅店。她身上的钱不到两百块，除了吃饭，还得留下返程的车票钱。她只能滞留在候车室。候车室的椅子上乃至地上，都有不少人在睡觉。春草决定也像他们那样以此为家。不管怎么说，候车室总比外面暖和。

春草在心里筹划，先去找何水远的堂弟阿根，再去找春风说的那个"老陕"。她相信总能打听到一些消息的。她甚至幻想着，何水远正在某条街上晃荡，她从后面叫住他。她不会埋怨他的，她要告诉他，只要人在，别的都好办。他们还可以重新再来。她不能去找表舅他们，当初走的时候表舅妈说："最好你一帆风顺，别来找我。"现在她这个样子，尤其是何水远还没有下落，她就是睡大街也不能去找表舅一家。

第一天春草先去了他们当初租下的那个铺面。尽管水清告诉她，阿远早已离开那里,她还是抱着一线希望去了。走到那儿一看,不仅店主是陌生人,就连招牌都换了,现在叫"便民小店"。店主告诉她,房东大爷年前去世了,大妈被女儿接走了。

春草沮丧无比,原先她还抱着很大希望,可能大爷大妈会知道何水远下落的。没想到不但没打听到何水远下落,连大妈大爷的面都没见着。在这个北方小城里,大爷大妈就像是她的亲人一样。她很想和他们说说她现在的苦,听他们安慰两句。这一脚踏空,让春草觉得自己更加无依无靠了。

第二天春草还是打起精神出门了。她知道这时候她不能气馁,一气馁就再也挺不住了。阿清告诉她,堂弟在一家建筑工地干活。她问清了那个工地所在的街道就去了。走过一条街又一条街。元元的咳嗽被北方硬硬的风一吹,更厉害了。她取下自己的围巾,让过路的一个大妈帮她把元元的头整个儿捂住。

好不容易问到那个工地,却没有找到堂弟阿根。甚至没人知道他。听口音,工地上也的确没有一个是她的同乡。也许阿根坚持不住回家了?也许他根本没来过?还是她没找对地方?春草有些不知所措了。

返回的路上,有个男人靠过来问她解放路怎么走,春草没心思,说自己也是外地人,不知道。那个男人就讨好地说:"看你的样子,我还以为你是城里人呢。"这话勾起了春草的虚荣心,她就尽自己所知给男人指点了一番,男人听完后说:"哦,知道了,谢谢啊。"然后快步走掉了。

春草的心情也由此好了一些。她想，看来自己没白在城里待，都像城里人了。肚子饿得咕咕叫，早上她只吃了一个馒头。肚子一饿身上就更冷了，冷得她打寒战。要命的是元元也饿了，在背上哼哼唧唧地要吃。她不耐烦地骂道："你饿死鬼投胎啊？"骂完春草心里咯噔一下，怎么那么像姆妈啊？姆妈就一直这么骂她的。春草走进一家小面馆，想吃点儿东西歇歇脚再上别处去。

买好面掏钱时，春草突然发现自己的钱包，那个用水泥纸折的钱包不见了。她顿时傻眼了，手脚冰凉。她猛地回想起那个男人，那个问路的男人，当时靠她靠得很近。一定是他偷的！原来那是个小偷，根本不是问路的，是来偷钱的。只怪自己傻啊！被他一句话哄昏了头。

春草气得浑身颤抖。那里面有一百六十元钱，是她的全部家当啊，是她计划在这里待几天然后返回老家的所有资金啊。最要命的是，里面还有她的身份证！没有了身份证，她随时可能被当作三无人员被关起来遣送回老家。她遇见过这种事情的。她把身家性命给弄丢了！

生活再一次变得狰狞，城里人也变得可恶起来。春草怒火中烧，却是一滴泪也没有，卖面的女人催促她赶快付钱，站在她后面的人也在催促她，她突然脸红筋胀地破口大骂起来："你个该死的贼！你个千刀万剐的贼！你要遭报应！你已经生在城里了，为什么还要欺负我们？你不得好死！你要被车撞死！被雷劈死！吃饭噎死！"

春草把所有能想起来的恶毒字眼都说了一遍，元元吓得哇哇大哭。一时间大人骂，孩子哭，惹得饭馆里的人纷纷侧目，觉得这女人有些不正常,肯定是受了什么刺激。春草不管不顾,她必须骂,不然她就会号啕大哭的。比之流泪,她宁可愤怒。

饭馆的老板很不高兴,觉得她这样骂骂咧咧会坏了他的生意,尽管他也大致听明白了,她的钱被人偷了,可他还是毫不留情地叫她赶快离开。春草不肯走,她饿得不行了,发怒之后更是浑身无力,迈不动步子,女儿也因为饥饿啼哭不止。饥肠辘辘,这个词何水远没有教过她,但现在她的整个身心都在解释这个词。趁老板走开,春草在饭馆的桌子上找到一碗来不及收走的面条,里面还有些剩汤,她不顾一切地拿起来喂给女儿吃,之后又去找第二碗。老板不耐烦了,冲过来赶她,这回他像赶叫花子那样赶她。春草很愤怒,在她看来这老板和那贼是一伙的,都一样可恶。他越赶她越不走,和他在小店里兜圈子。

老板一气之下给派出所打了电话。派出所来了个警察,警察板着脸要查她的身份证,她说被人偷了。警察一听,不由分说地将她带回了派出所。春草看情况不妙,估计是要把自己送收容站了,她不能走,她什么都还没开始呢。于是鼻涕眼泪地向看守她的女警察诉说起自己的遭遇来,终于说得女警察动了恻隐之心。女警察说:"你在这里有没有亲戚?熟人也行,有就可以让他领你回去。"春草想了想,只好报出了红光商场孙经理的名字。女警察就给孙经理打了电话。孙经理还真不错,下午就赶来了,办了手续,交了钱,把春草带出了派出所。

从派出所出来,春草一直不说话。她觉得她如此狼狈,无颜见孙经理。孙经理什么话也没说,先把她们母女带到一家饭馆,要了三大碗面条,让她吃。春草看着眼前那三碗热气腾腾的面,一直忍着没掉下来的眼泪哗地涌了出来。什么叫天无绝人之路,什么叫救命之恩,春草算是明白了,她抹了眼泪,把女儿从背上解下来,先喂女儿,然后自己狼吞虎咽地吃下了另外两碗。

吃了面,春草的心定了,情绪也稳定了,开始断断续续地给孙经理讲她这些年的情形和眼下的遭遇。孙经理听了叹息不止,说:"这个何水远,脑子太简单了,哪会有那么好赚的钱?他要是来问问我,我肯定会阻止他的。只是他不信任我。现在这种骗人的勾当很多,有些人为了钱,什么昧良心的事都做得出来。我有个朋友比他赔的钱还多,差点儿被逼上绝路。"春草说:"何水远就是被逼上绝路了啊,他现在连家都不敢回。"孙经理又责备春草说:"你也是,既然到了这儿,为什么不来找我?不管怎么说,我也算是你一个朋友吧?你不信任我?"春草羞愧地低着头。她当然想过找他,她是没有勇气找他。当初她和何水远那么坚决地离开了红光商场,后来发展好了也没回去看过他,如今沦落到这个地步,怎么好意思呢?春草说:"我没脸面见你。"孙经理说:"看你说的,这又不是你的错,再说谁还没个上当受骗的时候?"春草听了心里暖和过来,说:"刚才我看到你的时候我心里就想,老天爷总算没瞎眼,让我在最倒霉的时候见到你了,我一定会把这个难关挺过去的。"孙经理笑笑说:"看来你还是很坚强的。"

春草犹豫了一下说:"孙经理,我还能去你们商场做活路吗?我不要工资,只要你管我们娘俩的饭就行了。我是来找阿远的,找到他我就回去，家里老的老，小的小，我也待不住。"孙经理面露难色，说："我现在的情况也不好，商场简直没有生意，差不多要被周围那些私家小商店挤垮了。这两个月工资都发不出。上面要我们承包，我又没这个勇气。我手下就是缺少你这样的员工，但现在我实在是无法留你了。"

春草心里凉了。

孙经理又说："我看你也别在这儿找了，我估计他已经离开此地了。"春草说："他会上哪儿去呢？"孙经理说："会不会是回你们老家去了？"春草说："不会的，家里连房子都没了，他哪有脸面回去。"

在他们谈话中间，元元一直咳个不停。孙经理说："我觉得你还是回去的好。你这丫头肯定是不适应我们这里寒冷干燥的气候，如果老这么咳，时间长了会得支气管炎的。那可就是一辈子的麻烦了。还有，你没了身份证，也是很麻烦的，我帮你补办一个临时身份证，你赶紧回家去吧。"春草说："那太谢谢了，可是我……我……"

孙经理明白了，从身上拿出一百元钱，说："我只有这么多，你先拿去当路费。再难，和家里人在一起总会好一些。"

春草看着钱，实在是伸不出手，她知道刚才孙经理领她的时候已经交掉五十块钱了，还要帮她去办临时身份证。她拿什么回报他？可是不接这个钱，她又怎么办？真的乞讨为生吗？春草说："我不用那么多，孙经理，你借我50就行了。"孙经理说："别说借了，算我帮你。现在那么乱，你还是买张卧铺，免得孩子受罪。"春草终于接过了钱，说："孙经理，我给你打个借条，等以后我过好了一定还你。"孙经理说："我说了不是借你的,是给你的,或者给孩子的。咱们碰到了,也算有缘分。"春草点点头。但她还是在心里对孙经理表了态:你要相信我,早晚有一天我会重新过上好日子的,那个辰光我一定会来看你,报答你的。

春草在孙经理的帮助下,总算带着女儿回到了海州。

尽管离家很近了,离春节也很近了,春草却不愿回去。何水远没找到,还债的钱也没挣到,回去除了听公公婆婆叹息,听母亲斥责,听村里的人背后议论,还能怎样?即使过年,也是过不安生的,不如在城里再想想办法。

春草带着元元住进了一家很便宜的小旅店,算是有了一个安身之地。小旅店一间屋子八个床位,还有公共厕所、公共水房,虽然又吵又脏,但至少有被子盖。那被子又脏又腻,都有味儿了,但还算厚实,不至于让元元冷着。因为房租便宜,住在这里的大都是些从农村出来做工的。看着他们与城里人完全不同的衣着和说话的语调,春草觉得心里踏实,好像这里是城里的乡下,让她有种安全感。春草住下的第二天,就把被子洗了。睡在她旁边的女人很不解,说:"又不是自家的被子,你洗它做啥啦?"春草说:"不是自家的,可是自己天天要盖啊,反正就是花点儿力气嘛。"女人说:"我看你这个人不一般。"春草叹息说:"是啊,命苦得不一般。"

身上就那么点儿钱,要住下去肯定得想法挣,春草买了口锅,买了点儿原料,打算卤茶叶蛋卖。一斤茶叶蛋可以赚个两块钱。她不敢走远,就在小旅店门口坐着卖。可住这个店的人大都舍不得吃茶叶蛋,尽管才五毛钱一个,有时到天黑也卖不了一斤。临近春节,好多打工的都回老家去了,生意更加惨淡。

到年三十,春草身上只有五块钱了。她下狠心卤了两斤茶叶蛋,然后提上篮子跑到市区热闹的地方去卖。没想到即使是往日最热闹的地方,年三十晚上也变得无比冷清了。春草蹲在寒风里,心比天还要冷。正是家家户户吃年夜饭的时候,看春节晚会的时候,团年守岁的时候。想起两年前的春节,他们也曾吃了一顿热闹开心的年夜饭,也曾全家一起看春节联欢晚会。怎么好日子说不在就不在了呢?

大街上冷清得好像世界末日。偶尔有人走过也是行色匆匆。春草提着一篮鸡蛋不知如何是好,再卖不掉,蛋就凉透了,更没法卖了。路过街口时,她看见一个卖甘蔗的男人,袖着手蹲在地上,不时用手背抹着清鼻涕。她走过去打招呼说:"兄弟怎么没回去过年啊?"男人还以为来了买主,连忙说:"大姐给小伢儿买根甘蔗吧?"春草说:"我还指望你买我的茶叶蛋呢。"

两人都笑了,很无奈的样子。男人说:"他原以为过年生意好做,所以没走。没想到还是不好做。"春草安慰他说:"也许初一初二有人串门走亲戚了就好卖了。"

春草继续往前走,心里有点儿泄气,寒风刺骨的,她想还是回旅店去吧。走了两步,听见哗啦哗啦的响动,看见一个男人拖了一个平板,平板下面安了四个轮子。走近一看,平板上睡着两个孩子,两个孩子的腿都是畸形的,十分可怜。春草心里一惊,暗想,原来这世上还有比自己更倒霉的人啊！她从篮子里拿出两个茶叶蛋，递给平板上的两个孩子。拖平板的男人木然地看着，也没说句感谢话，又继续拖着平板往前走，也不知要走到哪里去。

春草站在那儿，望着他们渐渐远去的身影，暗暗发誓：无论如何，我也不会让我个伢儿落到这个地步！一定要让他们过上好日子！

这么一想，春草又往大街上走。远远看见一个警察倚在一辆摩托车旁吸烟。春草本能地想躲开，忽然又改了念头，壮起胆子走过去，尽量用热情的口吻说："警察同志你好辛苦啊，这辰光了还不回去吃年夜饭？"警察点点头，算是回应她。春草连忙把篮子伸过去说："来，吃个茶叶蛋吧。"警察瞥了一眼她篮子，未置可否。春草连忙掀开捂着的毛巾，茶叶蛋的香气飘出来，在寒风里格外诱人。警察嗅嗅鼻子说："怎么卖啊？"春草笑容满面地说："哦哟，尝一个好了，大过年的，不要说钱了。"警察接过她的蛋，剥了皮，三两口吃掉。大概味道不错，警察说："我买十个吧。"春草狠狠心说："六毛钱一个。"警察看她一眼，说："你胆子不小嘛，还敢卖我的高价？"春草连忙赔笑说："实在是没办法，为了伢儿。这伢儿一天没吃了。"警察说："没吃的你不晓得给她吃蛋？"春草连忙说："好好，五毛一个，少一毛就少一毛吧。"她捡了十个递给他，说："加上刚才那个，五块五。"警察一瞪眼，春草又吓着了，说："好好，五块，刚才那个算我请你。"警察说："什么叫'算'？是你自己说的请我，嘴巴甜。"警察付了钱，挥挥手说："赶快回家吧，这么晚了带着个伢儿在外面不安全。"

春草一边说谢谢,一边赶紧走人。刚走几步,警察又在身后叫她了:"哎,哎,你站住!"

春草心里一慌,怎么啦?他反悔了?春草假装没听见,加快步子往前走。

警察又喊,你跑什么呀?我有个事问你!

春草这才站下。警察走过来说:"你跑什么跑?我又不抢你的东西。"春草不好意思地笑笑,说:"我没听见。"警察说:"有个活儿你愿意不愿意做?"春草眼睛一亮,赶紧说:"愿意的,愿意的。"警察说:"是这样的,我妈妈在住院,看护她的那个人回家过年去了,你愿不愿意去看护她几天?初一到初五。"春草赶紧说:"我愿意我愿意。"警察说:"我还没说多少钱呢,你就说愿意。"春草说:"多少钱我都愿意,再讲你又不会欺负我,你是警察哎。"警察说:"一天五块钱,怎么样?"春草心里大喜,说:"好的呀好的呀。"

一天五块,五天就二十五块了,对春草来说可是笔大收入。警察看看她背上的孩子说:"不过,医院里可不能带伢儿。"春草说:"伢儿我有人带的,我不会让她上医院的。"

警察说:"那就好。明天早上八点,我在人民医院门口等你。人民医院找得到吧?"

春草说:"找得到找得到。"

初一早上六点不到,春草就起来了。这个时候好多贪玩儿的城里人还没困觉呢。她跟睡在她旁边的那个女人说:"我个囡醒来找我的话,麻烦你帮我告诉她我做工去了,叫她不要乱跑,等在房间里。"那个女人说:"你嘎放心啊?"春草说:"不放心怎么办?不去做两张嘴吃啥西啊。"女人喷喷了两声。春草回头看看熟睡中的元元,小人儿从跟她出来后真受罪不少,又饿又病,好可怜,想想真是肉痛。她忍住,把她身上的被子塞塞好,一狠心,走了出去。

春草哪里找得到什么人民医院,只得靠问了。可初一早上大街几乎没人,死一般寂静,只有零零星星的鞭炮声让人知道是在过年。幸好她提早出门,总算在八点之前问到了地方,找到了人民医院。警察果真在大门口,仍靠着摩托车抽烟,好像他昨晚就一直这样没动,只是地面移动了。

警察看见她,烟头一掷,用鞋底踩灭,说:"走吧。"春草就跟着他往医院里走。

春草还没进过大医院呢,有些忐忑不安。小时候听大姑妈说,大年初一不好看医生的,看了一年都要生毛病,自己倒好,索性跑到医院里面来了,满眼都是白大褂,看得饱饱的。生毛病就让他生去好了,穷人哪能讲究那些啊?春草想,穷人只能讲究填饱肚子。

警察把她带到外科住院部。警察妈妈刚做了阑尾手术不久,还完全不能行动,还挂着盐水瓶,吃喝拉撒全得人伺候。警察的姐姐守在那里,一见警察来了,一副受罪难熬的样子,唠叨说头天夜里她如何辛苦一点儿也没睡着。警察说:"我请了个人,你回去吧。"警察姐姐看了春草一眼,说:"她行吗?干过这个活儿吗?"警察说:"大过年的,我能找到她就不错了。"春草连忙说:"我会的,我啥样事体都会做。"警察姐姐跟她交代了一番,姐弟两个就一起走了。

春草才护理了半天,就知道为什么一天可以挣五块钱了,这钱实在是不好挣啊。大妈虽说做了手术,可只切除了阑尾,不影响精神头儿,或者说,脾气一点儿不蔫。也许是因为过年回不了家,也许是因为嫌媳妇不来照顾她,她看谁都不顺眼,对春草更是左右不满。一会儿要吃,一会儿要喝,一会儿要尿,一会儿要拉,一会儿要坐起来,一会儿又要躺下去,一会儿嫌水烫,一会儿嫌水冷,斥责声不断,连旁边床上的那位大姐都看不过去了,同情地看着春草叹气。春草却始终保持着笑脸,任她怎么挑剔都顺着她说的去做。但春草心里,像长了草一样毛毛糙糙的,很烦躁。

她烦躁不是因为伺候人。在家姆妈摔坏腿时她也曾端屎端尿的,可那不一样。一来是自己的妈,二来心里没那么多焦心事。现在可好,近的惦记独自在旅店的元元,远的惦记丢给母亲的万万,更远的还惦记着不知下落的何水远。春草心里那个烦那个恼那个苦那个焦虑啊,让手里这点事情做起来像受刑一样难过。

好不容易熬到中午,大妈吃了点儿面条后睡着了。春草实在是放心不下元元,想偷跑回旅店去看看。不料刚下楼,就遇见了警察。警察说:"你干吗去?"春草只好说:"我下来透透气。"遂又跟着他回到了病房,心里的草塞满了。警察见自己娘在睡觉,撂下保温桶又走了,说晚上下班了再来。

下午大妈醒来，陆陆续续有人来看望了，大妈的情绪就好一些。来的人没一个空手的，都提着大袋小袋，把东西一搁下，没两句话就走了。客人一走，大妈就让春草把袋子一样一样打开给她看，大多是奶粉罐头麦乳精什么的。春草很眼红，心想，怎么城里人都那么有钱啊？这些东西得多少钱才能买到啊？可大妈却撇撇嘴说："没啥花头。"

好不容易熬到晚上，警察的姐姐来换她了，春草才得以离开医院，她几乎是跑回去的，在大街上狂奔。大年初一的夜里如此狂奔的女人，全海州市也找不出第二个了。

春草还没跑到旅店，就已经听见元元的哭声了，那嘶哑的有气无力的哭声一下把春草的心撕扯得稀巴烂。她的腿都打战了，一眼看见元元坐在旅店门外的台阶上，冲上去就喊："你个要死的伢儿，怎么能跑到外面来啊，会冻死的啊。"

旅店看门的女人从窗户里探出头说："哎哟你总算回来了，你再不回来你个伢儿要哭瞎掉了。你不心疼我都看不下去。从早上起来就一直这么坐在这里哭，哭到这个辰光。"

春草的眼泪哗啦啦地流出来，汇入女儿的泪水中，母女两个被泪水胶成一团，寒风一吹，冰坨子一样凝在门口。旅店的女人说："后来我看她跑到后院的潲水缸里捞东西吃，我想她是饿坏了，给了她一个馒头。吃了馒头停了一歇歇儿辰光又哭起来了。造孽啊，才几岁个伢儿啊，你就敢这么扔下不管？"春草忍住眼泪解释说："我是想中午回来给她弄点吃的，哪想出门就遇见主人家了……谢谢你了，谢谢你了大姐。"

那女人又说:"再怎么你也不能让她饿一天啊,会饿出毛病来的,就是小狗小猫也不好嘎饿的!"

春草说不出话来,眼泪在心里翻滚,我不是个好娘啊,春草想,我比自己娘还不如啊,姆妈凶归凶,从来没饿过我啊。我为什么要生个伢儿出来饿她?

回到房间,春草赶紧烧水给女儿烫脚,这是她唯一能做的预防感冒的措施了。看着女儿烂桃子一样的眼睛,春草发誓说:"姆妈对不起你,姆妈以后一定要让你过上好日子!姆妈说话算话,要是做不到天打雷轰!"

元元不能听懂母亲这番话,倒是把刚进门的一个女人吓住了,就是那个睡在她们旁边的女人。女人刚从外面回来,说:"伢儿没事吧?我走的时候她还在睡。"

春草说:"还好。"她平静下来,在煤炉上煮了一点儿挂面,母女两个总算把晚饭对付了。元元哭累了,吃过后很快就躺在母亲怀里睡着了。春草坐在那里发呆。

旁边那个女人小心翼翼地问:"你带个伢儿,怎么不回家过年?"春草答不出,她不愿说自己老公躲债找不见了,她是来找老公的。就反过来问女人:"你怎么也不回家过年?"女人说:"我不想回去,回去也没有舒心日子过。"

女人是个外向人,呱呱地和春草聊了起来。原来她是因为和婆婆吵架,老公又站在婆婆那边打了她,才一气之下跑出来的。女人开始自我介绍,说自己姓张,比春草大两岁,春草就叫她张阿姐。

春草很佩服张阿姐,居然把两个孩子都甩在家里跑出来,不像她,甩了一个都想得不行,后悔得不行。春草问她想不想孩子,张阿姐说:"想有什么用,娘受气伢儿也没面子。等我挣了钱再回去接他们出来。你看看城里个伢儿多享福啊。"春草说:"那是人家生得好,一生就生在城里了。"张阿姐说:"命是可以改的呀。你看我跑出来了,命就和过去不一样了。"

春草一听,越加佩服张阿姐了。

张阿姐说:"我看你来了几天了,好像也没找到事做?"

春草点点头,说好不容易找到个事情,可把伢儿苦坏了。她就跟张阿姐说了今天的事,说得张阿姐也眼泪吧嗒。张阿姐说:"要不我帮你照看两天吧。"

春草感激涕零,连连说:"我会付你钞票的。"

张阿姐生气地说:"我还能赚你的钱吗?我是看伢儿可怜。等你把医院的事情做完,就和我一起去卖炒货吧。"

原来张阿姐每天担个竹箩早出晚归,是沿街叫卖花生瓜子去了,她说一天可以挣上几块钱。春草动心了。张阿姐说:"我看你胆子蛮大,还会讲普通话,一定见过世面,跟我一起做吧。"春草发自内心地说:"张阿姐,等我以后有钱了一定报答你。"张阿姐说:"嗨,报答什么啊,出门在外啥人不需要帮助呢。我们都是女人家,也蛮说得来,帮帮你我高兴的。"

这样春草就好过些了，张阿姐每天出去卖炒货时把元元带上，晚上回来再交给春草。但毕竟天天在外面冻着，元元的咳嗽始终不见好，不但咳，还呼哧呼哧喘。小脸儿总是红得发紫。春草不知道，元元已经落下了慢性支气管炎的毛病。

元元有了着落，春草在医院里就比原来尽心，除了端屎端尿喂水喂饭，还给大妈捶背揉肩梳头，剪手指甲脚指甲。大妈渐渐不那么找碴儿了，有时还和她聊聊天，得知她有个女儿，出院时还给了她两瓶麦乳精。春草喜出望外，拿回去就分了一瓶给张阿姐。两个女人都好一阵开心。

这个年总算过去了，这个年春草永远不会忘记的。离开医院时，她悄悄拿走了护士落在床头的一个体温计，算是留作纪念。在她的那个宝贝盒子里，除了李老师手写的第一名的奖状，恋爱时何水远写的那封她读不懂的信，失恋时掉的一缕头发，那场大火的一把灰烬，第一次坐火车的车票，生万万元元时的出生证明，出逃时带走的全家福照片，现在又多了这个温度计。每一样对春草来说，都是没齿难忘的。

春草拿到警察付给她的工钱，就决定跟张阿姐一起卖炒货。

张阿姐带着她一起去了市场，买了一对竹箩筐和扁担，又批发了十斤炒花生。张阿姐是一次进二十斤，她叫春草慢慢来，先适应适应。张阿姐说："花生每斤八角钱的进价，一元三角卖价，卖一斤赚五角。如果你一天能卖十斤，就赚五块钱。"春草把花生放一个筐，元元放另一个筐，担上走。一头重一头轻，她在路边找了块砖头放进筐里，这才差不多合适。她担上担子走在街上，有些不自在。虽然她也在城里做过买卖，但没有这么沿街叫卖过。她看张阿姐很熟练,一边喊"炒花生"一边走,还面带笑容,心里佩服得不行,她张了几次嘴也叫不出来。

张阿姐说她们得分头叫卖,不能都在一个地方。春草只好离开张阿姐,自己选了条街去卖。走了好一会儿她也叫不出口,挑着担子像赶路似的,停下来又像歇脚似的。眼见快中午了,还一斤没卖。

元元在箩筐里不断地咳嗽,后来忍不住问:"姆妈,为什么太阳不吃饭也暖暖和和的?我不吃饭就嘎冷啊?"春草一听知道她是饿了,连忙塞了把花生给她。元元吃着花生,还是不断地吸着清鼻涕,不停地咳嗽,让春草不忍。她终于下决心喊叫起来:

"炒花生啊!香喷喷的炒花生啊!"

还真是有效,叫了三声后她有了第一个买主。虽然只卖了半斤,也挣了二角五分钱,春草对她的第一个买主充满了感激,包花生时,又添了一把给他。这个举动招来了第二个顾客,又卖了半斤。到中午时,她竟然卖出了三斤,挣了一元五角钱。

春草给女儿买了一碗面,自己买了一个馒头。她一下子有了干劲儿。到傍晚天快黑时,她的十斤花生居然卖光了,挣到了五元六角钱。之所以比张阿姐预算的多,是因为春草实行了浮动价格,她看见那些谈恋爱的或者衣服穿得特别光鲜的人来买,就暗地提价,卖成一元五一斤,而且一旦喊起来丢掉了那层面子后,她嘴甜的优势又发挥出来了。

晚上春草回到小旅店,高兴得不亚于当年在红光商场当了先进。张阿姐听说她一天之内把十斤都卖完了感到十分惊讶,说:"没想到你嘎能干。"春草说:"可能人家看我带个伢儿,同情我吧。"张阿姐说:"还有,你会讲普通话,我不会。你在哪里学的?"春草不愿提往事,搪塞说:"我们家里有北方亲戚,常来走动,我就学了两句。"

春草没敢说她还多卖了六角钱呢。她怕张阿姐说她。天气逐渐转暖,元元的咳嗽慢慢好起来。

春草随着经验的丰富和胆子的增大,从每天卖十斤左右发展到十五斤,好的时候能卖二十斤。也就是说,一天能挣十块钱了,她们母女两人的生活算是有了基本保障,借张阿姐的钱也还掉了。但春草心里还是急,何水远仍没有任何消息。这天生意不太好,到晚上还有不少花生没卖掉。也怪春草贪心,一下批发了三十斤。以前是在花生的筐里压砖头,现在是在女儿的筐里压砖头了。

天黑了,春草还继续在街上叫卖,忽然身后有个男人迟疑地叫了一声:"阿草?"

春草以为自己听错了,在这个地方谁会认识她呢?但她还是回头看了一眼,一个骑着三轮的男人,男人见她回头,又说:"真当是你吗阿草?"

竟然是何水远!

她就那么突然地找到何水远了,就像当初在长途车上邂逅一样毫无征兆。人是不能放弃希望的啊,永远不能。你坚决不松手,希望就会心软的,就会回头眷顾你。春草傻在那里,心里却滚开了锅。

何水远跳下三轮跑过来说:"我听着像你的声音,我还不敢相信你会在这儿出现,你怎么上这儿来了?"春草终于回过神来,喊着:"你还问我？我还没问你呢！我找你找得苦死！"

眼泪哗啦啦就出来了。

元元见妈妈哭，也哭。母女两个在大街上哭成一处风景。何水远见路人纷纷侧目，连忙把她们带进路边一家小食店，坐定。

春草平息下来说："你这是做啥啊？你不知道我担心死了？"何水远垂下头说："我无脸见你们……我本想等挣了钱再回家的……"

春草说："挣到了吗？"

何水远摇头。何水远的头发又长又乱，胡子拉碴的，人也瘦了，那张脸就像是被谁拽过，拖那么长，面色菜黄，腮帮子也塌陷了。关键是他的眼睛，灰暗无光，再也不是那个神采飞扬，开口就是四个字的书生了。他身上还穿着春草当初织的那件枣红色毛衣，但黑乎乎的早已没了光泽，袖口的线脱落了，他时不时地把线头往袖口里塞，一副流浪汉的样子。

春草看着心疼，比心疼女儿还心疼。

何水远告诉春草，他后来在一家小旅店找到了那个骗他钱的男人，他去要钱。男人拔出一把刀子插在桌上，说："要钱没有，要命有一条，你把我杀了吧。"吓得他直哆嗦，赶紧走人。他怕他不但要不到钱，连命也搭上。他不敢回家，也不敢待在陕西，就跑到海州来打工了。可无亲无故的，找不到活路。建筑工地上的活儿他干不下来。再说他有了前面做生意的经历，也不愿意挣卖体力的钱了。后来好不容易在一家饭馆找到一个买菜的事，管吃管住，一个月八十块，勉强可以维生。

春草也讲了自己这一个月来的经历，讲了房子抵押的事，讲到陕西被人偷钱的事,讲了没有身份证险些被人遣送回老家的事,也讲了走投无路遇见孙经理的事,还讲了眼下每天走街串巷卖炒花生的事,遇见张阿姐的事。

春草说:"这半年我的心整个烂掉了,烂泥塘一样,烂泥塘里还有两棵绿苗苗呢,我什么也没有。快被淹死掉了。"

何水远看着春草消瘦憔悴的样子,无比内疚,说:"我对不起你,阿草,我实在是对不起你,对不起爷娘,对不起两个伢儿。"

春草说:"不说这些了,你也受了不少罪。我那时就怕你有个三长两短的,你好好的我就放心了。"何水远说:"以后我们怎么办?"春草说:"怎么办?活下去。只要人在,人在什么都好说。我们从头再来过。我们还可以挣钱,还可以修房子。现在我们还有了伢儿,伢儿会一天天长大的,我们不能就这么认输。"

何水远点点头,但眼里仍看不到光亮,灰灰的。春草说:"家里情况怎么样?你有没有消息?"何水远眼圈又红了,说:"姆妈死了。"

春草啊了一声,张开嘴半天说不出话来,尽管她和婆婆没有多少感情,可毕竟是婆婆啊,是丈夫的妈啊。春草走的时候婆婆还好好的,虽然病了,可她总是病着的,怎么说死就死了呢?

何水远说:"我知道消息个辰光已经死了一个月了,他们找不到我,就是找到了我也不敢回去。我对不起我姆妈,我真是对不起我姆妈。听到姆妈死讯,我都不想活了。"

春草说:"你要是不活那就更是罪过了,不光对不起你姆妈,还对不起你爹，对不起你妹妹，对不起我和两个伢儿。"何水远低头不响，头都要低到桌面上了。

春草说："阿远，打起精神来。我们不能这么认输。给我说个成语吧，我好久没听你说四个字了。快，说一个带劲儿的。"何水远抬起头，思忖片刻，说："东山再起。"

1991年
小满：
娄大哥

东山再起不是件容易的事。

虽然找到了何水远,春草仍与从前一样住在原先的小旅店,何水远打工的那家小饭馆根本不可能让他们去住,他自己都是睡在四面透风的顶棚上。春草仍是每天挑着女儿和炒货沿街叫卖。尽管如此,春草的心情还是和过去不一样了,踏实多了。一家人能重新团聚,让她每天做买卖也有了劲头。她和何水远商量着,尽可能节约,存点钱,有本钱后再找机会做生意,哪怕做点小本生意。他们已经尝到了做生意的甜头。

机会还真的来了。或者说,春草遇见贵人了。

这天下午春草遇见一个中年男人,他买两斤花生,却拿了张五十元的钞票。春草说找不开,那个男人就说过一会儿再来,走掉了。

春草把钱错开后,不敢挪地方,一直在原地等那个男人。可一直等到黄昏,那个男人也没来。一个戴红袖套的老头倒来了,说春草站错了地方,那不是自由市场,不能卖花生的,要罚她十元的款。

春草一听急了,连说她没有钱,今天总共才收入了不到五元。老头不信。春草就翻口袋给他看,不小心就露出了那叠钱。春草忙解释说那钱不是她的,是要补给别人的,还说如果不是为了补那个人钱,她早走了,总站在一个地方生意又不好做的。

老头哪里会信?

正吵得不可开交时,男人终于出现了。他好像是忘了找零钱的事,他是下班路过听见吵闹声才看过来的,一看他明白是怎么回事了,连忙过来替春草解围。他用春草找他的钱交了十块罚款,又把剩下的钱递给春草,说是作为对她的补偿。春草坚决不要,她说她不能接受,太多了,她要卖好多天花生才能有那么多钱呢。

男人感慨地说:"现在像你这么老实守信用的人真不多。"春草忍不住说:"我也不老实,我已经卖高价给你了,本来一块三的,我卖你一块五呢。"男人笑,说:"没什么。你看你还带个孩子,真不容易。这样吧,我请你吃个便饭,算是对你这一下午的补偿。"春草觉得这个男人很诚恳,就答应了。她也早就饿了。

男人把春草带到快餐店,给她要了一大碗扬州炒饭。吃饭的时候一说起,才知他们是一个县里出来的,是同乡。春草一下觉得和这个男人亲近了许多。老乡见老乡,虽然没有泪汪汪,至少也是暖洋洋。

男人也很高兴,连连叫她阿妹。春草真像遇见阿哥一样,一股脑地给男人讲了自己的遭遇,讲了家里如何被债主逼得抵押掉房子,自己如何带着孩子出来找老公,如何走投无路……比那天给何水远讲的还要多,还要动感情。她唯一没有告诉男人的,就是老公目前已经找到了,也在海州。她说不清是为什么,直觉告诉她还是先不说为好。

男人听了她的遭遇后很是同情,想了想说:"我给你出个主意吧,你这样沿街叫卖,又辛苦,又容易被抓,还赚不了多少钱,不如租个铺面开一家炒货店。"

春草一听眼睛都亮了,说:"我也想过的,可是上哪里去租铺面呢?还有,我没有本钱啊。"男人说:"菜市场里有那种临时搭起来的铺面,比较便宜。我可以帮你找,不过真搞起来会很辛苦的,你吃得消吗?还带个孩子。"

　　春草笑说:"我这个人没别的本事,就是会吃苦,我老公说我是劳碌命。"说到老公,春草心紧了一下,但又接着说:"我原来也做过生意的,只要能挣钱,苦不要紧的。"

　　男人说:"那好。我看你也是有点生意头脑的,还知道根据市场情况提价。这样吧,我借你两千块钱作为本钱。你去租房子办执照,买锅和炉子,进货。"

　　春草吃惊地说:"这怎么可以啊?我怎么能借你那么多钱呢?我们,我们又不认识……"

　　男人说:"现在不是认识了吗?我姓娄,长你好几岁,你叫我娄大哥好了。再说我是借你,又不是送你。你挣了还我就行了。"

　　春草说:"你当真相信我吗?"

　　娄大哥点点头。

　　春草狠狠心,揭了自己心里的疤说:"有件事我要跟你讲实话的,我不认字,是个文盲。"

　　娄大哥说:"是吗?小学都没读过吗?"

　　春草说:"没有。只念过几天书。"

　　娄大哥说:"看不出来,你像是有点儿文化的样子。不要紧。只要会做生意就行。好多大老板也是苦出身呢。"

　　春草简直没想到她会遇上这样的好事,她想,是不是老天爷看自己实在是太苦了,开了眼?她万分感激地说:"娄大哥,我真不知该怎么谢你,你真是菩萨心肠。老实讲,我也不想现在这样挣这几个死钱,我还是想做生意的。有你帮忙,我一定好好干,我半年之内就把钱还给你。"

娄大哥说:"还是一年以后再说吧,半年你压力太大了。"

春草说:"不,娄大哥,你这样信任我,我一定要尽早还你钱。如果将来有一天我春草发达了,是一定要报答你的。"

娄大哥说:"别这么说,我也是农村出来的,看见自己同乡有困难帮帮也是应该的。听你讲家乡话我觉得很亲切,我们认识了,我也算在这儿有个亲戚了。"

娄大哥这样一说,春草更觉得自己幸运了。她想起小时候大姑妈给她讲故事时常说,某某遇见了贵人,现在她春草竟然也遇见了贵人。就从这点看她春草还不是最苦命的人,能有贵人相助。

春草的心里亮堂起来。

何水远知道后也很高兴,想马上把工作辞了和她一起做。春草不同意。春草说:"你在那边管吃管住还有八十块好挣,你这是有保证的,我那里还难讲呢。万一赔了呢?还是一步步来比较好。"

何水远说:"可是两个人一起干的话,生意发展了一个月哪会没几百块钱?再说你带个伢儿,确实也很难啊。"春草这才说:"我没有告诉娄大哥我找到你了。"何水远说:"为什么?你为什么不告诉娄大哥我也在这儿?"春草说:"我是想,我们孤儿寡母的,他才会愿意帮助,要知道我有老公,他可能就不管了。"何水远有些生气,可又说不出什么。

他不能不承认春草想得有道理。春草连忙说:"等我把一切都搞好了,安稳了,过一个月你再过来一起做,好不好?"

何水远也只得依着春草。

在娄大哥帮忙租的一个简陋偏棚里,春草安身立命,开始了她的第二次创业。春草离开小旅店时,也没告诉张阿姐她要开炒货店,她只说是老公也来打工了,要到老公那里去。她如数还掉了张阿姐借给她的钱,还买了件衣服送她作为答谢。张阿姐有些依依不舍的样子,说:"你这一走,我心里怎么空空的。你以后过好了,可别忘了我呀。"春草说:"你放心,我以后要是发达了,一定帮你。"

偏棚在桂花东街的菜市场里,是个蛮热闹的地方。也实在是简陋得不能再简陋了,四周是竹子篾片糊泥,房顶是玻璃瓦。只能遮遮太阳,挡挡小风小雨,根本不是住人的地方。但很多小商贩都住在里面,用塑料布隔一下,前面卖货,后面住人。

春草的左邻是个卖水产的,右舍是个卖干杂的。春草一去就主动和他们打招呼,先跟卖干杂的男人说:"你好!"又跟卖水产的大嫂说:"你好!"还伸手要和人家握手。

卖水产的大嫂不愿握,说她的手上全是水。春草说:"哦哟勿碍事,都是做生活的人。"一把就握住了人家水淋淋的手,还热情洋溢地说:"我刚刚来,以后多多关照啊。"搞得那位大嫂有些不自在。娄大哥在一旁看了十分惊讶,说:"春草,你这做派简直像城里人嘛。"春草很高兴,差点儿就说她是跟她家阿远学的,话到嘴边又吞了回去,说:"我原先在陕西做过生意的。"

娄大哥放心了,显然春草比他想的还要能干。

"春草炒货"就在美丽的四月开张了。

何水远如从前那样亲笔写了店牌,还是四个字:春草炒货。他说一来他要记住是春草原谅了他,二来他一直觉得春草比他有财运。春草没有反对。

春草脚下的地又踩踏实了。

1991年
芒种：
桂花东街

菜市场在桂花东街，以街为市的那种。沿着街面修了一排十分简陋的棚子，供小贩们摆摊。

在偏棚安身后春草就庆幸没让何水远跟过来，那偏棚住她们母女两个都艰难，不要说三个人了。一间只有六七个平方米的小屋子，炉子和货物占了一半，剩下的一半只够放一张小床，她和元元只能挤着睡。房顶上的玻璃纤维瓦一点儿不隔热，才五月里，小屋就热得不行了。

炒货店的活路比春草想的要辛苦。每天生炉子，炒花生，炒瓜子，然后是卖花生卖瓜子。因为锅小，每天炒的当天就卖掉了。她不得不天天生炉子天天动锅铲。这还不是主要的，偏棚很狭小，总是烧着炉子，每天被烟熏着，元元的咳嗽总不见好。春草只得把炉子搬到街上去生火炒货。她害怕别人说她，就早上四点起床，趁着各个摊位没摆出来赶紧做。这样一天忙下来，春草觉得腰都要断了。

夜里何水远跑过来看她们母女，还带了些他店里的卤菜。看着春草辛苦的样子，何水远又提出要过来。春草说："我现在倒是希望你过来了，我真是累死了。可你看这儿怎么住嘛？"何水远看了看，的确是很难。但他还是发牢骚说："你老不要我，就不怕我找别的女人？"

春草看着他笑，不讲话。

何水远说："你笑什么，你是不是觉得我现在落难，没人要？"春草还是笑。何水远急了，说："我告诉你，我们饭馆是个女老板，女老板对我很好呢。当真的，每天给我留好吃的。今天我拿来这些都是她给我的。"春草说："那好啊，她对你好我们也沾光啊。"何水远说："她还说要给我加工钱。"春草说："那更好了。"何水远看春草一点吃醋的意思都没有,只好说："老实跟你讲,她总那样看着我,有时候还掐我一下。我想尽快离开那儿,主要是怕她惹我。"春草说："你看你个大男人,还怕她一个女人?掐就让她掐两下嘛。"何水远说："我怕我自己万一……被她惹出事了怎么办?"

春草看他一眼说："你先跟我说你喜不喜欢她?"何水远连忙辩解:"我怎么会喜欢她啊?她的腰比这花生麻袋还粗,而且一点没个女人相,讲话两手叉腰,衣服也不好好扣上,我都不敢多看她。"春草说:"那就行了,你不喜欢她就随她去了,真要有什么事了,还不是你占便宜她吃亏,你个木头。"

何水远很惊讶,春草竟然是这么看待这事,心想早知如此,还不如……这么一想,何水远心里就躁动起来,上前一把搂住春草,把手伸进她衣服里。春草说:"不要不要,这里没法做啊……"何水远还想进攻,春草打岔说:"哎,你在那饭馆里也别老买菜干粗活,你也学学炒菜的手艺,说不定以后我们可以开饭馆呢。"何水远说:"好好,开饭馆,我看没有你不想做的事。"一边说一边不肯停下手来。春草说:"不是我想多做事,是哪样能挣钱我就想做哪样。"何水远说:"是。是。阿草,我们已经很长时间没有了,我想死你了,你不想我啊?"春草被他撩得有些心慌了,喘息着说:"我不是不想,哪里有工夫想啊。那债压得我……"

小床叽叽嘎嘎作响,春草一边对付何水远一边不断地说:"你要把囡囡弄醒了,你要压着她了,小心一点啊。"何水远一看这样的确做不成,干脆把熟睡的女儿抱起来,放到一边装花生的麻袋上。春草看着心疼,说:"要死了你?你把小囡当花生啊?"何水远说:"一歇歇儿就好了,没事的,她不会醒的。"说罢迫不及待跑来,整个儿地将春草覆盖了,把一张小床填得满满的,春草一身疲惫,也就任他去了。

事后何水远觉得不够尽兴,说:"不行,这样不行。我们要赶紧挣钱,至少要像在陕西的时候,租间能放大床的屋子。"春草说:"我也这样想,囡囡大起来就更不好办了。"

第二天早上何水远刚走,隔壁卖干杂的女主人诡秘地笑道:"你个屋里昨天夜里面动静好大呢。"春草明白她听见了什么,有些不好意思地说:"哎呀,我老公过来了,我叫他把货重新理理,屋子小,不理理脚都踏不进了。"女人依然笑道:"对对,应该理理整齐。哎,昨天那个是你老公啊?上次来的那个男人家呢?我以为那个是你老公。"春草夸张地说:"啊哟要死了,上次那个是我阿哥哎!不好乱讲的。他在城里面工作。"女人说:"噢,怪不得你能租到这个铺面。你晓得吧?本来你隔壁卖鱼的那个想租的,没搞成。"

春草一下明白了,怪不得那个卖水产的女人对她的到来不快,一直拉着脸,原来自己已在无意中把她得罪了。于是春草炒好第一锅花生,就先给她送了一袋过去,热情洋溢笑容满面地说:"大嫂尝一尝吧,你看我来这里给你们添麻烦了。"那位大嫂也有本事,面对一张灿烂的笑脸竟然无动于衷,说:"不用那么客气。我不爱吃花生的,上火。"春草把花生往她的凳子上一放,说:"我这个是盐水泡过再烘干的哎,不上火。"

春草没工夫跟她生气，忙着呢。她把摊位摆出来，因为屋里小，她就往街上扩张，摊位的一半伸在街面上。市场管理员走过来看见了，皱着眉头刚要开口，春草就抓了一把花生迎上去，说："老师傅辛苦了，快来坐下歇歇，尝尝我的炒花生。"管理员剥了两粒在嘴里，说："不错，蛮香。"春草立即装了一袋给他，说："拿回去慢慢吃。"管理员推辞，春草说："你看看你，又不是什么值钱的东西，还客气什么。"管理员就收下了。管理员收下后还是说："你这个摊位是不是往里进去一点？"春草说："好的呀好的呀。"边说边象征性地往里推了推，推进去不到一寸。管理员也就不再说什么，走掉了。

　　隔壁卖水产的大嫂看见了，迅速把自己养鱼养虾的大盆子也往街中间挪了挪，然后大声武气地指挥两个小工剐黄鳝。正是梅雨季节，鱼儿虾儿都憋得慌，在盆子里躁动不安，一条大鱼挣扎了片刻，吧唧一下跃出盆子摔在街中心，水花溅在了春草的炒货上。春草连忙去把鱼捡起来，回转身，见水产大嫂正严阵以待，等着她发作呢。如果春草说，你看看你的鱼，把水都溅到我的炒货上了，那她就要说，谁让你把摊位摆到街上的？！哪知春草满面笑容地说："哦哟你看看，这鱼想逃掉呢。"她把鱼丢回到水产大嫂的盆子里，擦擦手，丝毫没有怪罪的意思。

　　水产大嫂终于不好意思了，说："对不起啊，把你的花生弄湿了吧？"春草说："勿碍事的，一点点水。"水产大嫂说："今天个天气真是闷热死了，人难过鱼也难过。"春草说："可不是。还好快了，马上要出梅了。"

傍晚打烊时，水产大嫂给了春草一个卖剩的鱼头。春草眉开眼笑地说："鱼头是个好东西哎，我最爱吃了。放点儿雪里蕻熬汤那是一等的嘞！"

说得水产大嫂终于露了笑脸。

春草似乎天生就明白和气生财的道理。

有了固定的炒货店，生意肯定比走街串巷好多了，一天总要进账几十块，刨去成本什么的，也有一二十块的固定收入。碰上星期天节假日还会多一些。春草办了个存折，每攒到一百元她就去存上，他们那小偏棚可不安全，丢了就倒大霉了。

何水远那边的情况也还不错，他提出要走，女老板一定要留他，就给他长了二十块的工钱。何水远自己吃住是不花钱的，就老老实实地把一百块都交给了春草。一个多月下来，春草的存折上已经有五百块了。但想着这钱是要还娄大哥的，还不是他们自己的，春草心里还没法轻松。

春草的脑袋总在转，围着省钱的念头转。她发现每天菜市结束后地上都有一些卖剩的菜，有时是一把晒蔫的青菜，有时是一两个糠掉的萝卜，菜贩子懒得带回去，就随手扔了。她悄悄捡回来，洗洗炒了吃。有时运气好还可以捡到辣椒茄子之类的细菜，把买菜的钱都省下了。鱼肉这些荤腥她是从来不买的，偶尔何水远拿一点来，就算是打牙祭。不拿的时候她就粗茶淡饭，只给女儿弄个荷包蛋补补营养。自从和水产大嫂搞好关系后，水产大嫂也时不时地把卖剩的鱼头送给春草，春草很识相，常回赠自己的炒货或者咸菜。日子一天天的，就这么过。

有天春草在菜市收市后捡菜时，听见有人在吵嘴。看过去，原来是市场管理员在训斥那个打扫卫生的女人，嫌她扫地扫得不干净，沾在地面的烂菜叶子没有扫掉，扫地的女人辩解说是扫把不好用。管理员走了以后扫地的女人发牢骚说："一个月一百块，还老嫌不干净，不是我谁愿意干啊？"春草听了心里一动。

第二天一早，管理员过来收卫生费的时候，春草热情洋溢地说："老师傅，你看你一天忙的，快歇歇脚。尝尝我新增加的品种，奶油瓜子。"管理员嗑了两粒，说："味道还不错。"春草把早装好的一袋递给他。管理员接过来说："你是不是又有什么事情找我啊？"春草笑道："你老人家好厉害。也没什么，我就是想，能不能把扫地的活儿交给我干？"管理员笑道："你看，我就猜到了。"春草说："嗨，我又不让你为难，这样好了，你给原来那个一个月一百块，我只要八十块，怎么样？"管理员嗑着瓜子说："你一个人带个囡囡卖炒货，还嫌不累啊？还要扫地？"春草说："不累不累，我住在这里方便，抽点空就扫扫掉了。"管理员往街中心吐着皮儿，说："你个女人真是心大得很呢。"显然他很喜欢吃瓜子，一颗接一颗忙不迭地往嘴里送，香味儿弥漫开来。春草就着香味儿笑道："我哪里心大啊，我个心嘛，也就跟颗瓜子那么大。"

管理员终于答应了，又说："一个月只要八十可是你自己说的啊，不是我说的啊。"春草说："当然是我说的。"春草一边说，一边又装了些瓜子给管理员，管理员连连摆手："不要了不要了，你也是小本生意。"春草还是强塞给了他，说："你一天到晚走来走去也是蛮辛苦的。"

管理员说:"那个什么,从下个月起,我把你的卫生费免掉吧。"春草笑逐颜开,说:"那太好了。谢谢你啊!以后要吃花生瓜子你随时来拿啊。"

春草送管理员出去的时候,隔壁卖干杂的男人丢过来一个不满的眼色,她假装没看见,她心里快活着呢,大声跟管理员说:"你慢走啊!"

从此春草又多了个活路儿,把她每天仅有的一点空闲也给填上了。只要能增加收入,春草怎么都愿意。为了让管理员不后悔,她每天吃过午饭就开始扫,原先那个女人扫一个小时完工,她扫一个半小时才完,管理员果然很满意。虽然累上加累,可她干劲儿十足,每个月可以铁定地增加百把块钱啊,而且那些剩菜也可以大大方方去捡了。捡来的吃不完,她就试着腌起来。小时候母亲腌咸菜她总做帮手,所以一回忆那些步骤就清晰地出现在脑海里,还真的蛮好吃。她索性收购了一些卖剩下的便宜青菜,腌了一大坛,除了自己吃,送她的左邻右舍,还摆在炒货旁边卖,多多少少可以增加一些收入。当然,她也没忘给管理员送一碗,让管理员觉得这个女人很懂事。

何水远隔三岔五地来看她和孩子,每次来,都能发现春草的新业绩,他真还有些佩服自己的媳妇。他自己在那边收入虽然稳定,可没什么新花头。春草也不是不希望何水远过来,她是想等娄大哥哪天来了,先告诉他一声,然后再让何水远来。她老觉得娄大哥是她的老板。可不知怎么,娄大哥一直没来。大概是不想让她有压力吧?

这天下午春草正在菜市上扫地,忽然觉得肚子难受,连忙扔了手上的扫把慌慌张张往厕所跑。整个菜市就一个厕所还老远。等春草跑拢就不行了,拉肚子,没到位就拉开了,很凶。要死了,怎么回事?春草想。一定是中午的面条吃坏了。面条是头天剩的,她没舍得倒,搁在冷水里泡着,今天中午吃的时候就感觉有些味道,没想到真把肚子吃坏了。

这一拉,就接连不断了,从下午到天黑,春草连续跑了五六趟。她瘫在床上,浑身绵软得像被抽了骨头。元元懂事地问:"姆妈你生病了吗?"她努力笑笑,说:"没事的,姆妈就是肚子有点儿疼,明天就好了。你饿了吧?"元元说:"我不饿。我就是有点想吃饭。"春草心疼地摸摸女儿,支撑着爬起来,烧了点泡饭给女儿吃。她自己也勉强吃了一点,不吃不行,肚子都空了,明天怎么做生活?

不想刚吃完还没来得及收拾,春草的胃就一阵翻腾。她连忙冲到门外,哇哇地吐了起来,吐得一地酸臭。她扶着门大喘气,喘了一会儿又开始吐,还是哇哇哇的。春草简直想不通,她的胃里怎么能装下那么多东西?她只吃了半碗泡饭啊。怎么又拉又吐,没完没了?

折腾到夜里,总算停了,大概肠里胃里再没东西可往外拿了。春草倒在床上,想,自己不会就这么死掉吧?死掉可是要命,元元怎么办?她真希望何水远此时能突然出现,救她一把。那她可真要磕头了。

迷迷糊糊的,春草睡着了,梦见在自己的家里,她跟父亲说她很难受,口干,想喝水,父亲就说给她冲碗红糖水,她说不用红糖水,白开水就行,她太渴了。父亲把碗端过来,热热的一碗水,可她怎么也喝不到嘴里……母亲说,你不知道自己端吗?还要你爸爸喂?她就伸手去接,却把水打翻了……一着急,她醒了,醒了之后感觉自己的嘴巴又苦又干,像是用黄连熏过。她真想喝水啊,真想有人给她倒杯热水啊。只要是热水就行。可哪里有人呢?四周黑黑的,静静的,整个世界都在熟睡,没人知道她难受,没人知道她在受磨难。

春草只好自己强撑着身子爬起来,摸到门口去生火,然后烧了半壶水。一杯热水喝下去,感觉好多了。春草看看时间,凌晨四点,反正炉子也生着了,干脆起来干活吧。春草强打精神,开始炒花生,她几乎是靠着墙壁炒的,好不容易炒完了当天的货,就累得瘫在了床上。不知什么时候,她又睡了过去,一觉醒来时,感觉眼前很亮,门竟然开了,元元正在炉子上烧泡饭呢。真是穷人的孩子早当家啊。

春草连忙起来,人像是在飘。正飘着,忽听有人叫她,一看,竟是娄大哥,好久没见的娄大哥!

娄大哥说:"我昨天刚出差回来,趁上班过来看看你们,怎么样,最近还好吗?"春草也不知怎么,鼻子一下酸酸的,她赶紧低头,假装给娄大哥搬凳子,用衣袖抹掉了眼泪。娄大哥已经看出来了,说:"怎么啦,是不是太累了?"春草想,人家娄大哥一片好心帮自己开了这个铺子,怎么能见了面就诉苦呢?她拿起毛巾胡乱在脸上擦,努力挤出笑容,说:"还好的,还好的,我正说呢,你怎么好久不来。"娄大哥说:"你脸色很难看,没出什么事吧?"春草说:"没什么,昨天夜里闹肚子,人很难受。"娄大哥说:"哦,怪不得。拉肚子是最伤人的,吃药没有?"春草摇摇头。娄大哥说:"我这就去给你买点儿药。"

一听这话,春草的眼泪又控制不住了,真是奇怪,她吃了那么多苦头都没掉过泪，现在眼泪全跑出来了，好像娄大哥是催泪剂似的。春草心里开了锅似的翻腾着：娄大哥真是好啊，真是自己的贵人啊，总是在自己最需要的时候出现。自己这辈子也报答不了他啊。

娄大哥真的跑去给她买药了，买回来就马上让她吃下去。春草吃了药，发自内心地说了一大通感恩的话。娄大哥说："春草，我最不喜欢听你说这些了，你叫我大哥，我这个大哥也不能白当啊，当哥的帮帮妹妹是应该的。说不定我以后也会需要你帮忙呢。"

春草说："哪一天你若是需要我帮忙，我真要高兴死了。我这样的人哪里能帮上你的忙呢，我只会给你添麻烦的。我要想报答你恐怕是来世的事情了。来世我变成个仙女吧，给你烧饭洗衣服养伢儿，做牛做马都行。"

春草随口这么一说，娄大哥竟脸红了，他们原先在乡下是经常这个样子说笑的，看来娄大哥已经是城里人了，不好意思听这样的话。春草住了嘴，心里却对娄大哥又多了一分好感。要是当初何水远也考上大学进了城，会不会也变成娄大哥这样的男人？

当然，春草想，何水远若是变成这样的男人，她就不可能做他的老婆了。春草从不去想该不着自己的事。

娄大哥走后水产大嫂说："那是你阿哥？"春草自豪地点点头。水产大嫂说："他是做什么的？"春草自豪地说："单位里的干部。"其实她也弄不清娄大哥到底是干什么的，单位这个词还是刚跟娄大哥学的。反正她觉得在单位里肯定和在村里是两回事情。水产大嫂说："那你为什么不让他在单位里给你找个事做？"春草说："我喜欢做生意呀。"

那天春草早早打烊睡了，睡得很死，头天没进门的瞌睡虫全涌进来了。凌晨她做了个奇怪的梦，梦见一只手，也不知是谁的手，无比温暖柔和，轻轻抚摩着她的脸庞，抚摸她的身体，一遍又一遍地，让她浑身都绵软无力，一种快感从头到脚弥漫开来，她快乐得想发出声音来。尽管她跟何水远亲热时也很快乐，但此时的感觉不一样，她就像是飘在云上，瞌睡虫们在一旁欢乐地舞蹈着，她真想把那只手捉住，留在身边……忽然一阵刺耳的声音冲进梦里，把瞌睡虫惊跑了，手也消失了。春草睁开眼，意识到响声来自闹钟。她怕自己睡过头，设置了每天早上5点的闹铃。春草很不情愿地从梦里爬起来，开始日复一日千篇一律的劳作。

但整整一天，春草都觉得自己绵软无力，接待顾客的声音也格外温柔。看来那只手还在她身上呢。到底是谁的手？娄大哥的？阿明的？阿远的？孙经理的？还是更久远以前……堂伯的？她弄不灵清，只能肯定是一双男人的手。要死了，春草想，自己做起这种梦来了，在梦里想男人了。

1991 年
小暑:
做成一件大事

转眼到了三伏天,天气很热很热了,热得春草和女儿夜里常常将她们的床搬到街上去睡。就这样元元还是生了一身的痱子,实在是没条件洗澡,再热也只能用一盆水擦擦。看女儿成天挠痒痒,挠得身上红烂一片,春草想起母亲的法子,每天用苦瓜汁给她擦痱子,擦了两天,还真见效。

很多时候春草能感觉到,自己是越来越像母亲了。真是奇怪,她那么反抗母亲,讨厌母亲,拒绝母亲,但母亲的许多生活方式甚至说话口气,都顽强地在她身上显现出来了,想甩都甩不掉。唯有在对女儿这件事上她是与母亲大相径庭的,女儿现在是她的最爱。有时她也会想起儿子万万,想得心口发疼,而每每这时候,她就越发地爱元元,把双份儿的母爱都倾注到女儿身上。

辛苦也好,辛酸也好,春草从不叹气,她认定只有靠自己苦做才能过上好日子,其他说什么都没用。具体讲,只要她的存折数字看涨,她的辛苦和辛酸就有了找补。立秋那天,存折数字终于涨到四位了。春草在那一刻脑子里竟然也冒出了四个字:梦想成真。她告诉何水远,何水远却说扫兴的话:"这哪算梦想成真啊,这只是万里长征走完了第一步。"春草拿眼瞪他,说:"哎哟好了吧,我才讲出四个字你就讲十个字,故意气我啊?"何水远马上笑嘻嘻地说:"好好,梦想成真,第一步也算是梦想成真。"

春草不理他,她心里高兴,想做的第一件事,就是给娄大哥打电话。她相信娄大哥会为她高兴的。自那次她生病娄大哥来过后,又有一个来月没看见他了。春草很想听娄大哥的鼓励。

春草拿了点零钱，跑到菜市头上一家杂货店去打电话。当初娄大哥给她写电话号码时她说："你不用写的，告诉我就行了。"娄大哥说："那我给你个名片。"春草慌忙说："不要不要，反正我也不认字。"她不想让娄大哥浪费一张名片，她认为那东西很珍贵。娄大哥就把号码告诉了她，还连说三遍，生怕她没记下来。其实娄大哥是不了解她，春草的记性一等，说过的事，重要的数字，从来都不会错不会忘的，全部牢牢印在脑子里。

春草把印在脑子里的娄大哥的电话调出来，拨出去，原来是娄大哥单位的。不想单位上的人竟然说娄大哥最近出了车祸，把脚和腰都给伤了，好些天没上班了。春草一听急坏了，原来出了嘎大的事！娄大哥还说他们之间就像亲戚，可出了嘎大的事怎么也不和她这亲戚说一声呢？春草连围裙都顾不上解下，急忙在菜市上买了只土鸡，直奔娄大哥的家。

还好，娄大哥的伤不像春草想得那么厉害，是娄大哥给她开的门，他脸上什么也看不出来，就是走路不太利落，动作很慢。

春草松了口气，说："嗨，我还以为你躺着不能动了呢。"

娄大哥说："不能动还不得躺在医院里？哪能回家？"春草一想也是，自己就乐了。

春草定下心来，才注意到娄大哥的家那么漂亮。尽管原先也想过，城里人的家一定很漂亮，但如此漂亮还是超出了她的想象，她一边啧啧地叹着，一边东瞧西看。娄大哥就索性带她一个屋子一个屋子地参观。参观到厨房时春草说："你这哪里像厨房啊，比我们家困觉的地方还干净。"娄大哥说:"我很少做饭。"春草说:"那吃什么?"娄大哥说:"多数时候在单位里吃食堂。"春草想,他的女人呢?但她没问出口。

到了卫生间,春草忍不住"咦"了一声,那房子里还有个白色的大盆子,长条条的。那是做啥用场的?养鱼吗?娄大哥笑了,说:"那是洗澡的,叫浴缸。"春草也笑了,说:"我们那个地方洗澡的盆子都是圆木盆哎!"娄大哥说:"我们老家也是圆木盆。"春草追问:"那么大的盆子怎么打水啊?"娄大哥说:"不用打水,只要打开水龙头热水就流出来了。"

他走过去给她示范了一下,一拧水龙头,热水果然轰轰隆隆哗哗啦啦地流了出来。春草惊讶得不行,说不出话来。想想自己在家时,难得洗一回澡,烧上一大盆水还是全家共用,她每次都是最后一个,那盆水早就被前面的四个男人加上母亲洗得浑浊不堪了。有一回她悄悄给自己重新烧了一盆干净的,被母亲发现了好一顿臭骂,说她浪费柴火:"你那个身子就特别金贵要专门烧水洗?你是金枝玉叶啊?"可城里人却个个都是金枝玉叶。

春草无比羡慕地对娄大哥说:"你们城里人好享福啊,洗个澡都有专门的房子。"娄大哥似乎对自己的幸福生活有些不好意思,客气说:"以后你可以来我这儿洗澡。"春草吃惊地看着娄大哥,娄大哥见她有些误会,忙又说:"我把钥匙给你,我上班的时候你来洗就是了。"春草说:"那多不好意思。"

春草回到客厅,在宽大的皮沙发上一屁股坐下,好一会儿才感叹说:"做城里人真好啊!我真羡慕你们。"娄大哥说:"你以后也可以做城里人啊,你看我原先也是乡下的,读书,上大学,工作,慢慢就进城了。"春草摇头道:"我是不来事了,我这辈子都上不了大学了,我是个文盲,认的字还没有指头多。"娄大哥说:"看不出,看你普通话讲这么好。不过不上大学也行啊。只要你干得好,挣了钱,就可以在城里买房子,住在城里面。"春草说:"我不行了勿碍事,我要好好做,让我的两个伢儿成为城里人。"娄大哥说:"你肯定行的。"春草说:"好,我就借你的吉言,努力干。以后我要没信心了,就上你这儿来看看,你给我打打气。"娄大哥笑,说:"没问题。"

春草讲不出什么了,在娄大哥面前她显得嘴笨。她把先前准备好的钱拿出来,递到娄大哥面前,说:"娄大哥,我先把本钱还给你吧,以后发展好了再报答你。"

娄大哥看着钱很意外,笑说:"怎么,发财啦?"春草说:"我哪里能发财啊,托你的福生意还算顺利喽。"娄大哥说:"那你急着还我钱干什么,我又不等着用。"春草说:"可是不还你我心里不踏实。"娄大哥说:"有什么不踏实的,我不是讲过吗,做大哥的帮妹妹也是应该的。你先别还我,把它拿去扩大再生产。"春草说:"什么是'扩大再生产'啊?"娄大哥说:"就是把你的生意做大些。不过,我看你当务之急是添个帮手,你一个人不行的。"春草听他主动说起添人,觉得是时候了,就说:"对了娄大哥,我还没告诉你呢,前些日子我找到我老公了。"娄大哥说:"真的吗?那太好了。"春草觉得娄大哥嘴上说好,脸上的笑容却有点儿僵,但春草还是接着说:"他也在这里,给一个小饭馆打工,我想叫他辞了工上菜市来和我一起干。娄大哥你看呢？"娄大哥说："嗨，这是你们家的事，问我干吗？"

春草一想，对啊，等她把娄大哥的钱一还，这家炒货店就是她的了，是她跟何水远的了。但她还是真诚地说："娄大哥，话是这样讲，但我晓得没有你就没有我的今天，我还是要征求你意见的。你的大恩大德我没法报答。"娄大哥说："春草，我不喜欢听你讲这样的话。我只是帮了点小忙而已，钱都是你自己辛苦挣来的。我看，你就让你老公过来和你一起干吧，自己一家人肯定比请外人好。"

娄大哥一边和春草说着话，一边瘸着脚走过去给春草泡茶，春草把他按住说，我不喝茶的，随便喝点水好了。

春草喝了水，又四下里看，发现屋子虽然豪华，却到处都是灰，还堆了不少脏衣服，心里不由思忖着，看来娄大哥这里的确没有女人。一看有活儿春草坐不住了，把水杯一放，卷起袖子就开始做。娄大哥拦她，说："你是客人，怎么能让你动手呢？"春草说："你就让我做吧，让我做我心里才舒服。"娄大哥看拦不住，只好由她去了。

春草先三下五除二地把带来的鸡杀掉，破膛褪毛，转眼工夫，一只黑乎乎的鸡就在她手上变成了一只白生生的鸡。娄大哥在一旁看得傻掉了，怎么会有那么麻利的一双手？娄大哥说："看你这双手，真是不得了，变戏法一样。"春草笑说："我也就会这些粗活。"她把鸡炖上，然后开始收拾屋子，洗衣服，做饭，一直忙到中午。整个家彻底变了样。娄大哥称赞说："春草你可真是能干啊，样样行。你老公很有福气噢。"

春草说:"我们这种人哪有什么福气哦,生来就是苦做的命,哪像你们城里的女人,个个生得都好看,还跟男人一样上班,真是享福。"娄大哥说:"哪个说城里女人个个都好看啊?我觉得她们俗气得很。你要是打扮起来,肯定比她们漂亮。"春草听他这么一说,很开心。她把鸡汤端上桌摆好,解下围腰放下袖子,说:"娄大哥我走了,你慢慢吃。"娄大哥说:"这么多菜我哪能吃完啊,要不你和我一起吃吧。"春草说:"不了,小囡还在别人那里呢。"娄大哥似乎有些遗憾地站起来送她。

临出门前春草忽然说:"娄大哥,你媳妇呢?"娄大哥说:"她跟孩子都出国去了,走了有两年了。"春草哦了一声,说:"难怪。那平时你就一个人过啊?"娄大哥说:"我无所谓,习惯了。"春草忽然觉得娄大哥也是怪孤单的,就回转身说:"好吧,我跟你一起吃,吃了饭帮你把桌子收拾了再走。"

娄大哥很高兴,说:"太好了,我是让你一起吃嘛,一个人吃饭不香。"

吃饭时,娄大哥说说笑笑的,心情很好的样子。春草就说:"娄大哥,如果你愿意,我可以经常抽空来帮你做家务。"娄大哥说:"那怎么行,你自己那一摊事够忙的了。"春草想想也是不太现实,没再往下说。

吃了饭,收拾了碗筷,春草再次提出要走时,娄大哥的眼神仍是迟疑的,好像还有什么事想说。春草想,管他什么事,只要娄大哥提出来我就一定答应。

这么一想,春草忽然有些明白了似的,脑子里闪过一个念头:也许娄大哥真有那种想法呢。毕竟他是个大男人,两年辰光了都是一个人。

刚才他还夸她，说她能干，说她比城里人好看……真的，如果娄大哥有那样的想法，倒是成全了她，她就可以报答他了，就可以真的把他当成自己的依靠了。当初阿明想和她做那事她不肯，结果到了关键时刻他就不肯帮她。男人肯定都一样的。自己不能再犯那样的错误了。

春草想到这一层，心里忽然来了热情，那热情又从嘴里冒出来："娄大哥，你有什么事要我做只管讲好了，我一定会答应的。"

娄大哥迟疑道："这个，这个，我有点儿不大好讲。"

娄大哥的眼神有些异样。春草想，果然是这样。她心里有些发慌了，那眼神让她想起了阿明，想起了很久以前的何水远。她再次说"勿碍事的，你讲吧，我不会说出去的。"

娄大哥笑笑，终于说："也没什么太大的事，我这次撞车，伤得倒是不厉害，但是把腰扭了，现在还贴着膏药。这些天虽然好多了，但还是有些疼。膏药贴了几天，很痒，我想换一张，可是自己够不着地方换。你能帮我换一下吗？"

春草一听，松了口气，也有些失落。笑说："嘎小一点儿事啊，你早该告诉我的。"

娄大哥说："嗨，这种事情，真不好意思讲出口。"

春草说："我是你阿妹哎，帮帮阿哥是应该的嘛，只管说好了。"

春草让娄大哥趴到沙发上，小心地替他揭下旧膏药，因为天热，背上贴膏药的地方有些过敏发红了。春草打来一盆热水，把整个后背都给他擦洗了一遍。擦的时候，春草心里有种异样的感觉，这是除了何水远之外,她第一个这么近距离接触的男人。她很小心地给他擦干净,换上新的膏药。娄大哥连连说:"嗨,舒服多了!舒服多了!"春草想,这个男人也是不容易,嘎小的事情都找不到人做。就说:"娄大哥,下次啥个辰光再换药,你叫我,我再来给你换。"娄大哥说:"不用了不用了,差不多要好了。"

娄大哥坐起来,看春草一头的汗,有些过意不去,就说:"看看你为我弄那么一身的汗,要不在这里洗个澡再走吧。方便。"春草的心思又是一动,想,这是娄大哥第二次叫我洗澡了。也许他闻到我身上有汗味儿了?也许他希望我干净些?再说春草也真的很想在娄大哥那个房子里洗个澡,体验一下一拧水龙头就出热水的奇事。可是……

娄大哥见春草不说话,忙补充说:"卫生间有插销的,你可以插上的。"

春草想,自己再不去洗,好像是不信任他似的,就说:"好的,那我就去洗洗。"

娄大哥把她带到卫生间,说如果她不习惯泡浴就直接冲着洗好了。春草说那样不是很浪费吗?娄大哥说不要紧的。他耐心地告诉她怎么开热水怎么开凉水,哪个瓶子装的是洗头的,哪个瓶子装的是洗澡的,还拿了条新毛巾给她用。春草心里很暖,还没人这么细心地关照过她。可她刚把门关上要脱衣服,娄大哥就敲门了。春草紧张地说:"我还没有洗啊。"娄大哥说:"我知道的,我是拿件干净衣服给你,洗完了好穿。"春草开个门缝,将衣服接进去,心里不由觉得好笑。

春草定下心来,脱光了,站到大白盆里,正想开水龙头,忽然从卫生间的镜子里看见了自己，天哪，太丢人了，她竟然这么赤条条的。她连忙转过身来对着墙壁不去看"她"。可心里还是有种怪怪的感觉，好像自己变成了另一个女人，一个陌生的女人。

春草很快就洗完了，她不忍心那水哗哗地流。即使洗得很快，她也感到浑身轻松舒适，像揭掉了一层皮似的。她还从来没这么舒服过。她穿上娄大哥给她找的衣服，竟是条裙子！春草长到三十多岁了，还从没穿过这样的裙子。上面没有袖子。两条胳膊光光的，下面两条腿也光光的，真让她不知所措。她迟疑了半天，还是从卫生间走了出来。

娄大哥正靠在沙发上看电视，看见她出来愣了一下，不由自主地说："好，好。"春草说："什么好？"娄大哥回过神来，说："我是说，水好不好？还热吧？"春草说："很热的，很舒服的。怪不得你们城里人老是要洗澡。"娄大哥说："那以后你常来洗好了。"春草从他的眼神里似乎看出了什么，心里有些毛躁。她想，至少他不讨厌她，她要不要主动些？

春草犹豫了一下，在娄大哥旁边坐下来，娄大哥却下意识地往边上挪了挪。春草一低头，看见了自己的胸脯，天，这城里人的衣服是怎么做的，嘎会省布料，下面遮不住上面也遮不住？她用手拢了拢，娄大哥似乎也瞥见了，眼睛挪到一边，脸上有几分不自在。

春草下决心说："娄大哥，你，你还有什么事要我做吗？"娄大哥说："没有什么事了。"但娄大哥说这话时语气已不如起先那么自然了。春草说："勿碍事的，做了我也会让它烂在肚子里的。"娄大哥诧异地说："春草你说什么呢?"春草说:"我知道你都两年了,也没个女人……反正我也没什么能报答你的……"娄大哥连忙站起来,僵着腰走到一边,说:"春草,你误解我了,我没有那个意思。我只是想帮助你,我们是同乡,你又叫我大哥。我不会要你做什么的,更不会做那种事情的。"

娄大哥说着脸都红了。

春草有些尴尬,更有些不解。这个娄大哥怎么啦?几年不沾女人,也不想?要是他家何水远,还不早和别的女人好上了?看他的表情是想的啊。城里人真怪,想做又不做。他怕什么呢,我是自愿的啊。难道他看不上我?嫌我是农村的?这么一想春草有些懊恼了,但她不相信娄大哥真的看不上自己。他不也是农村来的吗?

她站了起来,走到娄大哥跟前说:"娄大哥你别生气啊,你腰痛,还是过来坐着吧。"她去搀扶他,故意靠得很近,用自己的胸脯去贴他。她心里有数,自己那个地方是最能迷倒男人的,从十五岁起堂伯就让她明白了这一点。阿明不也说过吗,他最眼馋她那个地方……可娄大哥还是推开了她。

春草泄气了,她寻思娄大哥有毛病。这下完了,娄大哥一定把她想成那种随便胡来的女人了。其实她不是,她是真的想报答他。除了身子她还能有什么呢?她要是乱来,早就和阿明相好了,或者和孙经理相好了。她有些懊恼,居然碰了这样一个钉子,丢死人了。赶快走吧。

春草一声不响,站起来回到卫生间,把自己原来那身汗臭的衣服穿上。她走到门口,低着头,也不看娄大哥,小声说:"娄大哥你别生我气啊,我走了。"她刚把门拉开,意想不到的事情就发生了,娄大哥忽然冲上来,一把将她拉进怀里猛地关上门,就在门背后亲吻起她来,一边亲,一边将他的手伸进了刚才拒绝进入的那个地方,气喘吁吁的。

春草心里一块石头落地。

从娄大哥家出来,春草决定去找何水远,把他叫回来。

路上,春草的脸还在发热。看看天,看看大街,一切都是老样子。她告诉自己,什么事也没有,不用慌的。但她就是慌,慌得两腿绵软,脑子里娄大哥的影子挥之不去。

没想到娄大哥做起那事来一点儿也不斯文,一看就知道馋了很久了。两人倒在床上后,她怕他腰不好费力,就推开他,想爬起来。娄大哥还以为她变卦了呢,一脸的不解和紧张。她赶紧说:"我想你腰不好不能用力的,你躺下让我来做好了。"娄大哥又窘迫又感动,这才放松躺下,任春草来"做"了。在春草看来这也是家务的一部分,她应该尽力的。事后娄大哥有些不好意思地说:"对不起啊春草,我不该这样的。"春草说:"你怎么这么讲啊?是我愿意的。我就是想为你做事情。你不晓得,我害怕你不肯呢,你肯了我心里面很高兴的。"

其实还有一层意思春草没表达出来,那就是这事让她很有成就感。像娄大哥这样的城里男人,上过大学的男人,也看得起她,说明她还是不一般呢。

春草忍不住把一丝笑意浮在了脸上,又连忙抹去,低头加快了步子。

在这之前春草从来没去过何水远打工的小饭馆,没时间去。东问西问,好不容易才找到那家小饭馆，叫作什么"凤娟小吃"。

门口坐着个女人，在那里一边收钱一边嗑瓜子，见到春草就笑眯眯地问："吃点儿什么？我们这里有面有米饭面条馄饨还有炒年糕。"春草口气蛮冲地说："我不吃饭，我找人，何水远在这里吗？"女人马上收起了笑容，上下打量她一番说："你找他做啥啦？你是他什么人？"春草更牛气地说："我是他老婆！"女人怔愣了一下，说："他正忙呢，你等一歇儿来。"

春草不知她是什么人，竟不肯叫自己老公出来，就朝屋里喊起来："阿远！阿远！"

何水远闻声出来，一见春草吃了一惊："你怎么来了？"春草说："我有事跟你讲。"女人插进来说："阿远，现在客人嘎许多，有话等歇儿再讲。"

春草听她说话的口气，判断出她就是女老板凤娟。看看她的腰身，并不像何水远说的有花生麻袋那么粗，样子也还是好看的，而且白白净净的。最重要的是，她也叫她的老公阿远。春草暗地里有些后悔，该早些把何水远叫走的，看那女人的样子，何水远要被她迷住也不是没可能的。

春草有些动气地拽住何水远说："我就要现在跟他讲，我不要等，我们反正也不想做了。"

女老板吃了一惊，一时说不出话来。

何水远把春草拉开，小声说："不要这样阿草，我拿人家钱总要把事情做做好，善始善终嘛。你先等一会儿，我把今天的事做完。"春草看这情形，自己再闹就说不过去了，就索性走进小饭馆一屁股坐下去，理直气壮地对何水远说:"给我来碗阳春面。"

其实她一点儿也不饿,她在娄大哥那里吃得很饱。

何水远真给她端了碗面过来,小声说:"你怎么到现在还没吃饭?做什么呢?"春草高声大嗓地说:"做什么,我还能做什么?从早忙到晚,连撒尿个工夫都没有!"

春草也不知道自己怎么会那么大声,好像神气得不行。她有什么可神气的?但她为什么不能神气呢?她跟娄大哥那样"做"也是为了这个家,那是他们创业的一部分。

何水远不解地说:"你怎么啦?发那么大火?我又没说什么。"春草依然气咻咻地说:"我太吃力了,吃力得心烦!一天忙到晚,腰也直不起来。"何水远说:"那就关上门休息一天嘛。"春草说:"你真是讲得轻松嘞!关上门?关上门拿什么吃?拿什么付租金?拿什么还人家娄大哥的钱?你在这里当然好了,每天有得吃有得喝,还有人疼。小囡也不用管。"

一边说一边还拿眼瞟着老板娘。

何水远岔开话说:"哎,你去还娄大哥钱了吗?"

何水远这一问,春草的一股子气忽然就消了。她顿了顿,决定不再跟何水远纠缠老板娘的事了,就说:"我去还了,但人家娄大哥不要,他要我拿去扩大,还叫我再添个帮手。我就告诉他我找到你了。"何水远很高兴,说:"娄大哥怎么讲?"春草说:"娄大哥说,自家人干当然比请外人好。所以我跑来和你商量喽。"

何水远一听马上兴奋地说:"好啊好啊。我说我们一起做比较好嘛。"春草说:"我们那个地方太小了,看来还得再弄个大点的门面。"何水远说:"这个我也早讲过了,现在那个小铺面,做不大的。走,我现在就跟你走。去找房子。"春草却一把按住他说:"我刚才想了一下,你还是把这个月干完吧,不差这几天。"何水远说:"你怎么啦,刚才还嘎急。"春草说:"刚才是刚才,现在我不急了。心急吃不上热豆腐的。"

春草站起来说:"跟你老板说一声,我把这碗面端回去了。"何水远有些奇怪,但也只好看着她离去。

1993年春节：
乡下的日子

何水远辞掉饭馆的工作，正式跟春草开起了夫妻店。两个人就是不一样，四条胳膊四条腿，两个脑瓜一条心，炒货店被经营得风生水起，生意蒸蒸日上。

何水远点子就是多，脑子打滑，来了没几天他就提出不能单一地卖瓜子花生，还应该加上山核桃、板栗、红薯干、五香蚕豆之类的，让品种多样化。这让春草很是佩服。可惜他说的有些东西，比如山核桃和板栗，货源缺乏，一时搞不到。他又在瓜子上打起了主意，把瓜子分成五香味的、奶油味的、白味的，还有中草药味的，以满足不同人的口味。春草问他从哪里知道这些的，以前他们又没做过。何水远说："报纸上啊。你没看我总看报纸吗？报纸上经常讲别人发财的事情。"春草说："原来报纸上还有这样的好事情，告诉你怎么发财？"何水远趁机抱怨说："可不是。你还老不让我买报。"春草说："好好买买，以后我给你订一份。"何水远说："其实你也可以学着看看的，报纸很有意思的。"春草说："我认的那几个字，现在都忘得差不多了。"何水远说："再重新开始认嘛，我这个老师又不收钱。"春草说："算了，以后再讲。眼下哪有心思啊。"

春草开丝绸店时，跟着何水远认了两三百个字，这会儿恐怕又还给他了。从他们欠债出逃后，其实是从他们衣锦还乡生孩子后，她就丢掉这事了。看来太好的日子和太糟的日子都不适宜读书。不过春草还是喜欢认字的，有时候走在街上，她突然认出了那些字，还是会让她感到无限喜悦，至少对这个城市少了几分陌生多了一分亲切。春草想，等以后日子慢慢好起来再说吧。

"春草炒货"的品种增多后，生意当然好了起来，每个月的纯利润看涨。春草跑银行的次数也增多了。她盘算着，到春节时，他们就是还了娄大哥的本钱，也还能有不少存款。这让她心里分外踏实。

　　娄大哥的钱是一定要还的，而且不能太迟，这是春草早想好的。不能因为她和娄大哥做过那事就赖账。那会让娄大哥把自己看扁的。自从那次"报恩"得逞之后，春草又去过娄大哥家几次，每次都是先帮他收拾屋子洗衣服做饭，把家务做完洗澡后，才和娄大哥亲热。按部就班，有条不紊。有时她还在抹桌子呢，娄大哥就上来搂她了。她总是坚决地推开他，说："等一下我洗了再说，不好乱掉的。"好像那事也是她家务的一部分，只是安排在了最后。娄大哥高兴时会说："春草，我离不开你了怎么办？"春草说："你赶快再找一个吧，那么个大男人，怎么能没个女人呢？"春草从来不会说"那你娶了我吧"这种傻话。她知道什么事情都不能过分。

　　春草明白自己的命。她现在一门心思想的是多挣钱，挣够了先还账，还了账再把儿子万万接出来，接出来再继续努力挣，好让两个伢儿在城里读书。一个一个的目标老早在她前面排好了队，等着她去把它们一一拿下。

　　充实的日子一滑而过，转眼又一个春节到了。

　　春节前，春草的账上真的有了近万元存款。他们又一次靠近万元户了。不过此时万元户已经算不了什么了，百万元户都有了，就是春草，也不会再为万元户激动。但春草还是为此开心，她再次看到了生活的笑脸，其实也就是她自己的笑脸，还有何水远的笑脸。她问何水远："你说我们现在这个样子算不算东山再起啊？"何水远说："我看还不能算，我们还没达到从前那种光景呢。你想想我们那会儿，一个月都挣好几千，还经常吃荤菜，还盖了房子，要风得风要雨得雨……"

春草不喜欢他说泄气话，就辩解说："那你不想想我们那会儿是两张嘴，现在是四张嘴呢。不一样的。"何水远说："那倒也是。"

春草说到四张嘴就想到了儿子，她想她该把儿子接出来了，她现在没有理由不管儿子了，爹妈已经替她养了三年了。于是春节前，春草一个人回了趟老家。

春草这次回老家，可不比五年前那次。那次是衣锦还乡，这次算什么？何水远对不顺心的事情往往说不出四个字来的，春草自己不会形容。她只觉得有点儿偷偷摸摸的味道。房子永远归了别人，欠债出逃的阴影还一直在心里压着，春草很不愿意让人知道她回去。她只能悄悄地，不声不响地回去。就这样她也只打算回娘家，不去何家坞。她想把儿子接出来就走。儿子五岁了，再不接出来就该不认爹妈了。临走时何水远支支吾吾的，老像有什么话要说。春草问他，他又期期艾艾地不肯说。春草不耐烦了，说："有屁就放，夹牢做啥啦？"何水远这才说："我是想嗻，小妹水亮也该上高中了，这些年咱们一直没管过她，也不知道她怎么样了。你这次回去，如果可能……那个的话，就帮帮她吧。"

春草明白他的意思了。当初结婚时公公给他们提出的要求她没忘。她不是不愿意帮，是不愿去婆家，更具体地说，是不愿看到那座记录着他们的荣耀和耻辱的房子。

春草说:"这次我不想回何家坞,水亮的学费你可以寄给她嘛。"

何水远不再说了。在这件事上他没法责怪春草,一切祸端都是从他这里起的,春草能不抱怨就已经很不容易了。

春草回到娘家,讲明了是要把儿子接走的。

一丢两三年,她已经很内疚了。为此她做好了让母亲数落一顿甚至大骂一顿的思想准备。但不知母亲是年岁大了还是怎么了,竟然比过去温和了许多,春草想象中的怒骂并没有发生。母亲只是因为舍不得外孙,在一边发了些牢骚:"我辛辛苦苦地养到今朝,你倒好,说带走就带走了。"母亲就是发牢骚,声调也比原来不知低了多少,还不如眼下春草的声音大。而且她的手总是抚着胸口,好像很无力的样子。这反倒让春草有些心软。她想跟母亲说"对不起",想说"谢谢",统统都说不出口。她只是把缝在内裤里带回来的,也是千省万省才省下来的一千元钱给了母亲。母亲不接,说:"难不成我还来挣你的钱?你不要我操心就是好事了。"春草只好把钱递给父亲。父亲接过来,放在桌子上,一言不发地走开了。显然父亲也舍不得外孙走。万万这一走,家里就剩他们老两口了。

万万跟外婆已经很亲了,不叫春草姆妈,连抱也不让抱。

好在春草有准备,带回不少玩具和糖果,左哄右骗,花了一整天时间,总算和儿子建立起一点感情。她反复跟儿子说城里如何好,如何热闹,还许了一大堆愿,不惜夸张不惜吹牛。万万似懂非懂,似信非信,还是答应和她一起进城了。

二哥春风倒是在家,但年纪轻轻的就跟个小老头似的闷声不响,全然没了当初的精气神。二嫂见到春草就不停地唠叨,春草从她的唠叨里听出,她是怪何水远当初不该把他带出去,遭了那么大的罪。原来春风那年随何水远出去过一次心就野了,不想在家待,一次次地外出打工,但都不太顺。最倒霉的是去年,他在一家工地背沙袋,七十五公斤重的沙袋从地面背到二楼,连续背了两百来袋,累得胸口疼痛难忍,在地上打滚,双手把胸前都抓出血了。老板一见吓着了,怕担责任,甩了五十块钱就叫他走人。春风又痛又气,就吞刀片自杀。多亏几个老乡及时把他送到医院才保住了命。父亲说他回来后治病养病花掉不少钱,无奈之下把春草留下的那笔钱也用掉了。春草对二哥感到歉疚,连说该用该用,命要紧。春草又跟二哥说,如果他愿意,可以进城和他们一起做炒货。二哥摇头,说:"我还是在家吧。"

　　春草和父亲母亲聊天,才知道这些年村里的情况和家里的情况,已经和她离开时大不同了。农民们千百年来热爱的土地已被嫌弃,因为种地无论种多好也要受穷,每年从地里收上来的还不够交税和提留款,所以凡是能走动的,都抛弃土地进城打工了。

　　春草的大哥春阳起先还不愿外出,和阿明一起干,他们的针织厂很红火,从丝绸产品扩大到了童装,而且他们生产的童装销路极好。村干部看他们富了,老去揩油,白吃白喝白拿,还不停地安插亲戚在厂里,不干活还要拿钱,实在是让阿明他们受不了,他们就有些抵触。一抵触,村干部就向他们增收各种款项。春阳暗地里调查,发现村干部增收的那些款项完全不符合上级的政策规定,属于多收增收,而且他还发现他们常常私分乡亲们的提留款。春阳就给县委写信反映情况。哪知县里有人把事情捅给了村主任。村主任当着全村人的面说，谁跟他过不去，谁就别想在村里待了。村主任支使了一帮人天天到他们的工厂去闹。起先阿明和春阳一直顶着，想等上级来解决问题。哪知半夜有人来报信，说村主任他们也写了状子，历数了阿明和春阳的种种"罪状"，说他们打骂工人、剥削工人、偷税漏税等，还让村里好多人签了字，天明派出所就要来抓人了。父母怕把事情惹大，让春阳出去躲躲再说，春阳就带着媳妇孩子连夜去了媳妇娘家。阿明没有走，第二天真的被人带走了。在县里关了两个来月。最后事情弄清楚了，阿明放回来了，村主任撤了，但他们的厂子也垮了。春阳伤了心，远走他乡去了西藏，现在和媳妇一起在西藏林芝那边开了家小饭馆，日子勉强过得去，有两年没回来了。

春草听得心惊，没想到家里会发生这样大的事，也没想到闷声闷气的大哥会有这样的胆量和斗志。父亲又说，厂子垮了，他的会计也当不成了，只能回家来凑合着种点儿地。除了上缴，剩下的勉强够他们老两口自己吃。母亲年纪大了，不像原来又养鸡鸭又养猪的，可以挣几个零花钱，母亲现在只养了两头猪，这次过年时杀了一头，卖了一头。家里几乎没有什么经济来源，只有弟弟春雨每月寄回五十元钱，聊以弥补。

那阿明呢？春草问："他没有再接着办厂了？"

父亲说："没有。工厂垮了后，他就承包了村里的枣树林。现在天天在山上待着。年前他媳妇又得了一场大病，反正这几年他也是够倒霉的。"

春草心里难过。想当初阿明不愿借她钱时她曾暗自想过，将来我一定要比你过得好，我一定要做给你看看。可如今听到阿明遭了那么多磨难，她却一点儿也高兴不起来。她并不希望他倒霉，她只是希望自己比他过得好一些。

父亲又说："弟弟已经在外面成了家，生了个女伢儿。媳妇是当地人，所以连着两个年都没回来过，好像嫁出去了一样。"说到弟弟母亲不满地说："高攀个城里人有什么好？弄得像个小媳妇样。"父亲说："那阿阳不是也一样吗？娶了乡下人也住在外面。"母亲说："真是作孽，养了四个小赤佬没一个靠得住的，都是白生白养。"

顺便把春草也抱怨了一句。

春草想，白生白养是他们仨，你从来就没想过要靠我，你从来就把我当外人看的。你要是对我也和对他们一样，我才不会不管你们，我会守在你们身边的。

但春草什么也没说，她不想再和母亲计较了，这么些年过下来，她已经没有和母亲战斗的心思了，她得铆足了劲儿和外面的世界较量。

"等以后我们条件好了，就接你们到城里去住。"春草鼓起勇气表了这个态。母亲并不感动，撇撇嘴，完全是不信任的样子。父亲说："只要你们好，我们在家怎么都行，还能活几年啊？"

春草看着父亲，父亲明显老了，头发花白稀疏，脸上的皮肤干裂粗糙，毫无光泽。最要紧的是眼神，除了看到万万时还有一点儿光亮外，其余时候都很黯淡。春草心疼父亲，想，自己以后有条件了，无论如何还是要让父亲过几天好日子。父亲是她在这个家里不落的太阳。

母亲忽然问:"你们那抵债的房子拿回来没有?"春草不响,心里又痛了一下。母亲明白了,说:"真是丢人,要我我就不回来了,永远不回来,回来做啥?"父亲制止了母亲,说:"房子还可以再盖嘛,他们还年轻嘛。"母亲说:"房子立在那儿,人家总会讲起来的,那是怎么怎么一回事体,讲故事一样讲他们何家的耻辱。当初我就说他靠不住,你不信,现在信也晚了。"

春草忍住痛和恼替何水远辩解说:"生意场上很复杂的,我们这样从乡下去的难免吃亏。"

母亲说:"你们以为进了城就是城里人了?变了青蛙就忘了做蝌蚪的样子,自以为是。"

春草说:"也没有。其实阿远是蛮会做生意的,脑子很灵光。不信你看好了,以后我们还要发财的。"

母亲撇嘴,说:"我倒要看看,反正是看得到的。接我们进城?哦哟,好了吧,有那个钱还不如把房子赎回来。都三十多岁的人了,到现在连个落脚的地方都没有。看你老了怎么办?"母亲这一说春草猛然想起,自己已经三十二岁了。磕磕绊绊的日子也会飞快滑走的。春草恍惚又回到了少女时代,那灰色的压抑的日子。母亲的唠叨声仍不绝于耳,尽管她已经多少年没回来了,母亲对她还是没什么温情,没什么好话,让她无法忘怀自己当年的委屈和伤心,无法不落入她不想落入的伤心氛围。她想,还是早些离开吧,在家待着并不愉快,说一千道一万,她得挣钱,得证明自己没错,嫁的人没错。春草走的时候母亲说着话,眉头蹙得更紧了。春草看出那不仅仅是因为对她不满,母亲那双粗糙干裂的手一直放在胸口上。

春草问:"你是不是胃痛啊?"

母亲没吭声,好像不屑于回答这样的问题,她的思绪大概还停在对女儿女婿的不满上,嘀咕说:"三十多岁的人了,落脚的地方都没有,唉,作孽!还不如人家梅子,嫁的老公当了干部,搬到镇上过舒服日子去了。"

春草不愿接母亲的话,又问:"你的胃上有毛病?"

父亲替母亲回答说:"老毛病了,痛了不是一年两年。这段时间好像厉害起来,饭也吃得很少,鸟食那么一点点。"

春草说:"有没有去看过?"还是父亲回答说:"我叫她去看她不肯。"春草说:"要去看的,不看会耽误事情的。"母亲这才接话说:"能耽误什么事情?你们都跑掉了,我活着也是个没用场的人。"春草说:"那也要去看。就算是我们跑掉了,还有爸爸。"母亲说:"我死掉他好再讨一个的。"春草生气道:"讲这种闲话做什么?我看你也是黄檀树根一个!一定要去看,我陪你去!"春草从没在父母面前说过这么强硬的话,反倒让母亲顺从了,不再顶嘴。

初三晚上,春草终于忍不住,悄悄去了一趟婆家。

她是天黑后进的何家坞。低着头,一直走进婆家的老房子,跟做贼似的。水清一见到她,竟然抱着她哭起来,哭得半天没有一句话。春草不用她说,也知道这些年一家人经历了什么,婆婆死了,公公因为年纪大，也离开了学校，靠着一点点退休金生活。全家的生活重担都是她一个姑娘家担着的，原先那个对象也吹了。看看她那双手就知道她有多苦，所有的手指上都生满了冻疮，一双手肿得又红又亮，像一堆胡萝卜。就是过年，一家人也没舍得杀头猪吃，只买了一点点盐肉打牙祭，饭桌上仍以红薯稀饭为主。

春草心里难过得要命，好像看到了从前的自己。她把自己身上那张擦了一天也没舍得扔的纸巾拿出来，胡乱地替水清擦掉眼泪，说："哥哥嫂嫂对不住你，让你受那么大罪。慢慢会好起来的，你相信我好了，我这个人是不会服输的，一定会重新爬起来的。等过两年我们挣到钱了，一定给你好好地找门婆家，让你把两只手抄起来享福。"

一句话把水清说笑了。水清告诉她，最大的安慰是水亮的学习成绩不错，已经考上了县中学，还在班上拔头。春草想了想，从身上拿出自己爹妈不肯要的那一千元钱给了水清，让她拿去给水亮交学费。"你阿哥让我带回来的。"春草说，"我们现在还不是很富裕，先给你这些。"水清收下了。水清高兴地说："这可顶大用了。"春草心里这才好受一些。

离开婆家，春草一个人来到他们家原先那个楼房前，不敢走近，站在一丛竹林里望。窗户里亮着灯，厨房的烟囱还冒着烟，显然已经有人住进去了。水清说那个债主最后把房子卖给了村里一个在外当包工头的家伙，连上里面的家什，卖了毛两万。

春草在暗夜里望着那灯光发呆，空气中弥漫着一种熟悉而又陌生的气息，爆竹声时不时地炸响，这儿咚一声，那儿啪一声，提醒着人们在年里。天气很冷,一股寒气从脚底生起,春草不由地哆嗦了一下,三年前逃离时的情景又清晰地在眼前出现。三年转眼过去了,他们不但没能把房子赎回来,反而离它越来越远了。看来这房子要永远属于别人了,永远回不到他们手上了。春草的眼泪不知怎么就涌了出来,但很快就被寒风凝住了。

好吧,没有房子我就不回来了,我索性永远住在城里,做个城里面的人。

春草发了誓,转身离开。

母亲真的跟春草去了县医院。一检查,原来她的胃病已经很严重了,而且还长了个肿瘤。至于那肿瘤是良性的还是恶性的,要切片检验才知道。

医生把春草叫到一边,说:"看情形恶性的可能性比较大,最好尽快手术,拖延时间一点好处都没有。"春草马上问:"手术要多少钱?"医生说:"至少五千吧。"春草又问:"吃药不行吗?非得开刀切除吗?"医生点头,说:"不切除的话,一旦癌细胞转移,恐怕就没几个月时间好活了。"春草心里一惊,说:"我回去和家里人商量一下。"

春草回到家,把情况跟父亲和二哥二嫂说了,父亲一听要那么多钱有些傻了,说:"我上哪儿去找嘎多钱啊?你留下的那点钱,早就用掉了。"这个春草早估计到了。春风低着头一声不响,二嫂说:"钱我们实在拿不出,但姆妈开刀后侍候照料都由我来做好了。"春草想了想,说:"我出三千,让大哥和阿弟各出一千,行吗?"父亲一个劲儿摇头,似有难言之隐。母亲说:"我不要手术,吃点中药好了。我以前一直都在痛,还不是过来了？花那个冤枉钱做啥啦？"春草说："不做手术会要命的。"母亲说："要命就要命，活着也是受罪。"

春草没再说话。她实在是犯难。拿出三千对她来说已经不是件容易的事了，存折上总共那点儿钱，好不容易才攒到那份上，有多少地方在等着用啊。养家糊口，做生意，以后还得给孩子交学费，还想租个大点儿的铺面。春草真希望母亲能对她说一句请求的话，帮她下这个决心，哪怕是相近的话，比如"春草我现在就靠你了"，那她也会不顾一切给她治病的，卖掉铺面都行。但母亲不说，一丝那个意思也没有。也许母亲现在仅有的自尊，就是在女儿面前摆谱了。

母亲反复说："我不要开刀，开刀做啥？活多久算多久好了，糟蹋那个钱干吗？你们有钱还不如把房子赎回来，给我个脸面。反正这样的苦日子我活着也受罪，死了清爽。"

春草听着母亲的唠叨，想，母亲当真是老了，春草从小所熟悉的她那种不依不饶的劲儿已经不见了，取而代之的是顺从，是无奈，是忍受。一种很复杂的感情在春草心里纠缠着。这个从来不喜欢她，直到现在仍不喜欢她的女人，却让她看到了自己。

春草觉得很压抑，回家这些日子没有一天是舒心的。家乡的情况比她走的时候还不如，母亲又得了这样的病，自己的日子还没过好。

初六一大早，春草又一个人上了那个山坡。她有多少年没来过了？山还是那座山，坡还是那个坡，人还是那个人。春草似乎转了一圈儿又回到了从前的地方。要想改变命运怎么那么难？

山坡上很安静很冷清，正是家家户户团年的时候。村里人再穷再累，这几天也是要松口气的，也是要吃上两顿好饭的。春草很想像从前那样喊两嗓子，奇怪，她半天也没能发出一点儿声音来，好像这个环境已令她陌生，陌生得有些抗拒，不再容她随意表达了。她默默地站了一会儿，风一阵一阵地吹过，抚摸着她的脸颊，刺激着她皮肤下的神经，好像在提醒她回忆那些过去了的日子。她感到冷，寒意是从心底起来的。她只好下山回家。

下山的路上，不期然遇见了阿明。

阿明也老了！一张脸黄瘦黄瘦的，只有鼻头冻得发红。城里人老了发胖，乡下人老了却越发的瘦，一张窄窄的脸，凸显着风干的颧骨。头顶上还矗立着一些醒目的白发。阿明的模样比春草预想的还差。想到父亲说的那些事，春草心里百感交集，往日的怨恨也瞬间释然了。

阿明也很意外，但还是先开了口，说："这不是春草吗？"

春草点点头。她没能拉下脸来，也没能堆出笑容。原先曾想过许多种与阿明重逢的情景，想过要说的话。但此时那些话都失效了。也许有些话就是在心里想想的，不必说出来。她很平常地说："阿明，大过年的还在忙啊？"阿明说："人过年树不过年啊，我来上上肥。我把这片枣树林承包了。"春草说："我听阿爸讲了。你为什么不接着办厂呢？"阿明说："没有本钱了。"春草说："怎么会呢？那些年你还是攒下不少钱吧？"阿明说："我媳妇生了乳腺癌，我带她到上海去做手术，把所有的钱都花光了。"

春草惊讶得说不出话来。阿明媳妇，那个瘦瘦的女人，乳房上生癌？春草说："那怎么办？"阿明说："当然是切掉。半个胸部都没有了。"春草难以想象，那不是更加瘦了吗？她怎么那么倒霉？

阿明倒是很平常，说："还好手术做得不错，现在没大问题了。我想钱可以再挣嘛，人在就好。"

春草连连点头："是的，是的。"

阿明说："你好吗？"春草说："还好。"阿明说："那年你找我帮忙，我没能帮你，心里一直对你有点儿过意不去，你没恨我吧？"春草说："过去的事不要说它了，大家都不容易。还好我们也挺过来了。房子拿不回来，日子还过得下去。只是苦了家里的老人。"

春草把自己现在的情况大致和阿明说了说。阿明说："好啊，你开店我生产枣子，希望下次你回来个辰光，我的枣子加工厂能搞起来，你就可以拿我做的蜜枣去卖了。"

话题终于有了些暖意。春草也开玩笑说："那你可要便宜点儿给我啊。"

阿明说："没问题。我先免费拿给你试销好了。"

临走前的那个晚上，春草跟父亲说，立春以后就让母亲去手术，至于费用她会寄来的。兄弟们若不拿，她就全部承担。总之一定要给母亲开刀。她还特意嘱咐父亲不要告诉母亲那是她的钱，就说是借的。她怕母亲较那个劲儿。

1993 年
夏至:
一笔手术费

春草提着包牵着万万在海州的长途车站下了车。

刚出车站,万万就被那满街的车流和人群吓着了,紧紧拽着母亲的手不肯往前移步,眼里满是紧张和害怕。春草一边往前拽他一边大声说:"不要怕,万万,有姆妈带着你。"万万依然高度紧张。春草又说:"以后这里就是你的家了,你要在这里过日子,娶媳妇,你要做个城里人!"万万不能明白母亲的话。他除了不让自己哭出来,其他什么也顾不上了。春草提着东西,也没法抱他,只好强行地把他往前拖。等到了他们那小屋时,春草发现,自己的手竟被万万捏得红紫了。

何水远见状,一把抱起万万大笑他没出息。他摇晃着万万说:"你爹第一次进城也没这样啊,你爹还是去的老远的地方呢。"春草抢白说:"你多大?他多大?真是的,好比不比。你忘了你第一次来海州和别人走散差点儿急哭的事?"何水远不好意思了,说:"你瞎讲什么呀,当着孩子的面。再说了,不是我那次走丢,我们还不会跑出来做生意呢。塞翁失马,焉知非福?"春草听不懂他那些拗口的话,不再接嘴。

春草还想不好怎么和何水远说母亲的病,她甚至在回到城里后又动摇了原先的想法,她当真要拿出全部家当给母亲治病吗?

何水远看着两个孩子,当爹的责任心强烈起来,雄心壮志地说:"我们一定要在两个伢儿上学前把钱挣够,好给他们交学费。"春草说:"听说我们农村伢儿在城里上学要比城里伢儿多交好多学费。"何水远说:"咦,不是你说的吗,交再多的学费也要让两个伢儿在城里上学,要让他们从小成为城里人?"春草说:"是,我说的,我又没变。我就是要让他们做城里人。"何水远说:"两个伢儿做了城里人,那你呢?"春草说:"他们做了城里人,我就是城里人的妈啊。"

何水远大笑起来,说:"阿草,我发现你有幽默感了呢。"春草说:"什么叫'幽默感'?"何水远说:"就是这个,说话好笑,有意思。"

万万仍在那儿哼哼唧唧地说:"我要回家,我要阿婆。"眼泪鼻涕都下来了。何水远一边扯了张包花生的纸袋给他擦一边说:"真没出息,男伢儿还哭鼻子。你看姐姐,姐姐都不哭。"元元坐在角落里,对这个突然出现的弟弟一点感觉也没有,看见爸爸妈妈都围着他转,心里有点儿小小的不满,她突然喊了声:"我饿了,我要吃花生了。"说罢自己熟门熟路地跑过去抓了把花生,吃了两颗,然后看着万万。万万羡慕地看着她,忘了哭,把流到一半的鼻涕往上吸了吸。元元的优越感得到了满足,走到万万跟前,把余下的花生递给万万说:"喏,吃吧。"万万总算被香花生吸引,平息下来。

春草看着两个孩子,心里很踏实。她已经有很长时间没有感到过踏实了。他们这一家总算是团聚了。虽然多了一张嘴,可也多了干劲儿。她又一次想到那个重大决策:当真要把所有积蓄都拿出来给母亲开刀吗?会不会让两个孩子受罪啊?何水远知道了和她闹怎么办?春草又犹豫了,或者说不舍了。母亲又不是她一个人的母亲,再说母亲从小不待见她,对她的爱还不及对阿哥阿弟的百分之一多。而她跟何水远苦做多年才刚刚有一点积蓄,再做到这一步又得等到何年?

春草心里很乱,又不能对何水远说。

何水远说:"你发什么呆啊?"春草说:"看来我们只能在城里待下去了,我这次回去看到乡下的日子不好过,比我们还难。"何水远说:"我从来也没想过要回去。房子拿不回来,回去做什么。"春草说:"我姆妈身体不好,总是胃痛,吃不下东西。阿爸也老了很多,一点儿精神头都没有。我想想心里面难过得很。"何水远说:"那我呢,我姆妈生病我一点儿也没管,死了才知道的。不要讲这些了,讲了也没用场,只会难过。"春草想,是啊,婆婆从生病到去世,他们一点儿也没管过,阿远还是长子,独子。他肯定很自责。春草又说:"阿明的媳妇生了个大毛病,阿明带她去上海开刀,把他们所有的积蓄都花掉了。现在也不好过呢。"何水远说:"那是他有钱,要是碰上我们不死定了?"何水远说着就走了出去,看得出他的确不好受。

万万吃了一把花生,心定下来,四下里看看说:"哪里有电梯啊?"春草说:"电梯已经关门了,以后姆妈带你去。"万万又问:"哪里有彩灯看啊?"

春草想了想,一把抱起他,又牵上元元的手说:"走,姆妈带你们去个好地方耍耍。"

何水远说:"快夜里了,你带他们去哪儿啊?"

春草说:"一会儿就回来。"

春草连拖带拽地,把两个孩子带到了海边。夜已经深了。海滩上空无一人。二月的天气还很寒冷。月亮隐约出没着,照耀着海水。海面平静无比,像是睡着的样子。

春草来这儿这么久了,还没好好看过大海呢。听阿远说,人家那些外地人,老远都要跑来看海的,坐飞机坐火车地赶来看,她走走就来了,却一直没来。在她以前的想象里,这海能有什么好看的,不就是个比他们村的水塘大一些的水塘吗?但真的见到了才知道,这海和他们村的水塘完全是两个样子。是哪里不一样?春草说不清楚,只知道不一样。水跟水不一样,就像人跟人不一样。

大海让春草吃惊,更让万万和元元这两个孩子吃惊。他们简直不能明白面前是什么,是与他们遥遥相对无法进入的另一个世界,还是他们的梦境?

月光下宁静的海水哗哗地翻涌着海浪,营造出一种巨大的寂静。月光很安详,但安详的月光照在春草母子三人身上,却让他们无法安宁,他们的心骚动着,跳荡着。何水远曾跟春草说过,这个月亮也照过几千年前的女人。几千年前的女人也和她一样吗?操劳,苦做,不甘,梦想,希冀……

春草呆立良久,突然亮开嗓子叫了一声:"啊——"

一声喊出,春草觉得痛快极了。她朝两个孩子笑笑,两个孩子也朝她笑笑,跳起来,拍手欢呼着。春草说:"来,跟姆妈一起喊,啊——"

元元先跟着喊起来:"啊——"

万万也怯怯地跟着来了一声:"啊!"

稚嫩的声音在海面上舞蹈着,十分美妙。

春草喊:"我喜欢这里!"

两个孩子喊:"我喜欢这里!"春草喊:"我什么都不怕!"两个孩子喊:"我什么都不怕!"

春草喊:"我要在这里挣好多钱!"两个孩子跟着喊:"我要挣好多钱!"春草笑,停下来说:"不是这样的,你们要喊我要在城里边读书!"

两个孩子就跟着喊:"我要在城里边读书!"元元喊:"我要坐公共汽车!"

万万喊:"我要坐电梯!"

两个孩子越喊胆子越大,越喊越觉得好玩儿,一声接一声的。

元元突然喊了声:"我——爱——姆——妈!"

春草的眼泪一下被女儿喊出来,她一把抱起女儿,也喊:"我爱姆妈!"她的声音突然哽咽,心里说:姆妈,我要给你治病!我要让你活下去!

海水似乎在轻轻应着,敞开胸怀,把他们母子三人的所有愿望都收进了心底。对大海来说,再多的愿望也能容下。

春草喊够了,在心里说:说到做到,我不能欺骗老天爷。

春草悄悄把钱取出来寄回了家。

家底空了,人口多了。春草心里又坠上大石块了。她只得更加卖力地做事,更加简朴地过日子。每天市场收市后,她还是跑去捡人家扔掉的剩菜剩水果,或者去收购那些几分钱一斤的便宜菜腌制咸菜,换几个钱。

何水远觉得没面子不让她去捡,他说他们怎么也算个小老板了,别搞得像刚进城的农民一样。

春草说:"我就是农民,怎么了?"

何水远说:"你不是要做城里人吗?"

春草瞪他一眼,说:"你以为进了城就是城里人了吗?不要变了青蛙就忘了老底子做蝌蚪的样子。"

何水远笑说:"你这张嘴,现在已经变得伶牙俐齿了!"

春草没再吭声,也没去问他伶牙俐齿的意思。她大概能听明白的,反正说她会讲话了。她不想再说,是因为这话是母亲讲的,想到母亲就想到了瞒着他寄钱的事,多少有点儿心虚。她只是照自己计划的方式过日子。一周只吃一次肉,还是一点点肉末。何水远免不了抱怨,但也拗不过她。

两个月后父亲托人带了封信给春草。

春草迫切地想知道母亲手术的情况,可打开信看了半天,除了自己的名字,她认识的字不到十个,根本没法读懂。思来想去,只得把信交给何水远了。春草叹息着跟两个孩子说:"看见没有,姆妈不识字很可怜的,连眼睛都长在别人身上。"万万不明白母亲的意思,元元马上乖巧地说:"姆妈,我长大会好好念书的。"

何水远接过信有些奇怪,说:"你阿爸怎么想起写信了?家里出什么事了吗?"春草没好气地说:"信在你手里面,字在你眼里面,你问我?我还想问你呢。"何水远一想也是,赶紧读信。父亲在信里说:你姆妈的手术已经做了,医生说很成功,的确是恶性肿瘤,但尚未转移到别处,所以勿碍事的。现在已经回到家里了,在吃中药。医生说以后注意饮食就行了,至于切掉的胃,还会再长起来的。父亲还说,春雨寄了一千元回来,春阳也寄了五百元回来，春风媳妇也很尽心地照料，叫她放心。最后还说谢谢阿远了，"让你们破费那么多，过意不去。"春草一口气松掉，另一口气又紧跟着提了起来，她看着何水远，等他发问。何水远果然说："你姆妈生毛病了，我怎么没听你说起？"春草轻描淡写地说："我不是跟你讲过的吗，她老是胃痛，结果一检查胃上生了个肿瘤，切掉就好了。"何水远说："是恶性肿瘤吗？恶性肿瘤可是癌症啊，很可怕的。"春草说："你不要讲这种吓人的话好不好？医生都说没事。"何水远说："那你没有拿钱给他们吗？"春草赶紧说："当然拿了，我兄弟都拿了，我也拿了。要不我阿爸怎么说谢谢你呢。"何水远说："我们拿了多少？"春草含含糊糊地说："也就一千块。我不是跟你说过的吗？"

春草说着话心里发虚，结婚后她还从没有欺骗过何水远。何水远疑惑地说："那么大个手术，两三千哪里够？"

春草说："好像用了五千，大家凑的。"

何水远的口气仍很怀疑，说："你是从哪里拿的钱啊？"

春草受不了何水远没完没了的质疑了，说："哦哟好了，不要再查了，反正给我姆妈治病的钱你记到我头上好了，我以后少吃少穿省下来还，不会让你吃亏的。"

何水远说："你这是讲的什么话？好像我是个不讲道理的人。治病当然是要紧的了，做儿女的哪能不管呢？不管的话，以后要像我一样后悔的。问题是你到底用了多少要告诉我啊。我给水亮交学费都跟你商量的，对不对？都是自己家里人嘛。"春草看何水远的样子，像是蛮通情达理的，就讲了实话:"我寄了五千块给他们。医生说最起码要五千块。"何水远瞪大了眼睛说:"你哪里来的那么多钱?"春草说:"存折上取的喏。我跟我阿爸说是你同意的,你不能反悔啊。"

何水远的眼珠子都要瞪出来了,正要发作,春草连忙高声说:"人家阿明给媳妇看病两三万都用掉了,她是我姆妈哎,我拿五千也没什么不可以吧。"

正在这时外面有顾客喊:"称一斤花生!"

春草高声应道:"来啦来啦!"逃也似的跑了出去。

1993年
大暑：
追汽车

春草进城几年,彻底明白了一点,房子是城里人最最难办的事情,你再有钱,也不能随便找块地皮盖间房子,要等着公家分。别看到处都是楼,可到处都是缺房子的人。城里人都难弄,就更别说他们这样挤进城里的农村人了。

母亲的手术完成后,春草操心的就是房子了。

房子问题可不是春草小打小闹就能解决的,你不能说每天去捡砖头瓦块积攒起来盖房子。从何水远过来后,他们一家人就没摊开手脚睡过觉。一般是先让元元睡着了,把她移到花生袋上,两麻袋花生横过来刚好躺下这个小人。然后他们夫妻俩再挤到小床上。何水远睡里面,春草睡外面,何水远一旦睡着了,胳膊腿就不会老实。春草好几次被他横扫到床下,摔醒了,爬起来看看天差不多亮了,索性做事情。老实讲,只有回娘家那几天,她算是好好睡了几晚上。可现在,本来就局促的地方又多了个万万,更拉不开闩了。

春草每天都跟何水远嘀咕:"我们再去租个地方吧。"何水远说:"这种事还用你讲?我不是一直在考虑吗?"

自春草给母亲开刀用掉家里的一大笔钱后,她的地位顿时下降许多。首先家里的存折被何水远收缴了;再就是商量什么事,何水远的意见占了主导地位。比如关于租房子的问题,何水远说必须租个当街的,既可以卖货,又可以让他们一家四口落脚安身。春草就只好表示同意。如果是过去,春草可能会说,不如就在这个菜市场找个铺面。

按何水远的要求,那房子可是不好找。就算有,也是老贵的。要花很多很多钱的。何水远不甘心,一有空就看报纸的广告,或者直接到街上去转悠,但始终没有合适的。这么一晃,夏天到了,天热得不行,四个人把一个小屋挤得臭烘烘的不说,还要热出毛病的。

这天中午何水远从外面回来,进门就劳苦功高地喊:"渴死我了渴死我了!"

春草一看他那个表情,就猜到一定是事情有了眉目。果然,何水远喝下一大杯水后兴奋地说:"总算找到了!还是临大街的呢。有六十多个平米大。我看了一下,中间隔开,后面可以摆下一张大床一张小床,前面当铺子,正合适!没有那么合适的了!"

春草说:"真当的?那租金贵不贵啊?"何水远说:"起先当然喊得很贵了,我跟她砍价嘛。我说我才从外地来的,还没有资本,让她多关照。等以后经营好了再补偿她。女人嘛,马上就心软了。"春草说:"怎么,是个女的?"何水远说:"你别多心啊,我不是故意找女老板的,她家门上写着出租嘛。"春草说:"我不是这个意思,我是想她一个女人能不能做主?"何水远说:"她能做主,我看了她的执照,她是法人。"春草说:"法人是什么意思?"何水远说:"法人就是老板,她能做主的。我已经答应先交一千两百块定金,我得赶快送钱去,不然想租的人很多。她说每天都有人去问,她是看我老实本分才答应我的。"

一千多块钱?你不是说很便宜吗?春草吃惊不小。何水远说:"一千哪里算多?人家本来还要我交半年的,我说了半天才同意先交三个月。"

一听说要一家伙拿出去那么多钱,春草心疼得够呛。虽然她现在说不起话，可心疼还是照样心疼的，而且会更心疼。他们没有多少钱了啊。因为心疼她就有些生疑，有些不踏实。可存折已经掌握在何水远手里了，她只好不停地唠叨，说："嘎好的地方怎么会没人要呢？怎么会便宜呢？有点奇怪啊。"何水远不满地说："奇怪什么？那是我运气好。噢，就兴我老触霉头，不兴我运气好一次？"

何水远说完自负地走了。

春草站在那儿越想越不对劲儿，她不能不小心，他们没有家底可折腾了。春草想了一下，决定给娄大哥打个电话。她现在只能找娄大哥了，娄大哥是她认识的唯一可依靠的城里人。她已经很久没和娄大哥联系了，唐突就唐突吧，无论如何不能上当。

电话一接通，春草就直截了当地把他们想租房子的事，以及何水远看中的那处房子及其价格，一股脑儿地跟娄大哥说了。春草相信在这个问题上，娄大哥怎么也比何水远有经验，她想问问娄大哥是否合算，城里租房子真有那么便宜的？

哪知娄大哥一听那个街道的名字，马上大呼小叫起来，说："哎呀呀，还好你告诉我，那条街的店可是租不得的。"春草说："为什么？"娄大哥说："那儿马上就要拆了，拓宽街道，你们要是租下来就惨了。可能一个月以后就拆。千万不能交租金。"

春草一听，腿都软了，说了声"谢谢娄大哥"，拔腿就去找何水远。

可是何水远已经走掉好一会儿工夫了，他肯定是先去银行取钱了。春草跟水产大嫂打了招呼就追出门去，追到他们常去的储蓄所。她一眼就看见何水远正站在储蓄所门口的汽车站等车呢,大太阳底下皱着眉头。春草叫了一声"阿远",但街上太嘈杂了,加之正好有辆车停靠过来了,何水远完全没听见,一家伙就跳上了公共汽车。春草拔腿就追,跟在公车后面撵。公车虽然开得磨磨蹭蹭,但比人还是要快很多的,春草急得不行,边跑边喊:"阿远!阿远!"

引得路人皆驻足观望,看稀奇似的。春草管不了这些了,继续边跑边喊。日头很毒,晒得她眼前发黑,她不顾一切地追,喊,好像在追一个抢走她钱的强盗一样。一个蹬三轮的心眼儿好,冲她说:"大姐,你是不是要追那个公共汽车啊?你坐上来我带你追。"春草不敢坐,怕他要钱,她身上一分钱也没有。那个三轮车师傅说:"你要是有急事就先坐上来好了,反正我也没有客。"春草就上去了,三轮车蹬得飞快,靠近了公共汽车,春草大喊:"阿远,阿远!"仍没有喊答应。

春草正绝望的时候,公共汽车忽然停了,原来是到了一个十字路口,遇上红灯了。

春草跳下三轮,跑去拍打公共汽车的门,售票员探出头说:"这里不能上车的。"春草说:"我有急事找车上的人。"售票员说:"那也不行。"春草急了,更用力地打门。售票员说:"你做啥啦,有毛病啊?"汽车开动了,春草人没站稳,一下被挂倒在地上,三轮车师傅趁机大喊:"撞人了!撞人了!"

公车司机不知出了什么事,停住车,打开了车门。春草竟然一跃而起,跳上车挤进人群中。售票员气得连连骂她神经病,她充耳不闻,一把拽住了坐在车厢角落里的何水远。何水远竟然沉浸在自己的成功里，对外面的一切一无所知，见春草突然出现在自己面前，吓了一跳，春草却露出笑脸说："我总算追到你了。"

何水远被春草拦住，自然没把钱交出去。

但夫妻俩回到家才发现，春草摔得很重，膝盖上的裤子破成一缕一缕的，里面血肉模糊。春草在街上还没觉得疼，回来一坐下，简直就站不起来了。何水远连忙把她背到医院去看，一拍片子，髌骨粉碎性骨折，医生说至少得躺上三个月。春草傻了，她从来没想过她会摔成个"瘸子"，她一个劲儿地问医生："能好吧？不会一辈子当'跷拐儿'吧？"医生说："你年纪又不大，只要老老实实休息，躺着不要乱动，会好的。"

何水远叹息说："这一千块算是白省了。"春草生气地说："我痛都痛死了，你还讲这种话！你倒是说说怪啥人？"何水远赶紧住嘴。

春草的整个右腿都打上了石膏，白生生地横在床上，吓得两个伢儿都不敢近前了。这下好，什么活儿也不能干了。春草很是觉得抱歉。何水远说："摔都摔了，就别想那么多了，既来之，则安之。"春草说："安什么安啊？你还想我一辈子躺着？"何水远说："我是好心嘛。你这么多年做死个做，也正好借这个机会休息休息。"春草说："等我腿好了我让你也在床上好好躺几天。"何水远说："好了不要讲这种不吉利的话，你想我也断腿啊。"

娄大哥知道后专门来看了春草，给她买了些水果和营养品。春草在这么些日子后再看到娄大哥，没有任何不自然，反而觉得很亲切。倒是娄大哥有些不自在，他放下东西，站在那里跟何水远说了两句话就走掉了。走的时候甚至没看春草一眼。春草想，等她腿好了，她还是要去看他的，去他那个舒适的家里坐坐，他是她在这个城市里唯一的城里亲人。至少在春草看来算是亲人吧。

好在他们的运气不错，正为房子犯愁的时候，市场里有家小店生意不好关了门，空出一个偏棚。春草拄着拐杖去找市场管理员，说了一堆好话，把它租了下来。只是这一间和他们原先的铺面隔着点儿距离。但毕竟好多了，宽绰多了，春草带着两个孩子住到那边，何水远一人住在这边守着铺子。一家人总算可以躺直了困觉了。

春草想起大姑妈说的话，"老天爷关上一扇门就会打开一扇窗。"真是这样。何水远说的是另一种话，他说他们也算是因祸得福吧。春草问："什么是'因祸得福'？"何水远说："喏，本来很倒霉的事体，却相跟着带来一件好事体。祸兮福之所倚，福兮祸之所伏。塞翁失马，焉知非福也。"春草说："哦哟好了，不要老讲这种耳朵听不懂的话。"何水远说："我的意思是说，我们能在这里租房最好，又省钱又方便，也有熟客。做生意就是图个人气旺嘛。"春草说："我早说过在这里租嘛，是你非要到外面找的。"何水远说："那还不是因为你把钱弄光了，要是我们家底厚一些，在外面大街上当然比在这里好。我是安慰你才说因祸得福的。"

春草一听他又提那笔给母亲开刀的钱，马上不响了。但何水远还不罢休，说："阿草我还是想不通，你个娘对你真是不好，你怎么那么巴心巴肝地帮她啊？"春草似笑非笑地说："我不想她死。有我姆妈在我挣钱的干劲儿才大。"

何水远有些愕然地望着她，不知她的话有几分是真的。骨折后春草成天躺在床上，不但干不了事情，还得有人照顾她。用何水远的话说，一个壮劳力变成另一个壮劳力的累赘了。这日子不是一天两天，按医生的话是三个月，他们不得不考虑请个小工了。何水远一个人忙里又忙外，确实扒拉不开。

起初春草还有些舍不得钱，后来看何水远每天忙完生意还得给他们娘仨儿弄吃的，一个大男人家连抽烟的工夫都没有，也觉得过意不去，就主动说了。何水远大概早想这事了，连忙说："我到保姆市场找个小姑娘好了，很便宜的。"春草却不肯。女人的本能让她反对弄个小姑娘回来。

这事不知怎么让市场管理员知道了，主动上门说他的侄女从新疆到这里来找工作，正闲着呢，可以过来帮他们。钱嘛，多点儿少点儿都行。

春草一看这情形，也不好意思拒绝，自己才为铺面的事求过他，就答应下来，还满面笑容，很乐意的样子。心里却想，早知如此，还不如让何水远去找个乡下的小姑娘来。

管理员的侄女十九岁，叫吴丽珍。春草也跟管理员一样叫她阿珍。春草说每个月给阿珍一百五十元工钱。管理员很是高兴，一再说以后有什么事就找他。管理员走后何水远直叫心疼，说如果去保姆市场请个小姑娘八十块就够了。春草说，那不一样的，这不是给她的，是给她叔叔的。但一想到阿珍不但拿一百五十元的高工资，还吃住和他们一起。春草也是很肉痛的。她想，幸好就三个月，三个月以后她的腿好了，就不再请她了。

她无论如何没想到，请神容易送神难。

阿珍一早来，一晚回，成天跟何水远待在一起，弄得何水远很少有时间过来看春草她们娘仨了。春草如果问起，他就说他是不放心阿珍，怕她卖了货不记账，把钱揣自己身上，所以不敢离开。春草没话了。

等春草腿稍微好一点儿后，她就拄着拐杖去铺子那边，一来帮帮忙，二来嘛，也是不放心。春草能守铺子了，何水远就让她守铺子，自己和阿珍两个跑外面，还是成天和阿珍在一起，弄得春草有怨气没脾气。

要说阿珍手脚还是麻利的，眼里有活儿，嘴也甜，有了她生意也好。她叫春草"阿姐"，叫何水远"阿远哥"。两个小伢儿万万和元元也喜欢她。可是不知怎么，春草心里总有些不对劲儿，叫她说她又说不出什么来。是不是她对何水远特别好？可是她对自己也不错啊。那就是何水远对她特别好？也说不上的，何水远常常为做错事骂阿珍，阿珍一生气，就会上她这儿来告状。那是为什么？

春草有意在何水远面前说："阿珍对你很好嘛。"

何水远马上板着面孔说："不要瞎讲，人家一个小姑娘家。"春草没趣了，只好不去想。

春去夏来，阿珍渐渐成他们家人了，好像遇上了雨水特别好的季节，筷子插下去就生根长成竹子了。春草的腿三个月后果真好了，去掉了石膏，可以随便走路了，她几次在阿珍面前说："你看看我这腿，哪里像是摔过的?"阿珍笑笑说:"阿姐你还是要当心呢,再摔一次肯定就好不了了。"春草想,我为什么要再摔一次呢?奇奇怪怪的。

春草在管理员面前试着提了两次,意思是阿珍该正式出去找个工作了,管理员却说:"工作不好找,再说她跟着你们我放心,让她学学怎么做生意,以后才好自己做。"春草私下里问何水远这事怎么办?他们总不能永远雇个人吧,他们又不是地主老财,哪有那么多闲钱?一个月一百五十也不少呢,还在他们家吃顿饭,一年结结实实就得多花掉一千八百元。那是小数字吗?

一说到这事,何水远总是事不关己地说:"我随便你,是你叫她来的。"春草噎着了,不满地说:"我看你是想留她呢。"何水远说;"我想留她?我留她干吗?你叫她走好了,你看我留不留?真是会瞎讲。"春草瞪何水远一眼,不满道:"你不要嘴硬,我看你就是喜欢和她黏在一起。你只要和她在一起,脸孔就跟那个煮红薯一样又甜又软。"何水远说:"你简直是胡说八道!"一边反驳一边却忍不住笑出来。

这下可是跑不掉了,春草说:"你看我说什么了?你自己都熬不牢要笑。还不承认。是不是像个煮红薯?"

何水远说:"你把你老公说成什么了!既然那么不放心,那我把存折交给你好了,我身上没钱,总不会怎么样吧?"

春草一想也对,先把经济大权抢过来再说。

好在生意一直不错,她也只好将就这么过下去。

1994年仲春：
阿珍干的好事

春草真是想不明白，她这辈子好事情怎么从来不会自己轻手轻脚地来，总要牵一个麻烦阿妹或者烦心阿弟？租房子虽说因祸得福，最终又变成因福得祸了。

麻烦好像已经认识了春草家的门，说来就来，也不打个招呼。

事情还是那个阿珍引起的。

阿珍看上去蛮老实的一个女伢儿，竟然懂得炒股，后来想想，多半是她那个管理员叔叔在炒，她看到过。似懂非懂的，就认定那是个挣钱的好办法。她自己没本钱，就撺掇何水远炒，她把炒股说得跟捡钱一样简单方便，何水远就动心了。本来何水远就不满足于做小生意，总想着找个挣钱快捷的路子，阿珍这么一说，他马上迷了进去。阿珍还说像阿远哥这样脑子活络的人，肯定一炒就赚。阿珍还说她叔叔讲，连街道上那些大妈炒了都赚。不管是谁，只要从炒股那条街走一趟就有钱赚。

何水远被她鼓动得坐不住了。年轻女孩子的话本来就比老婆的话生效快，何况事关赚钱。反正炒货炒股都是个炒，那就炒炒试试？这时他后悔把存折交出去了，要说通春草把钱拿出来，难度是很大的，他只能先小试一把。为了小试，他开始用瞒报谎报的种种方式，截留资金。

这一切春草哪里知道？她天天带着两个孩子在这边，他们两个在那边，一天好几个小时在一起说话，还能不说出朵花来？等春草腿好了能走动了，何水远已经中毒很深，暗地里截留下了一千元的资金，和阿珍一起去了股市交易中心。

那个时期恰是股市非常火爆的时候，凡手上有点闲钱的，都蠢蠢欲动。也算何水远运气好，或者说，也该他倒霉，他把第一笔钱投进去后果然生钱了，两天后就生出三百元整。何水远欣喜若狂，简直难以置信，世界上有这样好的挣钱方式，他当即奖励了阿珍五十元。阿珍也欣喜若狂，两个人从证券交易所出来几乎连跑带蹦，那一瞬间何水远甚至觉得自己很快会成为有钱人的，两天就生三百，一个月还不得生好几千？再看街边那些高楼也不那么陌生了。阿珍得意地说："怎么样？"他说："不怎么样，本钱太少了，你想咱们这次要是投一万，那还不得有三千的盈利？看来一定要做大。"

何水远立即回去向老婆大人报捷，也是为了争取新的更多的投入。春草哪里肯信，她一天到晚地做，累死累活也挣不了三百。何水远就让阿珍做证明，阿珍那张嘴多少会讲啊，一五一十，挣的那三百让她一讲好像三万一样。

春草渐渐信了，脸上也有了笑容。何水远趁机提出要从存折里取钱，把这生意做大。多投入就多收效，看得见的啊。可春草一听说要从银行拿钱，就迟疑了。何水远就挑她最爱听的说："我们只有这样加快速度挣钱，才能在伢儿上学之前把学费挣够，租好一点的房子给伢儿写作业。这是难得的机会，不抓住机会以后要后悔的。"

春草内心的保险柜被何水远破了密码，终于打开把存折交了出去。

把存折交出去后，春草就再无一日安宁了。那钱把她吊在空中荡来荡去。每天何水远一进门她就问："怎么样了？"第一天何水远满脸喜气，说："那还用说，涨了！涨了两毛。"

春草说:"怎么才涨两毛?"何水远说:"一股涨两毛,我们买了三千股,你说涨多少?"

春草脑子里噼啪一阵响,说:"六百块?"何水远说:"对啊!"春草兴奋得脸都红了,一天挣六百块?太过瘾了!幸福得让她难以置信。她连忙问:"钱呢?拿给我去存起来!"何水远说:"急什么,再等等,你想想这才一天,要是两天呢?三天呢?实话告诉你,我是打算等它涨到八块再抛的!那样我们可以挣五千!"

春草望着何水远的眼神都有些崇拜了。阿珍也趁机表功,不断说:"我说嘛,这回你们信了吧?阿远哥这样的人一看就是会挣钱的人嘛。"她一边说一边望着何水远,那眼神让春草忽然有些警觉,她心里琢磨,自从骨折后他们两个天天在一起,倒是自己很久没和阿远亲热了,该把他往自己身上黏一黏了。

当天晚上春草就让何水远好好"做"了一回。夫妻间已久无战事,何水远早发牢骚了。那天夜里春草把孩子弄睡,主动去了何水远那边。何水远格外兴奋,加上成功的喜悦,就跟吃了春药似的,把春草和自己都弄得一身臭汗。春草躺在那里淌着汗说:"阿远哎,我现在是全身上下都佩服你嘞!"把何水远得意的,一时觉得自己简直就像个皇帝。

第二天还不等春草问,何水远进门就嚷嚷说:"又涨了又涨了!涨三角了!他娘的,真够意思!"

何水远高兴得连脏话都出来了。春草更是心慌意乱,没想到苦做多年,终于遇上了天上掉馅饼的事。她心里怦怦跳,比当年跟何水远拉手还激动,急慌慌地说:"抛吧,阿远,别等了!有千把块钱的进账,可以卖掉了。"何水远还是舍不得,说:"再过两天吧,肯定还涨呢。"春草说:"哪里会有这样的好事?我是要拿到钱才相信。我这几天根本困不着觉,一万六千块钱在人家那里啊,万一不见了怎么办?"何水远生气道:"你个乌鸦嘴,瞎讲什么?"接着又安慰说:"你放宽心吧,肯定不会有事的,人家都说现在是牛气冲天,人家都冲我们干吗不冲?"

春草说不过他,但无论如何,把好好的钱拿去换成纸,她不能不担心,怎么想怎么可怕。尽管何水远告诉她现在他们的钱已经从一万六变成一万七千多了,可没看见钱她不能踏实。春草又商量说:"要不这样,你先抛一次,把挣来的一千拿给我,你再用本钱去炒,好不好?我看见钱心里实在一点。"何水远说:"好好好,我们明天就拿钱回来给你看,让你像那年子那样铺满一床,看够了我再拿去炒。"

春草乐了。但何水远并没有兑现他的诺言,第三天回来他有些丧气地说:"没想到今天跌了,这么一跌我们就要少挣好几百了。"春草一听急了,说:"那明天还会不会再跌啊?"何水远说:"不会的,明天这只股肯定要上扬的。"春草说:"你怎么那么肯定?又不是你家的事体。"何水远说:"反正现在抛出去太吃亏,我不肯。人家都说现在不能抛。"春草说:"哪个人家说的肯定要上扬啊?"何水远想想说:"内部消息。"春草说:"肯定是阿珍那个丫头吧?你现在就是听她的不听我的。"何水远被老婆看穿,有些尴尬,也有些恼,说:"谁对我听谁的,亏本的生意谁会做啊?"又说:"你是不知道,那儿比我买得多的人多得是,我这算什么？我是小户，他们大户都不怕亏我怕什么？"

春草知道自己已经控制不住他了，只好说："你要是赔了我跟你没完。"何水远说："你真沉不住气，人家阿珍也是女人家，就沉得住气。"春草说："你这个木头，又不是她的钱她当然沉得住气。要拿她的钱去炒我还安耽呢，我天天睡大觉炖骨头汤喝。"

何水远瞪她一眼，不再惹她。

因为那该死的股票，何水远根本没心思做生意，有时人站在那里，心思还在股市上，买主要称花生，他竟然问人家要几手。春草叫他去进货，他竟然空手回来了，说："我看人家都在抛我就没有买进。"春草气得不行，也无奈，只好任他和阿珍两个为股市跑，自己一个人带着孩子兼顾生意。生意也很受影响。起初春草想，不管股市上赚多少，哪怕赚个一两百也行，也算是贴补这边的买卖了。可后来看何水远的嚣张气焰忽然不见了，情绪一天天低落，知道情况不好，追问他他总是不耐烦，说："急什么？再等等看嘛，钱有那么好挣的吗？"春草说："呀，当初说好挣的也是你，今朝说不好挣的又是你，什么话都由你讲讲过了。"何水远只好哄她说："放心，马上要起来了，股市就是这样的，跌几天肯定涨几天。我听见人家都这样讲，报纸上也这样讲。"

春草已经不信他了，但也无奈。她只好在心里安慰自己，赚不到就算了，就算他这些日子出去玩儿了。以后还是老老实实做生意的好。春草这么想，显得有些宽宏大量，还开玩笑说："你是不听老婆言，吃亏在眼前啊。"

春草的宽宏大量是有前提的，或者说，是无知造成的。她以为再怎么亏，本钱总还在那儿。不管股市怎样，她家的钱就是她家的钱，就好像她家的老母鸡让人家捉去喂了几天，虽然没给自家生蛋，母鸡总还是她家的吧。哪知后来的情况完全不像她想的那样，活活的一只母鸡竟然也会变没掉，连鸡毛也一根不剩了。

那天何水远和阿珍在那儿小声嘀咕股票时她听进一耳朵，大概意思是他们的钱已经从投进去的一万六千多变成九千块了。少了小一半。她傻眼了，怎么会这样？她一把揪住何水远说："到底怎么回事？你给我讲清楚！"阿珍见势不妙，提起一袋垃圾假装做事情跑开了。何水远边挣脱她的手边说："你不要这样嘛。有什么大不了的，股市很复杂的，一两句话哪里讲得灵清，等我方便一下回来慢慢给你讲。"

何水远一去不回，溜了。

夜里春草把两个孩子哄睡，也不见他回来。第二天一天也不见。春草气得嘴角起泡，牙也痛。有人告诉春草何水远躲在一家小饭店喝酒。春草一下冷静了，她想这样不行，真把他吓得不敢回家那比钱亏了还糟糕。于是她叫阿珍去找他，告诉他她已经不生气了，叫他赶快回家，这边的生意总要做下去，活人总不能让尿憋死。

晚上何水远回来了，先不吭声，后来看春草真的不提股票了。他又嘴硬起来，说："其实炒股都这样，我们算亏得少的。要是我们这点钱都生气，那人家还不都气死了？"春草说："人家是有钱人啊，你有多少？"何水远说："想挣大钱嘛，就是要担点风险。想学本领也得付学费啊。"

春草说:"你这是什么歪理?我不跟你讲歪理,我也不指望你挣大钱,你只要把原来的钱拿回来就算数。"何水远说:"不要急嘛。我向你保证,过两天一涨起来,涨到我们进价我就抛出去。"春草说:"你不要再哄我了,你跟我说实话,是不是我们的钱再也拿不回来了?"何水远声调虚弱地说:"瞎讲,怎么会呢?只是赚多赚少的问题。"

春草明明知道他在骗自己,但又非常希望他说的是真的。心里七上八下的,很烦。

1994年
中秋:
鼻血长流

再不开心，日子也得往前走，转眼又到中秋了。

这段时间对春草来说糟糕透了，他们的全部家底都被那该死的股市套牢了。春草觉得"套牢"这个词儿很形象的，不光是他们的钱被套牢，她的整个魂儿都被套牢了，何水远的整个魂儿也被套牢了，夫妻俩每天跟影子似的在家里晃。何水远嘴上还说没事，但春草看得出他已经发虚了。因为发虚，连着几天他都老老实实待在铺子里，跟阿珍的笑话也讲得少了。

春草觉得城里什么都好，就是月亮不如乡下的好。去年前年中秋都下雨，月亮不知上哪儿避雨去了。今年总算看见它出来了，却一点儿也不亮，模模糊糊的。但城里人很有闲心，用何水远的话说，有闲情逸致。模模糊糊的月亮也有好多人跑出来看，大人孩子，都在街上晃。据说还有好多人去海边看。连隔壁的水产大嫂，也和老公一起弄了个小凳子坐在街沿上吃月饼，还有鸭梨核桃什么的，叫"赏月"。

春草可没有心情赏月，她的心情稀烂，她连发脾气的力气都没有了，只能生闷气。生何水远的气，生阿珍的气，也生自己的气，已经气了一整天了。

自打他们的血汗钱丢进股市后，春草就没有舒心过一天，前些日子听人说最近股市又牛起来了，好多股票都扬上去了。她就急忙催促何水远去把他们套牢的那些抛掉，虽然她还是不明白炒股是怎么一回事，但她已经知道那是个吃人钱的地方，她现在只想保本了。只要何水远把本钱拿回来，他们也好好过个中秋。前段时间那钱就算是借给别人用了。

可何水远去了一趟回来还是两手空空,还是那句话,抛了要亏,"要割肉",再等等看。

春草真生气了,她敢肯定这不是他的主意,多半是阿珍那丫头说了什么。一追问,何水远果然说:"阿珍讲,她叔叔也被套牢了,她叔叔都不准备抛,现在抛太亏了。反正那钱放着也是放着,等哪天涨起来,肯定比银行利息要高。"

春草跳着脚说:"什么叫放着也是放着?那是我的钱,放在人家那儿跟丢钱有什么两样?"

何水远说:"你小声一点啊,她在外面。"

春草更大声地说:"听见就听见,反正我现在说什么你都不听了,就这么个小精怪的,我心都让她操碎了,碎成一丝一丝的了!我前辈子欠她啊她嘎收拾我?"

何水远说:"事情是我做的,你怪人家做啥啦?"

春草说:"你不用护着她,我就知道一定是她的鬼主意。她说钞票是狗屎你就扔掉,她说狗屎是钞票你就捡起来!我真是好心肠办坏事,把那么个精怪弄到家里来糟蹋。跟苍蝇粘在糖上一样,赶都赶不走!"

阿珍按捺不住了,应声道:"我还不是为你们好?不听算了,我走了。"

春草真希望她就此离开,也算是了却一个麻烦,可何水远竟然跑出去一把拉住她,说:"你阿姐现在在气头上,别跟她计较。"

这下春草就不是在气头上的问题了,整个人就是团火,家里被她烧得乌烟瘴气,她摔锅打碗,指桑骂槐。阿珍终于受不了,收拾了东西走人。

阿珍一走，何水远也拉下脸来，说："你不要这样好不好？我还不是为了这个家？不就是一万多块钱吗？我以后挣了还你就是，有什么大不了的？！你也用不着借题发挥，迁怒于人啊。"

春草被她憋得说不出话来。这种时候他居然还能说四个字儿四个字儿的斯文词来，他真是鬼迷心窍了！春草拿起扫把冲出屋子，在地上胡乱地扫，又端起一盆脏衣服哗啦哗啦地搓，在屋里横冲直撞的。何水远说："你不要这个样子好不好？吓着伢儿了！"

春草把盆子往地下一顿，嚷嚷说："何水远！我啥话也不想说了，说了也只是辛苦我的嘴！你一个大男人，说话要给话做主！你得把那一万六千块钱还给我！"

春草还从来没这样连名带姓地叫过他，眼乌珠都要瞪出来了，何水远看她是真的火了，不再响，到铺子上忙活去了。春草真想冲到街上大喊两嗓子，大骂几声，出出心头之气。可这毕竟是城里，哪里有地方撒气啊。街上永远都那么嘈杂，那么吵闹，那么烦乱，个个喉咙都比她响，她去哪儿喊？就是海边，肯定也是人挨人的，在赏月。她就是喊了骂了，也会像蚊子叫一样被迅速淹没掉。中秋有什么好？几乎每年中秋春草都会遇到麻烦，这让春草对这个节日没有一点好感。

天渐渐暗下来，女儿跑进来喊她："姆妈，爸爸叫你出去吃月饼。"

春草生气地说："我不吃！吃狗屁！"

过了一会儿何水远进来了，说："大过节的，跟小伢儿那么凶做啥啦？"

春草嚷嚷说："我凶有个屁用！你是诚心要把我给气死！"何水远说：

"你还想怎么样？人已经给你气走了。"春草说："人走了钱也回不来！"

何水远转移话题说："我一直在忙生意。告诉你，今天很不错，比昨天多进了差不多一张呢。"春草说："那有什么用？再多也不够你们折腾的！"

她有意在"你们"两个字上加了重音。

何水远说："哎呀好了，我明天去抛掉就是了，我还不是想多拿回来一点，你要不嫌少，我明天一早就去，反正少了好几千块啊，先跟你说清楚，你不要后悔。"

春草说："后悔？我早就后悔了，肠子都悔得乌青乌青了，有什么用？你哪里肯听我的？我说多少次了？你耳边风一样，说了只会辛苦我的嘴！"

何水远说："那能怪我吗？股市低迷，大家都倒霉，又不是我做错了什么。"

春草说："你还不认错？自己肚子疼倒怪灶王爷！好意思！"何水远不再答话，带着孩子走开。

一家人闷闷不乐地挨过了这个中秋的夜晚。

隔壁干杂店的老板娘在门口种了一盆桂花，甜甜的香气飘了过来，这本来是春草最喜欢的了，此刻她却也觉得腻人。人触了霉头看什么事情都不可爱了。

第二天一早，何水远去了交易中心。

春草从他出门那一刻起，心里就开始七上八下的，站不是，坐不是，有买主也慌，没买主更慌，整个人就像热锅里的蚂蚁。她忐忑不安地等着,也是满怀希望地等着。她想,总会拿回来一点的,那是他们的钱啊。赔也不能全赔吧?

大概是昨天把该发的气都发了,春草心情倒是平和了许多。她思忖着,哪怕何水远今天只拿回一半的钱,或者只拿回两三千块钱,她也不再责备他了,他们再从头做起吧。正像何水远说的,他也是为了这个家,他也不是有意想赔钱。实在是股市那东西可恶。还有那个阿珍可恶。那个妖精怪,都立秋了,还亮着胳膊亮着腿,什么意思嘛!不是诚心让她家阿远犯迷糊?她早就烦她了,一直忍着,根本不是像何水远说的"迁怒于人",她怒的就是她阿珍!

可等啊等啊,望眼欲穿,到吃午饭时何水远也没回来。

春草心里有些发慌了,她慌得腿软,也没别的什么招数,只是一次次地往路口看,希望能看见何水远的身影,哪怕看见阿珍的身影也行啊。可没有,都是些陌生的与她毫无关系的人影。她只好先给两个孩子弄饭吃。自己把头天剩的一点饭和一点汤烩在一起凑合,她端着碗想,我现在的日子就像这碗剩饭,糊里糊涂的,还难吃。

忽听隔壁干杂店的女人叫她接电话,她预感到是何水远。丢了碗跌跌绊绊地跑过去,慌忙中把搁在门口的桂花差点儿踢翻。

果然是何水远。

何水远的声音瓮瓮的,乱乱的,好像在一个很吵的地方。春草喂了好几声他才应,上来就说:"阿草,我对不起你。"

春草一听那语气就明白了,他们的钱当真是赔了,他们的钱当真是变成别人的了。她揣着一线希望问:"全都没了?一点点都没了?"

何水远不说话。

春草心里一阵刺痛。一万六千块啊,辛苦了两年多啊,真真的血汗钱啊。她省吃俭用一分一分地存,一角一角地攒,指头上捏牙缝里抠,却在那么几天之间全不见了!她真不该相信他,真不该把存折拿给他,就是拿也该少拿点,她怎么会那么糊涂?!怎么会那么相信他?她春草竟也会被这样的事情骗进去!一切的一切都完蛋了!就算把何水远骂成一堆灰也挽救不了一丝一毫了!

尽管春草有充足的思想准备,还是一句话也说不出来。她说不出宽容他的话,也说不出无所谓的话。沉默了一会儿,春草很艰难地说:"那怎么办哪?你还是先回来再说吧。"

可何水远接下来说的话更让春草目瞪口呆。何水远说:"阿草,我没脸见你,我想出去一段时间,挣到钱了再回来。"

春草大惊:"什么?你说什么?你要上哪去?"

何水远说:"阿珍说她父亲在新疆做葵花子生意,需要帮手,我想过去看看。你不是说我一个大男人,说话要给话做主吗?"

春草几乎是喊起来:"阿远,别去,你千万别去,我不怪你的!当真不怪你!我那天说的都是气话。我知道你也是为了我和伢儿。你赶快回来!啊?什么事都可以慢慢讲的。钱我们还可以挣的,那么大的事我们都挺过来了,这算什么啊?那些钱就算是给你阿爸看病了,我想得通的。阿远,阿远,你答应我啊。别走!你走了我和孩子怎么办啊?阿远!"

春草的声音里几乎带着哭声了。何水远在停顿了片刻之后，还是放了电话。话筒里传来嘟嘟的声音，春草仍朝着话筒喊："阿远阿远，你要做啥啦啊，你别做傻事啊！"

再也没人应她了。

春草傻在那里，脸色苍白，手发抖。阿远走了，他抛下他们娘仨不管了！最最关键的是，他是和阿珍一起走的，这意味着什么？意味着他背叛她了！天！她的天垮了！

干杂店的女人轻轻拍她一下，问："做啥了？和老公吵嘴啦？"

春草搁下话筒，手仍然在抖，抖得厉害。片刻之后，她又拿起话筒，拨了她脑海里唯一的一个电话号码，娄大哥的，她必须马上和人说说，她受不了了，她要死了。

电话通了，有人接了，但接电话的人说："娄大哥出差还没回来。"春草朝着接电话的人喊起来："你告诉他，他阿妹出事了，要死了，叫他快来帮帮她！"对方吓了一跳，问她是谁。春草说："他有几个阿妹？你就说是他阿妹他就晓得了。"

春草搁了电话，再没别的招数了，尽管她在这城市待了三年多了，可这城市没有她的任何依靠，这里不是她的家，找个像她姆妈那样骂她自作自受的人都找不到。她转身离开，木呆呆地移步回到自己的铺子里，又木呆呆地坐在床上，眼前发黑、发晕、发蒙。

忽然，一股热乎乎的东西从她鼻腔里爬出来，春草下意识地用手一摸，黏糊糊的，鲜红鲜红的。她想，这是什么？不像鼻涕啊？还是元元的喊声惊醒了她。元元叫道:"姆妈姆妈,你流好多血啊!"哦,是血,流鼻血了。大姑妈说过,人气急了七窍都会出血的。春草拿起一张包花生的纸把血擦掉,可鼻子里又流出来了,滴在了她的衣襟上。她仰起脸,把元元给她的纸揉了揉,卷成一个条儿,塞进鼻孔里,倒在床上。

元元哇的一声哭了起来:"姆妈你不要死啊!姆妈你不要死啊!"

元元一哭,万万也哭起来。两个孩子的哭声唤回了春草的魂儿。春草惊了一下似的坐了起来,把两个孩子搂进怀里,说:"姆妈不会死的,姆妈怎么会死呢?放心好了,姆妈还要让你们在城里厢上学呢。就是别人要姆妈死姆妈都不死,坚决不死!姆妈死不了的,你们外婆说姆妈是竹子命,砍了都要长。那年子你们阿爸欠了那么多债,我们房子都抵掉了,什么都没有了,姆妈也没事的,也过来了。这算什么啊?现在我们还有地方住,还有那么多炒货可以卖,还可以重新赚钱。再说你们阿爸还要回来,他肯定要回来的,他跑不了的。"

春草滔滔不绝地说,说了恐怕足足有半小时,两个孩子竟然依偎着她睡着了。她感觉心里好受些了,有些知觉了,就决定去找管理员。虽然她拿不准管理员的态度,但她现在急需和人商量,也许管理员能帮她。

管理员一见她,脸拉得老长,说:"我正要去找你呢?怎么回事?你说说看这是怎么回事?"

春草说:"我,我也是刚刚才知道的。"

说完腿一软,坐在了门口的凳子上,半是自语半是解释地说:"我只知道他们赔了钱,没想到他们会一起跑掉。"管理员气势汹汹地说:"你老公做什么呀？那么大个人了干出这种事体！我脸都给他丢尽了！我原来还以为跟着你做好放心，没想到送到狼窝里去了！让我怎么跟我阿弟交代？"

这话刺激了春草，春草腾地一下站起来说："话不能这样讲啊，是你家阿珍鼓动我们家阿远炒股的，套牢了也是她不让扔掉的，全赔光了又是她叫阿远去打工的！小小年纪主意蛮大，你还怪我，真是滑稽哎！"管理员说："再怎么讲，阿珍是伢儿，你家老公是大人，怎么能被一个伢儿牵着走？"春草说："这要问你了，你们男人家是不是就喜欢听年轻女伢儿的话啊？老婆讲什么都不听？脑子搭牢了！"管理员尴尬地说："你瞎讲什么？怎么问到我头上来了？"

春草的气找到了出口，继续发泄道："从你家阿珍到我家来以后，我们家就不得安枕，她一天也没好好干过，就知道打扮、玩儿。我的腿早好了，你又不是不知道，我早就可以不请人了，还不是看你的面子没有退掉她。每个月多花好几百你以为我是钱多啊？没想到她嘎过分，到头来还把我老公拐跑了！你说这是什么事儿啊？我前辈子欠她啊？真作孽啊！气得我流鼻血！"

春草把鼻孔里红红的纸团拿出来，往管理员眼前一杵。管理员感到理亏了，说："好了好了，我们两个不要吵了，赶快想办法把他们找回来。不然我真是没办法和我个阿弟交代。阿远说他们去哪里了？"

春草仍是气咻咻的，好半天说不出话来。

最后管理员答应，他马上就给他新疆的弟弟打长途电话，叫那边不要留他们，让他们赶紧回家。

春草一夜无眠，就如同四年前那个夜晚。那时她身边还有个水清可商量，现在却只有两个孩子。她在心里反反复复对自己说，没什么大不了的，我还好好的，两个伢儿也是好好的，就是走掉一个何水远嘛，他也是迟早要回来的，他离不了我。我打赌他要不了几天就会回来。他离了我怎么过？挣什么钱？

就这么支撑着，好不容易熬到天亮。

忽听有人敲门，春草激动得一跃而起，她想，一定是何水远改变主意了，不走了。真要是那样，她今年除夕一定要到庙里烧上三炷香，感谢菩萨。

她连忙打开门，门口站着的却是娄大哥。

娄大哥一见春草就说："你没事？怎么单位上的人给我打电话，说我阿妹要死了，我吓了一跳，想肯定是你出事了，我又没有其他阿妹，昨天乘夜班车赶回来的。"

春草的眼泪哗地涌出来，如果不是两个小伢儿在一旁，她早就一头扑进娄大哥怀里了。

元元在一边说："娄伯伯，姆妈流了好多好多血。"万万也说："阿爸走了，不要我们了。"

娄大哥吃惊地看着春草，问："怎么啦？何水远打你了？他是不是……知道了？"

春草仍在那里流着眼泪，一句话讲不出来。

娄大哥说:"你倒是说话啊,急死人了。"他一边说,一边两手摇着春草的肩膀。春草这才哇的一声号啕大哭起来,哭得天昏地暗,她一边哭一边把这些日子以来发生的所有事情都告诉了娄大哥,讲讲哭哭,哭哭骂骂,骂骂讲讲,满腹的委屈伤心不满愤懑如洪水一般把小屋给淹没了。

起码一个小时后春草才安静下来,娄大哥也才算从洪水里探出头来换口气,他似乎放心了,安慰春草说:"不要紧的不要紧的,他会回来的。他是一时糊涂,等在外面吃点苦头自然就回来了。再说他又没和你离婚,你和伢儿在哪儿哪儿就是他的家,他能不回家吗?你不要哭了,钱没了可以再挣,身体哭坏就坏了,现在两个伢儿可全靠你了。"

娄大哥的话真是一句顶十句,十分见效,春草忽然就平静下来了。对啊,她想,他怎么能不回家呢?我们还是夫妻,他还是两个伢儿的爹,他能跑哪儿去?也许他当真是挣钱去了,挣到钱就会回来的。

她撩起衣襟把眼泪擦干,把两个吓坏了的孩子搂到身边,朝娄大哥笑笑,说:"谢谢你啊娄大哥,我心里好受多了。"

娄大哥松口气,说:"哭哭也好。没什么大不了的,关键是你不能垮掉。"

1995年
端午：
五个粽子

何水远走后，春草开始了她在这个城市的新生活。她关掉了"春草炒货"，把铺面转给了水产大嫂。她一个人拖着两个孩子实在是做不下来，更主要的是何水远走后整条街都传开了，说"春草炒货"的男人和打工的小妹私奔了。春草受不了别人的目光，也怕何水远没脸面再回来。她认定何水远是要回来的。她在娄大哥的帮助下租了一间民房，就是那种拥挤不堪的筒子楼，公共厨房公共厕所，便宜，好歹有个遮风挡雨的窝。她把地址留给管理员，告诉他何水远如果回来了，就让他去那里找她和孩子。

春草就这样离开了她已经安身立命三年多的桂花东街菜市场。

娄大哥把她介绍到他一个朋友的单位去做清洁工，娄大哥那个朋友是单位的办公室主任，姓赵。赵主任完全是看娄大哥的面子，把人家原先的清洁工给辞掉了，聘了春草。说好一个月一百元，还管一顿午饭，也就是和单位上的人一起领个盒饭。

春草感激不尽。本来娄大哥可以把春草安到自己单位的，可他不想看见春草每天在他眼皮底下辛苦忙碌。春草也一样的心情，所以尽管这家单位比较远，春草还是很愿意去。以前水产大嫂总是对春草说："既然你有个阿哥在城里，为什么不让他在单位里给你找个工作？做生意太辛苦了。"现在春草终于进"单位"了，也像城里人一样拿工资吃饭了，她那颗被何水远搞得阴郁稀烂的心又见到点儿光。

虽然"春草炒货"转让后春草拿到一点钱，但那是维持不了多久的，三张嘴每天都要吃要喝，关键是两个小的明年就该读书了，对春草来说，这是她坚持活下去的动力，也是她最大的人生目标，为此她愿意吃尽所有的苦，受尽所有的罪。

春草觉得自己的命就是不断地重新开始，不断地回到起跑线。但她不绝望，只要有路走就好，哪怕这路很难，不是悬崖就行。遇山就爬山，遇河就蹚河。总归她是要一直走下去的，走到天亮为止。

春草重新开始的生活在本质上一点儿没变，依然是辛苦劳作。每天早上天不亮就爬起来，弄好饭，把两个孩子锁在家里就急忙赶去单位，路上差不多要走四十分钟。干到中午，就去领个盒饭。这盒饭对春草来说很重要。她把盒饭一领就往回跑，拿回家趁热给两个孩子吃。盒饭再怎么简单也总有点儿肉啊。她自己就泡饭咸菜过过。吃了饭她又赶紧锁上门往单位跑，晚上下了班再赶回来烧饭。天天这么疲于奔命，两头见黑。幸亏两个孩子懂事，尤其是元元，已经能帮她洗菜洗碗，做一些简单家务了。

春草虽然是走后门顶了别人，却把事情做得让人无可挑剔。她的任务是打扫走廊和楼梯，然后给每个办公室打开水。

局里只有一层楼，就是说，只有一条走廊，加上两边的楼梯，在春草看来比她在菜市场时的活路轻松多了。她做得很认真，每次都先扫，后拖，再抹，连楼梯扶手都打扫得干干净净，堆积多少年的灰尘都扫掉了。每个办公室门口的痰盂也被她擦洗如新。后来往办公室送开水时，她发现好多办公室比走廊还脏，她又主动打扫起办公室来。开始大家还客气，后来也就半推半就地让她去打扫了。春草觉得花力气又不是花钱，用不着舍不得，只要大家满意就好。

当然春草也不是只知埋头苦干不知抬头看路的，她很快就搞清楚了哪些是这条走廊上说话算数的人，对这些人的办公室她暗中下的功夫更大些，连放在他们房间的那些室内植物都不落下，每片叶子都擦得干干净净，让人不表扬她都难。局长首先有了感觉，说新来的这个清洁工很不错嘛，眼里有活儿，我看可以给她发点儿奖金。

赵主任听了很高兴，连忙说是他亲自挑来的。但奖金的指示他打了折扣，局长说五十块他只给了二十块。他觉得一个清洁工，还是临时的，犯不着那么认真。

但春草还是很开心，意外之财哎！而且局长还表扬了她。她想，自己这样卖力也算是没有白干，对得起娄大哥和赵主任了。

娄大哥打电话来问情况，听说春草干得不错很是高兴，说："我没看错你，我就知道你不会让我失望的。"春草说："我怎么也不能丢你脸啊，不能让人家说娄大哥的阿妹嘎差，难为情的。"娄大哥说："春草，你不要讲有时候我蛮佩服你嘞。"春草说："你不要笑话我了，我又穷又没文化，还总给你添麻烦。"娄大哥说："哪里，你这人很顽强也很乐观。"春草说："我是想嘛，一个人不会老走上坡的，也不会老走下坡的，我现在走下坡，坚持走过去就会上坡的，你说对不对？"娄大哥说："春草我看你像个哲学家呢。"春草不明白哲学家是什么东西，但她想肯定是在夸她，就开心地说："我没有跟你讲过吧，我原来在陕西打工个辰光还当过先进呢。"娄大哥说："真的吗？看不出你还是个老先进啊。"

春草大笑，很久没那么开心地笑过了，在她大笑的时候几乎忘记何水远了。

春草想，这个娄大哥真有意思啊，两个人在一起时他从来不夸她，哪怕是亲热的时候，最来情绪的时候，也是紧闭嘴巴一句话不说，甚至还皱着眉头在那儿使劲儿，好像很难过的样子。现在在电话里却说了这样多的话。是不是看不见人胆子大一些？春草就压低声音跟娄大哥调了句情，她说："好了娄大哥，你再夸我我就上你那儿来啦？好久不见我想你呢。"娄大哥忽然止住了话，停顿了好一会儿说："我正要跟你讲呢，这个星期天你带两个伢儿上我家来吃饭吧。"

春草一听娄大哥说让她带两个伢儿一起去他家，就知道娄大哥已经不打算再和她做"那事"了，顿时有些失落。何水远走后她曾去过他家两次，两次他们都做了的，而且做的时间很长，她能感觉出娄大哥没别的女人。怎么两个月不见他就变了？是不是他的女人从国外回来了？还是他有新人了？春草猜不到。不过她还是答应了，她想，管他呢，至少两个伢儿能吃上一顿好饭。

果然，在娄大哥家吃饭那天，春草见到了娄大哥的"新人"。因为春草见过娄大哥原先那位的照片，一看就知道这个不是原先的。娄大哥有些不自然地介绍说："春草，这是你嫂子。"又跟"嫂子"说："这是我老家的一个远房表妹。"

嫂子很年轻，看上去比春草年龄还小。春草马上亲热地叫着嫂子，毫不吝啬地赞美她的年轻漂亮，说她比年历画上的人还漂亮，说怪不得娄大哥的气色那么好，原来是有人疼了，说嫂子一来这个家里就暖暖的，一看就是有福之人。总之，一直夸到嫂子脸孔红红的，给了元元和万万一人二十块钱的红包。

从娄大哥家出来后，春草的笑容立即消失得干干净净，心里难受得不行，连哭的意思都有了。娄大哥从哪儿找来这么个女人啊？一点儿也不好，精瘦瓜哒的，以后还不得娄大哥照顾她？她还说什么以后她有了小伢儿就请春草来帮着带。我会给你带？你真是做梦想肉吃噢。就是我愿意娄大哥也不会愿意的，娄大哥连我去他单位他都不乐意呢，还去你家？但是春草看得出娄大哥很在乎她，说个什么话老是去看她脸色。她有什么好啊？那么瘦精精的一个人，吃饭一粒一粒地数，汤一勺一勺地吹。看见万万淌鼻涕就皱着眉头张开嘴，说："啊哟，要死的了哎！"好像她没流过鼻涕就长大了一样。吃完饭女人给他们一人一颗糖，糖就糖嘛，还说："吃点甜点吧。"要命！她觉得娄大哥不该和这样的人生活，多么吃力啊。

可惜人家娄大哥愿意。娄大哥宁可反过来去侍候她，也不愿让春草侍候，这就是春草的命。春草心里堵得慌。

老天爷却不管春草的心情，自顾自晴朗着，大街小巷也自顾自热闹着，让春草也不好意思伤心了。她牵着一对儿女噔噔噔地往前走，步子又大又快，让两个伢儿有些跌跌撞撞。她想，其实也没什么大不了的，娄大哥还是她的大哥，他不是说了吗，有什么难事该找他就去找他。至于过去那一段，就算是她额外得到的甜头吧，好比她在教育局得到的那份儿奖金，倘若不给她她会觉得委屈吗？不会。

　　这么一想春草心里好过些了。但她仍笑不出来，而且连续好几天都没有笑容，好像那天在娄大哥家笑得太多了，把笑容全给预支掉了。她还是每天卖力地做事，卖力地扫地拖地。她除了卖力气还能怎么样呢？

　　只是心里又多了个疤。

　　在教育局做了两个月，春草的名声就传出去了，人家都知道局里这个清洁工又勤快又本分，好几个人想"挖"她去家里做保姆。都说这年头找个好保姆比找对象还难。局里收发室那个分报纸的蔡大姐就找过她。蔡大姐说她女儿上初中，作业很多，回家老不能及时吃上饭，影响写作业，所以想请春草去她家做晚饭。春草笑眯眯地说她不做保姆，自己还有两个伢儿要管呢。

　　春草觉得很奇怪，像蔡大姐这样一个守门的，也有钱请人给做晚饭，她个女儿写作业嘎要紧？她小个辰光写作业，是要先把饭做好了才好坐下来写的。好像城里人口袋里都揣了好些钱没处用呢。

　　这天是端午节。单位上分粽子和咸鸭蛋。以往像这样的事情是没有春草的份儿的，她也不去想。但这一回，似乎是局长提议的，说给那个做清洁的女同志也分一点。赵主任就给她分了五个咸鸭蛋五个粽子。是其他人的一半。春草很高兴，可以让两个伢儿过个节了，而且晚饭也不用烧了。她想把东西搁下再去搞卫生，看来看去没地方放，她又没有办公室的，连个休息室都没有。她就放到了收发室蔡大姐那里。

　　下班时，春草到收发室拿上东西刚要走，一个女人从后面叫住了她，说:"哎哎,你拿谁的东西?"春草说:"我的呀。我先头放在这里的。"女人说:"你的?你哪儿来的?"春草心里不快,但还是笑着说:"是赵主任分给我的。"女人怀疑地说:"不可能,你一个临时工,凭什么享受我们国家干部的待遇?"春草说:"我和你们不一样的,我只有五个,很少的。"女人说:"我不是随随便便怀疑你,我们办公室有东西丢了。你不要走,我去叫赵主任来。"

春草站在那里,头嗡嗡地响。她求救似的看着一直坐在收发室里的蔡大姐,可蔡大姐像没看见一样低着头在那里整理报纸。她为什么不替自己证明一下?她放东西时跟她打了招呼的。难道自己拒绝上她家去她就故意不帮忙?

春草真想把粽子咸蛋一扔就走掉,可又舍不得。这点东西对她来说很重要,是两个伢儿的节日,最起码是他们娘仨的晚饭。再说她若这么走了,不是更说不清了吗?她相信赵主任来了就好办了,一切就清楚了。

赵主任终于来了,雄赳赳地跟在那个女人后面。春草看见他像看见救星一样,她想只要赵主任一说清楚,这些东西都是他发给她的,她就没事了,那个女人还该给她认个错呢。随随便便地诬陷她。

没想到赵主任走过来后,竟很严肃地对春草说:"你把袋子拿给我看看。"春草就把袋子拿给他看。赵主任接过去,打开袋子仔仔细细地看了一遍,最后又一本正经地把粽子鸭蛋数了数,转身对那个女人说:"没有其他东西。鸭蛋和粽子也不多的,一样五个,是局长让我分给她的。"

赵主任的语气很讨好,很卑怯,令春草不解,他们到底谁的官大啊?

那个女人还是不罢休,说:"真的没其他东西?"赵主任说:"没其他东西。"赵主任把袋子打开伸到女人面前。

女人不看,鼻子里哼了一声,说:"她会那么傻吗?搁到现在让我们检查?"

言下之意,春草已经把什么东西藏起来了。春草再傻也能听明白的,她的心跳开始加速,腿也软了,没想到吃个咸蛋粽子会吃出嘎大个响动来,吃出羞辱来。她条件反射般地喊:"我没拿别人的东西,我什么也没拿!我忙得上茅厕都在跑步,哪有时间去拿别人的东西!"

赵主任不高兴地数落她说:"你也是,给你东西你就放放好嘛。"

春草没想到赵主任不但不批评那个女人,反倒说她,忍不住嚷嚷说:"我放哪儿?我又没有办公室,我放到茅厕里去吗?"赵主任说:"哎,你那么凶做啥啦?"

春草说:"你们把我当贼还要我高兴?天底下哪有这样的事情?!我这个人人穷志不穷,当初我认识娄大哥,就是不愿意多拿他的钱,我要是乱拿别人的东西,天打五雷轰!"

这时蔡大姐终于开口了,她说:"那个袋子是她的,她起先放在我这儿的。我看到的。"

赵主任回头看着蔡大姐说:"你看到的?"

蔡大姐说:"是的。你们这样查人家,有点儿过分的。"

赵主任解释说:"不是的蔡大姐,办公室丢东西了,不是粽子这种小东西呢。单位上又没外人,所以查一下她。"

追来的那个女人又凶起来了,说:"掉了粽子算什么,是我的钱包不见了!里面有好几百块钱!"

春草蒙了,怎么事情越来越大了?从几个粽子又发展到几百块钱了!她蒙了一会儿本能地说:"我什么也没拿,我真的什么也没拿,不信你们可以搜我的身。"

春草把袋子一扔,两只胳膊朝上张开来,像个缴械的兵。赵主任说:"我们怎么能随便搜身呢?那是违法的。这样,你先不要走,跟我到办公室去一下。"

春草没辙了,口说他们不信,搜身他们又不肯搜,她怎么才能证明自己的清白?该死的端午!该死的粽子!她想起了两个伢儿,焦急地说:"我两个伢儿还在家等我啊。"

赵主任说:"很快就好的。我们不能随便冤枉好人,但也不能放过坏人。这是原则。"

春草不懂什么原则,她只知道他们拿她好欺负。单位上来来往往的人那么多,除了本单位的,来办事的外人也很多。为什么东西掉了就认定是她?她迫不得已地跟着赵主任去了他的办公室。赵主任关上门说:"春草,你是老娄介绍来的,我也不会故意欺负你。现在没外人了,我跟你说实话,刚才那个女人是局长太太,很霸道的,你拿谁的也不能拿她的。如果真是你拿了就悄悄给我,这样就没事了。我会处理好的。"

春草当真是气坏了,他怎么那么肯定是她啊?怎么那么不把她当好人啊?她呼哧呼哧地喘气,脸色煞白,好一会儿才说:"我没拿!我说了我没拿！我根本不知道她的钱包在哪里！你怎么就不相信我！"

赵主任看着她，似乎是相信她了，皱着眉说："你也是，扫走廊就扫走廊，打扫什么办公室嘛，惹些麻烦！你要不进办公室，就没这些事情了。"

春草讲不出话来。她明白了，在赵主任眼里，怎么都是她不对，左也不对右也不对。她忽然想起小时候大姑妈给她讲的窦娥冤的故事，窦娥受了大冤六月天都下雪！她受那么大冤为什么老天爷看不见呢？她胸口发闷，气紧得有些疼。她真想给娄大哥打个电话，让娄大哥来救她。可她又怕给他添麻烦。

这时电话响了，赵主任拿起来接听，嗯嗯啊啊地好一会儿，一看那讨好的表情，就知道肯定是刚才那个女人的。果然他放下电话后对春草说："好了你走吧。"

春草似乎明白了什么，说："钱包找到了？"赵主任不回答，说："赶快回家吧。"

春草说："你要讲清楚，不能就这样！"

赵主任不高兴地说："讲清楚什么？我一没骂你二没打你三没搜你的身，问问都不可以吗？"

春草被他噎住，说不出话来。心里却堵得难受，一股火气在心里呼呼地烧着，噼啪作响，恨不能把赵主任他们点着了。但她又惦记着两个伢儿，伢儿一定已经饿坏了，其他事情都明朝再讲吧。她跑着离开单位，跑着赶回家。

她还是晚了!

还没到家就听见了两个伢儿的哭声,"姆妈姆妈"地叫着。她以为是饿的,跑进屋却看到更可怕的景象:元元被烫伤了!原来元元看母亲总不回来,弟弟饿得直哭,就学着母亲的样子去烧水下面条。水烧好了面条也丢下去了,她人小够不着,踩着凳子去捞面条,一不当心把锅碰翻了,滚烫的面汤淋到了胳膊上!

春草傻了片刻,背起元元就往医院冲。万万呜哇呜哇地跟在后面拽着母亲的衣襟啼哭。到了医院急诊室,医生在那里紧急处理的时候,春草跑去给娄大哥打了个电话,她走投无路了,只能找他了。不仅仅是钱的问题,重要的是她被人欺负了!欺负出大事体来了!她需要有人替她做主。

娄大哥来了,听春草哭诉了整个事情过程后很生气,马上跑去给赵主任打电话。赵主任也很快来了,看见春草似乎有些歉意,一来就先付了看病的钱。医生说还好不是油汤,否则就是深度烫伤了。孩子皮肤太嫩,哪经得起这样烫啊?以后几天要格外小心地照看,一感染就麻烦大了。

春草呆呆地看着躺在床上的女儿,眼泪吧嗒吧嗒地掉。她不想哭,她应该生气,应该愤怒,应该给赵主任脸色看。可眼泪却不听话,抹了又涌出来,抹了又涌出来,源源不断。娄大哥和赵主任在一边叽叽咕咕了好一阵。春草想,娄大哥一定在说赵主任,是他把她害成这样的,娄大哥一定会为她做主的,要他道歉,要他赔偿,要他讲清楚。

一会儿,赵主任走掉了,竟然什么话也没对她说就自己走掉了。娄大哥回转来对春草说："你放心吧，我已经和赵主任讲好了，医疗费他出，再让他给你一个星期的假照看伢儿，不扣你的工资。好吧？"

春草不解地看着他，就这么简单？就这么轻飘飘地把事情了掉了？这样天大的一件事，怎么会转眼就小到蚂蚁嘎一点点了？

娄大哥似乎看懂了春草的目光，说："你还有什么要求吗？"春草想，我有什么要求？我能要求什么？

娄大哥看她不说话，猜到几分，劝解说："算了，他也为难的，一方面对你有歉意，一方面又不愿得罪领导。你也知道，那个闹事的女人是他们局长的太太。他在她手下嘛，没办法，你就原谅他吧。"

春草忽然开口说："不，我不原谅！我要告他！"

娄大哥吃了一惊，说："你告他？告他什么？上哪儿去告？"这两问把春草打蒙了。

娄大哥耐心地说："我知道是他不对，但你要实际一点考虑啊，伢儿伤都伤了，你告他也改变不了这个事实，闹僵了有些事反而不好办。你不如原谅他，他以后会关照你的。"

春草不说话。

娄大哥又说："再说你告他什么呢？他跟我说他没有骂你，更没动手，你主动让他搜身他都没搜，他还是讲政策的嘛。你也抓不到他什么。他只是出于工作需要留你下来问问嘛。"春草看着娄大哥，终于明白了，原来他们是一伙儿的，尽管娄大哥说他是为她好，尽管他和她曾经做过最亲密的事，但到了关键时刻，到了和城里人发生冲突的时刻，娄大哥就成了城里的娄大哥,马上站到她对面去了,他们之间赫然裂开了一道沟壑。

春草心口一阵疼痛。她一直以为自己是有依靠的,其实还是没有依靠,除了她自己她能靠谁啊?她紧闭着嘴,不让自己开口,有句话已经在嘴边等了很长时间了,她怕自己一张嘴它就会跑出来。难道一个局长太太就把所有人的良心都吃掉了?她在心里气,在心里痛,在心里挣扎。她强迫自己不把那句话说出来,为了两个伢儿,为了医好元元的烫伤,她必须忍辱负重。虽然她从不知道世上有"忍辱负重"这个词儿,但她一辈子都在诠释这样的词儿。憋到最后,眼泪又汹涌淌出,哗哗哗的,将嘴边那句"我不干了"淹没掉。

一直到娄大哥离开,她都一言不发。

一周后春草还是去上班了。

万幸的是元元的伤开始愈合结痂,没有感染,只是春草不知道以后会不会留下疤痕。如果胳膊上留下那么大一片疤痕,她就别想像城里女孩子那样穿短袖了。元元实在是懂事,看春草总是眼睛红红的,就摇着母亲的胳膊说:"姆妈我不痛的,一点儿也不痛。"不说还好,一说春草更难过了。怎么可能不痛呢?才六岁呀,就知道要忍痛了。

春草把她搂在怀里,说:"姆妈对不起你,以后姆妈会让你们过上好日子的。"

春草勤勤恳恳的背影又在局走廊出现了,只是这背影与过去大不一样了,很沉很重,驮着愤怒,驮着悲伤。她很少笑,也不再打扫办公室了,把楼梯走廊扫完，时间不到就收工。

下班走到收发室时，蔡大姐叫住了她，好像她老早就候在那儿了。蔡大姐关切地说："伢儿好些没有？"春草点点头，不想和她说话。蔡大姐就压低声音说："那件事局长知道了，骂了他老婆呢。你不要再气了。"

春草心里得到些宽慰，可还是不想说话。蔡大姐就拉她的手，说："你进来，我有事跟你讲。"

春草只得跟着她进了收发室。蔡大姐从桌下拿出个大袋子递到她面前，说："这些东西是我专门拿来给你的。"春草像被烫着似的往身后缩手。蔡大姐说："你不用那么紧张，是我给你的。都是旧衣服旧被单什么的，我听说你有两个伢儿，可能用得着。"春草还是缩着手。蔡大姐说："这样好了，你先拿回去看看，看上的就留下，看不上的你处理掉好了。"

春草动心了。

蔡大姐又说："我是真心想帮帮你。"

春草就接过来，道了谢，提走。拿回家一看，里面有孩子的毛衣、棉毛衫、裤子、鞋、围巾，还有两条床单，都不太旧，很实用的。看得出蔡大姐诚心诚意。家里正缺这些东西呢，有了这些东西她可以省下不少钱了。

那么多日子以来春草心里第一次有了点儿暖意。她叹息一声，对两个孩子说："过日子还是要忍啊。"

1995 年
立秋:
跳槽

粽子事件之后，蔡大姐成了春草在这个单位的一个朋友。她时不时地拿些东西给春草，春草从生气到感激，也就彻底放下了那件不快的事。算了吧，她想，阿爸不是说得饶人处且饶人吗？有时春草也会回报一些东西给蔡大姐，比如自己腌的咸菜，自己做的辣酱。蔡大姐吃了总是赞不绝口，夸她手艺好。

有一天蔡大姐又跟春草说："你上我家来做吧。我老公做生意，总不在家，我也早出晚归的，很需要个人。这里给你一百块，我也给你一百块，但是你在我那里只做半天就行了，上午你可以在家照顾孩子，怎么样？免得你天天把孩子锁在家里。"

春草这回动心了。粽子事件一直是她心里的阴影。她干着不痛快。要不是想着两个伢儿要养，她早走了。

蔡大姐又说："我家离你的住处近，你就不用每天来回跑嘎吃力了。你不是会骑车吗？我把我个旧自行车给你，你买菜干什么都方便。"

春草终于答应了。

她去找赵主任辞工。赵主任有些意外，也有点儿紧张，说："怎么要走？不会是还在为上次的事生气吧？"春草说："生气有什么用？我们这种人气死掉也没用场。"赵主任岔开话说："我还说干满了三个月试用期就给你加工钱呢。"春草想，我来个辰光你怎么不说有试用期啊？这不是故意放马后炮吗？就说："哦，那能加多少啊？"赵主任说："加五十块吧，一个月就有一百五十块了。"春草说："一百五十块太少了，告诉你我原先请小工都给她一百五十块。你加到三百块我就不走了。"

赵主任吃惊地看着她,说:"你口气不小嘛,一百五十块已经是我们这里临时工的最高工资了。"

春草说:"我知道你不会加的,加嘎少一点儿我是不会留下来的。你不晓得我这个人是文盲,一个字不认识只认识钱吗?"

春草把这话说出来后觉得很舒坦。

赵主任听出她的话音,不再挽留了,反正像春草这样的临时工好找得很,他无所谓。

春草没给娄大哥打电话,她心里别扭。她想赵主任会告诉他的。而且赵主任会说,我给她加钱她都不肯留下做。让娄大哥知道她一直都在不高兴。她也试图想用娄大哥过去对她的恩情,来弥补娄大哥后来让她受的伤。可是不行,两者怎么也混不到一起去,一千种好竟补偿不了一种不好。

春草把赵主任的挽留告诉了蔡大姐。春草说:"我想我答应了你的呀,不能因为他加点钱就变卦了是吧?"蔡大姐自然听出了她的意思,说:"你在我那里做我不会让你吃亏的,以后有机会我还可以再帮你找户人家,这样你可以做双份。"春草说:"蔡大姐,我是看你人好哎,其他那些事情我都没去想。"

春草说是这样说,心里还是有了盼头,就塌下心来在蔡大姐家里做了。

不管怎么说,空出的半天时间总是可以利用的,就算没有另一户人家,自己也可以像过去那样腌点咸菜卖,或者再卖点瓜子花生。春草坚信只要自己的两只手不闲下来,总能生钱。

蔡大姐真把一辆旧的自行车给了她，虽然破得叽嘎响，但两个轮子还是跑得起来的。春草骑着这辆破自行车往返于蔡大姐和她的住处之间，感觉比原来那个单位好多了。

这样，春草就结束了她短暂的"单位生涯"，开始了她的新职业——家政。她没想到这个职业后来成了她做得最长的职业。春草想，也许我们这种人命中注定不能在单位里上班。

对于春草的"跳槽"，最高兴的是两个孩子。他们的姆妈每天不用那么早出门了，晚上回家也比较早。有时还能带回些好吃的。蔡大姐让春草每天在他们家吃了晚饭再走，春草说要赶回去给两个小的烧饭，所以饭一做好她就走了。有时蔡大姐就让她带两个包子或者带点卤菜回去。

其实春草不愿意在蔡大姐家吃饭还有个原因，就是蔡大姐那个女儿艳艳让她不舒服，丫头马屁难拍，成天挑剔这个挑剔那个，做了那么多顿饭没听她说个好字，而且小小年纪蛮势利的，经常支使春草做事却不喊她一声阿姨，动不动就把"乡下人"这个词儿挂嘴上，什么"我们班周莉莉今天剪了个头，很像乡下人呢"，或者"姆妈你这件衣服好不要穿了，这么乡气"。好像她已经做了几辈子城里人，做得老气横秋了。

春草看得出，蔡大姐也拿这个女儿没办法，只有她老公在家时，艳艳会老实一些。艳艳的学习成绩不好，蔡大姐成天那么哄着，她也不来气。她和梅子一样，是属于聪明相貌笨肚肠的女孩子。可梅子不会读书，脾气却来得个好。艳艳还厉害，山也不青，水也不绿。

有一回艳艳又考砸了，蔡大姐开了家长会回来很生气，骂艳艳，艳艳就顶嘴。

春草忍不住插话说:"艳艳,读书不用功不来事的,我阿弟读书个辰光每天都读到很晚的,从来不玩儿,端着碗吃饭眼乌珠都搁在书本上的。"艳艳朝她翻白眼儿。

蔡大姐说:"你阿弟考上大学啦?"春草无比自豪地说:"是的呀,他考上的是北京的大学,叫做北方工业大学。"蔡大姐颇惊讶地说:"那可是重点大学呢。"春草说:"人家都这样讲,我也不大懂,反正一毕业就分到研究所去了,在单位上搞科研。"

其实弟弟春雨已经有两年多没和春草联系了,但他仍是春草引以为傲的家人。蔡大姐跟女儿说:"你看看,人家在农村条件那么差,还能考上大学。"艳艳竟然说:"那是啊,他考不上大学只有种地的。"

春草想说,我不是也没种地吗?我不是也到城里来了吗?但她懒得跟她说了,让她将来吃吃苦头好了。

蔡大姐仍然很感慨,说:"春草啊,看不出你家里还有个重点大学的毕业生呢。"春草来情绪了,说:"蔡大姐,那不算什么的,我没跟你讲过,我原来也是过过你们这样的日子的。前几年我们挣了不少钱,1988年我们就做了'万元户',还盖了三层高的楼房,买了电视机和洗衣机。"蔡大姐很惊讶,说:"是吗?"

春草的话匣子打开了,说:"可不是吗?我们那个时候跑到陕西开了个丝绸店,生意很好的。我们那会儿的日子也是风车斗转呢。"

蔡大姐说:"那后来呢?"春草笑笑说:"嗨,我老公没经验,做生意赔了,房子抵债了,姆妈又生癌,我就把全部的钱都拿出来给她开刀,又变回去做穷光蛋了。"

春草的口气颇为自豪。艳艳像抓住什么似的,自以为是地说:"乡下人进城做生意,哪还有不受骗的?"蔡大姐瞪了艳艳一眼,说:"做你的功课去!"春草说:"艳艳讲的是对的,我们乡下人太老实,被骗了还帮人家数钱呢。"蔡大姐说:"不过我还是蛮佩服你的,那么遭罪了还孝顺你姆妈,不容易。艳艳你听见没有?"

艳艳做了个鬼脸走开了。不过从那以后,艳艳对春草态度倒是有所改变,不知是因为她曾经也富有过,还是因为她孝顺她姆妈。不管她改变不改变,春草都不会和她计较的。

春草哪有工夫计较别人的态度啊,或者说哪有资格计较别人的态度啊。她只要能挣到钱,能在这城里待下去,怎么都行。所以无论艳艳说什么,春草总是笑笑说:"你可真会讲笑。"好像傻傻的,听不明白她话似的。

蔡大姐常常斥责艳艳,她很怕春草生气走掉了,她对春草实在是很满意。春草不仅仅把家里打扫得干干净净,按时摆上可口的饭菜,还主动替她承担了很多主妇的家务,比如一来就把她挂了好多年没洗的窗帘全部取下来洗了,还把沙发上茶几上电视机上的各种装饰布都洗了个遍;看见她咸菜坛子空着就给她腌了一坛子咸菜,新蒜上市就给她泡了一大瓶糖醋蒜。简直就替她当了半个家。连蔡大姐的老公都说:"要是保姆也评职称,春草一定是高职。"

为了让春草安心,蔡大姐真的给春草又找了一份做上午活儿的人家,而且就在蔡大姐家隔壁,同一个院子,曹主任家。曹主任也给她一百块一个月。蔡大姐说:"这下好了吧,有二百块好挣了。我可是真心想帮你的。"春草很领情地说:"我知道的,我总跟人家说我这人运气好,总是遇到好心人。"

春草说这话时,心里想的是娄大哥。

春草已经有好些日子没去看过他了。从离开赵主任的单位,春草就没再找过他,她心里有疙瘩,她看到了娄大哥的另一面,那是她不喜欢的一面,让她生分的一面。可是时间长了,她总是想到娄大哥对自己的种种好,又觉得不该计较。也不知娄大哥和他的新媳妇过得怎么样了。想到他的新媳妇,春草心里还是有点儿酸酸的。他们也会像"他们"一样做好事吗?这么酸一下苦一下涩一下的,日子就过去了,过去很久了。

春草在心里说,娄大哥,不管怎么说,我是不会忘记你的。春草一个月有两百块好挣了,很舒心。晚上睡在床上一手搂着元元一手搂着万万说:"姆妈跟你们说啊,以后每个月我们就可以存一百块钱了,一年就是一千二。"

元元说:"那我们可以再开一个卖花生的店了?"

春草说:"不,这个钱是存着给你们上学的。你们两个都7岁了,照道理说今年就该上学了,可是姆妈还没把学费挣够。明年姆妈是一定要让你们进学校的。不能再晚过明年了。"

元元点头。

春草说:"你们要好好读书,读很多书。不要再卖花生了,要像你们小舅舅那样,到单位去搞科学。"

这话元元已经听春草反复说过了,她马上接过话说:"我们读完书要在城里面工作,再也不要回乡下去了。"

春草说:"对对,再也不要像姆妈这样苦做一辈子。将来你跟阿弟过上好日子姆妈就算没白活了。"

元元虽然不十分明白,但姆妈说的总是没错的,她再次认真地点头说:"好的姆妈。"万万已经睡着了,尽管他跟元元一般大,但相比之下他可是单纯多了,外公外婆的呵护让他对世界依然懵懂无知。元元现在是春草唯一可以说话的人,不管元元能否听懂,至少她会认真听,会点头。

春草又说:"姆妈这一步算是走对了。不光比单位钱多,还有个实惠你们不知道呢。"元元不响,春草一看,元元也睡着了,给她盖好被子,不再说话。

春草想说的另一个实惠,就是她每天给两家主人买菜时,可以落下一些菜钱。她沿袭了以前的做法,在菜市收市时买一些便宜菜,甚至捡别人扔下的菜,拿回家打理一下,第二天拿到主人家报账。蔡大姐是每天报一次菜钱,曹主任是一个月给一百块菜钱,多退少补。无论哪种,春草都可以从中落下一些钱,少则几元,多则十几元。春草并不认为这有什么不好,反正她让他们有菜吃就行了。她给蔡大姐腌的咸菜就全是捡来的菜,蔡大姐还喜欢得不行呢。曹主任也很满意,经常在工资之外给她一些东西,比如单位上分的水果,还有别人送给他他吃不完的东西。管他是什么春草统统都要,有一回曹主任还给了她一罐奶粉呢。这些东西对她来说很实惠,可以给两个小东西补充营养啊。

春草搂着两个孩子,踏踏实实地困觉。

蔡大姐曾经问春草:"你一天到晚嘎辛苦个做,也不见你愁眉苦脸,怎么想的啊?"春草笑嘻嘻地说:"愁眉苦脸要是能换钱,我早就一天哭个三次了。没用场的!"

春草哪能没愁呢,愁在心里都打了好几个结了。一想到翻过新年马上要送孩子上学了,她就焦急心慌。她听蔡大姐说在城里读书很花钱的,一户人家一个伢儿都吃紧,何况她有两个伢儿。虽然她已经做两份了,可和需要相比,她攒钱的速度还是太慢了。

她的这点心思蔡大姐都知道,蔡大姐说她脑子每天都在滴溜溜地转,围着一个"钱"字。春草说:"转也没用场啊,转了半天钞票还是躲着我呢。"

春草觉得自己和钞票无缘,钞票都跑到像曹主任那样的人家里去了。有一回春草给他收拾屋子时,随便在沙发的缝隙里就发现了一沓子钱,至少有一千块。春草连忙去拿给他,他好像不知道似的,反复问春草在哪里发现的。钱多到自己都弄不灵清了。后来春草慢慢明白了,是有人给他送钱。大概他的官大,别人求他办事,就送他东西送他钞票。春草想,这种人命生得真好,钞票都有人往屋里送。

但春草不眼热。他是他,自己是自己,两样的。

这天她正在曹主任家做饭时,听见他们夫妻两个在卧室里吵嘴。平时他们不大吵嘴的,曹主任怕他老婆。但这天曹主任好像生气了,说:"她再怎么也是快七十的人了,你还让她去送孩子?要是你姆妈你肯吗?"

他老婆说:"你真滑稽,这个事怎么怪起我来了?"

原来曹主任的母亲早上送孙子上学时摔了一下,骨折了。曹主任就责怪媳妇让自己母亲受了伤。不想媳妇更厉害,说送孩子本来就该是他的事,他不管他母亲才去的,他母亲是帮他不是帮自己。夫妻俩虽说是关着门在吵,但整个家里都能听见。

老母亲从医院打了石膏回来,躺在另一间屋子叹气,跟春草说:"都怪我不小心,给儿子添麻烦了。"春草很有些同情老太太,想,城里人虽然有文化,对爹娘也不好啊。

春草看老太太黯然神伤,就安慰她说:"勿碍事的,我也骨折过,会好的。"老太太说:"我不是担心自己,我是怕影响伢儿上课。这伢儿学习很好的,很聪明。在班上考第一名呢。"

春草听了心里一动,找到曹主任:"曹主任,我看阿婆的腿一时也好不了,你们也都忙,要不早上我来送胖胖上学好了。"曹主任眼睛马上亮了,说:"你行吗?早上七点就要出门的,你来得及吗?"春草说:"有什么不行,我早点起来好了。我六点半赶过来,还可以给胖胖弄早饭吃。然后送他去。我有自行车。"曹主任说:"那可是帮了我们大忙了。我一个月给你加五十块钱好不好?"春草忙说:"哦哟不用了,我又不是为了钱,帮个忙应该的。"曹主任说:"那怎么行呢?你肯做我就很感谢了。钱一定要加的。"春草笑眯眯地说:"哎哟,再加五十那我不成二百五啦。"曹主任说:"你是嫌不好听啊,那就加六十?两百六总好了。"

春草偷着乐,下午到蔡大姐家,就忍不住跟蔡大姐说了。蔡大姐说:

"你不嫌累啊，还要揽早上的活儿？小心把身体累垮。"春草说："身体哪里会累垮啊？睡一觉力气就生出来了。"蔡大姐说："你可要当心啊，那伢儿是他们家的命根。"春草说："不会有事的，我喜欢会读书的伢儿。"说完又后悔，蔡大姐不会多心吧。

这下春草又得摸黑出门了，六点起床，六点半赶到曹主任家，送了胖胖又赶回来照料自己两个小的，九点再赶去给曹主任家买菜洗衣服收拾屋子烧饭，烧好饭赶回来照料自己小的，午饭后再赶过去给蔡大姐买菜打扫卫生烧饭。

这么半个月下来，春草还没叫苦，那辆自行车已经受不了了，烂了。曹主任索性买了一辆专门接送孩子的小三轮，俗称老人车，让春草骑着送孩子。春草有了这辆车，有时也把自己的两个伢儿拉到蔡大姐家，她烧饭，让两个伢儿看电视。蔡大姐有些不满，可实在太熟了说不出口。加上心软，想着两个小的每天被锁在家里，也就容忍了。

曹主任一家对她很感激。曹主任甚至问她可不可以全天在他家里做，他母亲因为腿一直没好，上他妹妹那里去住了，她可以住在他家。他再给她加五十元钱。春草心想，做他一家，再加五十也才二百一十，我现在做两家有二百六呢。我不可能越做钱越少啊。这个曹主任也是，那么有钱，给她三百块她就会安心来嘛！把别人送他的钱分一点点给她就好了嘛！

春草没答应，还把曹主任的话告诉了蔡大姐。蔡大姐有些不快地说："是我好不容易把你找来的，他倒好，还想过河拆桥。"春草说："就是嘛，我想不管他给多少钱我也不能把你蔡大姐丢下啊。我这个人是很讲义气的。"

蔡大姐不领情地说："其实你现在对他们已经比对我上心了。"春草说："哪里啊，实际上我也不想为那六十块钱起那么早的，他个伢儿胖得要命，车子轮胎都压扁掉，我每天都饿得来前心贴到后背。可我不好意思推啊。人家有困难嘛。"蔡大姐不信，说："我看你还是想挣这个钱。"春草说："我当真不是为了那六十元钱，我一看见读书好的伢儿就会想起我阿弟，想起我小时候好馋读书，现在每天能在校门口站站，蛮开心的。要不了多少辰光，我那两个伢儿也该上学了。我一想啊，心里就有劲儿了。"

蔡大姐看看她，没再说什么。

1996年
处暑：
红细胞满视野

春草不是不累，她累得厉害。白天忙的时候还不觉得，晚上回到家她简直不敢挨床，因为一挨床她就再也起不来了。她总是撑着把两个孩子先弄睡，再把该做的事做了，然后一头倒在床上，浑身真是散了架子一样瘫在床上，胳膊腿都不像是自己的了。有时候她会想，明天早上我会不会起不来了？但闹钟一响，她仍一骨碌爬起来。她没有一天是睡到自然醒的，全是闹铃闹醒的。

过年春草也没歇息。春草不是不想回家，她想得很。自从何水远跑掉后她就特别想家，心里孤单。但正因为何水远跑掉了她才不能回家，她丢不起那个脸，老公和别人跑了，算什么啊。在别人面前，比如蔡大姐，或者曹主任，她都说老公到外地打工去了。

冬天熬过去了，春天也快要熬过去了。

何水远走了一年多了，但春草心里仍笃定他是要回来的。正如娄大哥说的，他们又没离婚，他们还是一家人，他不回家能上哪儿去？他河水流得再远，也总是从她这里流出去的。为此春草春节给两个伢儿买新衣服时，也给何水远买了一套，放在那里，让衣服和她一起等他。她还给水清寄了钱，以何水远的名义，她要证明他们这个家没有散架，还是囫囵个的。从水清的回信看，她不知道何水远跑掉的事，或者说，何水远没有跑回家去。水清的回信是写给他们两个的——哥哥嫂嫂。水清说水亮马上要高考了，一有结果就会告诉他们的。叫他们放心。

水清的信是蔡大姐帮着读的。读信时蔡大姐又一次问春草："你老公怎么那么长时间也不回来看看你们啊？"春草说："路远哎，舍不得路费。"

五一节时，蔡大姐要在家里请客，让春草帮忙烧菜弄饭。蔡大姐说，请的都是和她老公一起下乡的知青、老朋友，吃了饭还要打麻将，所以不愿意到外面去。本来春草想借这个节好好休息一下的，但蔡大姐说："没有你我还不敢请客呢。耽误了你休息我会补偿的。"春草马上说："哎呀蔡大姐，看你讲到哪里去了，我帮你做都是应该的。我反正也闲着。"

请客那天，春草很卖力，一大早就开始忙碌，买菜洗菜杀鸡剖鱼剁肉全是她一个人，一直忙到晚上，吃过饭一大堆碗筷也是她一个人清洗的。春草把两个孩子也带来了，让他们坐在艳艳的房间里看电视，两个孩子也乖，拿着两颗糖坐在电视机前就没挪过地方。

几个客人边吃饭边夸她，说她菜烧得不错，有点儿水平，动作也麻利。蔡大姐高兴，也就趁机表扬了春草几句，说她一个人带两个伢儿，还做两家的家政，很能干，很会吃苦。客人中有一位就说："那真是难得，我也想请一个就是没合适的，我们公司缺个做夜餐的。别看现在临时工多，又能干又勤快又老实的少。"大家都说，可不是吗。有个女人还说，她连着请了三个都不满意，一个菜烧得极为难吃，一个动作太慢，一边干活儿一边还看电视，一个更糟，手脚不干净。现在这个嘛，做事情马虎，但算好的了，凑合吧。

春草把话听进耳朵里，客人们打麻将时她也没走，帮着倒茶什么的，听他们聊天。她很快弄清楚了几位客人的身份，说想请人做夜餐的那个男人，是个家电公司的经理；说连着请几个都不理想的女人，是个小学校长。春草动了心思,客人们互相留电话的时候,春草用心记住了那位经理和那位校长的电话。女校长姓林,经理姓丁。她记得牢牢的。

星期一再去蔡大姐家做饭时,春草先给那位林校长打了个电话。春草热情洋溢地说:"林校长,我是春草哎。"林校长有些疑惑地说:"你哪位?是学生家长吗?"春草说:"现在还不是呢,以后会是的。我是蔡大姐家那个春草,你忘了,你昨天还说我菜烧得好。"林校长似乎想起来了,说:"哦,哦。找我有什么事吗?"春草说:"我听你说家里想请个人?你看我来做怎么样?"林校长客气地说:"你当然很好了,可我家里现在有人做啊。"春草说:"你不是说她不称心吗?我想你工作那么忙,没个称心的人做家务太要命了,我是很认真的。我这个人没别的本事,就是做事情认真。不信你问问蔡大姐。"林校长说:"这个我相信,可是现在我没有什么理由辞退她,说好一个月的试用期,才做了几天。"春草说:"是这样啊。试用期什么时候满?"林校长说:"还有半个来月吧。"春草马上说:"那不要紧,我过二十天再打好了。如果那个时候她还不让你满意,我就来,好不好?"林校长说:"到时候再说吧。"

春草这边说完,那边马上又把电话打给丁经理。跟丁经理春草就很直截了当了,上来就说:"丁经理,我到你公司来做夜餐好不好?"丁经理说:"我倒是愿意,可你不是在帮蔡大姐吗?"春草说:"我不会影响她的,反正你那里是夜餐,她这边是晚饭,我做完她的晚饭再上你那儿来,正合适。"丁经理说:"你白天做了晚上还做,能行吗?春草说没问题的,我晚上闲得无聊。"丁经理说:"我考虑一下吧。"春草说:"好的,你先考虑一下。我等会儿再问你。"

半个小时后春草又打电话过去了,问丁经理:"丁经理你考虑好了吗?"丁经理有些不快地说:"你这个人怎么盯得那么紧啊?才多长时间啊?"春草笑说:"我想对你这个大经理来说,这点小事考虑几分钟就好了嘛。"丁经理说:"再是小事,我也要和我们这里的人商量一下嘛。"春草说:"哦,我不懂,对不起啊。那我再等等,你去商量。"

又过了半小时,春草再打过去问:"你们商量好了没有丁经理?"这回丁经理真的不高兴了,说:"哪有你这样找工作的?你以为我上班就办你这一件事情?"春草连忙说:"不好意思啊,给你添麻烦了。我没办法,等一歇儿我离开这里就没有电话打了。我想知道到底行不行。你要是告诉我不行我就再也不打了。"丁经理没回答,似乎仍有些不快,春草又说:"我保证你找了我不会后悔的,当真的,我一定会好好做的,我原来在单位上工作个辰光还当过先进呢。我很能吃苦的。"丁经理终于说:"好吧好吧,你明天过来吧。"

春草高兴坏了,脚趾头都动起来,连连说谢谢谢谢,当然最后她也没忘了问:"是多少钱一个月啊?"丁经理说:"还是按我们以前的标准,一百八。"春草迅速在脑子里拨拉了一下算盘,她有四百四好挣啦。搁下电话一转身,差点儿和蔡大姐撞个满怀。

春草结巴地说:"你,你嘎早就回来了,蔡大姐?"

蔡大姐狐疑地看着她,说:"你在打电话?给谁打电话?"

春草只好把事情原委告诉了蔡大姐,蔡大姐很有些吃惊,也很有些不快,大概她觉得春草利用她的关系也不先和她打个招呼,而且还用她的电话。但蔡大姐还是忍住了没吭声。春草装作没察觉,赶紧上厨房去烧菜。一边烧菜一边大声和蔡大姐聊天,说:"我这个人就是运气很好,遇见你这种菩萨心肠的人,那天我在楼下碰见一个保姆,很倒霉的,说她家主人又吝啬又挑剔,我跟她说你怎么帮我怎么对我好,她只哦一声,就是不相信,说我编些闲话来骗她,我说我哪里有工夫给你编闲话,我命里有贵人相助。"

蔡大姐终于接话了,没好气地说:"你多么能干啊,啥人能跟你比啊?"春草笑嘻嘻地说:"我哪里能干噢?我除了一双手,什么都没有的。"蔡大姐说:"你还有一张嘴嘞,最会讲话的嘴。"春草说:"我不会讲话的,我讲的话都是糯米舂年糕,实打实的哎。"蔡大姐说:"看看,还说不会讲,死人都要给你讲活了。"春草又笑了,小有得意地说:"我也不晓得我个张嘴像谁,大概是像我姆妈。我姆妈当过妇女队队长。"

说了两句讽刺话后,蔡大姐的脸色也就渐渐平复了。

春草的生活又增添了新内容,或者说她又进入了新的生活状态。现在这样虽说比原先做炒货还累,但少操心,旱涝保收。

她每天早上六点起来,先送孩子上学,然后回到家赶紧把两个孩子弄起来,让他们吃好饭,自己再出门去给曹主任买菜烧饭做饭,中午赶回来弄自己家的饭,弄得多一点,连晚上两个孩子吃的也一起弄好。因为要做夜餐,她不能再带孩子出去了。下午她去给蔡大姐买菜烧饭,给蔡大姐烧好饭就直接去公司做夜餐，两个孩子就自己在家吃中午剩的。在公司做好夜餐是七点半，出去干了一天的维修工人一般是八点左右回来，她就和他们一起吃晚饭，然后回家。

每天都是两头摸黑，围着四个锅台转，加上自己家里，春草每天要做五顿饭。唯一可休息的是星期天了。但为了报答丁经理，她又主动提出每个星期天给丁经理家搞一次卫生。不要钱。没想到搞了一次后，丁经理一家满意得要命，不但窗明几净，连抽油烟机、炉台和几口老黑锅，都被她擦洗得锃亮如新。丁经理的老婆觉得不给钱实在说不过去，硬要塞给她二十元。春草打死不接，说给钱她以后就不来做了。丁经理于是动用职权，给春草每月增加了五十元工资。

全部加起来，春草一个月可以挣四百九了。

蔡大姐知道后说："春草你可真行啊，都赶上我了。"

春草说："你讲笑话嘞，我就是再活一辈子也赶不上你啊。"蔡大姐说："你看你一天跟个机器似的转转转，也不嫌累。我可真是服了你了。"

春草笑说："要吃咸鱼还能怕口渴吗？再累也认了呀！哎你不要讲，有时候我也蛮佩服我自己呢。"

春草哪能不累呢？累得她已经不知道什么叫不累了。她浑身的肌肉骨头都被她做成铁疙瘩了，没了知觉，什么累啊苦啊烦恼啊，她都不知道了，只知道做。但林校长那边的事，她还是牢牢记着的。之所以记那么牢，是因为关系到两个孩子的读书问题。

六月初，春草又给林校长打去电话。这回林校长热情多了，说："春草啊,我还正想上蔡大姐那里去找你呢,我已经把家里那个辞掉了,太不满意了。现在我忙得不行,真希望有个好帮手。你能来吗?"春草马上说:"能的。我明天就来。上午来,好不好?"

这边一说好,那边春草就把曹主任辞了,她不可能一个上午做两家。她跟曹主任说的理由是天太热,她身体受不了了。曹主任急了,说孩子面临期末考试,没个人不行。情急之中表示愿意给春草增加工钱。春草想想说:"如果你们确实需要帮忙,早上送胖胖的事我还可以接着做,也不要你们加钱了,但午饭是肯定不行的。"曹主任只好同意。

春草终于走进了林校长家,这是她最想进的一个家门。

林校长也是一家三口,有个上高中的儿子,有个在市政府做事的老公,挺美满。春草想象中的校长家就该是这个样子。她在林校长家做得非常用心,比任何一家都用心。林校长对她十分满意,说春草是她遇见的最好的家政服务员。看,人家林校长就不说"保姆",有文化就是不一样。春草说:"你才是我遇见的最了不起的女人嘞,一个女人家当校长,管那么多人,啧啧,真厉害。"林校长笑道:"你蛮会讲话。读过多少书?"

一说这个春草顿时神色黯淡,心里那个疤又被揭了一下,有些痛。但她仍笑着说:"我是个文盲哎。"林校长吃惊不已。春草说:"我只念过一学期的书。家里穷,不让我念了。"林校长说:"看你脑子蛮灵,要是有机会读书一定能读好。"春草马上说:"是的啊,我虽然只读了一个学期,但我考了第一名,有张奖状呢。"林校长转头对儿子说:"听见没有,并不是每个人都能读书的,要珍惜才是。"儿子爱搭理不搭理的,没有说话。春草说:"他的命好,不用想这些事。"

　　天气越热,消耗的体力就越大。春草每天回到家都一身湿透,衣服紧贴在脊背上,一挨墙墙上就是个水印。春草都能闻到自己身上的汗臭,汗水分分秒秒地泡着她的身体,差不多要把她腌成一块咸肉了。他们的小屋像个蒸笼一样。春草早上走的时候先用旧被单把西边的窗户遮住,这样晚上回来屋子里才稍微阴凉一点。两个孩子都长了一身痱子,春草再也顾不上照顾他们了。她总是跟他们说,立秋就好了,再忍忍,立秋就好了。

　　但春草自己却没忍到立秋,这天中午她刚从林校长家出来,眼前突然一黑,就栽倒在地上了。

　　醒来时她躺在医院里,林校长的一个邻居把她送过来的。医生说她中暑了。春草爬起来就要走,医生说她最好去查个血,再验个尿,她脸色蜡黄,可能是严重贫血。

　　这时林校长也赶来了,劝她一定查一下:"你老是喊腰痛,恐怕不只是贫血呢。"春草不肯,说:"我哪里有时间生毛病啊?勿碍事的,就是太累了。"林校长说:"你这个人怎么那么不听劝?查个血能花多少钱啊?你要是垮了你两个伢儿靠谁去?"

　　春草只好去查血查尿。结果出来,果然如林校长说的,严重贫血,尿检的红细胞竟然是满视野。意思是说,她尿血了,还很厉害。春草不相信,说我的尿又不是红颜色。医生说真要红的还得了?医生当即要她住院,她坚决不肯,说家里有两个小伢儿没人照看,不能住院,给她打针好了。医生无奈，只好让先她输三天液。

林校长看她躺在那里憔悴的样子，感慨说："春草啊，你那么拼命做，真不要命了。"春草说："林校长，我不拼命做，我的伢儿怎么读书呢？我一定要让我的两个伢儿在城里读书。"林校长感动了，说："孩子读书的事，我会帮你的。你是个好母亲。"春草顿时喜笑颜开，觉得自己这场病生得蛮合算。

每天下午躺在床上输液，成了春草最大的享受。她还从没这样在大白天躺着不动过，除了骨折那些日子。即使骨折那些日子她也爬起来在屋里挪动着，干些力所能及的事情，现在手上扎着针，她是一动不能动了。她索性放开来睡，一睡两三个小时，对她来说可真是大补了。春草连睡三天，或者说连输三天液，竟然很见效，再一验尿，红细胞从满视野减少到了十个。腰也没那么痛了，烧也退了。关键是，身上又有力气了。

但按医生的意思她还得输几天，起码把红细胞减少到五个以下。春草怎么也不肯了。每天二十块钱，多输一天等于她白做一天。医生无奈，叫她回家好好休息，说她得了这样的毛病以后不能太累，还得注意营养，她的身体已经透支了。

春草不明白透支的意思，但她知道自己生病的确是太累的缘故，回想起来母亲也常说腰痛的，没准儿母亲也尿过血，只是农村人不懂。想想母亲也是可怜，春草庆幸自己给她做了手术。春草离开医院时想，看来以后自己得减掉一户人家了。减掉谁呢？林校长是最重要的，不能减；丁经理那里钱多，也不能减。只有减蔡大姐了。虽然蔡大姐一直对自己不错，可是春草还是决定舍弃她。她现在做事只有一个原则，那就是钱；只有一个目的，那就是孩子读书。

其实春草已经做出了选择，输液那三天她就没去蔡大姐家。早上她还是照常送曹主任的胖胖上学，上午还是照常给林校长做饭，下午才去输液。输完液晚上还照常给丁经理的公司做夜餐。所以当她跟蔡大姐提出她不能再在她家做时，蔡大姐没有太意外，还担忧地问她以后的生活怎么办？两个伢儿怎么办？还说有什么难处可以去找她。

春草觉得愧疚不已，走出蔡大姐家时，心里酸酸的。

可她能怎么样？顾不了那么多了。

1996 年
白露：
鼓乐震天

对春草来说，一九九六年的九月一日，是个比她结婚还要让她开心的日子。就在这一天，她终于把她的两个孩子送进了学校。尽管晚了一年，可总算是实现了她的愿望。

进的当然是林校长的学校。林校长为她减免了异地就读增收的费用，那是相当大的一笔钱。春草感激得恨不能给林校长做一辈子的饭。大恩不言谢，这是何水远告诉她的，她只是尽心竭力地为林校长做事，有时殷勤到林校长都过意不去了，她仍觉得无法报答。

九月一日这天早上，春草肯定是全世界醒得最早的人，她凌晨一点就醒了，看看钟，又躺下，凌晨两点又醒了，再看看钟，再躺下。就这样每隔一小时醒一次，直到早上六点，她再也睡不着了，爬起来烧好泡饭，自己换上一身最好的衣服，还是当年在蔡大姐家干活的时候蔡大姐给她的，八成新，因为蔡大姐长胖了不能穿，给了她。她穿上很不自在，好像手脚被绑牢一样。七点不到她就把两个"小鬼头"叫了起来，也给他们穿上早已准备好的像样些的衣服，再背上当年儿童节时娄大哥送的两个新书包。

等母子三人步行来到学校时，学校门口已热闹非凡，门上的横幅写着：热烈欢迎新同学！

横幅下，大人挨小人，小人挨大人，全是人，那些和春草一样的新生家长们牵着自己的孩子等在那里。不同的是许多家是一个孩子两个家长牵着，左手爸爸右手妈妈；春草却是一个家长牵两个孩子，左手万万右手元元。

春草不明白大家为什么都等在门口不进去。后来听旁边人讲,不好随便进的,要举行仪式才能进。春草不明白什么是仪式,看来城里的学校和他们乡下的就是不一样。她那个辰光去读书,直接就走进教室了,连个校门也没有。不一样也勿碍事,反正她的两个孩子早已报过名了,是笃定要进这个门的。但春草还是心跳得厉害,牵着孩子的手不由自主地在使劲儿,把元元都给捏疼了。元元挣脱掉她的手问:"姆妈,老师今天会不会要我讲故事啊?"春草说:"不会吧。"元元说:"如果要我讲,我就讲小鸟讲的故事,好不好?"春草说:"你能记住吗?"元元说:"能记住的。"

报名那天,老师问春草:"你的这两个孩子有特长吗?"春草不明白特长是什么,她估摸着说:"他们也就是一般长。"老师解释说:"特长的意思就是本事,比如会不会唱歌跳舞?会不会拉小提琴弹钢琴?或者会不会下围棋画画?等等。"春草很吃惊,没想到一个伢儿还没读书就要先有这多本事。她不好意思地说:"噢,他们,他们没有特长。"不料元元马上提出抗议,说:"我有特长的!"老师吃惊地抬起头来望着她,元元小脸通红地说:"我会讲故事!"老师笑了,说:"好啊,会讲故事也很好,以后讲给同学们听,好不好啊?"元元大声说:"好的!"春草很舒心,她从元元身上看到了自己的影子。

学校的大操场上,高年级的学生正在集合,春草看见林校长站在台子上讲话。过了一会儿,学生们敲着队鼓、吹着喇叭朝大门走来。那鼓乐声真是好听,和他们村里办红白喜事的鼓乐完全不同,透着那么一股子让人想蹦跶的劲儿。可惜何水远不在，何水远若在，一定能说出好多好多的四个字儿来，比如"朝气蓬勃"，比如"鼓乐震天"，比如"欣欣向荣"，还有"风和日丽""气象万千"……

林校长走在最前面，学生们走到门口，鼓乐声停止，林校长站出来，用她那无比温和的声音说："各位家长，各位新同学，你们好！现在，我们代表新光路小学全体老师和同学，前来迎接你们进入我们学校！从今天起，你们就是我们新光路小学的学生了！"

鼓乐声再起，一个个高年级同学踏着鼓点儿走出来，走进人群，从家长手中牵过新生的手，然后转身往学校里走。春草浑身的汗毛立了起来，仪式原来是这样的！这样让人汗毛倒竖！一转眼，她手上的两个伢儿也分别被学生牵了去。元元回过头来朝她笑笑，摆摆小手，万万则有些紧张，一双小脚走得跌跌绊绊，有些倒腾不过来。

春草站在那儿，眼泪唰地流下来，就好像她自己被牵进了校门。她忽然用手卷成喇叭筒高声喊道："元元，万万，好好读书啊！一定要好好读书啊！"

元元万万同样高声回应道："知道啦妈妈！"

家长们吓了一跳，但没有人笑话她，还有人鼓起掌来。很快，校门口只剩下家长了，再过一会儿，家长们也都散去了。

只有春草还站在那儿。九月的阳光洒满她因为劳作而微微有些弯曲的脊背，洒满她干燥的脸庞，和同样干燥的头发，干枯的头发因阳光而突然有了光泽，几根刺目的白发也隐隐闪着银光，身上那件八成新的西装外套，遮不住她满身的疲惫和辛劳。但她心里却洋溢着无人知晓的巨大快乐。

什么是幸福啊，春草想，这就是了。

春草的生活从此多了很多乐趣。因为除了劳作，她还有了享受。她不再是个苦做的女人了，她同时还是个快乐的母亲。每天晚上带着一身疲惫回到家，她就大声说：

"元元，万万，给姆妈念书了！"元元就朗朗地读儿歌："迎春花，开黄花，朵朵张开小喇叭，嘀嘀嗒，嘀嘀嗒，春来啦！"

万万很淘气，给她背算式还要加动作，是学校里学的广播体操："一加一等于二，二加一等于三，三加一等于四……"一个算式配一个动作，又是冲拳又是马步，把春草笑得前仰后合，真比什么好吃的好喝的都"营养"。

万万在那里比画的时候，元元说："姆妈我给你捶背吧。"春草说："不用，你读书就行了。"元元说："我一边读书一边给你捶背。"春草就依了她。元元一边给妈妈捶背一边说："今天我们小组做教室清洁，我觉得好累啊。我一想妈妈每天都要做哎，还要做好几家清洁哎，妈妈一定累死了。"春草听了眼泪都要下来了，说："我个乖囡当真懂事啊。妈妈不累，只要你们两个学习好，妈妈就一点儿不累。"

春草想，读书就是好。孩子都懂事了。

但她的经济压力显然更大了。尽管林校长帮她减免了借读费，但一些必交的钱是无法减免的，每个孩子的班费体检费，还有什么代管班的钱，校服的钱，中午豆奶的钱，都不可能再减了，而且每样钱她都得交两份。虽然学校里说代管班钱和豆奶钱是自愿交，可她不想让自己的孩子因为交不起钱而自卑。这样一来，第一学期春草基本上把她这一年多来的存款全部交掉了。她必须加紧挣钱，才能让孩子们接着读下去。这样的压力对春草来说，是非常具体的，具体到每天夜里睡觉都睡不踏实，常在梦里问人家需不需要她去做事？有一回她在梦里找到一份工资很高的活路，竟然是站在校门看孩子上学。醒来后她笑自己，白日梦做到夜里去了。

万万和元元上了小学，曹主任的儿子就上了初中，不再需要春草接送了，春草本来就对蔡大姐有愧，不想总去那个院子遇见蔡大姐。所以一听出曹主任的意思她就走了。之后她给蔡大姐打了个电话，表示她现在可以帮她做了，蔡大姐有些冷淡地说："我早已另外请人了。"春草听出了她的不快，猜想她一定是知道她那个辰光甩掉她一家的事了，只好作罢。

春草当然不能只做两家，三四百块钱是不够的，何况她怎么能有空闲呢？现在她上午做林校长家，晚上做丁经理的公司，下午是空的。春草觉得下午空着简直就是浪费钱。春草就试探着给娄大哥打了个电话。

这两年春草和娄大哥一直保持着联系，不管他新媳妇怎么别扭，逢上端午或者中秋什么的，她仍会带着两个伢儿去看他们，带着自己包的粽子、腌的盐蛋，有时干脆买一只土鸡，说是从老家带来的。娄大哥的宝贝疙瘩已经生出来了，他把自己的母亲从乡下请来给他带孩子。春草每次进门先去看他们的宝贝疙瘩，好一顿吹捧，吹捧得嫂子脸上出了太阳，这才跟娄大哥说话。

娄大哥还是老样子,每次看到她都很高兴,好像他们真是兄妹一样。嫂子虽不大热情,也还过得去,总会留她们母子三人吃顿饭,走时再给两个孩子塞点儿钱。钱的数目肯定远远多过春草买礼物的花费,也是很合算的。

但对春草来说,她的目的真不在于得那点儿钱。一来她确实惦记着娄大哥,看看他心里踏实;二来她是为孩子,她不想让两个孩子觉得他们在城里孤单,让他们知道自己在城里也是有亲戚的,她让两个孩子叫娄大哥舅舅,叫嫂子舅妈;第三还是为了孩子,她要让孩子看看城里人过的日子,坚定在城里生活的信心。每次从娄大哥家出来,春草都会喋喋不休地对两个孩子进行一番励志教育。

其实不用母亲说,两个孩子也很愿意去舅舅那里的,在没有父亲的日子里,舅舅让他们感受到了父爱。

春草这两年的情况,包括她生病,娄大哥也都是知道的,所以他听春草说还想多找点儿事做,就劝她不要太辛苦了,来日方长。春草说:"伢儿一进学校,家里就好像挖了个洞,钞票哗啦哗啦地往里掉,不挣不来事啊。"她得趁现在做得动多做做。她问娄大哥同事朋友里有没有想请人的。

娄大哥听出她的意思了,可他不方便请她。他只是答应帮她找找看。

娄大哥问春草明年过年是否回老家?春草说她还没想好。她很犹豫,她真是想回家看看,想让两个小的能和外公外婆一起过个暖和一点儿的、热闹一点儿的新年。可一想到何水远她就打了退堂鼓。回去跟父亲母亲怎么说？跟水清和公公怎么说？撒谎吗？在亲人面前不来事的，尤其是母亲，她骗不过母亲那双眼睛。可是不撒谎她又没有勇气面对真实。

娄大哥说："这个阿远，怎么这么长时间没消息呢？"

春草说："我知道什么时候下雨什么时候出太阳，就是不知道他什么时候回来。都是他个名字取好了，何水远，一远远到新疆去了。"娄大哥说："有两年了吧？"春草说："二十六个月了。"娄大哥说："也许他找到一份不错的工作，想挣了钱再回来。"春草笑笑不语。对自己的男人她太了解了，她不做这样的指望。"总归他是要回来的。"春草说。

春草跟林校长毛遂自荐说："她愿意到学校去扫地，不要工钱，只是表达对学校的感激。"林校长说，学校里已经有扫地做卫生的校工了，再说她有两个孩子要管，也不忍心啊。春草坚持要去，说自己在家闲着难受。

她真的去了。下午孩子们一上课她就扫起来。正值秋天，学校里落叶满地，春草操起竹扫把哗哗的，扫到孩子们一节课下了也没扫完。林校长见状只好跟她说："学校白天不宜扫地，灰尘太大了，对孩子不好。"春草说："那我早上来好了，一大早就来。"林校长拗不过她，只好答应。

第二天春草带着两个孩子起了个大早，跑到学校去扫地。她让两个孩子坐在边上大声朗读课文，她就起劲儿地扫，从天蒙蒙亮一直扫到天大亮。这样连续三天后林校长觉得不是个事儿，终于跟学校后勤部门说了一下，请春草做了临时工，每月一百元，并且和其他职工一样，减免了她一个孩子的代管班费用。

春草不好意思地说:"哎呀林校长,我当真不是这个意思哎,我来扫地当真是喜欢学校哎,一边扫地一边听伢儿们念书,多惬意啊!"林校长说:"春草你真是会讲话,你当初要是读了书,恐怕会成个人物的。"春草说:"林校长你又讲我的笑话了。我是想,现在不是都兴赞助吗?我不像人家那些家长可以用钱赞助,我只会做事,我赞助我的力气嘛。"林校长说:"就算你愿意我也不能接受啊,现在已经是讲究经济效益的年代了,没有干活不拿钱的,这也不符合劳动法啊。"

春草笑了,心安理得了。原来她拿这个钱是名正言顺的,符合劳动法呢。

春草是真的喜欢学校,这样的喜欢是扎根在心底,和她的生命纠缠在一起的。学校是她心灵的天堂,在"天堂"里扫地她能不愉快吗?何况还有两个孩子给她念书,何况还能多挣一份钱。真是山也青水也绿的好事体。她每次都扫得分外仔细,还把那些孩子们不小心丢了的,或者故意扔掉的铅笔、刨笔刀、尺子、橡皮之类,一一捡起来交给林校长,林校长就在学校里摆了个失物招领的箱子,让学生们去认领。几天下来,还有许多东西没人认领,春草看看都是些能用的东西啊,好好的啊,百思不得其解,索性拿回来给自己的两个伢儿用了。

开学两个月,元元就在班上冒出来了,测验常常得第一名。还因为会讲故事当了个班委。相比之下万万就差点儿了,作业马虎,上课讲话,老师常让元元回来告万万的状。半期考试后春草被通知去开家长会。春草忐忑不安,不明白家长会是干吗的。她早早去了,找到元元的座位端坐在那里等,想象着老师的模样。

一个小姑娘进来了,做了自我介绍,说自己是班主任。春草一看,天,那么小一个姑娘,看上去比阿珍还小,一张娃娃脸,红扑扑的,声音清脆无比。春草心里打鼓,这女伢儿能当老师?想当年自己读书的时候,李老师可是比自己姆妈还大呢。但娃娃脸一开口,春草就知道了厉害。娃娃脸是教数学的,她口气严厉地说:"这次半期考得不好,平均分才九十二分,得满分的只有九个同学,最低分七十一分。"春草简直想不通,七十一分,还算考得不好?都及格了嘛。

卷子发下来了。春草一看,元元是满分,万万是七十一。得,她家娃把两头都占了。她发现她同桌的家长在偷瞄她的卷子,她连忙用元元的压住万万的,然后也偷瞥一眼人家的,人家索性把卷子倒扣着,一丝光都不泄露,显然没考好。春草心里自在了一点。

娃娃脸开始分析试卷,春草发现家长们全部拿出本子和笔来做记录,春草傻了。为了掩饰,她也只好从元元的抽屉里找出支笔在纸上瞎画。

整场家长会,春草心跳加速了四次:一次是表扬一百分的同学,点到了元元;一次是批评最后一名,点到了万万;一次是表扬守纪律的同学,点到了元元;一次是批评上课讲话的同学,点到了万万。弄得春草喜一下气一下,七上八下的,真是比做生活还累。

晚上春草下班回到家,准备了一肚子的话臭骂万万。万万显然预见到了这点,早早地上床睡觉了。春草八点半回到家时他竟然睡着了。但春草还是毫不犹豫地把他从被窝里拉起来,好一顿臭骂。臭骂之后开始讲道理,讲自己小时候怎么想念书,怎么念不到,为了念书还绝食;讲自己为了让他们两姐弟读书花了多大心血,吃了多少苦头。

讲着讲着听见有眼泪吧嗒吧嗒掉的声音,一看,是元元在那里伤心落泪,万万倒好,又睡着了。

春草叹口气,看来想读书的不用说,不想读书的说也没用。

春草从此成了新光小学一年级一班优等生和差生的共同家长,好在还能平衡,春草也就认了。

但元元不干,弟弟学习不好她觉得丢人。每天回到家她连哄带吓,强行辅导万万做作业。奇怪的是,万万不怕娘,却怕姐姐。

春草在一旁偷乐,自己这女儿是生着了,比何水远还顶用。

1997 年
除夕：
新闻人物

又临近春节了。

从何水远欠债、一家人出逃到现在，春草没有过过一个舒心的春节。这回春草想好了，一定要让两个孩子好好地在城里过个年，过个像样的年。她辛苦一年了，两个孩子也跟着她受罪一年了。她要犒劳一下他们，她要让两个孩子觉得吃苦是值得的。春草在批发市场给两个孩子一人买了一身新衣服。在海州待了两三年，她已经很晓得在哪里能买到她买得起的衣服了。走过去看见有一种男人的防寒衣蛮好，又给何水远买下一件。元元见了说："爸爸要回来过年吗？"春草说："难讲呢。"本来春草也想给自己买一件的，最终没下得了手。还是省省吧，需要花钱的地方太多了。

年三十那天，春草锁了门带着两个"簇新"的伢儿上街去了。大街上冷冷清清的，已经没什么人了，城里人猫在家里准备年夜饭，乡下打工的赶回家吃年夜饭。一顿年夜饭搞得满世界冷冷清清，车也少了人也少了。春草倒是很喜欢，只有在这样清净的时候她才能感觉到自己的确是走在城里，而不是淹没在城里。

春草先带两个孩子到最繁华的商场里去坐电梯，这是她老早答应了他们的。尤其是万万，从老家出来时就是以此作为诱饵的。可哪里有空哟，她的所有时间都拿来换钱了。一拖拖到今朝。

百货公司的人还不少，大都是买年货的。春草牵着孩子的手来到电梯跟前。说老实话，她也没坐过电梯。站到电梯口看着电梯不停地移动，她跟两个孩子说："我们等等，等它停下来再上去。"

可电梯完全没有停的意思，河水一样流个不停，倒是看见别人都一个个踩上去了，顺着河水浮上去或者流下来。春草说："乖囡等一歇儿，姆妈先上去试试啊。"

她狠狠心，踏了上去，刚好踏在两节电梯之间，没站稳，嘭地朝后摔倒。两个孩子紧张得叫起来，引来旁人的目光，还有窃笑。春草心里很恼，想，你竟敢摔我？连你也来欺负我？我倒要叫你摔摔看！

春草一骨碌爬起来，却见元元已经踏了上去，尽管紧张得小脸儿有些变色，却大声喊道："姆妈，它摔你，我踩它！"

春草心里顿时像喝了口热汤一样熨帖。我的好女儿，真是像我啊。有这样的女儿我还怕什么呢？她踏了上去，这回总算站稳了。等她浮到二楼，元元竟然已经自己下去了。她却无论如何不敢下。看见两个伢儿在下面叫，她急，抬起脚刚碰到电梯身子就朝后倒，只好又缩回来。手心都出汗了。这时有个女人在她身后说："不要怕，不会有事的。要不要我扶你啊？"春草一回头，竟然是蔡大姐。

春草那个高兴啊，比见到"娘老子"还亲。蔡大姐认出是春草，也很高兴。时间过去了这么久，她已经不再计较了，好比当个亲戚了。

春草被蔡大姐扶下了电梯。接着蔡大姐又带着她们母子三人坐了上去，又坐了下来，跑了两个来回。两个孩子很快适应了，自己开始上上下下地玩耍。春草就和蔡大姐站在那儿说话。蔡大姐说艳艳读了职高，学什么礼仪。春草说，艳艳漂亮，将来找个好人家没问题的。蔡大姐说，也只能这样指望了。春草说自己的两个伢儿也上学了，还说元元成绩好万万不懂事，还说何水远就快要回来了。

蔡大姐感慨说："春草你真是不简单。这么些年一个人在这里打拼，还带着两个伢儿。"

春草笑说："我有什么不简单啊？我除了做生活什么也不会，不认字，也不会讲啥个道理。"

蔡大姐说："你很顽强，这就不简单。"

春草说"我经常都在想，不管怎么样我都要往前走的。走走路就好了。现在我下坡，总有一天我要上坡。总也不会老走下坡路，要老走下坡路还不下到海里面去了？"

春草说着自己就乐起来了。春草觉得她这样和蔡大姐站在一起聊天时，就好像她和蔡大姐是同事是朋友，在拉家常。这种感觉让她舒心。

最后蔡大姐说她还有不少年货要买，让春草空了去家里玩儿，走时也没忘了给两个小鬼头一人十元的压岁钱，这让春草真的有些不好意思，想起自己种种对不起她的地方，心里不大自在。

从百货公司出来，春草带两个孩子去了最大的公园，看那里的灯会。灯会的灯虽然还没点亮，但张灯结彩的，已营造出了热闹气氛。逛到挨边晚上，春草又带两个孩子吃了一顿麦当劳，把两个孩子高兴得不行，小脸通红。

万万说："妈妈，我们以后还在城里过年啊，让外公外婆也来。"春草最喜欢听到这样的话了，连说："好的好的，我们以后还在城里过年。以后妈妈钱挣多了，租个大房子，就把外公外婆接来。"元元说："还有爸爸。"春草说："对，还有爸爸。"

晚上回到家，春草切了点自己做的香肠腊肉，拿出一瓶最便宜的绍兴酒烫了烫，跟两个孩子说，我们也来吃年夜饭喝老酒，好不好？两个孩子欢呼雀跃。春草给他们一人倒了一小点儿酒，自己倒了一满碗，说："姆妈辛苦一年，你们两个也辛苦一年，今天我们好好地开心一下，来，干杯！"两个孩子说："干杯！"

三只碗碰得清脆响亮。

春草说："姆妈祝你们两个聪明懂事。"元元说："我祝姆妈身体健康！"春草说："我祝外公外婆身体健康！"元元又说："我还祝姆妈挣好多钱！"万万急了，说："该我讲了该我讲了，我祝妈妈再给我买麦当劳吃！"元元说："还有新衣服和新鞋。"

春草一碗酒喝下去，脸孔像穿了新衣裳一样，心里也热乎乎的。元元说："姆妈我们又到海边去喊好不好？"春草说："今天不来事，今天嘎冷，会冻感冒的。"元元说："我想喊哎，喊起来好玩儿。"春草说："那就在家里喊好了。"

元元就亮开嗓子喊了声："过——年——啦！"万万也喊："过年啦！"

春草和他们一起喊："过年啦！"

此时正是家家户户看春节晚会的时候，没人注意到这小小的房间里传出来的快乐声音，也许有人听见了，把他们当成了电视里的声音。但老天爷知道，这是天堂里的声音。

喊完了，吃完了，两个孩子心满意足地睡觉，春草把能盖的全部都堆到了床上，包括脱下来的衣服。整个冬天都是这样，母子三人挤在被窝里互相取暖。有时春草还能提起精神，就把当年姑妈讲给她的那些老掉牙的故事再讲给两个伢儿听。多数时候是困得倒头就睡，梦也懒得做就一觉到天亮了。

第二天娘仨都睡了懒觉，一年一回啊，一定要睡的。起来后春草想，按规矩，今朝该出门拜年了。要把年过像样了，那过年的花头一样不能少了。吃过午饭她把两个孩子收拾利落，去娄大哥那里拜年。娄大哥是她在这里唯一可走动的人。

天气晴朗，城里人一家子一家子地走出门来，大的小的都穿得新簇簇的、傻乎乎的。鞭炮声不知在哪里炸响，起起落落，时有时无，让春草想起了七年前的那个春节。那时她一个人背着元元出来找何水远，天寒地冻的，好难熬啊！不想七年过去了，她还在过着这样不安定的苦熬生活。春草不愿承认自己命苦，就往好里想，现在和七年前还是不一样了，两个伢儿在城里读书了呀！这不是她最想要的吗？至于何水远，他总归会回来的，说不定很快了呢。

娄大哥一见春草就说："嗨！春草，我正想去找你呢，你就来了。"春草以为他找她是因为过年，就说："我肯定会来的呀，这个年给谁都可以不拜，给你娄大哥和嫂子是肯定要拜的喽。"春草给娄大哥带了些她自己做的酱肉，还提了只活鸡。为了送活鸡她早早买好，已经在家里养了两天了。她很想重复第一次来娄大哥家时的那些经历，她为他杀鸡炖鸡，为他收拾屋子洗衣服。

但她刚挽上袖子要进厨房，就被娄大哥拉住了。娄大哥说："春草你过来，我有事跟你说。"春草说："我一面做事你一面说好了。"娄大哥说："鸡不要忙着杀，家里现在的菜吃不完的。"春草说："不杀你还能养着？我给弄弄好，你冻起来以后吃。"娄大哥只得依她，说："我去拿张报纸给你看。"春草不明白他什么意思，照样忙自己的，弄了个小碗放上盐，然后一手提刀一手捏着鸡脖子，准备放血。

娄大哥拿来报纸说："阿远是去的新疆吧？"春草说："是。"娄大哥说："前天我在报上看到条消息，说有几个去新疆打工的民工遭遇很惨。不知有没有阿远。"

春草一怔，着急地说："你念给我听听。"

娄大哥念道："乞讨九千里，泪洒回乡路。本地仨民工新疆打工分文未得，为回家沿铁路步行，爬过火车，吃过野果，靠放牛人的玉米饼在冰雪中翻越秦岭，走烂十双鞋历时半年方到达本市。"

春草的手一时有些发软，捉不住鸡了，她丢下鸡说："他们叫什么名字？叫什么名字？"娄大哥说："这上面没说名字，但说到其中一位姓何。"春草一惊，说："当真的？他叫何什么？"娄大哥说："只说姓何。"春草急急地说："那上面还讲什么了？你快念给我听。"

娄大哥念："一位姓王的民工说，他们去年在新疆摘棉花时，一个叫莫衡中的老板要他们今年去种棉花，包吃包住还拿工资。今年他就和七个同乡一起去了，加上云南四川的民工共二十多人。七月初，一场洪水将棉田和房子全部冲毁，他们的衣服被子和证件全部被冲走。见损失惨重，老板悄悄跑了，民工找了当地镇政府和派出所，可当地财力有限，只给他们每人解决了二十元钱。而从当地到乌鲁木齐，汽车票就得六十多元。没办法，从七月中旬起，他们就一边找工作一边往回走。因没有身份证，找不到活干，到乌鲁木齐时已走散了十多人，只剩下五人。一位姓何的民工说……喏，这里就说了一位姓何的民工。"

春草说："他讲什么？"

娄大哥又念："一位姓何的民工说，他们听人说走铁路比较近，就沿着铁路走。中途又有三人走散。有一回他们爬火车，只坐了一站就被赶下来，还被关了一晚上，以后就再也不敢爬火车了。遇到桥梁隧道，守护的人不让过，只好翻山绕道，耽误不少时间。身上的钱很快用完，只能沿途要饭，晚上就在树下、街沿边、火车站候车室睡觉。夜里冷只有烧点儿柴火取暖，没吃的就吃野果。有一回吃野果拉肚子，拉得浑身无力又绝望，他说要不是想到家里还有老婆跟两个伢儿，他真是不想活了。"

春草的心抖起来，一定是阿远，一定是阿远。天哪，作孽啊，他竟受了那么大的罪！

春草把手上的刀往案板上一丢，解下围裙说："我去找他。"娄大哥说："你上哪里去找？"春草说："去报社啊。"娄大哥说："他不可能待在报社的。"春草说："写这个文章的人总知道他在哪里的。"娄大哥说："不一定的。这样，我先打个电话问问。"

娄大哥按报纸上的读者热线打过去问，对方说那位记者不在。娄大哥就留下了自己的电话，说有重要的事找他。春草已经魂不守舍了。没有消息时她反倒心定，认定他是要回来的，现在有消息了却让她不得安宁。他真的回来了吗？他到底在哪儿？她真想马上见到他。可她不知该上哪儿去找，她只能等着他来找她们。

春草没心思过年了，匆匆离开娄大哥家。

这一天春草都不知怎么熬过来的。离开娄大哥家后她就带着两个孩子去了她原来开炒货的市场，想找管理员问问他侄女回来没有，可人家说管理员已经不在这个市场了，有一年了。这下她更是六神无主，漫无目的地在街上走，盯住每一个男人看。如果不是天气太冷，她还不知道要游荡到什么时候。这个年初一糟透了，年三十的好感觉全没了。老天爷也趁机降温，小北风刮得呜呜响。两个伢儿冷得脸蛋发白，清鼻涕直流。春草不敢在外面停留，赶紧带他们回家，烧了一大锅水给他们烫脚，烫到他们小脸红起来为止，然后又熬了一锅姜汤，让他们一人喝了一碗，这才放心一些。他们哪里生得起病啊。

两个孩子睡下了，春草出去倒水。从公共水房出来，她隐约听见身后有人叫："是阿草吗？"春草想一定是自己听错了，平日里都没人来，何况今天这么冷的天气。

但那人又叫了一声："阿草吗？"春草不由得一惊，只有何水远这么叫她。她回头，看到门口有个人影，她迟疑道："你是啥人？"黑影走上前来，一个黑瘦黑瘦的男人，胡子拉碴的，目光呆滞。春草还在迟疑，那人说："我是阿远。"

春草简直无法相信眼前这个人是何水远！活脱脱就像是另外一个人！

两年来她想他想得眼里出影儿，可真人出现了她却无法相信是真的。她立刻想到报纸上说的事情问："当真是报纸上说的那样，你是从新疆走回来的吗？"何水远点点头。

春草木呆呆的，把同样木呆呆的何水远领进房间。

灯光下她认清了，那的确是何水远。何水远看见床上的两个孩子，朝他们笑笑，但笑得很吓人。两个孩子缩在被子里，只露出两只眼睛怯生生地看着他们的父亲。

春草发现何水远在发抖，一摸额头，滚烫。她一句话没说，重新打开炉子给他熬姜汤，让他喝下后，又烧了一大锅水给他擦洗。小时候母亲就是用这种办法给家里人治感冒的。春草让何水远趴到床上，给他擦背，用力地擦，擦红为止。

给何水远擦背时，春草看到了他背上的那个疤痕，就是那年家里失火时留下的，一根烧红的房梁砸下来，在她和他的身上同时留下了印记。当时她还说，他们这对夫妻再也不会弄错了。春草再次确证，这是何水远，是她失去了两年多的丈夫。春草的眼泪吧嗒吧嗒掉下来，掉在何水远皮包骨头的背脊上。她喃喃地说："我知道你会回来的。但我不知道你会这样回来，回来就好。回来就好。"

全部折腾完已经很晚了，两个伢儿都睡着了。春草把剩下的绍兴酒烫了一下，倒了一碗给何水远，说："今天是年初一，你喝杯老酒吧。

也算是和我们一起团年了。"

何水远接过碗，满脸羞愧地说："阿草，我……我……"

半天也没说出一个字。

春草说："好了，不要讲了，什么也不要讲。来，喝光掉。"何水远一仰脖子，把酒喝掉。春草说："困觉吧。"

春草竟然倒头就睡着了，一点儿也没失眠，似乎还睡得特别香。她真是被何水远锻炼出来了。只是第二天早上醒来时，她觉得不像往常那么冷了，身上很暖和。再一想，噢，多了一个人。虽然挤得不行，但真的暖和了许多。

春草心里也暖起来，她又有丈夫了，他们又是四口之家了。她一骨碌爬起来，去烧饭。烧好饭两个伢儿都醒了，何水远还在睡。元元跪在床上用力推他，喊："爸爸起床了！"万万也跟着喊："爸爸起床了！过年了！"

何水远睡得很沉，任两个孩子推，翻个身又睡了。春草站在床边，看着熟睡中的何水远，看着身边的两个孩子。她又想起蔡大姐问她的话，你觉得幸福吗？春草想，什么是幸福？大概这就是吧。她拦住两个孩子，说："让爸爸困觉，让爸爸好好困一天。"

何水远就这样出现了。

就这样回到了春草的生活里。

1997年
雨水：
铂金项链

春草没料到，重新回到春草生活里的何水远，已经不是原来那个何水远了。虽然春草从头到脚从里到外地给他换上了新衣服，但新衣服里面的人却老旧不堪，没有了一点朝气。

他成了祥林嫂一样的人。

春草当然不知道祥林嫂是何许人，她只是发现何水远变得像个爱唠叨的妇人，没完没了地说着些重复的话，且没过去那么斯文了，就是说，没有那些让春草曾经喜欢的四个字四个字的词儿了。现如今的何水远让她感到陌生。若不是背上的疤痕，若不是他几次说到了阿珍，春草真以为他不是何水远。

每天白天何水远几乎都在坐着发呆，要么倒头睡觉。到了晚上喝点儿酒之后他就开始说话了。说的全是这两年在外面遭的罪，说得春草泪流满面，也说得两个孩子满眼恐慌。从何水远断断续续的讲述中春草大致了解了他这两年的经历。他到新疆后没几天就和阿珍分手了，阿珍的姨妈不让阿珍再与何水远往来。不准他进他们家的门。何水远觉得无脸回来，为了生存，就开始在新疆找工作，但人生地不熟的，很难找。一年多的时间里换了无数的工种，没有一样工作他干到两个月以上，到处流浪。

"有一回我到一个私人老板的厂里清洗编织袋。那老板让我白天干五六个小时，夜里干八九个小时，干了三天我就累得受不了了，腰都直不起来，一共清洗了四吨编织袋，可老板最后只给了我十元钱。"

"夏天最热个辰光，有个姓王的建筑老板让我到他的建筑工地和泥，讲好一天十元的工钱。筛沙、担水、搅拌只有我一个人,要供六个大师傅用泥。当时我感冒还没好,动作稍一慢老板就在旁边骂。我想这份工作来得不易,苦也好累也好,挨骂受气都得忍着。可干了整整一天后,那老板说我干活太慢、不下力,一分钱没给就把我辞了。"

春草心疼得无法听下去,打断他的话说:"那你为什么不回来?为什么不回来找我?"

何水远并不回答,继续说:"我当真是把所有的罪都受尽了。后来在劳务市场遇到一个姓朱的老板,叫我到一家大理石厂工作,说每月包吃包住四百元。我就随他去了。每天要干十二小时的活儿啊,天气冷得很,我带的衣服少,老板又不借钱给我买棉衣,我冻得感冒发烧了,手指头生冻疮全烂了。强撑着干满了一个月。谁知到结账时,老板只给了我一百元现钱,丢给我一件破棉衣就让我走。后来我实在待不下去了,想回家,在车站时遇见几个来种棉花的民工,我看他们都是同乡,就和他们一起去种棉花,谁知又遇到洪水……"

春草每听一次都要哭一次,每哭一次都要对两个孩子说:"你们要好好读书啊,不要受穷啊。"

春草真不知怎么做才能安抚何水远,何水远要酒喝就给他买酒。先是每天买一瓶,后来每天买两瓶,再后来两瓶也不够了,何水远一天要喝三四瓶。春草就有些心疼了,三四瓶酒再便宜也要好几块钱呢。要命的是何水远喝多了就摔东西骂人。两个孩子常常被他吓哭。他回来后家里的景况非但没有好转,反而比过去更糟了。

娄大哥听春草说了情况后，好心为何水远找了个活儿：给一家煤气站送煤气，何水远干了一天就回来了，说身上没力气，蹬不动自行车。还说干了也是白干，到最后老板不会给他钱的，他不能再上当了。

日子一长，春草的同情和耐心都渐渐消失。她原以为何水远缓上几天就会好的，哪知半个月过去了他还是那个德行，一点儿忙不能帮她不说，还要花她的钱，添她的乱。她看着心烦无比。

以前春草累了一天回到家，听两个孩子念念书，总有点儿乐趣，现在回到家却要面对一个酒鬼。两个孩子也吓得大气不敢出。

有一回何水远喝多了，春草刚一进门他就上来搂住她要做那事，春草一把推开他，吼道："你做啥啦啊？！发酒疯啊？！"何水远醉醺醺地说："我做啥？我做老公该做的事。你烦我啦？嫌弃我啦？"春草愣了一下，说："什么嫌弃不嫌弃的，我现在哪有那个心思？当着两个伢儿的面你一点样子也没有！"

内心深处，春草不得不承认，她的确是嫌弃他了，岂止是嫌弃，甚至有些厌恶，生理上的厌恶。他怎么会变成这样？怎么会变成如此没出息如此窝囊的男人？当初那个斯文得像个大学生的何水远，那个聪明精干的小老板何水远，那个会说四个字的何水远上哪儿去了？现在的这个人像个酒鬼，像个废物，像个叫花子。春草怎么会有心情和酒鬼做那事？她甚至想早知如此，还不如不盼他回来。

春草被自己这个念头吓了一跳，赶紧挥挥手甩开。

何水远见春草拒绝他，竟然威胁说："你不要我，我就出去找女人。"

春草心烦地说:"去吧去吧,我倒要看看谁要你。"

春草开始提防何水远,把家里那仅有的那一千块钱存进银行,还弄了个密码,藏好。剩下的一点生活费,她天天带在身上,防着何水远拿去买酒。

有一天晚上何水远又开始诉苦。他说:"有一回我给一个私营建筑老板打工,拆房子时手被砸伤了,流了好多血。老板只给了我两块钱包扎费就把我辞退了。为了要回他欠我的钱,我只好天天跟着他。他做阑尾手术住院我就给他端屎端尿,可他还是一分不给我……"

春草突然说:"你怎么那么窝囊?!他不给你你就算了?你还是个高中生,怎么被人欺负成这样?你认识的那些字儿呢?你懂的那些道理呢?都让狗吃了?!你不会跟他讲理吗?!"

何水远说:"那些人不讲理,那些人根本不把我当人看,怎么会和我讲道理呢?"

春草说:"不讲道理你就打!你不会打吗?狠狠揍他一顿!我要是你我就跟他拼了,哪怕打了他坐牢,也比这样受欺辱强!"

何水远说:"你说得轻松,我哪还有力气打架啊?为了回到老家,我们一路走一路讨饭……"

春草大声吼道:"别再说了!我听够了!"

何水远怔住。

春草说:"你受罪我就没受罪吗?告诉你我受的罪一点儿不比你少!这两年我一个人带着两个伢儿,做三四家的家务,每天早上六点起床晚上十二点睡觉,夏天衣服汗湿了从来没干过,冬天手冻烂了没一处好肉。我累得尿血,累得晕倒在地,累得蹲下去就站不起来,累得出气都出不匀!"

何水远动了动嘴,还想说什么。

春草不让他开口:"你说够了,该让我说了,我累,可我没白累,我把两个伢儿养大了,我还攒了钱。可你呢?你一个大男人,自己养自己都养不活,还被人欺负成这个窝囊样子,你怪谁?怪我吗?是我让你去新疆的吗?是我让你流浪的吗?你说说说,你还没完没了,你好意思!"

何水远垂下头去。

春草发现这招挺灵。以后只要何水远一诉苦,春草就比着他说,夫妻俩就跟开忆苦思甜大会一样,争着诉苦。每次都是何水远败下阵来,因为不管他说什么苦春草都会说:"你是自找的!谁叫你跑掉的?谁叫你不听我劝?"

终于有一天何水远恼了,他红着眼鼓胀着青筋说:"好,你烦我,你嫌弃我,早知道我就不回来了,我还不如死在新疆,客死他乡,做个乱坟上的鬼,那样你就高兴了,可以改嫁了,是不是?"

春草毫不示弱,炸开喉咙说:"对,我高兴!我就是高兴!我当初真是瞎了眼,死活要跟你这种男人过!我养两个伢儿已经很吃力了,还要养你!你一个大男人不养老婆伢儿不羞愧吗?睡得着吗?吃得下吗?拉得出吗?你还不如元元!元元还能帮我分担,你能做啥?我从嫁给你到现在,你一年也没让我安生过,我前世欠你啊?你收我命啊?"

春草吼完，忽然发现自己整个儿就是母亲的翻版。她在那一刻明白了母亲。

何水远被她的气势镇住，愣了一会儿嘟哝说："好，我走，我走就是了。你不要后悔！"

春草正在气头上，也没有拉他。

何水远这一走，到半夜才回来。从那以后他就经常晚上跑出去。春草已对他绝望了，也就随他去了。她想他出去也好，只要不在家闹事，不找她要酒喝，两个孩子总还能写写作业，她总还能歇息片刻。

春草的日子就这么熬着。

转眼寒假结束，两个孩子要开学了。这是春草生活中唯一的盼头了。她盼着他们上学读书，盼着他们早一天长大，他们长大了，她才有出头的日子。

临开学的前一天，春草趁何水远还没起来，从米袋里取出藏着的存折去储蓄所取钱。她急匆匆地赶到储蓄所，请人帮着填了张单子，想把一千块都取了。但她把单子和存折递进去后，很快被退了出来，营业员隔着玻璃跟她说："你的存折上没有那么多钱。"春草一惊，说："不可能啊，我初六那天来存的，存了一千块呢。"春草打开存折，上面有个"1"，还有三个"0"，数字她是认识的，春草说："这不是写着的吗？"营业员说："那是十元。你的存折上只有十元。"

春草根本不相信，她是不能相信，相信她就完了。她努力堆出笑脸，说："大姐你帮我好好看看，不可能没钱的，这是我专门存在这里给我两个伢儿交学费的。存好以后我就把存折藏起来了,藏得蛮牢的,钱自己又没生脚,怎么会跑掉呢?"

营业员又把存折接进去再看了一遍,然后告诉她:"上面清清楚楚写着,一星期前有人把钱取走了,取了九百九十元。"春草叫道:"那是我的钱,你们怎么可以取给他呢?我还有密码的啊。"营业员耐心地说:"他拿着存折来,密码也是对的,我们怎么可能不取给他呢。你好好想想,是不是你家里人取的?"

春草顿时明白了:一定是何水远!一定是他!这个冤家,这个该死的!

春草几乎是冲回家的,她从被窝里一把将何水远拽了出来,大喊大叫着说:"是不是你?!你说是不是你?"

何水远睡眼惺忪地说:"什么事啊,大清早你就发脾气?"

春草将存折狠狠摔在他的脸上:"你干的好事!你要收我的命啊?"

何水远低头一看,不说话了。

何水远的表情让春草明白了,就是他干的。春草一刹那又悔又恨,悔的是自己怎么就没把存折藏得更牢一些,把密码设得更隐秘些,他们毕竟是夫妻啊,春草那点儿心思何水远还能捉摸不透吗?以前两人好好过时,春草就喜欢把存折藏在米袋里,现在还是这习惯,以前的密码是孩子的生日现在还是,何水远要取钱岂不是太容易了?恨的是何水远竟然连两个孩子的学费都不放过,竟然连她的血汗钱都要拿走!

春草说着鼻血唰地又流出来了,滴答滴答地往地下滴,她一边擦一边哭喊着说:"那是两个伢儿的学费啊,你把它们拿到哪儿去了?明天就要开学了啊!你这该死的,挨千刀的!你要喝酒我给你买,你别偷伢儿的学费啊!你拿伢儿的学费还不如拿我的命算了!我到底造了什么孽啊,前世欠你的啊?"

何水远有些羞愧,爬起来穿上衣服要走。春草冲上去拽住他搜他的口袋,摸出一卷皱巴巴的钱,最多有个一二十块。春草一屁股坐在床上,彻底绝望了。何水远溜出门去。

春草一个人傻坐了一会儿,鼻血干了,眼泪也干了。她想,这样不来事,哭没有用场,生气也没有用场,得想办法借钱,得让两个伢儿先报到。无论如何不能让伢儿读不成书。

春草洗了把脸,擦干净鼻血,匆匆出了门。她照常去了林校长那里,照常做清洁烧饭。林校长因为开学忙,中午没回来,反倒让春草松了口气。她怎么可能跟她开口说学费的事啊。思来想去,唯一能求的就是娄大哥了。

春草一边做事一边想,钱,钱,钱。虽然她从小就想钱,但从来没像今天这样想得这么厉害这么迫切这么具体过。走在路上她都下意识地低着头,恨不能路上有钱可捡。满脑子就装了一个字——钱。

中午从林校长家出来春草就直奔娄大哥家。路上春草想好了一肚子的话。她还不能跟娄大哥说何水远偷了她的钱,这太丢人了,只能说钱一时取不出,是定期,以后取了再还他。为了不使自己太突兀,春草还买了一袋水果。

可敲开门后大失所望,只有娄大哥的母亲跟小孩子在家,老母亲说他们夫妻两个出去了。春草那一肚子的话也没法跟老母亲说,就是说了老人也拿不出那么多钱来,她身上最多有点儿菜钱。老母亲看出春草有事,说你等一歇儿好了,他们可能就回来了。

春草像热锅上的蚂蚁,在屋子里转。坐下,又站起来,又坐下,又站起来,好像有人在她身体里打架。

这时孩子午睡醒来哭了,老母亲进屋去哄孩子。春草不知怎么就走进了娄大哥的卧室,她一眼就看见嫂子的梳妆台上有根亮闪闪的东西,春草想,那一定是根项链,肯定很值钱的。不由得心里咚咚了两声。嘎金贵个东西他们竟然随便搁在桌子上,也不藏牢。春草心里又咚咚了两声。这东西肯定值好几百块钱吧?那个被春草想了一天的"钱"字,此刻已经大得像天了,整个罩住了春草……若是把这个东西拿去当掉,肯定够交学费了……春草心里咚咚得更厉害了。

她走过去,把项链拿起来看了看,真好看,肯定是个值钱的东西。她把它装进了口袋,很自然的样子,然后走了出来。那一刻她的心竟然不跳了,好像落了地一样踏实。

春草走到孩子的房间跟老母亲说:"我不等他们了,我还有事情,先走了。"

她差点儿说,我得马上找个地方把项链卖了,好去交学费呢。

老母亲忙着看孩子,也没留她。

春草刚要出门,门开了,就那么巧,娄大哥和嫂子回来了。娄大哥一见春草热情地说:"你今天怎么有空过来?"

春草脑子一片空白,顺嘴说:"我来看看侄儿,好久没见挺想的。"娄大哥说:"别急着走啊,再坐会儿吧。"春草说:"算了,我还要回去给两个小的烧饭。"

娄大哥毕竟比较了解春草,知道她无事不登三宝殿的,见老婆进里屋去了就小声说:"你找我有事吧?是不是何水远又惹你生气了?"一听这话,春草的眼泪就跑出来了,在眼眶里转圈儿,她强忍着笑笑说:"还好。就是孩子开学了,我的钱一下取不出,想找你借点儿钱交学费。"

春草想不到自己那么容易就把话送出了口。

娄大哥稍有意外,但还是说:"要借多少?"春草说:"可能得借一千,两个伢儿啊。等我取了就还你。"娄大哥小声说:"你等一下啊,我去给你拿。"

春草和娄大哥说这些话的时候,几乎把金项链的事给忘了。忽听嫂子在里屋喊娄大哥:"哎,你过来一下!"

娄大哥让春草等着就进里屋去了。春草站在那儿等,听见卧室里的声音越来越响。先是嫂子尖细的声音:"我明明就放在这儿的,我不会记错!"然后是娄大哥压低的声音:"你别嚷嚷,再好好找找,以前不是也没找见过?"之后又是嫂子尖细的声音:"今天我肯定没记错,我拿出来想戴的,钩子断了。我来不及收就搁这儿了!"

春草想,我还是走吧,听人家两口子吵架做啥?她站起来往门口走。那尖细的声音忽地在身后响起:"你别走春草!我有话问你!"

春草转过头来。嫂子声音不高,但却冷冷的:"你看见我放在梳妆台上的项链了吗?"

春草似被兜头浇了一盆冷水,突然清醒了,突然心慌了,原来刚才他们的争吵是因为她!她干下蠢事了!她闯祸了!她跑不掉了!但她还是本能地说,我没有,我不知道。

她的慌乱、心虚、害怕,全让对方看在了眼里。嫂子依然冷冷地说:"真的吗?你能让我看看你的衣服口袋吗?"

娄大哥在一旁急急地拦自己的女人,拽她的衣服,说:"你这是干吗,你怎么能这样?春草是我阿妹啊。"

嫂子说:"我就是要弄弄清楚!不是她干的我可以道歉!"

娄大哥说:"春草绝不会做这种事的,她又不是来咱们家一次两次,她来了很多次了。我当初认识她,也是因为她⋯⋯"

春草的脑子嗡的一声,听不下去了。她颤抖地,也是下意识地从口袋里摸出那根项链,搁在茶几上。

屋子里一下安静了。

娄大哥说了一半的话被堵在嘴里,惊得嘴合不住了,他看着春草,像不认识似的。春草只一瞥,就从那目光里看到了震惊,失望,难过,沉痛,恼恨,羞愧,悲伤,还有怜悯。

嫂子拿起项链,在娄大哥面前晃荡着说:"我说什么了?我说错了吗?我一进门就感觉她不对劲儿,你就知道袒护她,现在还有什么话可说?"

她又转向春草说:"你还挺有眼光的嘛,我这可是铂金,值三千呢。你打算拿去干什么啊?"

那项链像根绞索似的在春草面前晃荡，真是绞索就好了！春草就钻进去了！

娄大哥冲女人大吼一声："你说够没有！"

嫂子吓了一跳，收起项链嘟囔着进了卧室。娄大哥看了一眼春草，说："你走吧。"

然后自己也进了书房。

春草独自站在那儿，被剥了皮似的，浑身血淋淋的。

我这是怎么啦？我怎么会这样？我成罪人啦？我一直苦苦地做，拼死拼活地做，我没有偷过一天的懒，没有抄起手来歇息过一天，我的每一分钱都是血汗换来的……我没有做过一件对不起良心的事，最坏最坏的事体也就是多向主人家报了一点菜钱……我对每个人堆笑脸、说好话，我咽下眼泪咽下怨恨咽下委屈咽下伤心，熬心熬血地做，只是想过好一点的日子……小辰光读不成书，我认了，姆妈不喜欢我，我也认了，我自己找男人，自己嫁婆家，就是想争口气……好不容易做了一点起来又遭火灾，还流产，我还是认了……我出门做生意，巴心巴肝地做，好不容易过了两天像样的日子，一下子又没了，欠债欠得来房子都赔掉，我还是认了。我流浪，我沿街叫卖，我起早贪黑，我被人欺骗，我被人诬陷，我也遇到好人，孙经理，张大姐……我说过要报答他们的，可我自己到现在都没有过好……我摔断腿，我尿血，我忍受了世上所有的罪孽，只是想好好地活下去啊，我只是想让我的伢儿过上好日子啊……辛辛苦苦，忙忙碌碌，种瓜不得瓜种豆不得豆，这是为什么啊？我看见曹主任那样的人，坐在家里都有钞票送来，蔡大姐那样的人有了钱连自家的饭都懒得做！可我拼死拼活地做却找不来钱！我没有贪心啊！我没能读成书，想让我的伢儿读；我没能生在城里，想让我的伢儿住在城里……我花的气力还小了吗？我受的罪还不够多吗？我的心还不够诚吗？我春草就不能开花吗？怎么会这样的？这下完了，一切都完了……两个伢儿的学费怎么办？以后的子怎么办？娄大哥怎么办？我再也不能见他了吗？他一定厌恶我了，一定把我想成了个坏女人了，可我不是！我真的不是……我，我还当过先进，我还花钱给我姆妈开过刀，对了，要不是给姆妈开刀，现在也不会交不起学费的。不不，就是给姆妈开刀我也把学费挣够了。是何水远，是他偷了学费，逼得我走投无路，他先偷我的啊……他喝酒闹事我都忍了，可他偷孩子的学费！真是罪孽！我天天盼他回来，日日想他回来，没想到回来的是另一个何水远！我爱他，疼他，容忍他，可他却把我的心拿来踩，拿去撕烂……我恨他！恨死他了！可恨有什么用啊，你自己要嫁给他的。姆妈早说过你会后悔的……我不后悔，不后悔，后悔有什么用？一点点用场都没有，我的元元多会读书啊，她就像从前的我，我一定要让她读下去，我不能像姆妈那样，我要让我的女儿读书，读到大学，我就是卖了我自己也要让她读下去……可是我怎么会偷东西呢？我怎么会偷娄大哥家的东西呢？那次端午节局长太太冤枉我偷东西我难过得要死，这回不是冤枉，是真的了……我真是鬼迷心窍了……不，不，那不是我，那是另外一个春草。我的脸往哪儿搁？我还怎么让娄大哥信任我？我怎么回去跟两个伢儿说？我，我……

春草突然冲进厨房，一把抓起菜刀，猛地挥起，朝着自己的手指砍下，瞬间白光鲜血辉映，一截食指跳起来，轰然落下！

娄大哥正坐在书房抽烟生闷气，忽听一声惨叫，连忙冲出门来，见春草举着血淋淋的手指头站在那里，声音颤抖地说："娄大哥，春草给你赔罪了！"

红油漆一样的鲜血一滴滴地落在地板上。

2001年
元旦:
梦开始

四年过去了。

一个世纪过去了。

春草还是春草，少了一截指头的春草依然每天辛勤劳作，已是不惑之年的春草依然每日奔波在这个城市里。

这四年来春草换过好几个工种，做过宾馆清洁工，卖过报纸，擦过皮鞋，送过盒饭，最终稳定下来的还是家政，或者叫钟点工。只有这个工种可以让她兼顾照料两个孩子。现在她已是八户人家的钟点工了，当然，有的家是一周一次，有的家是隔天一次，只有林校长家她每天做，已经坚持四年了。林校长每月给她三百元，隔天做一次的两户人家各给她两百，一周做一次的五户人家每次给她二十，这不，春草一个月下来可以挣到八百元左右了。

春草一掰指头算钱，何水远就会打趣她说："好了好了，你指头都要被钱磨破了。"

最让春草感到宽慰的是，何水远总算幡然悔悟，戒了酒，重新打起精神开始工作了。用他自己的话说，而今迈步从头越——他已不大说四个字了。何水远这些年也先后换过几个工种，送过煤气，送过水，蹬过三轮，擦过自行车，当过门卫，最终定下来并且已经上了路的，是一所学校伙食团的炊事员。这工作还是娄大哥介绍的。起初每月只有三百元，后来加到四百，再加到五百。现在他已经不是一般的厨子了，是大厨。领导跟他说，过了这个春节还要给他加薪水，一次加到八百。那就和春草一样啦。

春草觉得自己的一截手指让何水远改过自新，让娄大哥原谅了她，让两个孩子一直读书到今朝，让他们一家一直在城里待了下来，很值得。现在他们夫妻俩每月有一千多块的收入，一家人温饱和孩子读书都基本有了保障。

万万和元元已经读到了五年级。按过去的说法，已经是高小了。元元成绩依然是班上拔尖儿的，万万虽然差点儿，但老师一直说万万很聪明，只是太管不住自己了，大了可能会好些。春草也就耐心地等他长大。

春草的父母都还健在。让春草最感欣慰的是母亲，母亲手术后一直好好的，已经过去八年了，看上去再活几年没问题。这也让春草觉得很值。阿哥和阿弟他们，也都比前些年的情况好些了，特别是阿弟春雨，据说已经买了房子，今年春节还把父母接去过了年。

当然，这四年值得记录的事还有：春草又因为尿血输液两次（仍未住院）；他们因为房子问题搬家七次，最频繁时一个月搬了两回。这样频繁的搬迁他们尚能忍受，主要是苦了孩子，搬来搬去读书不能安定。所以现在春草的人生目标就是买房子了。原先遥不可及的事现在也敢想了。春草看到有一处房子，广告上写着首付一万，月付五百。春草跟何水远说，只要他们两个的存款到一万就可以考虑这件事了。

生活总算给了春草一点暖意。

春草的宝贝盒子已经装得满满的了，她的前半生实在有太多的东西值得纪念，除了原先放在里面的考第一名的奖状，脱落的头发，何水远写给她的唯一一封信，第一次坐火车的车票，先进工作者的白茶缸，全家福照片，年三十守医院的温度计，给母亲汇钱的汇票，还有后来的红细胞满视野的化验单，登载了何水远返回故乡消息的报纸，以及两个伢儿戴上红领巾拍的照片。

当然还有放不进盒子里的，比如她的断了一截的手指，她那颗碎过上百次的心，以及无数个难以入眠的夜晚，无数个寒风凛冽的清晨，无数个汗流浃背的中午，无数个饥肠辘辘的黄昏。

元旦的早上，春草仍天不亮就起来了，她已经习惯了，有条件也睡不成懒觉。她盘算着去市场买点儿汤圆回来，给两个伢儿和何水远吃。报纸上电视上都在说，今年不同往年，这个元旦不同以往的元旦，因为它是新世纪的开始，要隆重迎接。不过对春草来说，时间不是这样划分的，没有新世纪老世纪，时间是按她的人生目标划分的。比如结婚那年，比如姆妈做手术那年，比如着大火那年，或者买卖开张那年，何水远跑掉那年，伢儿上学那年，断手指头那年……今年对她来说，应该是把买房列入计划的一年。

走到屋外，整个人立即被寒风裹住了。天有些阴，或许有一场雨夹雪潜伏在上面。老天爷并不因为新世纪而露出笑脸，他也和春草一样有自己对时间的算法。春天没到，他很难露出笑脸的。

春草步履匆匆地往市场上赶。走到巷口时，听见一丝微弱的奶伢儿的哭声。这么冷的天，谁还把奶伢儿抱到外面来啊？春草下意识地顺着哭声寻去，啊啊的声音竟来自巷口垃圾站的门下。

春草看看四下无人，地上却有个用男人的大外套裹着的包袱，哭声就是从那里面传出来的。她赶紧走拢去抱起来看,里面果然有个小奶伢儿!再一看,还有张纸条。

春草喊了两嗓子:"哪个的伢儿啊?哪个的奶伢儿?"没人应。四周寂静无声。

春草想,一定是有人故意扔在这里的。再这样下去,嘎小个奶伢儿会冻死的。她抱起孩子就往家跑,进门叫醒何水远,让何水远看那包裹里的纸条。何水远拿起纸条念起来:"孩子生于 2000 年 11 月 28 日,父母因故无力抚养,请捡到的好心人做她的再生父母。叩谢!"

果然是被人扔掉的,是个女婴。

何水远说:"怎么办?"

奶伢儿仍呀呀地哭着,有气无力的。春草解开扣子,把奶伢儿暖进自己的棉衣里,说:"我们来养好了。"

何水远说:"我们养?我们自己……"

奶伢儿哇哇大哭起来,不知是暖和过来了,还是听出了何水远的嫌弃。春草说:"难道我还能把她扔回马路上去吗?你赶快去买奶粉吧,她快要饿死了。"

何水远只好去买奶粉。

元元和万万醒了,看见这小一个奶伢儿很是兴奋,争着要来抱。春草对他们说:"知道吗?这个妹妹是老天爷送给我们一家的新年礼物嘞。你们以后就好做哥哥姐姐了。"

晚上一家人在一起,围着那从天而降的小人儿看。小人儿吃饱了穿暖了，安静地睡着了。

何水远说："你真要养吗？"

春草说："当然，我捡到的，我就是她姆妈哎！那纸上面怎么说的？"何水远说："是她的再生父母。"春草说："不，以后我们就是她的亲生父母。你看她多好看，多可爱，跟元元小时候一模一样。"

万万马上说："还有我！"

春草说："你是男伢儿。万万，以后你就是哥哥了，阿哥要有阿哥的样子呢。阿哥要是考不及格阿妹就会羞你。"

万万不好意思地笑了。

何水远说："那就给她取个名字吧。你来取好不好？"

春草说："算了，万万和元元的名字你就说我取得不好，还让我取啊？"

元元说："叫毛毛头。"

万万说："叫阿妹。"

春草说："要取个大名的，将来上学好用。毛毛和阿妹做小名。"

何水远说："你就取吧。而且我还想，就让她跟你姓。"

春草眼睛一亮，说："当真的？"

何水远说："当真的。她有你这样的好姆妈是她的福分呢。"

春草脸红了，何水远已经很久没这样夸过她了。她认真地想了想，说："就叫她'开始'吧。今天是新年的开始，还是什么新世纪的开始。我想我这个人呢，一辈子也总是在开始，一次又一次地重头来过。你看她来了，我又要开始做姆妈了，开始把屎把尿，开始从毛毛头养起。我是四十岁的人了哎！"

　　何水远说："开始？孟开始？很好啊，这名字很有诗意呢，梦开始。你听见没有？"

　　春草怀里的孟开始正香甜地睡着，听见这话忽地笑了一下，像懂了似的。

　　春草也笑了。眼里溢出一滴泪来，泪水被眼角的皱纹分成无数条细细的河流，在沧桑的大地上恣意纵横。

2003 年 12 月 27 日初稿完成

2022 年 3 月修订

图书在版编目（CIP）数据

春草 / 裘山山著. -- 成都：成都时代出版社,2022.11
ISBN 978-7-5464-3142-0

Ⅰ.①春… Ⅱ.①裘… Ⅲ.①长篇小说 - 中国 - 当代 Ⅳ.①I247.5

中国版本图书馆CIP数据核字(2022)第159725号

春草

CHUN CAO

裘山山 著

出 品 人	达　海
责任编辑	龚爱萍　江　黎
责任校对	唐莹莹
责任印制	车　夫
书籍设计	许天琪
内文制作	原创动力
出版发行	成都时代出版社
电　　话	（028）86742352（编辑部）
	（028）86763285（市场营销部）
印　　刷	成都市金雅迪彩色印刷有限公司
规　　格	143mm×207mm
印　　张	12.75
字　　数	276千
版　　次	2022年11月第1版
印　　次	2022年11月第1次印刷
书　　号	ISBN 978-7-5464-3142-0
定　　价	68.00元

著作权所有·违者必究
本书若出现印装质量问题，请与工厂联系。电话：（028）84842345

ISBN 978-7-5464-3142-0

上架建议：名家·小说　定价：68.00元